내가 만난 최초의 여인
김귀순 어머님께 이 책을 바칩니다.

하여튼 100명의 여자 이야기입니다

펴낸날   초판 1쇄 2023년 10월 10일

지은이   이명선
펴낸이   서용순
펴낸곳   이지출판

출판등록   1997년 9월 10일
등록번호   제300-2005-156호
주소   03131 서울시 종로구 율곡로6길 36 월드오피스텔 903호
대표전화   02-743-7661 팩스 02-743-7621
이메일   easy7661@naver.com
디자인   김민정
인쇄   ICAN
물류   (주)비앤북스

값 18,000원

ISBN 979-11-5555-207-0 (03810)

이명선 수필집

하여튼

100명의
여자 이야기
입니다

이지출판

'하여튼 100명의 여자 이야기입니다'에 나오는 100명의 여인들을 처음에는 '어쩌다 만난 그대'로 여겼다. 글을 마치고 보니, 그녀들은 내 삶에 하릴없이 등장한 그대들이 아니었다. '필연적으로 만나야 할 그대들'이었다.

어떤 깨달음을 주는 특별한 만남이 있을 줄 알고 오랫동안 기다렸다. 그러나 그런 만남은 없었다. 평소 만났다 헤어진 그녀들이 내 일상을 이루었고, 그녀들이야말로 그녀들이 아니면 들려줄 수 없는 독특한 이야기를 내게 들려주었다.

여름날 소나기처럼 짧게, 더러는 팽나무처럼 오래도록 그늘을 만들어 주며 긴 이야기를 들려주었다. 모진 겨울 한가운데 찾아든 햇빛 같았던 분도 있었고, 지루한 장마에 널어 논

빨래 같기도 했던, 어두컴컴한 방앗간에서 맡는 고추 냄새 같기도 한, 봄바람에 날리는 버들잎 같던, 갓 핀 2월 매화 같았던, 고스란히 삭풍을 견디던, 조각조각 이어진 조각보 같았던 분….

한 분 한 분이 귀한 손님인 것을 빚쟁이 대하듯 응대한 적도 많았다. 도움을 받았으면서도 도움인 줄 몰랐고, 배움을 주었어도 건성 지나쳤다. 그럼에도 그녀들이 들려준 이야기를 책무까지는 아니라 해도 남겨 두고 싶었다.

왜 전부 여자들이냐고 누군가 물었다. 그러게, 남자 반 여자 반인 세상에서 반쪽 세상만 보았다. 맙소사!

번성하다

물들다

여물다

움트다

01_ 잡놈 아들을 두었던 부인

아버지의 약첩은 작았다. 싼 약재를 푸짐하게 넣어 약첩을 부풀리지 않았다. 손님에게 바로 약을 지어 주지도 않았다. 약재의 독성을 빼기 위해 따로 법제를 하려면 시간이 필요했다. 사람들은 약을 지으러 몇 번씩이나 오가는 일을 귀찮게 여겼다. 그래도 아버지는 화제(和劑)를 내고 며칠 지나서야 약을 주었다.

숙지황이란 약재는 구증구포(아홉 번 쪄서 아홉 번 말리는 작업)를 거쳐야 제대로 된 약효가 났다. 다른 집에서는 이 약재를 적당히 몇 번 찌고 말린 것을 사다 쓴다고 했다. 아버지는 집에서 주로 약재를 만들어 사용했다. 자연 다른 집보다 약값이 비쌌다.

"싼 약을 지어 주어도 그 약을 먹고 나았다는 사람이 많은데 왜 당신은 그렇게 하지 않느냐. 환자가 오면 약을 지어 주면 되지, 단방약을 일러 주며 시장에 가서 그것을 사다가 달여 먹으라고 그냥 돌려보내느냐. 경옥고를 기껏 비싼 원료 들여서 만들어 놓고 왜 싸게 팔아서 이문을 남기지 못하느냐."

어머니가 아버지에게 주로 했던 소리다. 당장 5남3녀나 되는 자식들 먹일 쌀과 연탄이 바닥을 보이는데도 환자를 돌려보내는 아버지가 답답해서 손님이 가고 나면 한소리 하곤 하셨다. 한창때는 대학생 여럿에 밑으로 중고등학생이 줄줄이 있었으니 등록금 대기도 벅찼을 것이다. 그때마다 구원투수로 등장한 분이 매니큐어 부인이었다.

요즘처럼 사우나가 있었으면 사우나에서 하루 종일 살면서 온갖 세상사를 시시콜콜 물어내어 비판하고 정리하고 판결을 내렸을 부인이다. 한의원이 앞에 있고 뒤에 안집이 있었는데, 이 부인이 오면 뒤에까지 소리가 왕왕 울렸다. 뒤채 마루에 잡으라는 쥐는 건성만성 쳐다보고 온종일 수행자인 양 눈을 감고 있던 고양이도 이 부인의 목소리가 들리면 눈을 뜨고 고개를 길게 빼 보곤 했다.

나는 이 부인의 활력이 싫지 않았고, 그녀가 가져오는 이야기가 재미있어서 앞채로 통하는 문을 열고 있기도 하였다. 매니큐어 바르는 이도 드문 70년대 초에 이 부인은 퍼런 수박색을 진하게 칠하고 다녔다.

"얼굴은 흉년에 열린 까지뽕탱이 같은데 어디에 복이 들어서 부자로 잘사는지 모르겠다."

어깨가 조붓하고 얼굴이 얌전하게 생겨서 남의 말은 안 할 것처럼 보이는 분이지만, 건건이 소견을 맑게 밝혔던 우리 어머니 평이다. 매니큐어 부인의 남편은 지금도 건재한 G정기화물 회사 사장이었다. 매니큐어 부인은 외제 물건이 아니면 상대도 않는다고 했다. 수박색 매니큐어를 그 시대에 벌써 발에도 바르고 다녔는데 미국제라고 자랑을 했다.

매니큐어 부인은 어머니 말에 의하면 '실삼맞은 부인'이었다. 어머니는 '실삼맞다'를 점잖지 못하면서 심히 경망스러워 보이는 사람을 가리킬 때 썼다. 실삼스럽기도 했지만 화끈한 성격이어서 약을 지으면 첩약 정도가 아니라 일 년치 먹을 환약을 짓거나 경옥고처럼 비싼 약을 대량 구매해서 우리 집 경제에 윤활유 역할을 해 주었다. 이런 단골이 몇 집 있었는데 요즘 말로 하면 우리 집 보약 마니아들이었다.

욕도 거침없이 내뿜었다. 특히 자기 아들을 '세상에 없는 잡놈'이라고 불렀다. J시 처녀는 다 잡아먹는 귀신이라고도 했던가? 고등학생밖에 안 되는 나이에 깡패질은 기본이고, 집에서 돈도 가져가지 않는데 펑펑 잘 쓰고 다니고, 집에 들어오는 날이 드물어 어미인 자기도 코빼기를 볼 수 없다며 아들 흉을 늘어놨는데, 그것이 흉거리로 들리지 않고 무용담으로 들리게 하는 재주를 가지고 있었다.

무용담의 주인공이 기어코 일을 저질렀다. 다른 학교 학생들과 패싸움 끝에 감옥에 가야 할 처지에 빠졌다. 매니큐어 부인은 J시의 유력인사를 총동원하여 잡놈 아들을 빼냈다. 아버지의 희미한 친척도 일조를 했다고 들었다. 아버지와 같은 '청해이씨' 일족 중 한 분이 마침 판사를 하고 있었는데 그분 도움이 컸다고 매니큐어 부인은 명절이면 비싼 선물을 들고 찾아왔다. 잡놈 아들은 파출소에서 나온 후, 그 부인 말에 의하면 잡놈질을 그만두었다고 한다. 어느 날 일찌감치 우리 집에 전화를 걸어 속사포로 그간 경위를 설명하던 부인이 답답했는지 댓바람에 한의원으로 달려왔다.

그 아들의 진짜 무용담이다. 감옥에 갈 뻔했던 아들이 부모님 앞에서 선언하더란다.

"지금부터 공부해서 서울대학교에 들어가겠습니다."

"전교 꼴등씩이나 하는 니가 공부를 하겠다고? 키우던 개가 웃겠다, 이놈아! 남 쥐어패지나 말고 엎드려 자빠져 있어."

그런데 교과서가 어디 있는지도 모르던 놈이, 빈 가방만 옆구리에 끼고 다니던 녀석이 공부를 시작했단다. 일대 사건이 벌어진 것이다.

다른 집 아이들은 부모를 따라 한의원에 오기도 하는데 그 아들은 한 번도 나타나지 않았다. 매니큐어 부인은 가을이면 가족을 데리고 와서 진맥을 하고 보약을 앞앞이 지어 갔다. 아들보고도 같이 가서 진맥을 받고 약을 짓자고 하였더니 "아랫도리 성성한데 왜 약을 짓느냐" 했다며, 어린놈이 할

소리냐며 '갈갈갈' 웃어댔다.

그 아들을 한 번 보고 싶었다. 부인 말로는 자기와 달리 남편을 닮아 키도 크고 인물이 훤하다고 했다. 매니큐어 부인이 오면 혹시나 하고 바깥채에 볼 일이 있는 체 나가보기도 했지만 아들은 그 부인 말대로 코빼기도 보여 주지 않았다.

그 잡놈이라 불리던 아들은 주변의 예상을 모두 뒤엎고 서울대학교에 들어갔다. 그가 했던 공부 방법이 우리 집 한의원에 오는 손님들에게 비법으로 전해졌지만 글쎄, 그렇게 따라서 한 사람이 있을까 싶다. 우선은 잡놈이 선행되어야 근성을 발휘할 듯싶은데 우리 집 단골손님 아들들은 대부분 양반이었다.

아버지에게 한문을 배우러 다니던 학생 하나는 잡놈 근성은 없었으나 서울대학교에 들어갔는데, 속은 어떤지 모르겠고 겉으로 보면 점잖은 국회의원이 되어 텔레비전에 나오는 사람이 되었다. 그 정치인의 어머니는 매니큐어 부인을 상스럽다 여겨 어쩌다 한의원에서 만나도 말을 건네지 않았다. 매니큐어 부인은 그러거나 말거나 상관하지 않았고 전혀 기죽지 않았다. 오히려 정치인 어머니를 '우뭉여사'라고 비아냥거렸다.

후기

'G정기화물'이란 회사는 어느 도시에 가나 간간이 보인다. 그럴 때면 매니큐어 부인이 생각난다. 그 아들은 지금 무엇을 하며 살고 있는지 궁금하다. 그의 공부 비법이 대대로 전해지고 있는지도 궁금하다. 하기는 그의 공부 비법은 알려줘도 따라하기 힘든 방법이었다. 그야말로 평범한 사람에게는 비법에 불과했다.

02_ 온 존재를 바친 여인

빗소리가 듣기 좋아서 차 안에 한참 있었다. 그날도 비가 왔다. 빗소리를 좋아하지만 비 오는 날 돌아다니기는 예나 지금이나 싫어한다. 하필 비가 오는 날 시내 다방에서 만나자는 연락이 왔다. 그날 만난 분은 훗날 '최명희'가 된 분이다.

그때도 이름은 '최명희'였지만 당시는 기전여자고등학교에 근무하는 국어 선생님 '최명희' 씨였다. 나이보다 어른스러워 보이는 반듯한 성품을 가진 분이라는 인상을 받았다. 이분에 대해 아는 게 많지 않다. 글로 쓸 만큼 알고 있지 못하지만 '최명희' 씨가 왜 독신을 선택했는지에 대해서는 알고 있어서 이분을 '내가 만난 100명의 여자들'에 감히 올린다.

대학교 선배였다고는 하지만 같은 시기에 다니지 않아서 옷깃조차 스쳐 지날 일은 없었다. 당숙 아들이 작가와 같은 과를 다녀서 이 만남이 이루어졌다. 인터넷에 올려진 '최명희' 씨 사진을 보니 맨드라미 빛깔 립스틱이 유난히 도드라져 보인다. 이런 색을 과감히 칠할 수 있는 여인으로 보이지는 않았다. 전반적으로 수수해 보였다. 목까지 내려오는 생머리에 화장기도 별로 없고 두꺼운 천으로 된 원피스 차림이었다. 밝은 색은 아니었다. 선생님이 입음직한, 패션에 안목이 있는 옷차림은 아니었다. 겨울도 아니고 가을도 아닌 춥지도 덥지도 않은 날씨였다. 비를 맞아서 우산을 써도 어쩔 수 없이 신발은 젖고, 스타킹에 물이 밴 꿉꿉한 상태로 들어섰다.

'최명희' 씨는 우리 큰오빠와 얼마 전 선을 보았다고 했다. 나는 전혀 모르는 사실이었다.

'그래서? 왜 나를 만나서 이런 이야기를 하는 거지?'

그 상황이 어색했다. '최명희' 씨는 바로 용건으로 들어갔다. 큰오빠가 마음에 들지만 자기는 결혼하지 않기로 오래전에 결심했다는 것이다. 그 말을 전해 달라는 용건이었다. 평생 숙제처럼 해야 할 일이 있어서 결혼할 수 없다고 했다. 이런 이야기는 이미 성인이 된 당사자들끼리 만나서 해야 할 이야기 같았다. 굳이 한 번도 본 적 없는, 앞으로도 볼 이유가 없는 나를 만나서까지 해야 할 이유가 없어 보였다.

그 뒤로 한 번 '최명희' 씨 집을 방문했는데 오빠의 대답을 전하러 갔는지, 아님 어떤 다른 이유가 있었는지 기억은 없지만, 집 안 모습은 비교적 뚜렷하게 남아 있다. 남문다리 건너 한옥으로 지붕이 낮고 어두컴컴했다. 집 안은 정갈해 보였고 물건들이 가지런히 정리되어 있었지만 풍족한 형편이 아님을 한눈에 봐도 알 수 있었다.

　평생 해야 할 일이라는 것이 글 쓰는 일이었음을 『혼불』을 읽고서야 알았다. 오빠가 만난 '최명희'와 『혼불』 작가를 처음에는 연결하지 못했다. 저자 약력을 보고서야 동일인이구나 싶었다. 인사말이었겠지만 작가 '최명희' 말대로 오빠가 마음에 들었을 수도 있다. 오빠는 인문학적 소양이 풍부했고 한문 실력도 누구 못지않게 뛰어난 데다 독서량 또한 만만치 않은 당대의 지식인이었다. 동아일보 기자를 잠깐이지만 했는데 글 쓰는 솜씨도 남달랐다. 오빠가 죽기 전 원고지 5천 매 정도의 회고록을 남겼다고 들었다. 책으로 출간하겠다고 해도 큰올케가 보여 주지 않으니 내용을 모르겠지만 『혼불』의 '매안이씨' 기록만큼이나 흥미진진한 '청해이씨' 가문 이야기가 담겨 있을 것이다.

　'최명희'는 '삭녕최씨'로 『혼불』 배경지인 남원 사매면에서 성장기를 보냈다. 그곳에 삭녕최씨 종가가 있다고 한다. 소설 속 매안이씨 종부 청암 부인이 살던 곳이다. 최명희 씨 집안이 종부 집안이었는지는 모르겠다.

　추측건대, 오빠와 '최명희' 씨가 다방에서 잠깐 만나고 헤어지지는 않았을 것이다. 한 번인지 두 번인지 모르겠으나 한 번 만났다 해도 둘의 이야기는 전주천 흐르듯 이어졌을 것이다. 그 물살이 아쉽지만 '최명희'는 평생 해야 할 일을 하자면 독신이어야 가능했을 것이다. 특히 한국 사회에서는.

"『혼불』은 나의 온 존재를 요구했습니다."

그녀 말대로 온 존재를 던져야 가능한 일을 결혼해서 남편이며 시댁 식구, 자식에게 시간을 나눠 주다 보면 흐지부지 '혼불'은 빠져 달아나고 말지 않았을까. 작가의 아버지도 한몫 거들었을지도 모르겠다. 최명희 씨 부친이 평생 술에서 헤어나지 못하여 가족을 힘들게 했다고 하니 결혼에 회의를 품었을 수도 있겠다.

생뚱맞게 플로베르가 떠오른다. 그는 하루 18시간을 오직 글만 쓰며 살았다고 한다. 독신으로 살았기에 가능한 일이었다. 독신이었지만 누군가 뒷바라지를 해 주었기에 가능한 일이었겠다. 역시 독신이던 누나가 평생 뒷바라지를 해 주었다고 하니 17년간 계속된 『혼불』을 썼던 작가 역시 독신이어야 하지 않았을까?

『임박한 재앙』을 쓴 소설가 '린 샤론 슈워츠'는 "좋은 여자와 작가가 동시에 되기는 불가능하다. 서른두 살 때 나는 둘 중 하나를 선택해야 한다는 걸 깨달았다. 좋은 사람이 되느냐, 작가가 되느냐. 나는 작가가 되기로 결심했다"고 밝혔다. '최명희'는 이미 스물네 살에 독신을 선택했다. 국자와 펜을 들고 고민하다가 그녀도 과감히 국자를 담 밖으로 던져 버렸다.

유하의 시처럼 '사랑의 지옥'을 겪게 할 만큼, 사람을 혼미에 빠지게 할 만큼 매력이 있는 오빠가 아니어서 다행이다. '최명희'가 어떤 누구와도 결혼하지 않았기에, 소설가 이청준이 평했듯, '찬란하도록 아름다운 소설'을 남길 수 있었으니까 천만다행이다. 작가 '최명희'는 『혼불』을 쓰기 시작하면서부터 다른 어떤 작품도 쓰지 않았다. 오직 이 한 작품만을 위해 이 지구, 지구 중에서도 한국에 온 사람이었다.

여름에 오래된 책들을 정리했다. 오래된 책들로 그렇지 않아도 더운 여름이 더 더웠다. 누렇게 바랜 『혼불』을 내놨다가 들여놓기를 반복했다. 결국 버리지 못하고 다시 제자리에 꽂았다. 『혼불』보다 나는 그녀가 썼다는 수필 몇 편이 더 궁금하다. 『혼불』은 『토지』를 읽을 때만큼 몰입하지 않았다. 완벽을 기하려는 서술묘사가 사람을 지치게 했고, 소설의 일차적 특성을 반감해서 띄엄띄엄 읽거나 어느 부분은 읽지 않을 권리를 가동해야 했다.

후기

　사전을 보니 '혼불'을 전라도 방언이라고 써 놓았다. 납득이 가지 않는다. 전라도만이 아니라 전국적으로 쓰고 있을 법하다. 크기에 대한 설명도 마음에 들지 않는다. 종발만 하다고 써 놓았는데 내가 어린 시절 어른들에게 듣기로는 머리가 주먹만 하고 꼬리가 길게 이어져 있다고 들었다. 혼불은 죽은 뒤에 빠져나오는 불이지만 역설적이게도 생명의 불이다. 생명의 불은 어디선가 또 다른 생명에게 불을 지피고 있을 테고.

03_ 한때가 길었던 선진 씨

　오늘은 초임 발령 때 만난 체육 선생에 대해 써 보려 한다. 논둑길을 돌아 바닷길을 걸어 학교를 찾아갔더니 여선생만 무려 13명이 발령을 받아 와 있었다. 남자 선생들 의견은 둘로 나뉘어졌다고 한다. 비교적 젊은 선생들은 학교 분위기가 환해지겠다고 좋아하고, 나이든 쪽은 갓 부임한 여선생이 할 줄 아는 게 뭐 있겠냐며 자기들 일만 늘어났다고 싫어했다는 이야기를 나중에 들었다.

　13명 중 단연 주목을 받은 이는 체육 선생 유선진이었다. 키가 170이 넘고 뼈대가 굵어서 체육 선생다웠으나 본인은 체육 선생으로 불리는 것을 싫어했다. 무용을 부전공으로 했기 때문에 무용 선생으로 발령이 나기를 바랐는데 체육 선생이 되었다고 불만이 컸다.

　선진 선생 방에 처음 차를 마시러 간 날 '아, 이런 사람도 있구나' 하고 놀랐던 기억이 난다. 선진 선생 방은 사면이 가수 남진 사진으로 도배가 되어 있었다. 어디서 그런 큰 사진을 구했는지도 놀라웠지만 젊은 사람이 대놓고 트로트를 좋아하는 것이 특이했다. 고등학생부터 대학 시절 초반까지 남진 콘서트는 빼놓지 않고 쫓아다녔다고 한다. 남진 공연에 가려고 입고 싶은 옷이며 먹고 싶은 것을 참아가며 용돈을 모았다고 했다.

'저 푸른 초원 위에 그림 같은 집을 짓고' 하면서 이상한 윙크를 하는, 그런 행동을 매력적이라 여기는 가수에게 용돈을 쓰다니, 내 돈이 아니라도 아까웠다. 정 공연을 가야 한다면 차라리 나훈아가 낫다 싶었다. 지금은 남진이나 나훈아나 거부감은커녕 그들에게 박수를 보내지만, 당시만 해도 젊은 사람들은 팝송이나 클래식을 들었지 트로트에 관심이 없었다.

기억이 정확한진 몰라도 선진 선생은 언젠가부터 체중이 불면서 남진 공연에 자신 있게 갈 수가 없었다고 말했다. 남진은 빠짐없이 공연을 보러 오는 선진 선생을 여동생처럼 예뻐했고, 자기에게 들어온 선물도 아낌없이 나눠 주었다고 한다. 요즘으로 치면 남진 펜클럽 K시 회장쯤 되겠다. 선진 선생은 다시 날씬해지면 남진을 찾아가겠다고 했다. 내가 그 학교를 떠날 때까지 체중이 원래대로 돌아오지 않았으니 남진을 만나러 가지는 못했다.

세월이 흘러 자식들이 대학을 졸업한 뒤에 선진 선생을 다시 만났다. 납작한 판자처럼 날씬해져 있었다. 성형수술 부작용으로 부자연스러웠던 코며 눈도 전혀 어색해 보이지 않았다. 비로소 무용 선생 티가 났다. 유감스럽게도 그때쯤에는 교직을 그만둔 뒤였다.

남진은 만났느냐고 성급하게 물었다. 만나긴 만났다는 시원찮은 대답이 돌아왔다. 얼마 전 K시에서 남진 데뷔 50주년인가 하는 대규모 콘서트가 열려서 때가 되었다 싶어 출사표를 던졌다고 한다. 새 옷도 사 입고 그 나이에 하이힐까지 신고서 드디어 남진을 만나러 갔다고 한다. 공연이 끝나고 무대 뒤로 꽃다발까지 들고 갔더란다.

선진 선생은 이제 예전처럼 헬스에 매달리지 않고, 동네 길바닥이 닳도록 걷지 않고, 수행승처럼 오후불식을 하지 않는다. 삼시세끼를 제대로 먹는다. 결혼 후에도 언제 남진을 만날지 몰라 긴장의 끈을 놓지 않고 몸매 관리를 했다던 여인이 자반고등어 뒤집듯 달라졌다. 남진은 선진 선생을 알아보지 못했고, 그런 여학생이 있었는지도 기억하지 못했단다. 구구하게 자신을 설명하다가 구차해서 그만두었다고 한다.

"선진아, 선진아!" 동생처럼 다정하게 불러 주었는데 어쩌면 그렇게 깡그리 잊을 수가 있는지, 선진 선생은 허탈하다고 했다. 기나긴 짝사랑은 그렇게 끝이 났다.

쓰고 나니 나도 허탈하다. 가수 남진 씨도 나 같은 증상이 있나 보다고 위로 삼아 말했지만 무슨 위로가 됐겠는가. 나

같은 증상이란 이렇다. 같이 밥도 먹고 영화도 보러 다녔는데 얼마 동안 눈에 안 보이면 얼마 후 이름조차 감쪽같이 기억이 안 나는 '조기망각' 증세, 아니면 시각 중시 경향으로 보이지 않으면 인연이 종료되었다 여기고 뇌가 알아서 자동 삭제하는 유전자가 있는, 무척 가까운 사이가 아니면 '말짱 도루묵'으로 만드는 희한한 증세다.

선진 선생은 겉으로는 아무렇지 않게 말했지만 몇십 년 동안 상상한 시나리오—"아따! 이 가시내야, 니 어디 갔다 이제 나타난 기가. 선진아! 선진이 맞제?"(남진은 선진 선생을 와락 껴안는다.)가 백지가 되었음을 알고 하마 별도 뜨지 않은 밤하늘을 보며 울었을지도.

선진 선생의 지난한 순정에 경의를 바친다. 어디 순정뿐이런가. 자기 관리에 철저하고 남편 봉양 잘하고 자식에게 헌신하는 선진 선생을 보며 그간 반성을 많이 했다.

후기

중학생 시절 '동방신기'를 좋아해서 익산에서 서울까지 쫓아다닌, 이제는 선생님이 된 조카에게, "아직도 동방신기냐?" 하고 물었더니, "에이, 한때지요" 하며 저도 쑥스러운지 웃었다. 선진 선생은 '한때'가 길었을 뿐이다. 선진 선생이 한편으로 부럽다. '한때'를 가져보지 못한 사람으로서.

04_ '흐흐흥' 웃기만 하는 부인

요즘에는 집으로 사람을 초대하지 않는다. 예전에는 집에서 음식을 장만해 식사도 하고 차를 마시기도 해서 남의 집을 구경할 기회가 자주 있었다. 집에 들어서면 먼저 시선이 가는 곳은 책장이다. 아이들 책은 그런대로 갖춰 놓은 집도 성인이 읽는 책은 빈약하기 짝이 없는 집이 대부분이다.

책을 읽지 않는 사람들은 나이 드니 눈이 침침해서 책을 보지 못한다고 변명을 하지만, 눈이 샛별처럼 초롱초롱했을 때도 읽지 않았으니 책장이 비어 있겠지. 대부분 시간이 남아돌고 심심해서 몸이 배배 꼬여도 절대 책을 들지 않는다. 그럼에도 아주 잘 산다.

그 대표적인 사람이 효인 엄마다. 남편은 세칭 일류대 출신으로 직장 운도 좋아서 대기업 부회장까지 올라갔다. 그뿐인가, 자녀들도 아버지가 나온 대학을 졸업했다.

효인 엄마는 잘 웃는다. 힘없이 '흐흐흥' 염소처럼 웃는다. 화내거나 흥분하는 모습을 본 적이 없다.

"효인 엄마도 화내요?"

"흐흐흥, 화 안 내는 사람이 있어요?"

"언제 화내는데요?"

"기억이 안 나네요, 흐흐흥."

아무 생각 없이 사는 것처럼 보이는데 재테크의 달인이다. 내가 지나치게 잘 아는 어떤 집 남편은 부동산 책을 엄청 사 들이고 자격증을 따기 위해 몇 년을 공부했어도 땅 한 평 불리지 못했는데, 효인 엄마는 집에 부동산 책 한 권 없어도 땅 부자다. 심심하면 뭐 하느냐고 물으니, 잠자거나 텔레비전을 본단다. 문화센터에 가서 뭘 배우는 법도 없고, 보통 아줌마들처럼 사우나에 가서 시간을 보내지도 않는다. 유일하게 하는 것이 돈 안 드는 걷기다.

화장도 하지 않는다. 홈쇼핑에서 물건 한 번 사지 않는다. 아무리 봐도 필요한 것이 없단다. 아니 그런 건 내 관심사가 아니고, 아이들 문제집 사러 간 것 외에는 서점에 간 일이 없다고 한다. 책 제목을 보면 내용이 궁금하지 않느냐고 물으니, 읽으면 좋겠지만 궁금하지 않다고 한다.

아무것도 하고 싶은 일이 없다고 해서 부럽기도 하다. 하고 싶은 일이 많은데 조건이 따라주지 못하는 괴로움 따위가 없으니 마음이 평안할 것 아닌가. 허세가 없는 여자, 감정에 변화가 없는 여자, 중심이 흔들리지 않는 여자, 검소한 여자,

호기심 없는 여자, 도대체 어떤 사람인 줄 모를 여자, 어떤 여자보다 단순한데 오리무중이다. '하여튼 100명의 여자 이야기'를 기록하면서 대상을 객관적으로 묘사하려고 애를 썼다. 주관적인 감정이 발생되지 않도록 주의를 기울였다. 그러나 이번 경우는 편파적으로 찌질함의 농도를 진하게 해서 쓰고 싶다.

스님을 하다가 어쩔 수 없이 파계하여 중생 곁에 살고 있으나 세상 것들에 관심 없다는 투로 사는 달관자? 이런 비유도 맞지 않는 게 가지고 있는 많은 땅은 어떻게 설명할 것인가? 하기는 뭐, 알게 모르게 땅을 많이 가지고 있는 스님들도 있다지만. 아, 그리고 새로 산 벤츠는?

"차 바꿨네요."

일부러 벤츠라고 언급하지 않고 말했더니, 아무것도 아니라는 표정으로 애 아빠가 사들고 왔다며 무슨 딸랑이 하나 사들고 온 양 말한다.

효인 엄마는 카페에서 커피 따위는 마시지도 않지만 혹 카페에 가도 아주 여유롭다. 계산하려고 부산을 떨지 않기 때문이다. 남들이 내겠거니 한다. 커피가 나오면 '흐흐흥' 웃으며 '맛있다' 하면 그만이다. 스님들도 신도들과 동행하면 앞서서 계산하려고 부산을 떨지 않는다. 효인 엄마는 스님과 닮은 듯 닮지 않은, 삶 따위에 부산 떨지 않는 중생으로 규정하고 글을 내리자.

원래는 책과 관련된 이야기를 하려고 나섰는데 글이 엉뚱한 골목으로 들어갔다. 이 부인 이야기를 쓰면서 심사가 뒤틀렸다.

'책 따위 그게 무슨 대수? 나 봐! 잘 살고 있잖아. 그래, 당신들은 책도 읽으며 열심히 살아봐. 흐흐흥.'

속으로 그렇게 생각할까? 아니, 남에게 싫은 소리도 하지 않으니 그런 찌질한 생각은 하지 않을 법하다.

김형석 교수는 『백 년을 살아보니』란 책에서 "나는 50대 이상의 어른들이 독서를 즐기는 모습을 후대에 보여 주는 일이 무엇보다도 중요하며 시급하다고 믿고 있다"고 썼다. 백 년을 살아본 분이니 허튼 말씀을 하지는 않았겠지만, 효인 엄마에게는 씨알도 먹히지 않을 소리다.

05_ 파 한 뿌리 애국자 부인

"딩동!"

저녁을 하느라 바쁜 시간. 나가면 이웃 부인이 종재기를 하나 들고 있다. 미역국을 끓이는데 오늘따라 조선간장이 '똑' 떨어졌으니 이 종재기에 한 숟갈만, 말은 빌려 달라는 것이다. 친정 엄마가 곧 보내 주니 그때 주마고.

한 며칠 지나면 또 '띵똥' 소리가 난다. 역시 바쁘게 저녁을 차리고 있는 시간이다. 매운탕을 끓이는데 '딱' 파 한 뿌리가 필요하단다. 한 뿌리 주기 뭣해서 몇 개 주면 정말 '딱' 한 뿌리만 가져간다.

어느 날은 나물 무치는데 참기름이 하필 떨어졌다고 한 숟가락만 달라기도 한다. 탕수육에 넣을 목이버섯이 없다고 두 개만 꾸러 왔을 때는 교육이 되어 있는지라 두 개만 달랑 주었다. 탕수육은 남으면 처치 곤란이니 그때 먹고 치워 버려야 하기 때문에 목이도 두 개면 된다고 했던가? '탕수육이 남으면 목이버섯 빌려 준 집에 주면 되지.' 그런 말이 목구멍까지 나왔지만 참았다.

아, 여담 하나. 중국 여행 갔을 때 목이버섯이 하도 싸서 사가지고 왔다고 말한 걸 이 부인이 기억하고 있었던 모양. 보통 집에서 탕수육을 잘 하지도 않고 목이버섯을 넣지도 않건만 기어이 빌려서라도 구색을 갖추려는 부인이다.

이 부인은 음식 남는 것이 제일 싫다고 한다. 밥도 식구가 한 끼 먹을 양을 컵으로 재서 정량만 한다면, 그런 생활이야 말로 '바른 생활'임을 강조한다. 강조를 하지 말거나 꾸지를 말지 입과 손을 구차하게 만드나 싶은데, 부인 말인즉 다시 밥을 하면 찬밥이 남으니까 어떻게든 밥을 하지 않고 다각도로 해결한다고 한다. '바른 생활' 하지 않는 사람들 덕에 자신의 바른 생활이 이어지고 있다는 생각은 못하고 그저 자신의 '바른 생활'만 신경 쓴다.

나는 이 부인을 '파 한 뿌리 부인'이라고 부른다. 파 한 뿌리 부인에게 늘 소소한 양을 빌려 주니 받을 생각 따위는 하지 않는다. 그녀도 말은 빌려 간다면서도 돌려 준 적은 없고, 음식을 충분히 하지 않으니 남에게 가져다주는 법도 없다.

그 부인과 얼마간 이무러워진 뒤 물었다.

"재료가 없으면 넣지 않으면 되지 굳이 그걸 갖춰 넣으려고 하세요?"

부인 왈, 음식을 만들다 보면 딱 그 재료만 빠져 있단다.

빠져 있는 재료를 넣지 않으면 맛이 안 나니까 빌리게 된다는 이야기였다. 그러면서 덧붙이길, "나는 무엇이나 완벽한 게 좋아. 음식에도 궁합이 맞는 재료가 있거든. 미역국에 소금을 넣을 수 없고, 시금치무침에 참기름은 필수지. 참깨를 그대로 넣어야 할 음식이 있고, 깨소금을 뿌려야 할 때가 따로 있고. 콩나물국에는 고춧가루가 아닌 실고추를 넣어야 천박하지 않은데 요즘에는 아무 데나 고춧가루를 뿌려대. 음식에도 법도가 있는데 다들 막무가내 아무케나 해" 한다. 가정과 출신답다.

나는 음식 만들 때 '없으면 넣지 않는다' 주의다. 나물 무치는데 파가 '딱' 떨어졌으면 없는 대로 무친다. 조선간장이 하필 그때 '똑' 떨어졌으면 친정 엄마가 갖다 줄 때까지 기다리지 않고 소금으로 간하고, 밥이 모자라면 라면이나 국수를, 참기름이 없으면 깨소금을 듬뿍 넣는다. 없는 재료를 빌려서까지 하필 그날, 기어이 먹을 필요는 없다고 여긴다. 남에게 아쉬운 소리 해 가며 우리 집 음식을 종갓집 며느리처럼 법도 있게 만들고 싶은 생각은 추호도 없다.

남에게 하찮은 것이라도 빌리게 되면 상대에게 빚진 기분에 스스로 구차해진다. 만일 어쩔 수 없는 사정으로라도 몇 차례 반복이 되면 격이 낮아진 기분이 든다. 상대에게 나도 무언가를 주어야 비로소 수평이 되어 대하기가 편해지던데 '파 한 뿌리 부인'은 수평 따위는 신경 쓰지 않는다. 하기는 이 부인은 수평보다는 수직 관계를 애호하는 터라 이 부인과 친분을 유지하는 동안 자신은 종갓집 안주인으로, 나는 공동 우물 떠다먹는 아줌마 정도로 여기는 느낌을 받았다.

'파 한 뿌리 부인' 집 냉장고는 본받을 만하다. 냉동고와 냉장고가 거의 비어 있다. 그 집에서 음식이 나온다는 게 신기하다. 그 부인은 "냉장고 안이 깨끗하네요" 하면, 바로 "식재료가 많으면 버리는 것이 많아서 낭비가 되니 국가적으로 뿐 아니라 세계적으로도…. 음식물 쓰레기만 모아도 지구상에 굶어죽는…." 그 뒤는 생략한다. 조그만 주제도 이 부인에게 가면 늘 창대해진다. 아, 그는 자기 같은 사람이 애국자가 아니면 무어냐고 애국자의 영역을 한껏 넓혀 놓기도 했다.

하여튼, 냉장고가 깨끗한 덕에 그녀 집에 가면 여느 독립 유공자처럼 청빈한 속으로 있다가 왔다. 자꾸 여담이 길어지는데, 사람이 한 네다섯 가도 달랑 사과 하나를 깎아 앞 접시에 한 조각씩 놓아 주었다. 앞 접시만큼은 아끼지 않았다.

후기

돈을 한 뿌리만 빌려 달라고 오지는 않았다. 나 역시 돈을 한 뿌리만 캘 재주가 없었기에 다행이다. 글을 쓰다 보니 세상 사는 방법이 참으로 생긴 모습만큼 각기 다르다는 것을 실감한다. '각양각색'이란 말이 그냥 생겼으랴.

06_ 자찌바찌 부인

　몇 년 전, 아버지가 했던 한의원 자리를 찾아가 보았다. 웨딩홀로 바뀌어 있었다. 혹시나 하고 여기저기를 살펴보았지만 옛 흔적은 찾을 수 없었다. 전미사 세탁소 안집과 우리집, 순영이네 집이 헐려서 웨딩홀이 되었고, 놀랍게도 다른 집은 옛 골격을 유지하고 있었다. 오늘 쓰려는 정육점도 간판만 바꿔 달았을 뿐 모양은 그대로 있었다. 무려 40여 년이 더 지났음에도.

　K양복점 안집과 이층 공장은 낡을 대로 낡아 곧 쓰러질 듯 보였다. 신도시 개발로 한때 번화가였던 이곳은 빛을 잃고 방치된 채 도심 공동화가 진행되고 있었다. 마치 알코올 속에 넣어 둔 도마뱀이나 개구리를 보는 느낌이 들었다. 연구 자금이 없어서 실험이 중단된 실험실 같은 어둡고 퀴퀴한 분위기를 풍기고 있었다.

　한때 이 거리에는 사람들의 물결이 끊임없이 이어졌고, 크리스마스가 되면 상점마다 조악한 장식일지라도 반짝이를 내걸고 꼬마전구가 켜지고 캐럴이 행인들의 발길을 멈추게 했다. 사거리 우체국에는 약속을 한 연인, 약속은 없지만 만나고 싶은 사람을 우연히라도 볼 수 있을까 하여 엽서를 부친다는 핑계로 발걸음을 하는 사람들로 북적였다.

부래옥에서는 돌돌돌 말아올린 아이스크림을 팔았다. 그것이 요즘 말로 하면 소프트아이스크림인데 하나에 오십 원쯤 했다. 눈은 즐거운데 그 비싼 것을 사 먹을 수 없는 형편은 살짝 심정을 괴롭게 했다. 대신 아이스케끼 같은 싼 빙과로 속을 달래야 했다. 하기는 그것조차 마음껏 사 먹을 수는 없었다.

5남3녀 중 내 위로 오빠가 셋이나 있는데 그중 셋째 오빠를 지금껏 오빠로 느끼게 된 사건도 부래옥 덕이다. 어쩐 일로 오빠가 아이스케끼를 두 개 사서 먹다가 나를 보자 아까워하지 않고 하나 준 일이 있는데, 그 일은 남매 사이를 유지해 준 단 하나의 끈이 되었다. 나는 그 보답으로 후일 오빠와 결혼을 망설이며 고민하는, 현재 올케언니에게 일이 성사되게끔 요즘 말로 MSG를 과하게 쳐서 말해 주는 것으로 아이스케끼 값을 갚았다.

K양복점 공장(공장이라기보다는 작업실 정도)은 이층에 있었다. 그 양복점은 내 주의를 끌 만한 건 없었는데 중앙동 거리에 떠도는 이야기 하나는 들어서 알고 있었다. 사실인지는 모르지만 주인집 큰딸이 공부를 엄청 잘했는데 공부를 하다가

정신에 이상이 생겼다고 했다. 또 누군가는 공장 직공하고 좋아 지냈는데 아버지 반대로 그렇게 되었다고도 했다.

다시 유턴을 해야겠다. 한 10km 정도 진로를 벗어났다. 정육점 아주머니와 그 딸에 대해 써 보자.

정육점 아주머니는 같이 상대했다간 오히려 우세를 당하니 피해 다니는 것이 상책이라고, 동네 아주머니들이 모이면 한소리씩 했다. 전체적으로 둥그런 참외 같은 몸집이었는데 허리에는 늘 닳아빠진 끈을 질끈 묶고 다녔다. 걸음이 특이했는데 뒷짐을 지고서 고개를 자찌바찌하니 뒤로 젖히고 걸었다. 아무에게나 욕을 하고 삿대질을 해서 특히 남자들이 고개를 절레절레 흔들었다. 아침마다 밥을 얻으러 오는 거지들도 그 집에는 가지 않는다고 했다. 자찌바찌 아주머니는 세상 무서운 것이 없어 보였다.

'너희들이 나 밥 먹여 주니? 내가 내 장사해서 먹고사는데, 지금 세상이 언젠데 백정이라고 나를 무시해? 어디 오늘 너 잘 만났다. 너 죽고 나 살자!' 식으로 막무가내 누구랄 것 없이 거침없이 대했다. 손님이 없으면 자찌바찌 포즈로 팔자걸음을 걸으며 중앙동 길을 왔다 갔다 하며 지나다니는 사람들을 옆눈으로, 깔보는 태도로 훑어보고 다녔다. 그 모습이 내 눈에 '오늘은 누구하고 한판 붙어볼까?' 하는, 성난 암탉 같은 모습으로 보였다.

그 집에 나하고 같은 학교에 다니는 딸이 하나 있었다. 학교에 돈을 기부하고 보결로 들어왔다는 소문이 있었지만 그림에 소질이 있어 나중에 미대에 들어갔다. 먹을 것이 생기면 아이들에게도 아끼지 않고 나눠 주었다. 그런 친구에게 큰 말실수를 했다.

우리 아버지는 조선시대 사고방식을 가진 분이라서 고기를 팔아서 먹고 사는 일에 호의적이지 못했던 터라 내가 그 아이와 오가며 노는 것을 싫어하셨다. 무엇보다 그 안하무인인 자찌바찌 부인의 딸이라는 것을 마음에 걸려 하셨다. 초등학교 6학년이나 되었을까? 한 동네 사는 아이들끼리 늘 뭉쳐 다녔는데 그날은 무엇으로 토라졌는지 내 입에서 나와서는 안 되는 말이 나와 버렸다.

"우리 아버지가 너하고 놀지 말랬어, 고기 판다고."

그 아버지에 그 딸이었다. 그날 자찌바찌 부인이 우리 집 대문을 있는 힘껏 발로 차며 기세등등하게 들어섰다. 다행히 아버지가 안 계셨고, 어머니가 쩔쩔매며 좋은 말로 타일러 보내면서 일단락되었으나 그 친구와는 다시 어울려 다닐 수 없게 되었다. 덕분에 미제 미꾸르(우유가 많이 들어간 캐러멜)를 더는 얻어먹을 수 없었다.

이름은 잊었지만 나이 차가 많이 나는 오빠 한 분이 있었는데, 친구보다 여린 감수성을 가졌는지 정육점 아들이라는 것에 고민이 많았다고 한다. 자기네가 정육점을 했다는 사실을 누구도 모르는 곳에 가서 살고 싶다고 해 멀리 이민을 갔다고 들었다.

자찌바찌 부인이 악착스럽게 굴고 사람들에게 전투적으로 맞섰던 것은 세인들의 곱잖은 시선에서 집안을 지키고, 자식을 지켜내기 위해서였을 것이다. 그녀야말로 진정한 여전사였는지도 모른다. 마음이 넉넉했던 친구에게 뒤늦은 사과를 전한다.

07_ 외간 남자 손을 잡고 기도하던 여자

　크로아티아 남단에 있는 두브로브니크에 가는 이유는 성벽에 올라 아드리아해를 바라보며 성벽을 따라 걷는 일이 먼저다. 성벽 투어를 하는 날 시가지를 가로질러 부지런히 가이드를 따라가는데 그가 갑자기 멈춰 섰다. 망토를 입은 남자 동상 앞이었다. 이번 여행에서 동상깨나 보았는데 전부 남자가 주인공이었다. 여자도 이 골짜기에 그득그득 살았을 텐데 남자들만 산 세상 같았다.

　가이드는 앉아 있는 동상을 가리키며 "코를 만지면 행운이, 머리를 만지면 지식이, 손을 만지면 글을 잘 쓰게 된다"고 하면서 마음 가는 대로 만져 보라 하고는 앞서 가 버렸다. 우리 일행 말고도 한국인 관광객이 동상 주위를 에워싸고 있었다. 사람들은 서둘러 머리와 코에 손을 대고 떠나갔다. 손에는 관심을 보이지 않았다. 코는 얼마나 많은 사람이 만졌는지 칠이 벗겨져 반질거렸다. 닳고 닳은 행운이라도 여기까지 왔으니 허실 삼아 만져나 보고 가자 싶었다.

그러나 좀체 동상에 다가갈 수가 없었다. 일행은 멀어져 가고 애가 탔지만 손만 만져도 글재주가 생긴다는데 이런 기회를 놓칠 수는 없잖은가.

드디어 여자 한 사람만 남았다. 여자는 동상 머리를 먼저 만지더니 행운을 가져다준다는 코는 거들떠도 안 보고 바로 아래로 내려가 손을 잡았다. 당연히 이제 내 차례구나 싶어 한 발 다가섰으나 여자는 동상의 손을 부여잡고 어루만지고 다독거리며 일어날 생각을 하지 않는다. 전장에 나갔다 용케 살아 돌아온 남편이라면 몰라도 아무리 동상이라도 그렇지 외간 남자를 저렇게 붙들고 웅얼웅얼 입술을 달싹이며 기도 까지 하고 있는 꼴이라니, 보는 내가 다 민망했다. 분명 뒤에 사람이 기다리고 있는 것을 알 텐데도 아랑곳하지 않는 뻔뻔 함까지 더하여.

일행은 벌써 골목길을 돌아가 후미도 보이지 않았다. 나는 더는 기다릴 수가 없어서 틈새를 노려 동상의 새끼손가락쯤 에 검지로 후다닥 점을 찍고 일행을 쫓아 뛰기 시작하였다.

그 여자를 다시 본 것은 한국으로 돌아가는 비행기를 타러 베니스 공항에 들어섰을 때였다. 여행사는 다르지만 코스가 같아서 돌아가는 항공편이 같은 모양이었다. 다시 보아도 글 을 잘 쓰게 해 달라는 소망을 가질 여자로 보이지는 않았다. 그런 표식이 어디 있으랴만 자기 일행과 건네는 말투며 차림

새로 보아서는 글쓰기와는 다소 거리가 있어 보였다. 하지만 동상의 손을 부여잡고 기도를 드리는 모습이 너무 간절해 보였기 때문에 전혀 무관하다고 볼 수도 없어서 하마터면 그 여자에게 달려가 물어볼 뻔했다.

'혹시 따님이 작가세요?'

하기는 딸이 작가가 아니고 그 여인이 작가가 되기를 희망했다면 한 고개는 넘은 셈이다. 글을 잘 쓰려면 간절한 마음이 있어야 한다. 간절함 없이 쓴 글은 기교만 넘치게 마련. 이 여인의 간절함은 이미 증명이 된 데다 혹 동상이 일조를 해 줄지 모르는 일 아닌가. 덤으로 나에게도 일조가 한 점이라도 묻어 오기를.

동상으로 만들어져 여행객들에게 시달리고 있는 사람은 16세기에 활동했던 극작가 '마린 드르지치(Marin Drzic)'라고 한다.

08_ 미칠 이유가 없는 여자

이분 역시 직접 알지 못하고 길에서 보았다. 옷깃만 스쳐도 인연이라는데 이번 봄에 거의 매일 본 데다 이 책에까지 등장하는 걸 보면 겉으로는 알 수 없는 어떤 인연이 있었는지도 모르겠다. 시장 사람들이 '미칠 이유가 없다'며 혀를 차는 여인에 대한 이야기다.

요즘은 그 여자가 통 보이지 않는다. 봄에만 해도 시장 앞 신호등에 붙박이처럼 서 있었는데 여름이 오면서부터 보이지 않는다. 하기는 정신이 나갔다고 해도 이 더위를 참을 수는 없었으리라.

여자는 유독 깔끔한 옷차림을 하고 있어서 눈에 띄었다. 절에 다니는지 빳빳이 풀 먹인 잿빛 바지에 하얀 블라우스를 받쳐 입은 모습이 겉으로 보아서는 멀쩡해 보였다. 등에 지나치게 큰 배낭을 메고 있어서 어울리지 않아 보였지만 별스럽게 보이지는 않았다. 다만 신호등에 기대어 움직이지 않고 계속 혼잣말을 중얼거리고 있어, 그곳을 지나는 사람이라면 오래지 않아 여자가 다른 세계에 살고 있다는 것을 눈치채게 된다.

아, 여자가 입은 블라우스에 대해 말해 두어야겠다. 어떻게 세탁을 했는지 몰라도 길 건너에서도 여자의 블라우스는 뽀얗게 윤이 났다. 가슴께에는 홍초인지 칸나인지가 수놓여 있었는데 하얀 블라우스 위에서 붉은 꽃과 초록 잎이 대비를 이뤄 생생하게 피어나 있었다. 꽃이 생생하게 보일수록 미친 여자를 더 드러나게 해 주는 듯해서 애잔한 마음이 일었다.

시장 사람들은 대부분 여자를 알고 있었다. 시장 다니며 쓰는 보자기에도 수를 놓아서 다닐 정도로 수놓는 것을 좋아한다고 했다. 물건을 사면서 값을 깎지 않았고, 덤으로 더 달라는 말도 하지 않았다고 한다. 여자는 도깨비시장이라고 부르는 재래시장에 근 30여 년을 다녔는데, 어느 날인가부터 돈을 내지 않고 메고 다니는 배낭에 되는 대로 물건을 집어넣고 가 버리더라는 것이다.

처음에는 장난이려니 하고 두고 보았는데, 남편이 나타나 여자를 강제로 끌고 가는 일이 잦아지면서부터 여자가 이상해진 것을 비로소 알았다고 한다. 혼잣말 하는 증상도 그즈음 생겼다며, 신호등 바로 옆에 좌판을 벌이고 있는 할머니는 묻지도 않았는데 여자에 관한 이야기를 '좔좔좔' 늘어놓았다. 여자는 바로 옆에서 자기 이야기를 하고 있어도 알아듣지 못하는 눈치였다.

하루는 간발의 차이로 신호등이 바뀌어 건너가지 못한 김에 여자 옆에 서서 무슨 말을 하는지 귀 기울여 들어보았다. 뜻밖에도 정치하는 사람들에 대한 비판이었다. 어떤 국회의원이 하는 짓이 마땅치 않다는 그런 비슷한 내용을 고장 난 테이프를 틀어 놓은 양 반복하고 있었다. 표정으로 봐서는 여자 앞에 누군가 있는 모양이었다. 보이지 않는 대상에게 여자는 말을 쏟아내고 있었다. 말을 하고 싶었는데 속을 털어놓을 대상이 없었을까?

일중독, 등산, 춤추기, 영화보기… 우리가 하는 대부분의 일들이 외로움을 상쇄하기 위해서라고 어느 정신과 의사는 말한다. 산다는 건, 살아낸다는 것은 미쳤거나 미치지 않았거나 누구에게나 외로운 길이다. 미칠 겨를조차 없다고 바쁜 척 다니다가 시장에 갈 때면 가끔 여자가 궁금해진다. 시설에 보내졌을까? 아니면 집에서 나오지 못하게 조치를 취해 놓았을까?

다른 미친 사람들은 미친 사연을 저마다 등에 지고 있는데 여자는 미쳐 버릴 만한 사연이 없단다. 부부 사이도 좋았고 자식도 남부럽지 않게 키웠다고 한다. 아들 하나는 사법고시에 붙어서 여자가 사는 동네에 현수막이 걸릴 정도로 안팎으로 미칠 이유가 없는데 미쳤다며, 여기 말로 '도시(도대체) 뭣

땜시 미쳤는지 모를 일'이라고 시장 사람들은 혀를 찬다.

다방면에 재주가 많았다는 여자는 혹시 어느 한 가지에 미쳐 미치도록 살고 싶었으나 미치지 못해서 미쳐 버린 건 아니었을까? 어찌되었든, 미쳐 버려야 할 이유가 있어서 여자는 미쳤을 것이다. 이쪽에서 보기에는 미친 선택 같아도 그 여자는 살기 위해서, 그렇게라도 하지 않으면 살 수가 없어서 필사적으로 그쪽 세계로 달아난 건 아닌지. 여자가 서 있던 자리를 한참 바라보았다.

후기

시장에서 오랜 세월 자신이 농사지은 것을 내다파는 아주머니는 여자가 시장도깨비한테 홀렸다고 말한다. 이 도시가 들어서기 전에 이곳은 숭악한 산골이었고 도깨비가 자주 나타나서 '도깨비터'라고 불렸다 한다. 이곳에 시장이 열리면서 자연히 도깨비시장으로 불리게 되었는데, 얌전하고 예쁜 데다 착하기까지 하니까 도깨비가 홀려냈다고. 매급시(맥없이) 미친 게 아니라며 무슨 큰 비밀이나 되는 양 소곤거리며 말해 주었다. 호박을 사면서 요즘엔 그 여자가 보이지 않는다고 말했더니….

09_ 잊고 있던 여인

오늘은 어떤 인연에 대해 글을 쓸까? 연애하고 싶다던 어떤 할머니? 씨암탉들 같았던 당숙모들? 머리가 가을날 늙은 호박보다 컸던 손자 머리를 받쳐들고 다니던 할머니? 그러다가 갑자기 잠수해 있다가 불쑥 떠오르는 해녀 머리처럼 이 여인이 떠올랐다. 까맣게 잊고 있었다.

무성영화처럼 떠오르는 한 장면이 있다. 20년 전 전주역 부근에서 있었던 일이다. 남편과 같이 대전에 갔다가 여수로 오는 길이었다. 전주를 그냥 통과하기가 서운해서 "시내에 들어가서 비빔밥 먹고 갈까?" 하는 내 말에 남편이 3차선에서 2차선으로 차선을 바꾸는데 갑자기 차 전면 유리창에 한 물체가 '봉' 떠올랐다. 지금 그 장면을 떠올리면 슬로비디오를 보는 것처럼 그려지지만 당시는 '봉' 떠올랐다가 '툭' 하고 순식간에 떨어졌다.

"뭐지?" 얼른 상황 파악이 안 되었다. 사람들이 몰려들고 비명소리가 났다. 차 문을 열고 나가 보니 한 여자가 정신을 잃고 쓰러져 있었다. 순간, 여자가 죽었으면 어떡하지? 내 인생이 이렇게 끝나는 거야? 병원으로 가야 할 텐데, 구급차는? 머릿속에서 한꺼번에 여러 생각이 뒤죽박죽으로 떠올랐다.

그 와중에도 혹시 머리를 다쳤을지 모르니 여자를 흔들면 안 되겠다 싶어서 땅바닥에 주저앉아 "아줌마! 아줌마!"를 얼마나 외쳐댔는지 나중에 정신을 차리고 보니 목이 부어 있었다. 얼마나 불렀을까. 여자가 눈을 뜨더니 내 손을 잡으며 괜찮다는 눈짓을 보냈다. 그것만도 다행이라 "고마워요, 고마워요!" 소리가 연신 입에서 터져 나왔다. 그 사이 구급차가 오고 레커에 보험회사 직원에 경찰까지 총출동해 있었다.

여자를 구급차에 싣고 우리 부부가 동행하려고 했더니 보험회사 직원이 말렸다. 자기들한테 맡기고 집으로 가라는 것이다. 그럴 수는 없었다. 의식이 깨어났다고 하지만 우선 보호자가 없으니 병원에 가서 어디 이상이 있는지 살펴봐야 하는 게 순서고 도리다 싶었다.

마침 지척에 대학병원이 있어 응급실로 여자를 옮겼다. 수속하려고 여자에게 이름을 물으며 살펴보니 그제야 여자의 행색이 눈에 들어왔다. 발은 언제 씻었는지 모를 만큼 새까맣게 때가 끼어 있고, 떡이 져 엉겨붙은 머리하며, 이미 여름인데 겨울옷을 입고 있었다. 무엇을 물어도 입을 다물고 고개만 흔들었다. 다행히 소지품으로 작은 가방이 있어서 열어 보니 구겨진 쪽지 하나가 나왔다. 이름 옆에 전화번호가 하나 적혀 있었다.

병원에서는 아무 이상이 없으니 입원할 필요도 없다며 당장 퇴원하라고 했다. 하지만 이 여자를 어디로 퇴원시키겠는가. 혹시 모르니 머리 사진도 찍어 보고 다른 검사도 해 주라고 의사에게 부탁했다. 의사는 마지못해 검사를 허락하였고, 결과는 역시 아무 이상이 없다고 나왔다.

휠체어를 끌고 검사 받으러 여기저기 다니는 동안 여자는 미안하다는 말을 계속했다. 미안한 쪽은 우리니 편안히 검사 받아도 된다고 안심시켰다. 자정이 되어서야 쪽지에 적힌 전화번호 주인에게서 연락이 왔다. 여자의 오빠라고 했다. 떨떠름한 목소리로 전화를 받더니 다음 날 아침에나 오겠다며 전화를 끊었다. 대전이라고 했다.

다음 날 오빠라는 사람에게 사정을 들어보니 짐작한 대로 사연이 기구했다. 결혼 생활 내내 남편에게 맞고 살다가 결국 정신이 이상해져서 버림을 받고 친정에 돌아왔다고 한다. 돌볼 사람이 없어서 방에 가둬 놓았는데 작년 겨울에 나간 뒤 소식을 몰라서 그렇지 않아도 찾고 있었다고 한다. 종종 그렇게 사라지다가 어디선가 발견되어 돌아오는데, 이번에는 나간 지가 오래돼 어디서 죽었나 보다고 생각하고 있었다는 이야기를 덧붙였다. '제발 그러기라도 했으면' 하는 남자의 지친 마음이 느껴졌다.

6차선 차도로 뛰어든 여자의 과실이 인정되어 치료비만 계산하면 되었다. 여자의 오빠는 이상이 없다는데도 부득부득 다른 병원으로 옮겨서 치료를 더 받겠다고 했다. 의사는 이상이 생기면 그때 다시 병원에 와도 된다고 했지만 남자는 의견을 굽히지 않았다. 여자를 집으로 데려가고 싶지 않은 모양이었다.

지금 생각해 봐도 아주 정신을 놓아 버린 여자는 아니었다. 걸친 의복이 남루할 뿐이었지 말하는 태도며 마음씀씀이는 결코 남루하지 않았다. 뿐더러 사태를 의식하고 미안하다고 사과를 하는 것으로 봐서는 터무니없이 6차선 차도로 뛰어들 여자로 보이지는 않았다. 추측한들 무엇하랴만, 여자는 갇혀 있더라도 그제쯤에는 집으로 돌아갈 빌미가 필요했는지도 모른다.

몇 개월 동안 여자를 위해 아침마다 기도를 드렸다. 그러다 어느 날인가부터 거짓말처럼 잊어버렸고, 그동안은 아예 잊고 살았다. 죽지 않고 살아 있어 준 것만으로도 감사하여 날마다 감사기도를 드렸는데, 사람처럼 간사하랴.

후기

여자는 병원을 세 군데나 옮겨 다니며 치료를 받았고, 보험 담당자 말에 의하면 신수가 훤해져 몰라볼 정도이니 걱정도 말라고 했다. 문병을 가겠다고 해도 극구 말렸다. 이 글을 쓰면서 폭력 남편 문제가 계속 걸렸다. 미칠 이유가 없는데 미쳤다던 도깨비시장 여자도 혹시 이 여자처럼 드러나지 않은 남편의 폭력 때문에 희생된 건 아니었을까?

몇 년 동안 글쓰기 수업을 진행했던 '여성쉼터'에는 남편의 폭력에 시달리다 집을 나온 여자들이 대책 없이 머물고 있다. 말이 쉼터지 여럿이 지내기에 비좁고 시설도 제대로 되어 있지 않은 곳이다. 그런 곳에서 대책 없이 아이를 키우는 엄마도 있다. 나 역시 머리 아픈 글쓰기 따위나 가르치다 대책 없이 쉼터를 나오곤 했다. 여자들은 그런 쉼터에도 무한정 있을 수 없다. 결국 스스로 대책을 마련해야 한다. 어떻게?

10_ 욕망을 종이 접듯 접은 여자

선희 씨는 아직도 이혼하지 않고 산다. 그녀는 기억하고 있을지 몰라도 30년 전인가 늦은 시간에 전화를 걸어와 약간 울먹이는 소리로 "명선 씨, 아이들이 대학만 들어가면 이혼할 거예요." 그 말 한마디를 하고는 전화를 급히 끊었다. 구차한 충고 따위를 늘어놓을 필요가 없어서 좋았지만, 정작 그 전화를 받고 나는 잠을 설쳤다.

세월이 흘러 선희 씨 큰아이가 대학에 들어갔다. 이혼 소식은 들려오지 않았다. 기다린 김에 좀 더 기다려 보기로 했다. 연년생인 둘째가 남아 있기 때문이었다. 둘째가 재수까지 하여 대학에 들어갔다. 드디어 이혼 소식이 들려오나 기다렸지만 아이들이 대학을 졸업하도록 두 사람의 결별 소식은 들리지 않았다.

선희 씨는 밤에 외출한 적이 없다. 해가 떨어지기 전에는 무조건 집에 들어가 있어야 한다. 학생보다 엄격한 통행금지 시간을 남편은 아내에게 적용했다. 저녁에는 전화조차 선희 씨가 걸어서는 안 되고, 걸려온 전화를 받아서도 안 되었다.

여자인 내가 보기에도 선희 씨는 예쁘다. 꾸며 놓으면 신윤복의 '미인도'에 나오는 여인과 얼추 비슷해 보일 정도로 고전미가 있다. 미인 아내를 가진 남자가 아내를 자랑하며 설쳐대는 꼴도 좀스러워 보이지만, 아내를 지나치게 단속하는 것도 좀스럽기는 매한가지다. 아내를 믿지 못하고 벌벌 떨 양이면 애초 미인을 얻지 말 일이지, 평생 마음 졸이며 사는 선희 씨 남편이 한편으로는 안타까워 보였다.

참다못한 내가 어느 날 물었다.

"선희 씨, 언제 이혼해요? 선희 씨가 이혼하면 나도 따라 하려고 기다리고 있고만."

선희 씨는 입을 가리고 '호호' 웃더니 이제는 자기 남편이 없으면 살 수 없다고 한다. 그리고 그 많은 애환을 이겨냈는데 이제 와서 이혼하면 억울하지 않겠느냐고 오히려 나에게 반문한다.

요즘 이 부부는 텃밭을 가꾸며 즐겁게 살고 있다. 선희 씨였으니 '요즘'을 만들어 냈다. 그렇게는 살 수 없다고 몇 번이고 집을 뛰쳐나갔거나 극단적인 선택을 할 수도 있었는데 용케 이리저리 갈등을 피해 사는 것을 보며 감탄을 금치 못했다.

선희 씨는 남자 같은 옷을 입었고 마사지 한번 받지 않으며 일부러 미모를 가꾸지 않으려고 노력했다. 다방면에 재능이 많음에도 그것을 키우려 들지 않았다. 자신의 역할을 남편의 아내로 자식의 엄마로만 한정지으며 살았다. 선희 씨 말에 의하면 자신이 한 선택을 옳게 만들고 싶었고, 가정을 지키는 일이 우선이어서 속에서 무한대로 출렁이는 욕망은 종이 접듯 접고 접어서 구석진 곳에 숨겨 놓고 살 수밖에 없었다고 한다.

선희 씨가 접은 욕망은 하도 접어서 지금쯤 더 접을 여지가 없겠지만, 이제는 접어 둔 욕망이 자동 우산처럼 '확' 펼쳐지면 안 되는 걸까? 그런 반란을 무담시 내가 꿈꾼다.

남편은 부인을 통제하며 그 위에 군림했다고 여기며 살았겠지만, 선희 씨야말로 남편보다 급수가 높은 조종사였다. 지금도 여전히 밤 외출을 하지 못하고 산다. 그래도 젊을 때 새카맣게 얼굴을 덮었던 기미는 없어졌다.

11_ 9월 어느 날 여인

"내가 왜 이 여인을 빠뜨려 먹었던가."

이 표현은 오쇼 라즈니쉬에게서 빌려 왔다. 『내가 사랑한 책들』에서 라즈니쉬는 종종 이 표현을 사용한다. 남자치고 호들갑스럽다. 그럴지라도 그의 멋진 수염은 호들갑스러움을 상쇄시키고 남을 만큼 매력적이다.

이 대목에서 우리 아버지가 떠오른다. 아버지도 수염을 길렀다. 아버지 사주에 의하면 '입'이 화를 가져올 상이라나 어쩐다나. 그 바른말 하기 좋아하는 매서운 입을 덮을 수염이 필요해서 기른다고 하셨다.

그러나 아버지의 바람대로 입을 덮을 만큼 수염은 쑥쑥 자라나지 않았다. 털 유전자가 약했는지 아버지의 유전자를 반 정도 물려받은 5남3녀도 나이 들어 빈모로 마음고생깨나 하고 산다. 각설하고, 아버지 같지 않게 라즈니쉬는 나이아가라의 베일폭포를 연상시키는 수염을 가지고 있다. 수염만으로도 그는 경외심을 불러일으킨다.

외모와 다르게 라즈니쉬는 참 말 많은 수행자다. 하기는 그래야 그가 살 수 있었는지도 모른다. 머릿속 세포 하나하나에 씨앗처럼 촘촘히 들어 있는 '앎' 알갱이들을 수시로 깨털듯 털어내야 그도 개운한 머리로 살아갈 수 있지 않았을까? 그렇지 않았다면 제자가 라즈니쉬의 무거운 머리를 받쳐 들고 다녀야 했을지도 모를 일이다.

'9월 어느 날 여인'에 대해 쓴다는 것이 라즈니쉬를 언급하면서 길어졌다. 본 영화 시작하기 전 지루하게 나오는 광고 같은 글이 되어 버렸다.

기차를 타고 서울에 올라가고 있는 중이다. 차창 밖으로 노란 들녘이 펼쳐지고 있다. 농사지을 사람이 없다지만 들녘은 보이는 곳마다 사람의 손길이 닿지 않은 곳이 없이 알뜰히 가꾸어져 있다. 익어 가는 곡식이 뿜어내는 놀라운 빛을 보고 있자니 여름내 땀 흘렸을 분들의 수고에 고마움이 절로 인다. 저렇게 넓은 들녘에게 고마운 마음을 표시해야 한다면, 오늘의 주인공이라면 어떻게 표현했을까?

여인은 처음에는 운동을 하기 위해 아파트 뒷산에 매일 올랐다 한다. 산이라기보다 구릉이라고 할 그곳에는 사람들이 자갈을 걷어 내고 일군 조그만 밭들이 여기저기 흩어져 있었다고 한다. 나중에는 운동은 뒷전이고 그곳에 심어 놓은 파며 부추며 호박을 보는 재미에 맛이 들려 하루라도 산을 오르지 않으면 안 될 정도로 자주 올라 다녔다고. 가까운 곳에 멋진 장소를 두고도 몇 년을 그대로 허비한 것만 같아서 아쉬워하며 주로 해 질 무렵 그곳을 찾았다고 한다. 구릉에 올라 바다로 떨어지는 노을을 보는 재미도 놓치고 싶지 않았다고 한다. 쓰다 보니 '~한다'라는 말이 거슬려서 여자가 했던 말을 옮겨 본다.

"그날은 평상시 다니는 길이 아닌 약간 으슥해서 눈을 주지 않던 길로 접어들었어. 얼만큼 가니 길이 구부러지면서 시야가 가려지는 곳이 나왔어. 돌아갈까 하다가 몇 걸음 앞으로 나갔더니 글쎄, 다른 세상이 펼쳐져 있는 거야. 여기서는 볼 수 없는 눈꽃이 피어 있었어. 메밀꽃 말야, 메밀꽃 봤어? 석양을 배경으로 핀 메밀꽃. 메밀꽃 앞에서 얼마나 가슴이 차오르는지 한참을 서 있었어. 영화 속 주인공이 된 기분으로."

그녀는 메밀꽃이 져 버리는 날까지 저물녘이면 그곳을 찾았다고 한다. 그러다 메밀꽃이 거의 져 버린 9월 어느 날, 그녀는 메밀밭 주인에게 손편지와 함께 샴프와 린스를 고마움의 표시로 밭 초입에 묻어 두고 왔다고 한다. 메밀을 수확하다가 이것을 발견한 밭주인은 어떤 표정을 지었을까?

지평선 멀리 펼쳐진 저 들녘에 샴프와 린스를 비닐봉투에 싸서 일일이 손편지를 써 넣을 수도 없고, 이럴 땐 어떻게 감사를 전해야 하는지 오랜만에 전화를 해 봐야겠다. 여인의 이름은 '박은주'다.

12_ 종잡을 수 없던 여인

그 여자는 이제 배울 게 없다고 한다.

그 여자는 이제 부러운 것이 없다고 한다.

그 여자는 이제 먹고 싶은 것도 없다 한다.

그 여자는 이제 입고 싶은 옷도 없다고 한다.

그 여자는 이제 가 볼 곳도 없다고 한다.

해 볼 것 다 해 보았으니 욕심낼 것이 없다고 한다. 욕심내면 추하다며 이제 서나서나 산단다. 고작 나이 사십에 저런 도통한 말을 할 수 있는 그녀가 놀라웠다.

그녀에게 약간의 걱정이 있다면 자기 아들이 천재가 아닌가 하는 의심이었다. 그녀는 자기 아들이 천재가 아니기를 진심으로 바란다고 했다. 천재의 삶이란 힘들기 때문에 아들이 그런 삶을 살기를 바라지 않는다고.

내 보기에는 책을 또래보다 많이 읽고 그걸 그대로 옮기는 능력은 있어 보였다. 여섯 살인데도 건방진 느낌을 주는 아이여서 머리를 쓰다듬어 주고 싶지 않았는데 반갑게도 엄마가 미리 주의를 주었다. 아이가 잘생기다 보니 사람들이 머리를 자꾸 쓰다듬는데 자기 아이가 그걸 제일 싫어하니 말로만 해 주시라고. 그녀는 자신과 자신에 연계된 것들은 좋지 않은 것이 없다고 여겼고, 특히 자기를 인정하고 받아들이는 면에서 탁월하였다. 우울증에 빠질 염려가 없는 여인으로 보였다.

배우기로 한다면 죽는 날까지 배움에 끝이 있을까. 세상은 넓고 배울 것 천지인데. 그 여자 말인즉 한 가지 이치만 알면 이 세상은 그 이치 위에 제 맘대로 색을 입힌 것에 불과하므로 하나의 이치를 깨우치면 열 가지를 미루어 알게 되니 헤맬 필요가 없단다.

그러나 그 말이 믿음이 안 가는 건 무엇을 배우러 몇 달 다녀놓고는 더는 배울 것이 없다는 태도가 그랬다. 이를테면 재즈피아노를 배우러 두 달인가 다녀놓고는 재즈가 무언지 꿰뚫어 보았다는 식이다. 유화를 배우러 다녀도 금세 그 세계를 알게 되었다고 말한다. 내 보기에 하느님이라도 재즈피아노의 재미를 알려면 매일같이 적어도 일 년은 연습이 필요할 텐데 말을 쉽게 하는구나 싶었다. 책도 이미 마스터가 끝난 터라 지루해서 흥미를 잃었다고 한다. 그러고는 그까짓 책쓰기로 말하면 안 써서 그렇지 한 달이면 쓸 수 있다나 어쩐다나.

언젠가 독서회에서 마침 건축 관련 책을 읽고 있었는데 그 여인 말이, 하도 좋은 집에 살아봐서 집 욕심도 나지 않는다고 해서 대체 얼마나 좋은 집이면 저렇게 말할 수 있는지 궁금했다. 비싼 정원수가 가득한 집일까? 집에 수영장도 있고 하다못해 편백나무 사우나 시설이 갖추어져 있나?

나중에 알고 보니 보통 아파트 45평 정도 되는 집이었고, 차도 국산 중형차였다. 세상 다 다녀보았다 해서 어디를 다녀왔는지 물었더니 고작 몇 개국 정도였다. 한번 말을 시작하면 쉼표가 없이 힘도 들이지 않고 '줄줄줄' '샐샐샐' 늘어놓아서 이분을 만나고 오면 편두통이 왔다.

지나치게 낙천적이거나 현실인식장애가 있거나 허언증세가 있거나 만나면 만날수록 종잡을 수 없는 여인이었다. 잘은 모르지만 과잉과 결핍을 오가는 여인이라는 인상을 받았다. 하도 카톡을 보내서 질려 보지 않고 있는데도 줄기차게 보내는 것을 보면 집념 어린 덩굴식물 같기도 했다. 분명 어떤 결핍이 생각 과잉을 불러온 듯싶은데, 원인을 내시경 보듯 안다면 내가 『아내를 모자로 착각한 남자』(올리버 섹스. 신경학 전문의)라는 책을 썼으리라.

후기

그녀는 요즘 대학원에 진학해서 공부하고 있다. 이미 공부
도 도통했다고 말한 그녀가 대학원에 입학했다고 해서 의외
였다. 여전히 종잡을 수 없는 여인이다.

13_ 오십 넘어 폭발한 휴화산

연산 씨는 처음에 심심풀이로 스케치 앱을 다운받아 그림을 그리기 시작했다. 연산 씨가 그린 그림은 사람을 행복하게 만드는 힘이 있었다. 그림은 맺힌 데가 없고 쓸데없이 진지하지 않은 연산 씨 성품을 닮아 있었다. 당시는 본인도 그것을 그림이라고 부르기도 황송해했지만.

한 일 년 스마트폰으로 하루도 빠짐없이 그림을 그리더니 어느 날 미술대학에 편입했다. 오십이 넘은 나이에, 미술에 대해 기초도 없는 사람이 입학을 하자 다들 놀라워했다. 그러나 그건 서막에 불과했다. 학교에 들어간 지 3개월 만에 일본인지 어딘가에서 열린 국제대회에 무려 100호나 되는 그림을 출품하여 입선했다는 소식을 전해 왔다.

주위 사람들은 반신반의했다. 그러나 연산 여사는 사람들의 반신반의를 뒤로하고 학교를 졸업하기 전 국내외 상을 한 열 개쯤 탔고 어엿한 화가로 이름을 올리게 되었다. 졸업 전에 인사동에서 개인전까지 열었다. 지난 50년 동안 살면서 이룬 것보다 2년 간 성취한 업적이 대단했다.

일찍부터 그림을 그리고 익힌 전공자와 달리 연산 여사에게는 자신이 그어놓은 한계가 없었다. 그림은 어떠해야 한다는 선입견도, 어떻게 그려야 한다는 편견 없이 오직 그녀가 가지고 있는 순수한 열정을 그려냈다. 50년간 압축된 열정이 터져 나온 것을 눈 밝은 심사위원들이 알아보았음에 틀림없다. 기교나 기능을 보지 않고 그녀가 거침없이 창조해 낸 세계에 같이 빠져들지 않았을까? 먹으면 행복해지는 우물물 같은 그림 속으로. 지금도 그녀의 질주는 계속되고 있다.

화가 '김점선'이 생각난다. 말을 그리려고 몇 날을 붙들고 있었지만 자신이 보아도 도저히 말 같지 않아서 그림에 '이것은 말임'이라고 써 놨다던가. '잭슨 폴락' 역시 그림에 대한 기초가 부족해서 사실주의적인 그림을 그릴 수 없었고 그 부분에서 평가절하당한 적이 있었다고 한다. 아마도 연산 여사의 데생 실력은 미술대학에 진학하기 위해 학원에서 공부하고 있는 학생 수준을 따라잡지 못할지도 모른다. 그게 뭐 대순가. 그녀가 누군가와 비교하고 이성적으로 생각하고 돌다리를 두들겨보고 남의 충고를 따랐다면 붓에 물감을 묻혀 보려는 시도조차 해 보지 못했을 것이다.

활화산 같은 열정을 내뿜은 연산 여사를 보며 덕분에 내 화로도 뒤늦게 뒤적거려 본다. 혹시나 하고.

14_ 말 같고 소 같았던 도식이 아줌마

  김장철이면 떠오르는 여인, 도식이 아줌마다. 그분은 어머니의 소위 베스트프렌드였다. '도식'은 아주머니의 남편 함자였는데 우리 집 팔 남매는 누구랄 것 없이 아저씨 이름을 앞에 넣어 '도식이 아줌마'라고 불렀다. 그 아저씨가 어엿한, 남들이 바라마지 않는 직업을 가졌으면 함부로 이름을 부르지는 않았을 것이라는 생각을 이 글을 쓰면서야 해 보았다.

  도식이 아저씨는 성씨는 모르겠고, 평생 도박을 하며 살았다. 도박으로 패가망신하는 사람들 이야기가 예나 지금이나 흔한데 용케도 그 세계에서 살아남았으니 가히 입지전적인 인물이라 할 수 있겠다. 그분은 도박을 하러 전국을 떠돌아다닌 탓에 거의 집에 있지 않았지만 우리 집에 가끔 찾아와 아버지께 세배를 드렸다.

  도식이 아줌마는 어머니와 먼 친척 관계에 있었다. 어머니가 치매로 정신을 잃은 와중에도 가장 보고 싶어 했던 분이다. 도식이 아줌마도 어머니를 보고 싶어 했지만 걸을 수 없는 형편이어서 두 분은 서로를 그리워만 하다가 각각 세상을 떴다. 앰뷸런스라도 불러 두 분을 만나게 할 것을, 무슨 더 당할 위험이 있다고 그렇게 못했을까. 평생 도움 되지 않을 후회만 하고 산다.

도식이 아줌마를 생각하면 말과 소가 떠오른다. 얼굴이 말처럼 길고, 말을 할 때는 소가 되새김을 하는 것처럼 느렸다. 표정 없이 느릿느릿 말을 해서 그분이 말을 할 때면 입을 주시하면서 다음에 나올 말을 기다려야 했다. 전반적으로 지루한 인상을 주는 분이었지만 맨 처음에 등장한 '잡놈 아들을 두었던 부인'처럼 호들갑스럽지도, 아들을 기어이 판사로 만든 외제 아줌마처럼 약삭빠르지도 않았다. 속정이 깊은 분이었다. 어머니 몰래 가끔 내 손에 잔돈을 쥐어 주셨던 분이니 용돈이 귀하던 시절 내게는 가뭄에 단비 같은 분이었다.

걸을 때도 다른 사람이 세 걸음 걸으면 포도시 한 걸음 뗄 정도로 천천히 걸었다. 한복을 입으면 자태가 고왔다. 구슬이 촘촘히 박힌 핸드백을 옆구리에 끼고 가는 모습은 내 눈에는 부잣집 마나님 같아 보였는데, 어머니 고향 친구인 선들 아줌마는 뒷방으로 물러앉은 기생 어미 같다고 험담을 하곤 했다.

도식이 아줌마 형편은 늘 그만그만했다. 처음에 잠깐 나왔듯이 도식이 아저씨는 도박으로 가산을 탕진하지는 않았지만 풍족하게 살지도 못했다. 우리 어머니가 놀라워하면서도 부러워한 점이 그 집에 딱 한 가지 있었다. 도박하는 사람이 월급 타다 주는 것처럼 달마다 일정 금액을 부쳐 준다는 것이다. 들리는 소문으로는 한때 일확천금으로 번 돈을 은행에 넣어 두고 조금씩 빼서 쓴다고 했다.

어릴 적 우리 집에서 허용되지 않은 것 세 가지가 있었다. 화투, 만화, 교회였다. 화투로 패가망신한 사람이 흔한 때여서 아버지는 화투를 하면 자기 아내도 팔아먹는다며 화투의 폐해를 특히 아들들에게 주입했다. 만화는 공부에 방해된다는 이유로, 교회는 연애 장소라고 금지했다.

그런 아버지가 도식이 아저씨를 집에 들여 극진한 예의를 갖춰 대하는 것이 어린 내 눈에 조금 이상해 보였는데, 아버지가 그 집 김치를 특별나게 여겨서였을까? 지금 생각해 보면 아버지가 음식에 관심이 많았고 나름 미식가였는데, 김장철이 되어 여기저기서 김장했다며 한 보시기씩 가져오면 다른 김치에 대해서는 말씀이 없었지만 그 집 김치에 대해서는 좀 특별나게 여겼다.

도식이 아줌마는 작은 항아리를 안방 윗목에 한 열댓 개 도열시켜 놓는 것으로 김장할 채비에 들어갔다. 전부 김치에 들어갈 양념이었다. 보통 파와 무, 당근, 명태살이나 조기를 속 양념으로 준비한다면, 그 집은 여느 대갓집 김장보다 더하면 더한 양념을 준비했다. 어머니는 친한 친구라면서도 이 대목에서는 입을 비죽거렸던 것 같다. 분수에 넘치는 그런 김장을 하는 것은 낭비일 뿐더러 아줌마가 야냥을 떤다고 생각했다. 그래놓고 어느 해인가는 그 집처럼 가지가지 양념을 준비해 김장을 했는데, 딱 한 번뿐이었다.

양념도 양념이지만 도식이 아줌마는 김장을 준비할 때면 옷부터 남달랐다. 자줏빛 끝동이 달린 연한 회색 비단 한복을 입고, 우리 어머니는 생전 입지 않은 희디흰 앞치마를 두르고서 양념 항아리 앞에 정좌를 하고 앉았다. 서두르는 법 없이 남편이 구해다 주었다는 음식점에서나 쓸 법한 넓고 기다란 도마에 차근차근 양념을 썰어 나갔다. 이때는 누구의 도움도 받지 않고 혼자서 그 일을 며칠간 한다고 들었다. 그 모습을 몇 번 본 적이 있는데 도박하는 남편을 둔 부인답지 않게 묘한 품위가 배어났다.

일을 하다가 가끔 일어나 뒷마당에 가서 담배를 피우고 들어왔다. 늘 양념맛이라고 그 집 김치를 폄하하고 싶어했던 우리 어머니는 음식을 하다가 담배 피러 가는 아줌마를 못마땅하게 여겼다. 자, 이야기가 아줌마 양념단지 늘어놓은 것처럼 길어졌다. 마무리를 짓기로 하자.

도식이 아줌마는 김장만 했다. 무슨 말이냐면 일 년에 딱 한 번 김장 양념만 준비했다. 그 외는 어떤 일도 하지 않고 어머니 말씀에 의하면 일어났다 누웠다 하며 하루를 보내는데, 일어나는 때는 담배를 피기 위해서고 담배를 피고 나면다시 누워 지낸다고 했다. 한 달에 한 번 나오는 계모임이 외출하는 날인데 같은 옷을 입고 나오는 법은 없다고 했다. 그집 장롱에는 아줌마 옷만 걸려 있다고도 했다. 아, 하루 중빼놓지 않는 일과가 있었는데 화투로 그날의 운수를 떼보는일은 거르지 않았다고 한다.

도식이 아줌마는 돌아가실 때까지 자기 손으로 밥을 지어먹지 않았다. 처녀 적에는 친정이 부자라서 손에 물을 묻히지 않고 살았고, 결혼 후 초기에는 잘사는 친정이 도와주어 일하는 사람을 부리며 살았고, 그 뒤로는 딸 셋이 번갈아가며 밥을 담당했다. 그 집 딸들은 어린 나이부터 집안일을도왔다. 아마 한 번 이상은 내가 도식이 아줌마 딸이 아니어서 다행이라는 생각을 했던 것 같다.

나이 들어서는 도박을 그만둔 남편이 밥을 지었다. 남자들이 호언장담인지 허언장담인지 '손에 물 한 방울 묻히지 않게해 주겠다'는 말을 굳이 남편이 아니라도 평생 누군가에 의해초과 달성을 하고 간 분이 도식이 아줌마다. 딸들이 티끌 하나 없이 씻어 토방에 엎어 놓았던 도식이 아줌마의 흰 고무신이 생각난다.

15_ 첫사랑을 못 잊는 할머니

"한낮 운동장을 가로질러 온 남자. 지금도 잊을 수 없습니다. 아버지가 교장으로 있어서 학교 관사에 살고 있었습니다. 그분이 결혼 승낙을 받으러 왔습니다. 여름이라지만 그날은 무척 더워서 운동장이 달아올라 있었지요. 하필이면 그런 날 집에 찾아와서 지금도 가슴이 아픕니다.

그는 변변한 옷 하나 없이 낡아빠진 하얀 와이셔츠를 입고 왔더군요. 아버지는 아직은 딸을 결혼시킬 때가 아니라며 문밖에서 돌려보냈습니다. 말인즉 그랬습니다. 그는 마을에서 가장 가난한 집, 그것도 저희 아버지 집에서 머슴을 살았던 집 장남이었습니다. 그는 아무 말 없이 고개를 깊이 숙여 인사를 하고 나갔습니다.

저는 이층 교실로 달려 올라가 유리창 뒤에 숨어서 그를 보았습니다. 방학이라 학생 한 명 없는 빈 운동장을 그는 올 때처럼 가로질러 가더니 교문 앞까지 가서 등을 돌려 한참 동안 바라보고 서 있더군요. 마치 내가 이층 교실에 있는 것을 아는 듯 올려다보는 모습으로. 차마 볼 수 없어 유리창 밑으로 주저앉아 버렸습니다. 한참 있다 일어나 보니 그의 모습은 보이지 않았습니다.

빈 교실에서 어두워질 때까지 있다 내려왔습니다. 그것이 마지막이었습니다. 더운데 시원한 물 한 그릇 먹여 보내지 못했습니다. 그를 따라 운동장을 가로질러 달려가고 싶었습니다. 맨발로 힘껏 달려가 그의 손을 잡고 아버지가 보이지 않는 곳으로 가고 싶었습니다.

60년이 더 흘렀습니다. 무작정 그를 따라가지 않은 저를 수없이 탓했습니다. 꿈에서도 허옇게 뜬, 빈 운동장이 보입니다. 어떤 꿈에서는 내가 운동장을 가로질러 그에게 달려갑니다. 와락 안기고 싶은데 꿈은 거기서 그만입니다. 죽기 전에 한 번만 그를 보고 싶습니다."

후기

어느 추운 겨울날, 그날따라 바람이 많이 불었다. 팔순 된 어느 할머니 이야기를 글로 옮겨 드렸다. 할머니는 보라색 꽃을 좋아한다고도 했다. 다음에는 보라색 꽃에 대해 적어 달라고 해서 그러자고 다음을 약속하고 헤어졌는데, 그 뒤로는 할머니를 뵙지 못했다.

이 할머니뿐 아니라 시어머니 고향 친구분도 첫사랑을 한 번만 만나보고 죽고 싶다고 했다나. 글쓰기 교실에 나오는 할머니 할아버지 사이에 찬반 토론이 벌어졌다. 첫사랑을 나이 들어서 보면 실망스러우니 첫사랑은 첫사랑으로 놔둬야 한다는 측과 실망할지라도 한번 봐야지 미련이 없다는 측으로 의견이 나뉘었다. 요즘엔 도통 누가 내 의견을 묻는 이가 드물지만 누군가 선심을 써 묻는다면 '비록 실망을 하더라도 한번 만나서 따끈한 차를 나누는 것도 나쁘지 않을 듯하다'고 말하겠다.

16_ 단점도 장점도 보여 주지 않은 근효 씨

"누구나 단점을 가지고 있다. 단점을 보여 주지 않으면 된다. 잘하는 것만 보여 주면 된다."

'팬텀싱어'라는 음악 프로그램에서 한 심사위원이 내린 심사평이다. 말처럼 쉬우면 세상 사는 데 무슨 문제가 있고 어려움이 있으랴. 이 심사평을 들으면서 지금은 어디 살고 있는지 모르지만 한번 만나서 속 시원히 이야기를 들어보고 싶은 사람이 떠올랐다. 그녀는 장점만 편집해서 보여 준 여인이 아니다. 단점도 장점도 그 어떤 점도 보여 주지 않고 살다가 어느 날 사라졌다.

근효 씨를 보면 헨델과 그레텔이 떠오르고, 헨델이 마녀에게 내밀던 앙상한 뼈가 생각난다. 저 가녀린 팔다리로 무얼할 수 있을까 싶었지만, 옛날 어머니들이 그런 사람을 두고 강단이 있다고 한 것처럼 강단은 있어 보였다.

근효 씨에 대한 소문은 무성했다. 주로 친정집에 관한 소문으로 근효 씨 친정이 현재 남편이 지닌 지위에 비하면 형편 없이 기우는 집안이란다. 딸만 여덟인데 아버지가 아들을 낳기 위해 계속 다른 여자를 보아 저마다 어머니가 다르다더라. 남편이 근효 씨를 보고 반하여 결혼 전에 강제로 모처에 끌고 갔는데 덜컥 임신을 해 어쩔 수 없이 결혼을 했단다. 신랑 나이가 많지만 친정 엄마가 직장이 확실하고 학벌이 좋다고 우겨서 결혼시켰다더라….

그런 확인되지 않은 이야기가 끊임없이 돌았지만 근효 씨는 자기 신상에 관해서는 저녁나절 나팔꽃처럼 입을 다물고 지냈다. 아니 신상뿐 아니라 결혼하면 나올 수밖에 없는 자잘한 일상 이야기 한 토막도 흘러나오지 않았다. 과거 이야기는 물레방아처럼 돌고 도는데 현재 이야기는 도는지 마는지 도통 알 수가 없었다.

모든 이야기를 없애 버리는 파쇄기가 하나 있는 집처럼 그날그날을 바로 지우고 사는 집 같았다. 반면에 몇 집 걸러 떨어진 곳에 살았던 우리는 너무 많은 가십거리를 뿌리며 사는 건 아닌가 하여 부끄럽기도 하였다. 그녀는 호들갑이나 주책, 뻔뻔함, 과장된 언행은 일체 배제된, 분명 주부인데 주부 같지 않은, 몇십 년을 함께 이웃으로 지내도 곁을 주지 않아서 절대로 가까워지지 않는, 평행선 관계로 지낼 수밖에 없는 여자였다. 주위에 있는 어떤 이웃하고도 내왕 없이 지냈으나 학교 행사에는 얼굴을 보였다. 규모가 작은 사립학교여서 같은 학년이면 웬만하면 학부모끼리 서로 알고 지내는 터였다. 학교는 같이 다녀도 아이들이 이웃에 놀러 가거나 밖에 나와서 노는 법도 없었다.

근효 씨는 나에게 뜻밖의 여인이다. 한 번은 내가 회사에서 마련해 준 다른 사택 단지로 이사를 하게 되자 차를 좋아한다는 소리를 들었다며 도자기로 된 수구를 하나 사들고 찾아왔다. 남의 집을 찾지도 않는 사람이고, 다른 사람을 자기 집에 들이지도 않는 사람이 전화를 하고 우리 집에 오겠다고 해 뜻밖이었다. 전라도 어딘가에서 만들어졌다는 수구는 두툼하니 투박한 맛이 있었다. 지금도 애용하고 있다.

차를 우려내 같이 맛을 보려는데 근효 씨에게 전화가 한 통 걸려왔다. 휴대폰이 없을 때였는데 그 집 남편이 어떻게 알고 우리 집으로 전화를 해서 근효 씨를 바꿔 달라고 했고, 근효 씨는 전화를 받자마자 급한 일이 생겼다며 돌아갔다. 그것으로 끝이었다.

내가 서울로 이사를 하고 몇 년이 지난 뒤 근효 씨가 이혼을 했다는 뜻밖의 소식을 들었다. 그것도 근효 씨가 적극적으로 나서서 한 이혼이라고 했다. 자식들 양육권도 포기한 채 고향으로 갔다는데 아무도 그녀 소식을 모른다. 실제로 이혼을 했는지도 모를 일이었다.

근효 씨를 100명의 여인에 포함시켜야 할지 망설였다. 그녀에 대해 아는 것이 많지 않은 정도가 아니라 전무해서 쓸 거리가 없었다. 알고 싶었는데 알지 못한 서운함이 커서 이 글을 쓰고 있다. 어디에서 와서 어디로 갔는지도 모르고 소문 속에서 살다가 역시 소문만 남기고 증발해 버린 여인. 자식과 남편은 눈으로 보았지만 그들이 만들어 내는 이야기는 담 밖을 넘어오지 않았다. 시작도 흐릿했고, 분명 전개 과정은 있으나 베일에 감춰져 있다가 뜻밖의 반전을 보이며 결말 역시 흐릿해진 여인.

몇 년 전, 길에서 그 집 막내아들을 만났다. 어머니 전화번호를 묻자 난처해하는 기색이 역력했다. 내 전화번호를 일러 주며 목소리 한 번 듣고 싶다고 연락하라고 했지만 기대하지는 않았다. 어느 날 우리 집에 찾아온 것처럼 뜻밖의 목소리를 들었으면 한다. 그날 뜻밖에 우리 집을 찾아온 건 사람이 그리워서는 아니었을까? 친하게 지내지도 않았고 쌓은 정도 없는데 근효 씨 이야기를 쓰는데 왜 눈물이 나는지, 그것 참 뜻밖이다. 어디선가 도자기 인형 같았던 표정을 풀고 봄바람 맞이하는 버드나무처럼 살고 있기를.

후기

아, 근효 씨를 한 번 버스에서 우연히 만난 적이 있다. 우리 아들이 고등학교에 진학하여 1학년 대표가 되었다는 소식을 들었다며 "지환이가 관운이 있나 봐요"라고 해 집에 와서 한참 웃은 적이 있다. 관운이란 말은 사주를 봐주는 분들이 곧잘 입에 올리는 말이어서 근효 씨 입에서 그 말이 나오자 전혀 어울리지 않아 보였음이다. 그 집 남편이야말로 관운이 있어서 남들의 시기를 살 만큼 높이 올라갔다.

그리고 보니 남편이 다니는 회사에서 만난 부인들은 대부분 누구 엄마라고 불렀는데 이 부인만 이름을 불렀다. 몇십 년이 지나도 외모가 처음과 같았다. 피부는 창백했고 나이 들어서도 긴 머리를 굼실굼실 파마를 하고 다녔다. 뒤에서 보나 앞에서 보나 전혀 나이든 티가 나지 않아서 누구 엄마라는 호칭이 어울리지 않았다.

17_ 여전히 살아 있는 할머니

어느 잡지에선가 '로마시대에 숨겨 놓은 동전들'이란 사진을 보았다. 흑백이어서 선명하게 보이지 않지만 땅을 깊이 판 뒤 무쇠로 된 큰 항아리를 묻고 그 안에 동전을 넘치게 모아 둔 사진이었다. 이 돈을 모은 사람은 쓰지도 못하고 죽었으니 퍽 억울하겠다. 주위 사람에게라도 알려 주고 갔다면 어려운 처지에 빠진 이가 기사회생할 수도 있었을 테고, 병으로 죽어가는 이를 살릴 수도, 배고파 떠도는 이들을 위한 구제소를 차릴 수도 있었으련만 의미 없이 묻혀 있다가 이제야 세상에 드러났다. 일러 줄 말이 있다는 듯.

우리 할머니도 이와 비슷하게 살다 가셨다. 할머니 돌아가신 뒤 뒷마당을 파 보니 돈 항아리가 몇 개나 나왔다고 들었다. 조선시대 엽전부터 인민공화국 시절 빨간돈까지 있었다고 한다. 어머니 말에 의하면 피란을 간다고 간 곳이 하필 빨치산 구덕인 덕유산 자락이었는데 밤이면 인민군들이 산에서 내려와 닭이며 양식을 억지로 가져가면서도 거저 가져가는 법 없이 꼭 돈을 던져두고 갔다고 한다. 그 돈이 빨간색이어서 어머니는 인민군 돈을 빨간돈이라고 했다.

하여튼 할머니 항아리에는 이 땅에서 돈이라고 세상에 고개를 내민 것은 다 묻혀 있었는데 지폐는 빗물이 스며들어 떡이 된 채였고, 다른 돈은 통용 시대가 달라서 하나도 쓸모가 없었다고 한다. 덕분에 어릴 적 장난감은 엽전이었다. 엽전을 바가지로 떠서 쌀처럼 파는 놀이를 하거나 동산을 만들며 놀았다.

할머니가 돈에 집착한 이유는 가난에 대한 두려움 때문이었을 것이다. 여기저기서 들은 집안 이야기를 맞춰 보면 그렇다. 동전을 묻었던 로마인도 자신의 두려움을 없애는 해결책으로 치부를 택했으리라. 치부한 액수만큼 두려움이 반비례한다고 믿었으리라.

아이유란 가수가 한 텔레비전 프로그램에서 "돈은 이제 그만 벌어도 될 것 같다"라고 말하는 것을 보고 욕심에 제동을 걸 줄 아는 심지가 단단한 사람이라고 생각했다. 추징금을 내지 않고 어딘가에 돈을 숨기고 있던 전직 대통령은 어린 가수에게 한 수 배워야 했는데 얼마 전 속절없이 세상을 떴다. 그가 전 국민의 따가운 시선에도 전혀 부끄러워하지 않고 뻔뻔하게 버틸 수 있는 힘도 두려움이 아니었을까? 속으로는 벌벌 떨고 있었을지도 모르고 불면을 친구 삼아 지냈을 법하다. 그 양반은 우리 할머니나 로마시대 사람처럼 항아리에 돈을 묻어 놨을 리는 없고, 어떤 경로로든 그가 치부한 돈이 정체를 드러내는 날이 오기를 바란다.

'경로를 벗어났습니다. 경로를 재탐색합니다.' 친절하게 알려 주는 내비게이션처럼 경로를 재탐색해야겠다. 오늘의 주인공은 로마인도 전직 대통령도 아닌 내 사랑하는 할머니이니 다시 할머니 이야기로 돌아간다.

족보에도 '이주상'의 처로만 기재된, 이름도 없는 할머니. 분명 내 눈앞에 어느 시기까지 성성하게 살아 계셨는데 이름 없이 그저 '할머니'로 살다 가셨다. 인색하고 인색했던 할머니. 근천기가 줄줄 흘렀던 할머니. 웃는 얼굴을 한 번도 보여주지 않았던 할머니. 돈이 아까워서 찹쌀떡 하나 사 먹지 못하고 '맛있겠다, 맛있겠다' 소리만 연거푸 하다가 발길을 돌렸던 할머니. (그 옆에서 같이 입맛을 다시던 어린 손녀에게도 하나 사주고 자신도 하나 드시면 좋았으련만. 나는 할머니가 언제 치맛자락을 걷어올리고 고쟁이 깊이 숨겨 둔 안주머니에서 돈을 꺼낼까 기대하며 침을 흘리고 있었지만, 침만 낭비하고 결국엔 발길을 돌려야했다.)

며느리 시집살이 시키는 맛으로 살았던 할머니. 세상 모든 사람에게 한 치도 꿀리지 않던 분이었지만 오직 단 한 사람, 둘째 아들인 작은아버지에게는 절절매던 할머니. 숨넘어가는 순간에야 큰며느리에게 '미안하다'고 말하고 간 할머니.

한약방 집 딸로 태어나 호사를 누리고 살다가 역시 부잣집 둘째 아들에게 시집왔다는 할머니. 그렇게 끝났으면 좋으련만 글만 읽을 줄 알던 우리 할아버지께서 남의 말을 믿고 재산을 맡겼다가 알거지 신세로 전락하자 그때부터 혹독하게 돈을 모았다고 한다. 악어 입을 벌리기가 쉽지 할머니 주머니는 벌릴 수가 없다는 소리를 들을 정도로 돈에 집착하였다고 한다.

"할머니가 살았던 집터를 다시 파 보면 금덩이나 은덩이가 묻혀 있을지 모를 일이야."

당신 손자 손녀들은 모이면 이런 말로 할머니를 추억한다. 할머니가 어머니 말대로 손자 손녀에게 과자부스러기 한 번 사 줘 본 적 없고, 웃자고 코 한 번 다정하게 닦아 줘 본 적 없어도, 어머니를 모질게 학대했어도, 할머니는 내 기억 속에 죽도록 살아 있다.

18_ 아까운 레시피를 잊은 순영이

추석이라고 비싼 한우가 선물로 들어왔다. 소고기는 어릴 적이나 지금이나 대놓고 먹기 어렵다. 내 기억에 한 번도 가격이 낮은 적이 없었다. 정육점 집 딸이 부러웠던 이유다.

어릴 적 살던 집은 시가지 중심이어서 생활 기반 시설이 전부 그곳에 모여 있었다. 부러워했던 정육점도 집에서 한 백 미터도 안 되는 곳에 있었다. 시에서 제일 큰 전미사 세탁소, 육일양복점, 부래옥 제과점, 부래옥과 쌍벽을 이루는 수제 초코파이로 유명해진 풍년제과점이 잇달아 있었다.

아, 그리고 우리 집과 나란히 S자전거 대리점이 있었다. 그 집에 중학교 동창 순영이가 살았다. 얼굴이 희고 예쁜 순영이는 공부에는 관심이 없었다. 그렇다고 외모에 관심이 있지도 않았고, 집에서 뒹굴뒹굴 있는 것이 세상 편한 일이라고 했다. 경제력이 있던 부모 덕에 중학교를 보결로 들어왔는데 (지금도 이건 궁금하다. 누가 알려 주는지 입학 후 며칠이 지나면 누가 보결생인지 전교생이 다 알게 된다.) 순영이는 자기 부모는 보결에 대해서는 입을 다물라고 했지만 이미 학교에 소문이 났는데 비밀이고 자시고 할 게 없다고 스스럼없이 털어놓았다.

순영이 아버지는 앞니를 금으로 해서 나이가 들어 보이고 묘하게 거들먹거리는 인상을 줬다. 양반이 아니면 상대하지 않는 우리 아버지 말에 의하면, 일본 상점의 사환으로 있다가 일본이 망해서 돌아가자 거저 얻은 자전거포로 돈 좀 벌었다고 으스대는 근본 없는 사람이었다.

당연히 아버지는 옆집과 인사도 하지 않고 지냈다. 20세기에 조선시대를 살다 간 분이었다. 중학교에 가서 국사를 배운 뒤 알게 된 사실을 근거로 아버지에게 따져 물은 적이 있었다. 조선시대에 한의원은 중인에 불과한데 피차 그 집이나 우리 집이나 같은 처지 아니냐고. 아버지가 어떤 대답을 하셨는지는 기억에 없다.

나는 치부라면 치부인 비밀을 숨기지 않고 솔직하게 말하는 순영이가 마음에 들었다. 하지만 순영이와는 길게 친구가 될 수 없었다. 서로 일치하는 부분이 없는 데다 내가 그렇게 알고 싶어 애달아하는, 요즘 말로 어떤 음식의 레시피를 절대 알려 주지 않아서였다. 지금 생각해 보니 핫케이크 비슷하지만 핫케이크는 아닌 찰진 맛이 나는, 그때는 세상에 없는 맛있는 음식으로 인식된 그것을 순영이 집에서는 자주 해 먹었다.

순영이는 무슨 억하심정인지 내가 그렇게 졸라도 절대로 그 음식의 정체를 밝히지 않았다. 처음에는 서운하다가 나중에는 화가 나고 분한 마음이 들어 나 혼자 결연히 친구 관계를 청산했다. 마침 입학한 고등학교가 달라지면서 옆집에 사는데도 아예 잊고 지냈다. 그 뒤로는 순영이 집이 부도가 나서 예수병원이 있는 다리 건너로 이사를 갔다는 말만 들었다. 당시 다리를 사이에 두고 강남과 강북처럼 나누어져 있었는데 다리 건너로 이사를 갔다는 소식을 듣고 순영이가 안되었다는 생각을 했다. 그러나 세상은 바뀌어 지금은 다리 건너가 부자 동네가 되었고, 중앙동은 예전 영광을 뒤로한 채 뒷방 늙은이 신세가 되어 있다.

각설하고, 대학 3학년 여름 방학인가 집에 있는데 순영이가 찾아왔다. 아직도 학생 꼴을 벗지 못한 나와 달리 성숙한 여인 티가 났고, 여전히 예뻤다. 순영이는 전주를 아주 떠나 아버지 고향인 충청도 어딘가로 간다며 아주 떠나려니 내가 생각나서 한 번 보려고 찾아왔다고 했다. 서운한 감정은 별로 들지 않았다. 다만 순영이가 아주 떠난다니 급해서 그 음식의 정체를 물었다. 순영이는 그 음식이 무엇인지 기억하지 못했고, 당연히 왜 내가 자기 집에 발길을 끊었는지도 모르고 있었다.

그 뒤 몇십 년이 지나 한 카페에 들어갔는데 어딘지 눈에

익은 여인이 "혹시 이명선 아닌지?" 하면서 반갑게 아는 체를 하며 다가왔다. 그 카페는 인근에서 조경이 아름답고 주인 되는 여자분이 아름답다고 소문이 나 있었다. 순영이었다. 자기 남편이 작곡가이며 대학교수라고 자랑스럽게 소개했다. '대학교수 남편과 살면 저렇게 변하나?' 할 정도로 우아하고 기품 있는 여인으로 변해 있었다.

순영이가 멋진 카페 운영자가 된 사연이 궁금했다. 순영이는 공부에는 뜻이 없었지만 화초를 가꾸고 나무 기르는 일이 좋았다고 한다. 꽃 이름이나 화초 이름은 잊어버리지 않고 귀에 쏙쏙 들어와 자연스럽게 이 일을 하다가 지금의 남편을 만나게 되었다고 한다. 자기 고유 영역이 따로 있는 법인데 부모가 강제로 공부에만 매달리게 해서 엉거주춤 사는 사람이 많다는 이야기 따위는 하지 않으련다.

순영이가 운영하는 카페에서는 음악회가 자주 열린다. 주부라면 꿈에 그리던 공간을 지닌 어엿한 운영자로서 삶을 그려 나가는 순영 여사에게 서운했던 마음은 진즉 접었다. 순영이는 노랗고 기름기 잘잘 흐르던 그 맛난 음식이 기억에 없다잖는가. 그러게 진작 나한테 레시피를 가르쳐 주었으면 저한테 추억의 맛을 보여 줄 수 있을 텐데, 왜 그때 조개처럼 입을 다물었는지 궁금하다. 나만 궁금하다.

19_ 무궁화호에서 만난 할머니

"어디 가요, 순천이 고향이다요?"

앞자리에 앉은 할머니 두 분이 그렇게 말문을 튼다. 예감이 틀리지 않았다. 모르는 할아버지 둘이 타면 이야기를 나누지 않는다. 할머니 둘이 만나면 아무런 거부감 없이 말을 주고받는다. 다른 승객에게 불편을 줄 수 있으니 말도 조용히 하고 핸드폰은 꺼두라는 안내가 나와도 이 양반들은 신경 쓰지 않는다.

귀가 잘 들리지 않은 할머니를 위해 가족 중 누군가 소리를 한껏 키워 줬는지 따르릉도 아니고 '뽜르릉 뽜아르릉!' 전화 받으라는 소리가 울린다. 이럴 때 정력적이란 말을 써도 되나? 핸드폰이 기세 좋게 울어댄다. 순천할머니 핸드폰이다.

할머니는 본인 귀가 잘 들리지 않으니 상대편도 그렇다 여기고 고래고래 전화에 대고 소리를 지른다. 목소리만 들으면 아직도 청춘이다. 누가 마중 나온다는 전화인가 보다. 전화가 끝나자 여수에서 탄 할머니가 뜬금없이,

"어이고 징그랍게 나무 해댔는데, 그땐 나무토막도 없었시요. 근디 산에 나무 많은 거 좀 보쇼."

순천할머니가 전화하는 새 차창 밖을 내다보고 있었던 모양이다.

"그르게 핑생 낭구해 날라싸서 허리가 다 절딴나부렸어라."

낭구라니, 할머니가 15세기 적 썼던 말을 5세기를 초월하여 말하고 있다.

나모, 남기, 낭구. 이미 사라진 나무의 옛말이 순천할머니에겐 아직도 현재 언어다.

허리가 절단이 났다는 순천할머니 말이 나오자마자, 여수할머니가 바지를 걷어 무릎을 보여 주며 여기도 통증, 저기도 통증이라 밤에 쑤셔서 잠을 못 잔단다. 이에 질세라 순천할머니가 그간의 병력을 열거하기 시작한다. 병력이 화려하다. 듣자하니 두 할머니 모두 유명하다는 병원을 찾아 상경 중이다. 한 분은 영등포에 인공관절 검사하러, 한 분은 남부터미널 쪽에 치아 교정 보러.

"있으면 좋은 시상여! 좋은 시상! 안 그려요?"

순천할머니는 대꾸 없이 듣고 있다. 그나저나 무궁화호 타고 서울까지 언제 가시려는지. 곡성역에 기차가 멈추자 순천할머니가 "다 논이네" 했는데도 이번에는 여수할머니 대답이 들려오지 않는다. 대신 거침없이 코 고는 소리가 들려온다.

방금 전 "곡성 왔는갑소" 하던 양반이 어떻게 저렇게 순식간에 잠들 수 있는지 놀랍다. 하기는 옛날에 큰당숙모도 그랬다. 작은당숙모들은 이야기하며 놀다가 금세 마을이 떠내려가게 코를 고는 큰당숙모를 가리키며 서로 눈을 맞추며 웃곤 했었다. 곧이어 순천할머니 코고는 소리가 들려온다. 저 이중창을 어쩌랴. 에라, 나도 잠이나 자자.

20_ 운세를 바꿔 드리지 못한 여인

"어이, 자넨가. 몇 달 만에 받아본 전화네."

S시에 거주하는 K선생님께 전화를 드렸더니 안부를 묻기도 전에 한 말이다. 과장해서 말했겠지만 가족들과도 연락이 뜸한 모양이었다. K선생은 자식을 남부럽지 않게 키웠다. 아들이 셋인데 둘은 의사이고 하나는 교수인데다 남편도 교수였다. 남편이 십 년 전에 세상을 뜬 것 빼고는 도대체 아쉬울 게 없는 분이다. 다만 자기 집안에 대한 자부심이 지나치게 강해서 주위 사람을 불편하게 만드는 점이 문제라면 문제일까.

나이가 드니 오라는 사람도 없고 부를 사람도 없어 혼자 집에서만 지낸다고 한다. 한때는 모임에서 분위기를 쥐락펴락하던 분이 그렇게 말하니 짠한 마음이 든다. 교회에도 이런저런 모임이 있지만 이리 끼웃 저리 끼웃 하는 것이 궁상맞아 보여 예배가 끝나면 바로 집으로 온다고 했다. 봉사활동이라도 하시라고 권하자 봉사 대상자이지 이제 봉사 다닐 처지도 아니란다. 뭐라도 할라치면 "힘드신데 가서 앉아 계세요" 하니 민망해서 가만히 있다가 온다고 한다.

손자 손녀도 다 커서 손을 빌리러 오는 자식도 없고, 키워 준 손자 손녀도 바쁘고 그 부모는 더 바쁘니 먼저 전화하기도 주저된단다. 다행히 눈이 좋아서 예전에 읽은 책을 다시 보고 있다며, "책갈피에 끼워 둔 들국화며 단풍잎을 보니 눈물이 나네. 울다가 말다가 적어 둔 메모를 읽으며 그리 시간을 죽이고 있네" 했다. K선생은 올해 여든으로 한때 교직에 몸담기도 했었다.

"그러게요. 선생님! 어느 분이 올린 글을 보니 헌책방 주인이 사람들이 책에 남겨 놓은 메모를 모아서 책을 냈대요. 선생님도 그런 책 한 권 내보세요."

"책은 무슨, 이야기 나눌 남자 친구 하나 생기면 좋겠네. 점잖고 깨끗하게 나이든 분이 있다면 지난 세월 이야기라도 하면서 살게."

글쎄, 그렇게 나이든 남자분을 좀체 보지 못한지라 선생님의 바람은 바람으로 남을 듯한데 계속 남자 친구 타령이다. 여행도 같이 가고 싶고, 바다도 보고 싶고, 조용한 산사를 찾아 숲길도 걷고 싶다 한다. 듣고 보니 연애를 꿈꾸고 있다. 그 나이라지만 이해가 간다. 이야기가 그립고 사람의 살이 그립고 온기가 그리운 것을. 하루 종일 입을 떼지 않고 있는 날은 입에서 군둥내가 난다며 일부러 책을 소리 내서 읽는단다.

하지만 해결해 드릴 처지가 아니다.

"선생님, 운세를 바꿔 보실래요?"

"이 나이에 운세를 어떻게 바꾸나?"

"운세가 바뀌면 남자 친구가 생길지도 모르지요."

선생님은 내 우스갯소리에 한창때처럼 웃더니 그것이 무어냐고 물으신다.

웃게 해 드리려고 한 말씀이지만 속셈은 따로 있었다. 선생님은 모두 가진 듯 보이지만 주위에 사람이 없다. 누구도 옆에 가기를 싫어한다. 이제껏 선생님이 차 한 번 밥 한 번 사는 법을 못 봤다. 처음 모임에서 알았을 때부터도 으레 자신은 대접받고 살아야 한다고 생각하고 있는 듯 보였다. 무슨 근거로 그런 생각을 갖게 되었는지 터무니없지만, 남은 좀처럼 위해 주지 않으면서 자신을 대접해 주기 바라니 누가 호감을 가지겠는가.

자질구레한 이야기지만 남이 밥이나 차를 산다고 하면 대부분 돈 내는 사람을 배려하여 적당한 것을 시키는데, 이 선생님은 자기 먹고 싶은 것을 가격에 상관없이 시키니 나중에는 K선생을 제쳐놓고 부르지 않는 일이 잦았다.

"운세를 바꾸고 싶으면 자신의 모든 것을 새롭게 바꾸래요. 자신의 모습을 강연장이나 음악회, 박물관 같은 곳에 자주 노출시키고 음악을 크게 틀어 놓으래요. 새로운 사람을 만나래요. 그리고 나이 들수록 다른 사람에게 돈을 많이 쓰래요. 밥도 사고 차도 사고, 심지어 모르는 사람에게도 밥을 사래요."

"미쳤는갑다. 알지도 못하는 사람에게 뭔낯땁시고 밥을 사노?"

결국 운세를 바꿔 드리지 못하고 전화를 끊었다. 운세 바꾸는 방법으로 '그릇 깨뜨리기' 같은 터무니없는 것에서부터 독서하기, 스승 찾기, 명상, 자기 분수 알기 같은 진지한 항목에 미신으로 여기는 명당 찾기까지 다양한 시도 거리가 소개되어 있지만 몇 가지만 일러 드리고 말았다. 이 모든 것을 어디서 알았냐고 누가 물어본다면 당연히 책이지 어디겠는가. 독서도 운세를 바꾸는 항목에 있던데, 어찌되었든 책을 읽지 않은 날이 드문 내 운세도 바뀌기를.

후기

이분은 누구에게도 사탕 하나 거저 건네는 법이 없다. 모임에서 남은 음식은 기어코 다 싸간다. 그런데도 만사가 편안한 것을 보면 조상들이 선업을 쌓은 것이 이 양반 대에 와서 발복을 하였을까? 그런 실없는 생각을 한다.

지난 생에 쌓은 선업을 이생에서 털어먹고 가면 다음 생에는 적금 한 푼 없이 시작되는 삶을 살게 되니, 선업 쌓는 일에 게으름 피우지 말라던 어느 스님의 법문이 떠오른다.

21_ 달 보고 욕한 어떤 할머니

"인공 때 나간 둘째놈은 아즉까지 소식조차 없고….."

수필가 박석구가 쓴 '달과 할머니'에 나오는 한 대목이다. 인공은 북한말로 '조선민주주의인민공화국'의 준말이며 통상 6·25동란 때를 가리킨다고 책 하단에 적혀 있다. 요즘 학생들이 쓰는 줄임말이 본데없이 나온 게 아니라 다 뿌리가 있었다. 전쟁하기도 숨가쁘고 피란 가기도 발이 헛디뎌질 판에 언제 조선민주주의 어쩌고저쩌고를 붙이랴. 민주주의가 정확히 어떤 건지도 모르는 시대에 일어난 전쟁통인데다 말은 '조선민주주의' 했지만 민주주의도 살짝 아닌 것 같으니까 '조민'도 아니고 '인공'이라고 덥석 줄여 버렸을 법하다.

'달과 할머니'에 나오는 할머니는 20대에 벌써 남편이란 사람을 잃었다. 남편이란 양반은 첩 품에서 죽어 버렸단다. 그런 남편 어디가 예쁘다고 한 해도 거르잖고 제삿밥을 맛나게 차려 주었건만 할아버지는 꿈속에서라도 얼굴 한 번 뵈어 주질 않더란다. 첩 꿈에만 찾아가나 싶어 터무니없는 질투도 해 보았을 할머니. 할머니는 의지가지할 데가 없어 텅 빈 하늘에 걸린 달을 보며 하소연을 했으리라. 일하다가 자식 키우다가 '휴~' 소리 절로 나오면 달을 보며 혼잣말로 일찍 간 남편 원망도 하였겠지. 사람 붙들고 한가하게 신세 한탄할 틈도 없으려니와 한들 말만 물어낼 테니 말없이 들어주고 입 다무는 달이 친정어머니 품처럼 푸근했을 터.

어느 틈에 달은 할머니의 신앙이 되고 말아 보름달 뜨면 자식들 앞날 훤히 비춰 달라고, 구름에 달 가듯 살아가기를 빌고 또 빌었겠지. 하마 정화수 떠놓고 빌기도 하고 합장이라고 하지 않았으랴.

님 본 듯 달을 날이면 날마다 쳐다보며 산 할머니. 인공 때 나간 아들 돌아오라고 간절히 빌었건만 아들은 입때 죽었는지 살았는지 한 줄 소식 없고, 낮에는 남의 일 해 주고 밤에는 오는 잠 줄이며 베 짜서 키워 놓은 아들들은 남의 집으로 시집보낸 딸보다 힘들게 사니 할머니 속은 가뭄에 타는 밭처럼 타들어 갔겠다.

어느 날 거울을 보니 거기 자글자글 주름 가득한, 말라서 배배 틀어질 듯한 볼품없는 여인 하나 보였겠지. 하도 오래 써서 흐릿해진 거울 속으로 그때쯤 달이 떠올랐을까? 자식들 떠난 텅 빈 마루에서 뒤돌아서서 달을 보고 욕했을까?

"썩을 놈의 달!"

애고, 애고, 썩을 놈의 달이 분명타. 진즉 밥도 주고 떡도 좀 주지. 인공 때 나간 아들도 돌려보내지. 글 쓴 김에 베란다에 나가 달을 바라보았다. 밝다. 보름달이라 밝다. 무심해서 밝은 건지 밝아서 무심한 건지 밝다.

22_ 평생 끼니 걱정만 하다 간 신실한 여인

"끼니는 어김없이 돌아왔다. 먹은 끼니나 먹지 못한 끼니나 지나간 끼니는 닥쳐올 끼니를 해결할 수 없었다. 끼니는 시간과도 같았다. 무수한 끼니들이 대열을 지어 다가오고 있었지만, 지나간 모든 끼니들은 돌이킬 수 없었다. 굶더라도 다가올 끼니를 피할 수는 없었다. 끼니는 파도처럼 쉴 새 없이 밀어닥쳤다. (중략) 끼니는 칼로 베어지지 않았고 총포로 조준되지 않았다."

소설가 김훈의 『칼의 노래』 한 구절이다. 끼니를 이처럼 절실하고 처절하게 표현한 문장이 있을까. 먹고 살아가야 하는, 살아가기 위해서라면 먹어야 하는, 사는 일의 지엄함. 외부적 압력에 의해 어쩔 수 없이 굶어 본 자가 아니면 이런 문장을 쓸 수 없을 것만 같은데, 작가는 어떻게 이런 시퍼런 문장을 낳았을까. 마지막 문장이 압권이다. 칼로도 총포로도 어찌해 볼 수 없어서 적보다 무섭고 호환마마보다 무서웠을 끼니. 에이, 이 작가의 문장에 대해 감히 쓰려고 하다니, 어리석다. 그만두자.

'끼니' 하면 떠오르는 여인이 있다. 아니 두 여인이 있는데 한 여인은 지금은 캐나다에서 잘 살고 있으니 잠깐만 언급하고 넘어가자. 이 여인은 한때 타국에서 돈이 거짓말처럼 떨어져서 며칠인지를 대형마트 쓰레기통을 뒤지며 살았다고 한다. 정확한 기간을 말해 주지는 않았다. 그처럼 버틴 적이 있노라고 지나가는 말로 아무렇지 않은 척 말하기에 더는 묻지 않았다.

그녀는 한국에서 소위 일류대학을 나와 결혼을 하려고 했지만 여의치 않아서 가족이 있는 캐나다로 건너갔다. 캐나다에 가서 정착하기가 어려웠지만 가족에게 손을 벌리기가 부끄러웠고, 일부러 가족과 멀리 떨어진 곳에 자리를 잡고 살고 있는 터에 궁색한 모습을 보이고 싶지 않았다고 한다.

자존심 센 여인이 이국의 쓰레기통을 뒤졌다니 믿어지지 않았다. 살다 보면 이렇게 무릎을 꿇을 때도 있구나, 그렇게 이해했다. 여인을 동정하지는 않았다. 잠깐 타이밍이 맞지 않아서 끼니 해결이 유보된 상태였지 끼니가 밀물처럼 다가온들 끼니를 보장받을 수 있는 여인이었기에 동정할 필요는 없었다. 지금은 캐나다에서 세금 내며 (세금을 낸다는 건 노후의 끼니를 보장받는다는 의미이기도 하다.) 갈고 닦은 능력으로 안전하게 살고 있음에랴.

　이번에 쓰려는 여인은 평생 절박하게 끼니를 해결하려고
애쓰다가 죽었다. 이분은 키가 땅딸막하니 전체적으로 둥글
둥글한 모양새였다. 하루 벌어 하루 사는 처지라는데 몸은
오동통했다. 우리 집에 일손이 필요하면 어떻게 알고 새벽부
터 와서 일을 도와주었다. 성경책을 구슬이 드문드문 빠진
검정 구슬백에 넣고 다녔다. 잠시 쉴 때면 양지바른 곳에 앉
아서 손가락에 침을 묻혀 책장을 넘기며 구시렁구시렁 성경
을 읽었다. 그 모습이 진실해 보였다.

　겨울이면 내복 하나 그 짧은 몸에 맞는 것이 없는지 발목
이 껑충 나온 누추한 내복을 입고 다녔다. 어머니가 그 입성
을 허투루 넘기지 않고 식구들이 입는 것이라도 찾아 입혀
보내기도 했는데, 다음에 보면 또 그 택이었다. 나중에 알았
다. 집에 자식이 많아서 자기 차지가 되지 못한다는 것을.

　가난한 집이 그렇듯 집에는 아픈 남편이 누워 있었다. 폐병
이 그 당시는 흔했는지 아버지가 하는 한약방에 폐병을 앓는
분들이 더러 약을 지러 왔다. 아주머니가 우리 집에 뻔질나
게 드나든 이유는 남편 약을 얻어 가고 싶은 속셈이 있어서
였다. 물론 끼니를 우리 집서 때우고 가는 일도 포함되어 있
었을 테고, 쌀을 얻어 가서 목 빼고 기다릴 자식들 입에 밥알
넣어 주는 일도 시급했을 터였다.

아주머니는 이불 같은 큰 빨래를 하거나 집안 행사가 있을 때 음식 장만을 거들어 주었다. 김장하는 날이나 단무지와 나나스끼라고 부르던 울외장아찌 담는 날도 아주머니가 거들었다. 비가 오는 날은 아주머니를 부르는 집이 없었다. 그런 날은 아주머니가 계면쩍은 얼굴로 들어섰다. 우리 집은 부자 동네인 중앙동에서 제일 가난한 집이었지만 그분에게 나누어 줄 밥은 충분했다. 어머니는 아주머니를 들어오게 해서 김치죽이라도 끓여서 같이 먹고 찬밥이며 옷가지를 나눠 주었다.

때로는 아버지에게 부탁해 약을 지어 주기도 했다. 아주머니는 보기 드물게 큰 쌍꺼풀이 진 눈이어서 소처럼 선해 보였다. 아주머니가 산다는 마을은 국군묘지와 바로 붙어 있는데, 피란민이 모여 산다 해서 '피란민촌'이라 불리는 곳이었다. 그곳에서 우리 집이 있는 중앙동까지 걸어서 오려면 족히 두 시간은 걸렸다. 그 동네에서는 품을 팔아 끼니를 해결할 수 없어 새벽같이 일어나 걸어온다고 했다. 일찍 나오지 않으면 발 빠른 사람이 일을 채가니 서둘러야 했다.

독실한 기독교인이었던 아주머니는 먼저 기도를 드리고 일을 시작했다. 그날은 아버지가 침대에 누워 있었다. 뇌졸 중으로 쓰러져 치료 중이었다. 아주머니는 보통 때와 달리 무섭다고 피해 다니던 아버지 옆으로 용감하게 다가가 기도를 드리기 시작했다. 기도로 아버지를 고쳐 드리고 싶었거나 투병 중인 남편을 떠올렸거나 뭐, 아주머니대로 이유가 있었겠지만 아버지에게는 어림 반 푼어치 없는 일이었다. 중은 중대로 목사는 목사대로 전부 종교를 빙자하여 사기를 치는 도둑이라고 생각하는 분 앞에서 기도라니 당치않았다. 아주머니는 처음에는 침대 밑에 무릎을 꿇고 앉아 조용히 기도를 드렸다. 그러더니 점점 감정이 격해졌는지 아버지 팔을 붙들고 울부짖었다.

"아버지! 아버지! 이 불쌍한 죄인을 마귀에게서 구해 주소서. 사탄이 씌어 있는 이 죄인을…."

하늘에 계신 아버지가 아닌, 우리 아버지는 벽력같은 고함을 지르며 일어났고, 아주머니는 혼이 나가 땅딸막한 몸을 궁굴려 대문 밖으로 도망쳤다. 아마 하느님도 놀라셨으리라. 아버지 입에서 육두문자도 터져 나왔으니까. 그 길로 아주머니는 우리 집에 발을 들여놓을 수 없게 되었다.

그러나 그에 굴할 아주머니가 아니었다. 아침마다 우리 집 대문에 서서 기도를 드리고 갔다. 교회 믿어 먹고살 만하게 된 사람도 더러더러 보았는데, 이 아주머니는 일하다 다쳐서 고생하다가 죽었다고 들었다.

이번 연휴에 관광객이 가장 많이 방문한 곳으로 전주 한옥마을이 소개되었다. 텔레비전을 보니 사람의 물결이란 말이 실감 날 정도로 '경기전' 앞길이 사람들로 넘쳐났다. 아주머니도 살아서 저 물결 속에 있으면 좋을 걸, 그런 생각을 했다.

피란민촌에서 중앙동에 오려면 저 한옥마을 길을 관통해서 와야 한다. 아주머니가 끼니를 해결하기 위해 새벽마다 밟고 다녔을 길에 끼니 걱정 없는 관광객 발길이 넘쳐난다.

23_ 남편 탓에 화가가 된 아줌마

"지놈들 인생이야? 멍청한 것들."

혹시 남편이 바람을 피우나? 의심이 들어서 아줌마에게 전화를 했더니 다른 말 없이 그 말 한마디만 하고는 그 따위 화제로 입을 더럽히고 싶지 않다는 듯 전화를 끊으셨다.

'아줌마'라고 불렀던 이분은 내게는 좀 특별한 아줌마로 나이를 넘어 친구처럼 지낸 분이다. 처음 만났을 때 아줌마 나이는 서른여덟이었다. 지금 생각하면 무척 젊은 나이인데 스무 살 내 눈에는 나이 들어 지친 여자로 보였다. 늘 화가 나서 심통스런 얼굴을 하고 있었다. 그 얼굴이 몇십 년 후 내 얼굴이 되었지만, 그때는 아줌마라 불리는 나이 든 여자들 얼굴이 왜 심통이 나 보이는지 알 재간이 없었다.

아줌마 집에는 우리 집에는 없는 이국적인 분위기라는 게 있었다. 노리다케 그릇이며 본차이나 커피잔이며 종이 냅킨, 당시는 흔치 않던 원두커피, 메주만 한 치즈며 손톱만 한

껌…. 특히 식탁보가 인상적이었다. 자주 식탁보를 바꿔 분위기라는 걸 바꿔 주었다. 아줌마는 식탁보를 바꾼 날이면 내게 물었다.

"어때? 분위기 확 살지?"

그땐 아줌마의 고충을 몰랐다. 아줌마는 식탁보라도 바꾸면서 고인 물 같은 결혼 생활을 견디고 있었다. 어느 날 아줌마를 불러도 대답이 없어서 돌아나오는데 아줌마가 퉁퉁 부은 얼굴로 나왔다.

남편이 사무실 여직원과 자기 집 침대에서 자고 있는 걸 목격하고 말았다며 앞으로 어떻게 해야 할지 모르겠다고 했다. 미국 영화에서는 간혹 보았지만 과연 사람 얼굴을 하고 그럴 수 있을까 싶었다. 이 일이 그렇게 궁금해서 미국인과 아침마다 프리토킹을 하는 친구에게 질문을 적어 주며 물어봐 달라고 한 적이 있다.

"당신네 나라 영화를 보면 외도 상대를 집으로 불러들이는 장면이 많더라. 우리나라 불륜 남녀들은 러브호텔이라는 곳을 애용하는데 당신들 나라는 실제 어디를 이용하는가?"

썩 시원한 답을 듣지는 못했다.

각설하자. 그 뒤로도 아줌마 남편의 바람은 그칠 줄 몰랐다. 다방 마담이기도 했고 이웃집 유부녀이기도 했다. 상대가 바뀔 때마다 아줌마의 신세 한탄을 들어야 했다. 상대만 바뀌었지 사시사철 같은 스토리였다.

말하는 이나 듣는 이나 지겨워질 쯤 아줌마는 캐논 카메라를 하나 샀다. 그 사진기를 들고 천지사방 사진을 찍으러 다녔다. 집으로 오라는 전화를 받고 가면 사진을 한꺼번에 한 200장 넘게 인화해 놓고 어떤 사진이 좋은지 보라고 성화였다. 그 사진이 그 사진 같아서 솔직히 성가셨다. 마침 대학을 졸업하고 타 지역으로 발령이 난 참이어서 아줌마와 자연스레 멀어졌다.

한 일 년이나 지났을까? 아줌마에게서 전화가 왔다. 미술대학에 입학했다는 소식이었다. 사진과도 아니고 미술대학이라니 뜬금없었다. 장한 결혼을 한답시고 들어가기도 어려운 E대를 중퇴한 아줌마는 사진을 찍으러 다니면서 다시 공부를 하고 싶어졌다고 한다. 영문과를 가고 싶지만 그 나이에 예비고사 공부를 하는 건 무리라 생각해서 예비고사 점수가 필요 없는 미술대학에 입학했다고 한다. 아무리 야간이라 해도 붓 한 번 잡아보지 않은 사람을 정원 미달이란 이유로 합격시키다니 그런 학교도 있나 싶었다. 그때만 해도 어두운 시절이었다.

그 뒤로 방학이면 팔자에 없는 모델이 되어야 했다. 누드모델은 못 되고 상반신 모델이 되었는데 그리는 사람이나 모델이나 작품이 마음에 들지 않아 그림은 번번이 지워졌다. 아줌마 그림 수준은 좀체 나아지지 않았다. 비싼 유화물감이 아깝다 여겨졌다. 아줌마는 그림 재료만은 최고를 썼다.

"저놈이 이거라도 대야 죗값을 치르지."

외국에서 들여온 물감을 아끼지 않고 캔버스에 '썩썩' 문지르며 독기에 찬 눈으로 아줌마는 아저씨 욕을 하며 그림을 그렸다. 캔버스에 드러난 그림은 아저씨의 죗값이었고 멍청한 놈이 저지른 흔적이었으며 아줌마 가슴에서 역류한 채색된 분노였다.

그림 같아 보이지 않던 그림도 세월의 더께를 입자 안정되어 갔고 아저씨에 대한 입에 담기 힘든 욕이 드물어지면서 순순해졌다. 아줌마가 화가로 약력을 쌓아가는 동안 아저씨는 뇌졸중에 걸려 한쪽 다리가 불편해졌고 말이 어눌해졌다. 그럼에도 아저씨는 젊고 예쁜 여자가 지나가면 고개를 돌려 쳐다본단다.

"불쌍한 인간이야. 저 수준으로 죽으면 후생에 무엇으로 태어날까?"

마치 자신과는 아무 관계가 없는 제삼자인 양 무심하게 말했다.

결과론이지만 남편이 평생 멍청한 일을 저지른 덕으로 아줌마는 화가가 되었다. 아줌마는 붓을 들 힘만 있어도 그림을 그리겠다고, 아니 그림을 그릴 수 있으니 그림은 자기 인생 최고의 선택이었다고 한다.

5년 전, 아줌마를 마지막으로 만났다. 초기부터 근작까지 아줌마의 그림을 총망라한 전시회를 열었다기에 멀리서 기차를 타고 가서 참석했다. 그림 한 점을 구매하고 싶었지만 눈에 들어오는 작품이 없어서 봉투만 놓고 나왔다. 이내 후회했다. 한 친구가 생활한복집을 열었을 때가 생각난다. 어떻게든 하나 사려고 여러 옷을 입어 봤지만 가져온들 입을 것 같지 않아서 축의금만 놓고 온 적이 있는데 그 후 동창은 나하고 연락을 끊었다.

　몇 년 전부터 아줌마에게 전화를 해도 받지를 않았다. 서운해서 전화를 안 받는 걸까? 전시회 뒤에도 더러 전화를 주고받았으니 그 때문만은 아닐 것이다. 혹시 돌아가셨을까? 별 생각이 다 들었다. 아줌마가 불쑥 전화를 받아 "나 아직 안 죽었다" 하고 평소처럼 심술이 잔뜩 난 목소리로 말해 주기를 바라며 생각날 때마다 전화도 하고 문자도 넣었지만 어떤 답도 들을 수 없었다.

　아줌마는 죽는 순간 어떤 생각을 하며 죽는지에 따라 후생이 달라진다고 믿었다. 혹여 아줌마가 죽었다면 남편에게 받은 상처 따위, 그 멍청한 사람이 저지른 일 따위는 가져가지 말고 그림 그리며 행복했던 느낌만 가져가기를.

후기

이 글을 쓴 지 채 한 달이 지나지 않아 아줌마 아들에게서 전화가 왔다. 그간 치매에 걸려 몇 년 동안 요양병원에 있다가 며칠 전 숨을 거두셨다고. 고인의 뜻에 따라 가족끼리 장례를 치르고 아버지 묘 옆에 묻었다고 한다. 아! 그 아저씨 보나마나 한눈팔 텐데 아줌마는 또 재미없이 붓을 잡고 살아야 하나? 우리 엄마는 죽어서는 남편과 같이 있기 싫다고 해서 멀찍이 묻어 드렸다. 생전 어머니가 바란 건 해 주지 않았으면서 그 바람은 들어드렸다. 효녀 났다.

"아줌마! 잘 가셨죠? 그림 한 점 덥석 사지 못한 찌질이 인사드려요."

24_ 하느님 말씀을 전하러 온 윤리 선생

비가 쏟아지는 저녁이었다. 9시가 넘었는데 모르는 번호가 떴다. 망설이다가 전화를 받았다. 내 강의를 들은 윤리과 교사라며 자신을 소개하는데 목소리를 듣자 그분 인상착의가 떠올랐다. 더운 날씨에 털모자를 쓰고 있어서 이상하다고 생각했었다.

윤리 선생은 지금 차 한잔 마실 시간이 되느냐고 했다. 오늘은 시간도 늦고 비까지 오니 다음에 만나자고 했으나, 그는 무슨 일이 있어도 오늘 나를 꼭 만나야 한다고 강한 어투로 말했다. 어떻게 내 번호를 알았느냐고 묻자, 연수 프로그램을 총괄한 교육회관에 연락해서 알았다고 한다.

교육회관에서 방학마다 진행하는 교사 연수 수업에 내가 강사로 참여하고 있을 때였다. 선생은 연수 수업을 받은 뒤부터 나를 위해 기도하고 있다고 했다. 나를 위해 기도하려고 작정한 건 아닌데 하느님이 나를 위해 기도하라고 시켰다고 한다. 기도를 하면서도 나를 만날 생각은 하지 않고 있었는데 오늘 갑자기 만나라는 음성을 들었다나 어쨌다나. 별일이다 싶었다. 비 오는 걸 뻔히 알면서 나를 불러내라는 하느님도 그렇지만, 하느님 음성을 들었다고 태연히 말하는 이 선생도 별스러웠다.

약속 장소에 나갔다. 약간 기분이 나빠졌다. 나는 장소를 바르게 알려 주었는데 자기가 헤매고는 나보고 그렇게 알려 주지 말고 이렇게 저렇게 알려 주었으면 헤매지 않았을 텐데, 비도 오는데 몇 바퀴를 돌았다며 불평부터 꺼내 들었기 때문이다. 혼자 나온다더니 몰몬교인들처럼 다른 여자 한 분과 같이 왔는데 그 여자가 윤리 선생 팔을 건드리며 그만하라는 신호를 보냈다. 그제야 윤리 선생은 멋쩍게 웃으며 주문을 하라고 했다. 자기들은 차를 마시고 왔으니 나만 마시라고 하는데 그것도 어색했다.

"왜 저를 하느님이 만나라고 했을까요?"

내 물음에 하느님이 전하라는 말이 있다고 했다.

"하느님이 이명선 선생님을 사랑하고 있다는 말을 전하라고 했어요."

누가 되었든 나를 사랑한다니, 사랑이란 단어가 식상해졌다고 해도 우선 듣기 좋았다. 평범한 보통 사람도 아닌 하느님이잖은가. 무엇보다 내 이름도 정확히 알고 계시고. 초등학교 6학년 담임은 내가 '이선자'에서 '이명선'으로 바뀐 것도 모르고 중학교 원서를 '이선자'로 써 주어 낭패를 당하게 했는데 말이다. 그래놓고는 오히려 더 화를 냈다. 초등학교 친구들은 6학년 담임을 최고로 쳐도 나는 입을 풀로 바른 양 칭찬을 얹지 않는다.

그 점이 신기해서 정말 하느님이 '콕' 집어서 '이명선'이라고 했느냐고 물었다. 그렇다고 했다. 집으로 돌아오는 길에 처음 그 말을 들은 때와 달리 기분이 아주 찜찜해졌다. 왜 하느님이 나를 위해 기도하라고 했을까? 나에게 무슨 일이 생기는 걸까? 미리 충격완화용으로 사랑한다는 말을 전하라 한 거야, 뭐야?

하느님이 60억 명이나 되는 사람 중 나를 '콕' 집어 사랑한다고 했다니 그 말이 아주 부담으로 다가왔다. 차라리 내가 먼저 하느님을 사랑한다고 말하는 편이 낫겠다 싶었다. 딸이 어느 날 이런 질문을 한 적이 있다.

"남녀가 서로 사랑해야 하지만 남편감을 고를 때 자기가 더 사랑하는 사람을 골라야 하느냐, 아니면 남자 쪽에서 자신을 더 사랑하는 사람을 골라야 하느냐?"

"글쎄, 누가 더 사랑하는지 저울에 달면 나오는 거야?"

본시 사랑에 대해 회의적이다. 사랑 타령을 해 보지 않은 탓도 있을 테고, 세상에 변하지 않는 것이 없는데 그것도 젊은 남녀의 사랑임에랴. 두 남녀가 만나서 구백 일이 지나면 사랑의 감정이 50%로 줄고 그 후 매년 한여름 눈 녹듯 푹푹 줄어든다는데 그 사랑을 어이 믿으랴. 하느님의 사랑은 좀 다르려나? 먼저 사랑한다고 하셨는데 내가 계속 모르는 척해도 여전하실까?

그 후로도 가끔 윤리 선생에게서 전화가 온다. 여전히 하느님이 나를 사랑하고 계신다고 한다. 하느님이 나를 사랑한다고 말씀하신 지 벌써 천 일이 지났다.

25_ 말과 돈 때문에 떠난 스님

동산에 봄이 왔다. 소나무 두 그루가 양쪽으로 서 있다. 오른쪽에 있는 소나무는 가지가 심하게 왼쪽으로 굽어 있다. 소나무 밑에는 스님 셋이 앉아 다동이 가져올 차를 기다리고 있다. 한 스님은 가야금을 울리고 있고, 동산 아래로는 다동이 작은 화로에 불을 붙이며 찻물을 끓이고 있다.

그림 윗부분에는 금송합(琴松合) 세 글자가 적혀 있다. 더 적고 싶어도 공간이 없었으리라. 가야금 소리와 솔바람 소리가 어우러져 흐르는 속에 찻물 끓는 소리까지 귀 기울여 들어보라는 뜻이리라. 시각과 청각, 후각이 어우러진 그림이다. 이 그림을 그린 분은 비구 스님이다. 비구는 남자 스님을 일컫는다.

그림은 4호 정도로 다반만 하니 작다. 집에 그림이 몇 점 있지만 이 그림을 거실 한쪽에 걸어두고 자주 들여다본다. 마음이 칙칙해지면 그림 앞에 서서 솔바람 소리에 귀 기울여 보고, 가야금 소리를 들어본다. 다동이 우리는 차향을 맡아 본다.

이 그림은 경한 스님이 주셨다. 지금은 어디에 계신지 모른다. 비구니 스님으로 승가대학을 졸업하고 몇 년 동안 포교원을 맡아 주셨다. 늘 밝은 기운으로 신도를 대했다. 천수경 염불을 특히 잘 하셨는데 목탁을 다글다글 야무지게도 치셨다. 경전 마지막 즈음에 이르러 진언동법계(진언과 법계가 하나이며) 무량중죄제(한없는 모든 죄 소멸하오며) 하시면, 내가 이 우주 법계의 진리를 알아가는 듯 고양되기도 하고 알게 모르게 지은 죄가 씻겨 나가는 듯도 했다.

'오분향례(五分香禮)' 염불은 어떤 노래 소리보다 깊은 울림으로 사람의 심금을 울린다. 경한 스님이 저 깊고 열려 있는 소리로, "지심귀명례 삼계도사 사생자부 시아본사 석가모니불(종교를 불문하고 이 소리를 한번 들어보시길)" 하고 이끌어 주시면 위로 상승해 있어 둥둥 떠다니던 기운이 천천히 가라앉았다. 당시는 힐링이란 표현을 쓰지 않는 시절이었는데, 힐링 염불을 하셨다.

가끔 스님께 공양을 올리면 가리지 않고 무엇이나 잘 드셨지만 특히 자장면을 좋아하셨다. 어린 시절 가난한 부모 밑에서 고생을 많이 했고, 학교를 다닐 형편이 아니어서 출가를 했다. 절에 들어와서야 은사 스님이 대학까지 보내 주어 졸업하였다.

음식도 금세 뚝딱뚝딱 만들어 냈다. 음식을 적게 만들지 못하고 푸짐하게 만들어 함께 나누어 먹기를 즐겼다.

절도 사회라서 말도 많고 탈도 많은 곳이다. 신도들은 비구 스님은 나이가 어려도 어렵게 대하고 스님으로서 미치지 못하는 점이 눈에 띄어도 관대하게 대하는 반면, 비구니 스님에게는 친숙하여 좋다고 하면서도 인색하게 대하거나 말을 물어냈다. 말이 알을 낳아 주면 좋은데 말은 말을 낳아서 스님은 내색하지 않았지만 마음고생이 있어 보였다. 입으로만 '모든 죄 소멸해 달라' 하고는 똑같은 입으로 구업(입으로 짓는 죄)을 지으니 도로나무아미타불이 헛말이 아니다.

절을 운영하는 데도 돈이 들어가야 하니 그 셈법도 버거워하셨다. 산속에 있는 스님이라 할지라도 먹고 살아야 하니 돈하고 연관되지 않을 수 없다. 도시 한복판에 있으니 꾸리고 들어갈 액수는 많은데 시주로 들어오는 액수는 번번이 모자랐을 터다.

파계하고 내려와서 생활 방편으로 남의 사주를 봐주고 있는 스님이 있다. 공부를 접고 산을 내려올 수밖에 없었던 이유가 끼니를 해결할 수 없어서 하산할 수밖에 없었다고 한다. 큰 절은 신도들이 많아서 시줏돈이 풍족하지만 작은 절이나 혼자 공부하시는 스님이 있는 절은 생활고에 시달린다.

스님은 말과 돈 때문에 떠났다. 당분간 세속을 멀리하고 공부에 전념하겠다고 바랑 하나 지고 훌쩍 떠났다. 스님들은 그 점이 홀가분하다. 복잡한 인연을 지어 놓지 않았으니 갈 때도 올 때처럼 흔적 없이 떠난다. 물론 무겁게 인연을 지어 인연에 연연해하는 분도 계시고, 스님이 벼슬인 양 지역에서 유지 행세하며 눌러앉아 스스로 올가미를 걸어 놓고 사는 분 도 간혹 없지는 않다.

"스님, 다시 연락 주세요."

그러자 합장하고 돌아선 뒤로 지금까지 소식이 없다. 파르 라니 깎은 뒷머리가 눈에 밟혔다.

번성하다

26_ 꿈의 융단에 막 발을 들여놓은 서지안

최근에야 알게 된 여인 후보자다. 눈을 마주한 지 60일째다. 막, 옹알이를 시작했다. 옹알이란 말을 누가 만들었을까. 옹알옹알하는 입이 옹알이란 낱말만큼이나 귀엽다. 옹알이란 글자가 이루어진 모습처럼 아이는 '오'와 '아'를 그럴싸하게 흉내 낸다. 부모는 마냥 신기해서 아이보다 자신들이 더 많이 옹알거리며 앞을 떠날 줄 모른다.

"아이가 발달이 빠른 것 같아요."

지켜보는 나에게 갓 아버지가 된 사위가 흐뭇한 표정으로 한마디하자, 얼마 전까지 내 딸에 불과했던 아이 엄마가 천재 감별사인 양 천재임이 분명하다고 한술 더 뜬다.

"세상 모든 부모들이 다 자기 아이가 천재인 것 같다고 말해요."

산부인과 의사 말을 제 귀로 분명 들어놓고도 못 들은 척 딴소리다. 사위는 평소 사주 따위를 무시하더니, 아이 사주에 물(재물을 뜻함)이 부족하다는 말을 듣고 고심 끝에 '뜻 지(志)'

를 '못 지(池)'로 바꾸었다. 시부모님이 거들고 부부가 고심 끝에 지은 이름이 '지안'이다. 옹알 여사 본관은 '달성서씨'이니 이제 '서지안'으로 세상에 이름을 알리게 되었다.

'편안한 연못'이 된 지안이는 물이 넉넉하니 재물 걱정이 없겠다. 연못은 뭇 생명을 태어나게 하고 키워 내면서 한편으로 사람들 눈을 시원하게 하고 사람들에게 즐거움을 주니 지안이는 남들에게 필요한 사람이 되겠구나. 사람들이 경치를 사랑하여 매양 찾아올 테니 외롭지도 않겠네그려.

옛사람들 역시 이름을 허투루 짓지 않았다. 이름에 염원을 담았다. 자녀가 살아가는 데 이름이 한 구실을 한다는 마음에서 신중을 기하여 이름을 지었다. 이름을 귀히 여겨 함부로 부르지 않고 호(號)나 자(字)를 따로 지어 불렀다. 호나 자는 품성이나 성격을 담기도 했지만 이름에서 부족한 부분이나 삶에서 지향하고자 하는 바를 담아 지었다. 옹알이 여사도 나이가 차면 호를 하나 가지면 좋겠다.

글자 맞추기 놀이가 있다. 어릴 적 운동장에서 하던 놀이다. 먼저 '가위바위보'를 해 이긴 사람이 땅에다 깊게 글자를 새긴다. 그전에 글자수를 정하기도 한다. 글자를 다 파면 그 위에 흙을 두툼하게 덮는다. 술래가 된 아이는 눈을 감고 덮인 흙을 파내어 새겨진 글자를 알아내는 놀이다. 놀이가 발전하면 속담 같은 긴 문장을 써넣기도 한다.

지안이가 글자를 읽게 되면 이 놀이를 같이 해 보고 싶다. 외할머니인 나는 땅에다 이런 낱말을 쓰리라. 습관. 배움. 열정. 행동. 아니다, 그건 제 부모에게 양보하고 나는 크게 '꿈'이란 글자를 새기리라.

그럼 지안이가 묻겠지.

"안경 할모니, 꿈이 메야?"

아이에게 구구이 설명하는 대신 예이츠의 시를 읽어 주련다. 그래도 지안이는 제 어미가 그랬듯이 질문을 멈추지 않을 테고, 나는 귀찮아하지 않고 힘껏 답해 주리라. 아이가 질문 꽃을 피우다 꽃봉오리 같은 입을 다물고 스르르 잠들 때까지.

> 내게 금빛과 은빛으로 짠
> 하늘의 천이 있다면
> 어둠과 빛과 어스름으로 수놓은
> 파랗고 희뿌옇고 검은 천이 있다면
> 그 천을 그대 발밑에 깔아 드리련만
> 나는 가난하여 가진 것이 꿈뿐이라
> 내 꿈을 그대 발밑에 깔았습니다
> 사뿐히 밟으소서, 그대 밟는 것 내 꿈이오니.
>
> — 예이츠의 '하늘의 천'

후기

60일밖에 안 된 아이에게도 기호가 있다. 제 발이 조금이라도 땅에 닿으면 발을 위로 '쭉' 올리면서 어서 자기를 들라고 한다. 빨리 올려 주지 않으면 '앙' 하고 우는 것을 보면 어느새 호오(好惡) 감정이 생겼구나 싶어 기쁘기도 하고, 앞으로 얼마나 많은 호오 감정을 느낄까 싶어 안쓰럽기도 하다.

손녀는 어느새 다섯 돌이 지났다. 이제 방구를 부끄러워한다. 배에서 가스를 내보내 시원하게 해 주니 부끄러워하지 않아도 된다고 해도 유아원 아이들이 놀리니까 뀌면 안 된다고. 애고애고! 편하게 방구 트고 살 남편 만나면 손녀의 '방구 진척기'라는 글을 쓸 날이 오려나.

하기는 나는 남편에게도 방구를 트지 않고 산다. 웬 낯선 남자에게는 방구를 튼 적 있다. 집 뒷산을 아침마다 올라다닌 적이 있는데 어느날인가 의도한 바 없이 순식간에 방구가 크게 터져 나오고 말았다. 뒤에 사람이 있는 것 같아서 얼른 뒤돌아보니 남자 둘이서 내 뒤를 따라 올라오고 있지 않은가. 무색해서 얼른 다른 길로 들어섰다. 분홍빛 진달래가 온 산을 붉히고 있던 참이었다.

27_ 붕어빵 굽는 처녀

    여름 기세가 한풀 꺾였다 싶으면 아파트 쪽문에 어김없이 나타나는 포차가 있다. 붕어빵 장수다. 보통은 나이 든 분들이 붕어빵을 굽는데 이 포장마차 주인은 새파랗게 젊다. 언제나 화장을 곱게 하고 셰프처럼 보이는 유니폼을 입고 있다.

    딸이 어릴 적에 다니던 붕어빵 집은 아주머니가 직접 반죽도 하고 팥을 삶아 와서 붕어빵을 만들었다. 몇 분씩 기다려야 차례가 돌아왔다. 보아하니 이 처녀는 반죽과 단팥소를 어디서 가져다 쓰는지 포장용 비닐봉지가 휴지통에 있는 게 종종 눈에 띄었다.

    옷은 깔끔하게 입었는데, 주황색 비닐로 된 포장마차 지붕에 뽀얗게 덮인 먼지는 닦을 생각도 없이 붕어빵을 굽고 있는 것이 은근히 눈에 거슬렸다. 쪽문을 통해 은행도 가고 마트도 다니는지라 자주 눈이 마주치는데도 몇 년 동안 한 번도, 돌아가신 어머니 말대로 하자면 '갈아준' 일이 없어 마음에 걸리기는 했다.

포차가 문을 연 날, 포차 앞에 발걸음을 멈추었다. 붕어빵이 손가락만 했다.

"어? 새끼 붕어빵이네요."

"네, 프랜차이즈예요."

어투에서 자랑스러움이 배어 나왔다. 쪽문을 나서다가 자연스럽게 걸음이 멈춰 선 건 한 번은 붕어빵을 사야 한다는, 나 혼자 설정한 의무감 때문이기도 했지만, 여느 때와 달리 포차가 말끔해진 이유도 한몫했다. 어묵 그릇도 오래 써서 물때가 낀 세숫대야 같던 냄비에서 스텐리스로 바뀌었고, 어묵을 찍어먹는 간장도 조그만 종지에 덜어서 먹게 해 놓았다. 붕어빵도 바삭하니 식감이 좋았다. 포장마차 비닐도 말끔해졌다. 자기가 생각해도 예전 붕어빵은 맛이 없어서 인터넷을 뒤지고 서울까지 가서 맛보고 가져왔다고 한다.

봄과 여름내 두꺼운 비닐로 덮여 있는 포차를 보면서 이 여인이 (단골이 되어 이야기를 나눠 보고서야 미혼임을 알았다.) 다른 계절에는 무얼 하며 지내는지 궁금했다. 포차를 하는 걸 보면 생활이 넉넉한 분은 아닐 텐데 무엇을 해서 먹고사는지 붕어빵 하나 사 주지 않으면서 염치 좋게 궁금해했다.

처녀사장은 내 궁금증에 불편한 기색 없이 대답해 주었다. 한 계절이라도 놀고먹을 형편이 아니라서 여름에는 주로 에어컨 놓는 분을 따라다니며 일을 거들고, 장판도 놓고 길가에 꽃도 심고 풀도 매고 휘발유도 넣고 저녁에는 24시 문 여는 분식집에서 김밥을 싸고…. 괜히 물어봤다 싶었다. 그걸 굳이 물어봐야 아는가. 처녀사장은 일자리 구하기도 쉽지 않고, 포차로 사계절 내내 할 수 있는 일을 연구하고 있다고 한다. 연구? 하기는 그럴싸한 것에만 '연구'라는 말을 붙일 이유는 없다.

나도 연구에 동참하기로 했다. 과연 포차에서 계절을 타지 않고 할 수 있는 일은 무엇이 있을까? 처녀사장을 중매하려고 요리조리 살펴보고 있는 중이다. 살펴보나마나 저런 생활력이면 사막에서도 살아남겠다. 싹싹한 건 기본이고 보아하니 마음도 넉넉하다. 마다해도 우수리를 넣어 주는 걸 보면.

후기

중매를 하려면 넘어서야 할 고개는 있다. 언젠가 한 텔레비전 프로그램에 나온 칠십 중반 할아버지에게 재혼 상대로 어떤 분을 마음에 두고 있는지 묻자, 할아버지는 그걸 질문이라고 하느냐며 "당연히 무조건 예뻐야지!" 해서 웃었던 적이 있다.

전직 스님이나 중생 남자들이나 젊으나 늙으나 얼굴이 예쁘면 무조건 좋다고 한다. 속도 없지. 얼굴 예쁘면 예쁜값을 내라는 줄도 모르고. 상대 여자가 나이가 어리면 나이 어린값,

돈이 많으면 돈값을 감당해야 하는 줄도 모르고 참, 나이 불문하고 속들이 없다.

이제는 배우에서 동물들의 목소리를 대변하고 있는 프랑스 여배우 '브리지트 바르도'가 한 말이 이 대목에서 떠오른다. "남자를 알면 알수록 개를 더 사랑하게 된다." 그녀는 남자를 100명이나 사귀었다니 수컷 세계에 대해서는 전문가일 터. 하기는 뭐, 개들끼리도 예쁜 개를 좋아하는지는 그네들 언어를 몰라서 모르겠다. 개통령이라 불리는 강형욱 씨에게 물어봐야 하나?

28_ 야밤에 기어코 떠난 여인

　여자인 내가 봐도 반할 정도로 예뻤다. 특히 입술은 꽃잎 두 장을 살포시 포개 놓은 듯했다. 나이가 마흔인데 20대 중반으로밖에 보이지 않았다. 서로 이야기를 나누고 보니 고등학교 선배였다. 남편과 같은 회사를 다니는 분의 부인이었다. 두 분 모두 재혼한 상태였다.

　선배의 미모를 두고 말이 많았다. 회사에서 제공한 사택이란 닫힌 공간에서 살다 보니 매양 만나느니 그 사람이 그 사람인지라 눈에 띄는 외모에다 재혼을 해서 왔으니 더 화제가 되었다. 나이든 아주머니들은 여염집 여자 같지 않다고 선배의 외모를 폄하했고, 남편 몰래 도망쳤다고 심하게 욕을 먹던 전(前) 부인의 외모가 더 낫다고 추켜세우기도 했다.

　말은 말을 낳는 법이어서 선배에 대한 소문은 그치지 않고 불어났고, 그 말들을 선배 귀에 넣어 주는 이가 있는지 선배는 자신에 관한 소문을 다 알고 있었다. 사람들이 일거수일

투족을 지켜보는 것 같아서 바깥에 나가기가 꺼려진다고 했다. 될수록 사택과는 멀리 떨어진 곳으로 나가 돌아다니자 그것도 입살에 오르내렸다. 전 남편과 이혼한 원인도 선배에게 있다는 소문이 돌았다. 선배가 다른 남자와 사귀어서 이혼을 당했다고 수군거렸다. 남의 일에 유난히 관심을 갖는 이들이 연일 새로운 소식을 실어 날랐다.

어느 날 선배가 밤늦게 찾아왔다. 마침 남편이 야근하는 날이라서 편하게 맞아들였다. 마지막으로 얼굴이나 보고 가려고 찾아왔다고 했다. 재혼한 지 불과 4개월 남짓 되었을까말까 한 시점이었다. 전 남편 사이에서 난 아이 사진을 보여 주었다. 동화책에서 나온 듯 예쁘게 생긴 여자 아이였다. 가족이 함께 외출하면 쳐다보지 않는 이가 없을 정도였다고 한다.

결혼하여 아무 탈 없이 행복하게 살고 있다고 생각했는데 자기만 그렇게 여겼는지, 남편이 사무실 여직원과 부적절한 관계에 빠졌고, 실수였다고 한 번만 용서해 달라는 남편을 도저히 용서할 수가 없어서 이혼을 하고 나온 지 벌써 10년이 되었다고 했다. 남편을 적당히 사랑 했으면 아이를 봐서 눈감고 살았을 텐데 배신감이 커서 남편 얼굴을 바로 볼 수가 없었다 한다. 아이가 다섯 살 때였는데 친정 부모가 기어이 아이를 놓고 나오게 해서 두고 왔는데 자신이 한 선택 중 최고로 못난 선택이었다고 울먹였다. 다음은 선배가 다시 이혼할 수밖에 없는 심정을 밝힌 내용이다.

"전 남편은 체격이 멋져서 쳐다만 보고 있어도 가슴이 떨렸어. 사람의 몸이 저렇게 아름다울 수 있다는 것을 그 사람 몸을 보며 깨달았어. 감탄하며 바라본 적이 많았어. 이혼 후에도 딸보다 남편이 보고 싶어서 몰래 찾아가 보았어. 그동안 집에서 재혼을 시키려고 별별 남자를 갖다 댔지만 어떤 남자도 눈에 차지 않았지. 서른아홉이 되자 집에서는, 특히 친정 엄마가 (친정 엄마를 보았는데 선배가 친정 엄마를 닮았구나 싶게 미인이었다. 내 편견인지 몰라도 나이가 들어는 보이는데 얼굴이 너무 고운 것이 희한하게 부자연스러워 보였다.) 평생 혼자 살 거 아니라면 서른아홉을 넘기지 말자고 서둘렀어. 스펙도 좋고 회사에서 그만하면 높은 위치니 볼 것도 없다며 밀어붙였어. 귀찮게 할 시댁도 없다며. 전 남편하고 외모며 성격이 전연 딴판인 사람이지. 앞으로 나온 배며 키가 작고 벗겨진 머리. 그래, 전형적인 중년 남자 모습이야. 악한 사람도 아니지. 착한 사람에 가깝지. 그런데 내 선택은 또 틀렸어. 난 눈을 뜨고 싶지 않아. 남자로 느껴지지가 않아."

선배는 친정 엄마의 강권에 어쩔 수 없이 이 집에 머물러 있었지만 자신에 대한 혐오가 이젠 목구멍까지 차올라 일 분일 초도 견딜 수 없다고 했다. 남편은 회식이라 들어오지 않았는데 얼굴 마주치기 전 나가겠다고 서둘렀다. 떠나겠다는 말이라도 하고 가라고 말렸지만 친정 엄마가 결혼 선물로 사 주었다는 빨간 스포츠카를 몰고 떠났다. 저 빨간 차도 어지간히 입에 오르내렸었다. 그동안 이야기 들어주어서 고맙다는 인사를 남겼다. 밤 12시가 가까운 시간이었다.

처음 선배를 보았을 때 그녀가 길을 잘못 찾아든 나비 같았다. 도통 이곳과 어울리지 않아 보였다. 왜 결혼을 받아들였는지 이해가 가지 않았다. 둘을 맺어 주는 데 적극적이었던 선배 어머니는 선배의 전 남편이 탁월한 외모 때문에 여자 문제가 생겼다며 정반대되는 남자를 권했다고 한다. 선배는 어머니 말대로 직장 튼튼하고 여자 문제로 속 썩이지 않으면 최소한 이혼은 하지 않고 살 수 있겠지, 그렇게 단순하게 생각한 자신이 바보 같다며 자책했다. 무조건 전의 경험에 반한 선택을 한 것이 실패의 원인일 수도 있겠지만 선배는 준비가 되지 않았음에도 나이에 걸려, 남의 의사에 떠밀려 잘못된 선택을 했다. 굳이 원인을 찾자면 그렇게 말할 수 있겠다.

후기

선배는 서울로 떠났다. 남자가 혼수로 들어간 비용을 현금으로 돌려주었다는 소문을 들었다. 그 남자는 결혼만 하면 거덜이 난다고 비아냥거리는 분도 있었다. 첫 번째 부인에게도 상당한 위자료를 주었다고 들었다. 첫 번째 부인이나 두 번째 부인 모두 미녀였다. 세 번째 부인도 미인이었다. 미인을 데려오는 재주는 있는데 같이 살 재주는 없는지 세 번째 부인도 곁을 떠났다. 이웃들은 아이 낳고 살림해 줄 부인을 데려오지 번번이 자신과 맞지 않는 여자를 데려온다며 안타까워했다. 얼굴 뜯어먹고 살 것도 아닌데 아직 철이 들지 않았다며.

취향은 철이 들지 않는 걸까? 다른 건 몰라도 약아빠지지 않고 바탕이 정직한 분이었다. 부인들과 연이 깊지 않았을 뿐이다. 선배도 선배지만 그분을 생각하면 좀 더 친절하게 대해 드리지 못해서 죄송하다.

29_ 뒤늦게 회의를 품은 여인

"내가 애를 잘못 키웠을까?"

기고만장한 부인 입에서 그 소리가 나오자 '이게 웬일?' 하는 표정으로 그녀를 쳐다보았다. 여자는 아들 셋이 공부를 뛰어나게 잘해 학교 학부모회장은 물론 모임의 장이란 장은 도맡아했다. 자의든 타의에 의해서든. 아무리 학부모회장을 하고 싶어도 아들이 공부를 못하면 할 수가 없다.

이 부인은 '나? 아들들이 공부 잘한다고 소문이 자자한 ○○ 엄마야. 아직도 날 모르고 있었어?' 하는 표정으로 고개를 빳빳이 들고 다녔다. 고개에서 힘이 빠진 적이 없었고, 세상 만물 돌아가는 이치부터 아이들 교육방법까지 모르는 것 빼고 죄다 아는 '난다니 박사'로 통했다.

아들 셋을 '뜨르르' 소리가 나게 소위 일류대에 입성시켰다. 문제는 그다음부터였다. 그동안 어머니 입맛대로 따라와 주어 완벽한 작품이 완성되었다고 본인도 그렇게 생각했고 주위 사람도 그렇게 생각했는데, 사회에 나가고부터 적응을 하지 못하고 이리저리 떠돌아다니며 터를 잡지 못했다. 우리 집 자식들은 공부가 딸린다고 그 여자가 주도적으로 만드는 과외그룹에서 제외되었던지라 누구보다도 그 이유가 궁금했다.

학교 다니는 동안 그 집 애들이 나와서 노는 모습을 보지 못했다. 시험 때면 똑같은 문제집을 다섯 권씩 풀게 한다는 이야기와 함께 아이들이 나가 놀까 봐 집 안에 들어오면 팬티만 입혀 놓는다는 소문이 떠돌았다. 자기 집 아이들은 엄격한 규율 아래 행동한다고 자랑스럽게 말하는 것을 들은 적도 있다. 남의 일이라서 '아들이 셋이나 되면 규율이 엄격하기도 해야겠지' 하고 무심히 들었다. 이제 와서 생각하니 아이들은 밖에서도 집에서도 긴장을 풀지 못하고 살았겠구나 싶다.

오로지 공부에만 초점을 맞춘 자녀 양육의 결과는 극단적으로 나타난다. 용케 공부로 승승장구하는 경우도 있고, 폭죽처럼 터지긴 했는데 금방 꺼지거나 아예 불발탄이 되는 경우도 있다.

자식이 남들보다 앞서간다고 자랑하지 말라. 그 자랑을 유지하기 위해 부모는 무리한 요구를 아이에게 강요한다. 자식의 정신을 통제하려고도 하지 말라. 자식도 엄격히 말하면 타인이다. 타인의 정신을 통째 빼 와서 자기 심고 싶은 대로 칩을 심으니 눈에 보이지 않은 부작용이 나중에 나오지 않을까 두렵다.

쓰고 보니 무슨 사이비 교주 말 같다. 나에게 이른 말이다. 아이들 어릴 적에 그 부인이 나보고 한 말이 있다.

"지환이 엄마는 아이들을 너무 놀린다."

그 말을 듣고 며칠 분발하여 공부를 시켜보다가 원래대로 돌아갔다. 그 부인의 강한 멘탈이 부럽기도 했다. 작정한 일을 이틀도 못 가서 포기하는 나약한 나와 달리 멈추지 않는 기차처럼 달려가는 그 부인에게 감탄한 적도 많았다. 살아오면서 가장 힘든 일도 자녀 교육이었고, 신경을 많이 쓰고 돈과 시간을 대부분 쏟은 방면도 자녀를 키우는 일이었다.

'로멜다 새퍼'라는 작가가 어느 책에선가 "글쓰기는 자녀 양육과 다르다. 시달림, 소란, 장애물, 참담한 실패가 글쓰기에서는 좋은 점들이다"라고 썼다. 자녀 양육을 하며 글쓰기의 좋은 점을 전부 거쳤다. 그래서 힘들었다. 이 부인은 자신의 교육방법에 회의를 품은 날부터 다른 대책을 강구하고 있을 터이지만 기다려 주기를. 자녀들에게도 방황할 시간을 주면 어떨지. 방황 총량이거나 놀이 총량이거나 이름이 무엇이든 그것이 허기를 채우면 터를 잡지 않을까?

30_ 어머니, 어머니, 우리 어머니

1. 외상도 괜찮다

꿈에 큰오빠가 보이면 지체하지 않고 은행으로 달려가서 돈을 부친다. 어머니와 큰오빠의 영가기도를 같은 절에 모셨는데 일 년 기도비라 한들 채 몇만 원이 되지 않으니 한 번에 내면 한갓질 텐데 분납을 고집한다. 절에 자주 찾아가서 기도를 드리겠다는 이유에서지만 기도는커녕 기도비가 밀리기 일쑤다.

기도비가 한두 달 밀려 있으면 오빠가 꿈에 나타나 말없이 있다가 슬그머니 사라진다. 대학 등록금이며 용돈을 대주었으니 당당하게 기도비를 달라고 해도 서운하지 않을 텐데 암시만 준다. 처음에는 오빠가 나타나는 이유를 알 수 없었다. 할아버지 일이 없었으면 꿈이려니 하고 지나쳤을 것이다.

몇 년 전 할아버지가 꿈에 보인 날, 나와 할아버지를 이어주는 끈이 무엇인지 곰곰 생각하다가 퍼뜩 머리에 떠오르는 것이 있었다. 부리나케 현관 옆에 있는 다용도실 문을 여니 아니나 다를까 일이 벌어져 있었다. 며칠 전 불어온 태풍으로 물이 차 그곳에 보관해 둔 병풍이 반쯤 젖어 있었다. 개조 (開祖)인 퉁두란에게서 연유된 '청해이씨'의 내력을 할아버지께서 손수 적어 결혼 선물로 주셨는데 캄캄한 곳에 넣어 두고는 잊어버리고 있었다.

조심스럽게 말려 보관한 뒤부터는 모습을 보이지 않는다. 물론 내가 억지로 끌어다 붙인 일일 수도 있다. 그렇다 해도 이미 돌아가신 분이 꿈에 보이면 차분히 생각해 본다. 혹시 내가 그분들을 위한 일을 잊고 있는 건 없는지. 세상사 법칙대로 돌아가지만 법칙을 따질 수 없는 일도 있을 테고, 내 보고 들은 바가 충분치 못하여 법칙을 설명할 수 없는 일도 생기게 마련 아닌가. 하여튼 오빠가 꿈에 나타나면 영락없이 기도비가 밀려 있었다.

반면 어머니는 발걸음을 하지 않으신다. 전주에서 한평생을 사신 어머니는 지갑을 가지고 다니지 않아도 시장을 보는데 하등 지장이 없었다. 지갑에 돈이 있어도 다른 곳에 쓸 요량이면 외상을 하면서 적절히 가계를 꾸려 나갔다. 어머니가 오늘은 살 것이 없다고 그냥 돌아설라치면 어머니의 별호인 '약방댁'이 안 사 주면 우리는 무얼 먹고 사느냐며 시장 아줌마들은 억지로 외상을 안겼다.

어머니는 장삿속이려니 하면서도 흐뭇한 표정으로 당장

필요하지 않은 물건을 들고 오는 적도 있었다. 장부에 적어 놓지 않아도 외상을 주는 사람이나 가져오는 사람이나 언제 무슨 물건을 주고 가져왔는지 소상히 기억하였다. 어련히 알아서 주거니 하고 외상값을 독촉하는 법이 없었고, 외상을 진 사람은 최소한 그 해 설을 넘기지 않는 것을 예의로 여겼다. 언제든 주기만 하면 되는, 서로의 신용을 밑바탕으로 한 거래였다.

이렇게 외상에 호가 난 양반이니 기도를 외상으로 받은들 어머니는 기가 꺾이지 않았을 것이다.

제 어미 치마꼬리 잡으면서부터 시장을 따라다녔으니 외상의 법칙에 따라 설을 넘기지 않을 테고, 보고 배운 대로 남의 돈은 절대 떼먹지 않으리라는 것을 가르쳐 주었으니 어머니는 기다렸으리라. 딸년이 알아서 기도비를 내겠지, 하고.

그런 어머니에 비해 오빠는 외상 기도가 편치 않았을 것이다. 한 푼이라도 갚아야 할 돈이 있으면 어김없이 이자를 붙이는 은행에 평생 몸을 담고 있었으니 그럴 만도 하다. 그래도 밀린 즉시 나타나지 않는 것을 보면 막내 여동생이 하는 양을 지켜본 모양이다. 그런 오빠도 요즈음엔 내 게으름에 지쳤는지 모습을 보이지 않는다.

카드 사용이 일반화되어 이제는 외상이란 말도 들을 수 없다. 포대종이에 물건을 둘둘 말아 억지로 시장바구니에 넣어 주던 아줌마들의 거친 손길이 눈에 선하다. 아줌마들의 억지에도 아무 말 없이 물건을 넣고 오셨던 어머니.

어머니, 잘 계시지요? 그곳서도 외상 잘 주나요?

2. 씨앗낱말

어머니에 대해 쓰려니 어머니가 내게 주로 하셨던 말이 무엇이었지? 선명하게 떠오르는 말이 없다. 직장 때문에 집을 떠나오기까지 어머니하고 하루라도 말을 섞지 않은 날이 없었을 텐데도 그렇다. 창밖으로 지나가는 밭과 같을까? 해마다 씨앗을 뿌리고 추수하고 다시 다른 씨앗을 뿌리다 보니 세월이 지난 후에는 주인이나 밭이나 도대체 무슨 씨앗을 뿌리고 뿌려졌는지 모르듯, 내 머릿속 기억이란 것도 그와 같지 않을지.

하루만 지나도 무수한 정보가 입력되는데 어머니에 대한 정보는 이십 년 전부터 끊어졌으니 기억 밑으로 가라앉아 눌려 들어가 있을 테고, 살아 계실 적에도 이 건방진 물건이 어머니 말이라면 잔소리로 치부하여 귀에 닿기도 전에 지워 버렸으니 푸대접 받은 말이 남아나 있겠는가.

어머니뿐 아니라 알고 있는 사람들이 했던 말을 생각해 보면 떠오르는 게 별로 없다. 그러니 지금 떠오른 어머니 말은 씨앗 중의 씨앗일 가능성이 높다. '정신 들여서'란 말이야말로 어머니가 남긴 씨앗 말이다. '집중하여 열심히' '몰입해서'와 비슷한 의미다. 어머니 표현대로라면 '어면 생각 말고

진득허니 엉덩이 들썩대지 말고' 그런 뜻이다.

평소 공부하라는 소리를 어머니에게 들은 적이 없었는데 어느 학년엔가 성적이 떨어지자 딱 한마디 하셨다.

"정신 들여 해라."

어머니 말대로 정신 들여 공부를 안 한 탓에 하고 싶은 일과 할 수 있는 일의 편차가 커서 아직도 헤매고 있다.

아들에게도 그 비슷한 말을 했다.

"정신머리 없는 놈! 지금이 연애나 할 때냐? 정신 들여 공부해도 모자랄 판에."

생리학적으로 보면 연애해서 자식을 낳아도 하등 이상하지 않을 왕성한 시기, 아들이 재수하던 때였다. 지금 아들은 늦둥이를 볼 판에 아직도 장가들 생각을 하지 않는다. 어머니 이야기가 아들 이야기가 되어 버렸다. 정신없기는 모자가 닮았다.

3. 도배

돌아가시기 몇 년 전부터 어머니는 자식은 물론 아무것도 기억하지 못했다. 치매는 끝내 어머니를 매미 허물 같은 사람으로 만들어 놓았다. 그런 어머니가 치매의 무자비한 공격에도 어디다 어떻게 갈무리하셨는지 '고맙습니다'란 말 한마디를 잊지 않고 계셨다.

혼자 있을 때도 '고맙습니다'는 말을 되풀이하며 하루를 보냈다. 누가 손이라도 잡아 주면 눈을 맞추며 '고맙습니다, 고맙습니다' 하였다. 마지막 숨 거두던 날 새벽녘에도 그 말을 하고 가셨다. 그동안 자신을 돌봐주던 도우미 아줌마 꿈에 나타나 "나, 이제 갈라우. 그동안 고마웠소!" 하더란다.

'고맙습니다'란 말로 주위를 온통 도배하고 떠난 어머니. 마지막 벽지도 곱게 빗질하고 떠났지만 정작 어머니는 내 보기에 고마워할 일이 그다지 많지 않은 삶을 살고 가셨다.

31_ 내 심정과 똑같았을 삼수생 어머니

청동기 시대만큼 옛적 일이다. 내 삶을 구분지어 보자면 그쯤 해당되는 시기에 일어났던 그 일을 적어 본다.

설 전날 서울서 내려오겠다며 설날에 만나자고 했다. 편지에 그렇게 쓰여 있었다. 하루 종일 전화를 기다렸다. 전화가 오지 않았다. 전화를 하기로 한 사람은 나한테 백여 통 가까이 편지를 보내고 있는, 서울서 삼수를 하고 있는 학생이었다. (학생인가?) 나보다 한 살 아래였다. 이 학생은 '밥맛'이라고 부르는 우리 과 남학생 때문에 알게 되었다.

대학 2학년 봄학기가 시작되었을 무렵, 학교 연극동아리에서 연락이 왔다. 전화를 받고 보니 같은 과 '밥맛'이었다. 그 아이 하는 짓이 건건이 마음에 들지 않아 몇몇이서 그렇게 부르고 있었다.

연극회 회장 자격으로 전화를 건다며 평소와 달리 점잖은 어조로 용건을 이어갔다. 밥맛이 연극을 하고 있다는 건 금시초문이었다. 강의실에 들어오면 엎드려 잠만 자고 나가니 밥맛에 대해 아는 게 없었다. 졸업하고 몇십 년이 지난 후 강의실에서 잠을 잤던 이유를 물어봤다. 기겁할 이유를 들었지만 굳이 여기서 밝히랴.

"고등학교 다닐 때 지각 많이 했지?"

밥맛이 나를 처음 만났을 때 건넨 말이었다.

'제가 나를 언제 봤다고 반말이며 지각은 무슨?'

그 뒤로 아예 녀석을 없는 인간 취급하며 학교를 다니고 있는 터였다. 학교에 슬리퍼를 신고 오질 않나, 세수를 안 했을 성싶은 기름 낀 얼굴이며 양손을 바지 호주머니에 찌르고, 옆구리에 무슨 책인지 모르지만 달랑 한 권 끼고, 몸을 흔들며 걷는 본새며 어디 한 군데 마음에 드는 구석이 없는 남학생이었다.

그런 녀석이 학교 축제 때 올릴 연극을 같이 해 보자는 제안을 해 왔다. 연극이라고는 동아리에서 재미로 딱 한 편 해 본 터라 망설여졌다. 녀석은 내가 출연한 연극을 보았다며 썩 잘하지는 않지만 가능성이 보여서 권한다고 했다. 제가 무슨 연출가나 되는 양해서 비위가 거슬렸다.

녀석과 무슨 일을 하든 갈등이 있을 것이 뻔히 보여서 거절하고 싶었지만 연극에 대한 매력이 컸다. 아니나 다를까, 연극에 합류하고부터 사사건건 부딪쳤다. 결국 소품인 빗자루로 난투극을 벌이는 지경까지 갔다. 둘 다 정치에 입문했으면 좋을 걸 그랬다.

연극은 성공리에 끝나고, 이후 이야기는 모두 생략한다. 오늘 주인공이 아닐 뿐더러 나중에 나하고 제일 친했던 친구가 이 녀석과 사귄다고 해서 친구에게 절교를 선언할 정도로 끔찍하게 싫어했다. 다만 앞에 내게 편지를 보냈던 삼수생을 연결해 주어서 쓰다 보니 이렇게 장황해졌다.

오늘 쓰려는 여인은 이미 이 세상 분은 아닐 것이다. 그분을 만나본 적도 없다. 그럼에도 굳이 쓰는 이유는 내가 살아오면서 한 번도 들어보지 못한 말을 해 준 분이고, 몇십 년 후 그분이 했던 말을 그대로 하고 싶은 심정이 들었을 때 자연스럽게 떠오른 분이다. 삼수생의 어머니였다.

예산을 어디서 가져왔는지 '밥맛'이 서울서 연출가를 데려왔다. 알고 보니 서울에 있는 대학의 연극과에 다니는 제 후배였다. 연출료를 정식으로 지급하기로 하고 모셔 왔다고 밥맛이 소개했다. 허세가 있어 보였다.

삼수생은 연출가의 친구였다. 가끔 연극 연습하는 소극장에 와서 앉아 있고는 했다. '삼수나 한다는 녀석이 공부는 언제 하노?' 속으로 생각했지만 관객이 있으면 연습이 잘 되어 거슬리지는 않았다. 서울내기 티가 나는, 밥맛하고는 전혀 다른 분위기였다.

삼수생이 한동안 안 보이더니 우리 집 주소를 어떻게 알았는지 편지가 한 통 왔다. 의외로 문장이 신선했다. 시를 써서 보내기도 했는데, 옥수수수염에 맺힌 이슬 어쩌고 했던 내용으로 옥수수수염만 떠오른다. 편지를 읽는 재미가 쏠쏠했다.

삼수생의 편지는 연서는 아니었다. 나 역시 그런 감정을 갖지는 않았다. 서울에서 미술대학에 다니는 여자 친구가 있었고, 나에게 소개시켜 주기도 했다. 삼수에서 받는 스트레스를 글쓰기로 푸는데, 이를테면 관중이 있어야 신이 나는 '치료요법' 정도로 이해했다. 푸닥지지만 국문과생이니 저보다는 낫겠지 하는 심정으로 편지를 썼을 것이다. 부모는 공과를 가라고 하지만 글쓰기에 취미가 있다고 했다.

몇 개월에 한 번, 서울서 내려오면 연락을 했다. 밥을 함께 먹은 기억은 없고, 보통은 커피 한 잔 마시고 헤어졌다. 편지로는 쓸 말이 많은데 얼굴을 대하면 할 말이 없어서 어색하게 헤어졌다.

전화를 하겠다는 사람이 전화를 하지 않자 신경이 쓰였다. 설날 다음 날 전화를 돌렸다. ○○씨 계시냐고 하자마자 포대 종이를 '쫙' 잡아 찢는 소리가 들려왔다.

"어디서 피도 안 마른 것들이 누구누구 씨?"

"정초부터 어디서 재수 없게 가시내×이 전화질이야, 전화질이."

그 외 했던 무지막지한 육두문자는 안 들은 일로 치자. 지금도 그 일을 떠올리면 얼굴이 화끈거린다. 이후 삼수생이 보내는 편지를 반송해 버렸다. 나중에 내가 부모가 되고 보니 그 어머니가 이해는 갔다. 녀석은 그해 또 대학에 떨어졌고 사수생이 될 판이었다. 공부는 하지 않고 어디에 한눈을 팔고 있는지 의심하던 차, 여자 목소리를 내는 어린 것이 전화를 했겠다. 그것도 감히 정초에?

그 뒤 20여 년이 지나 아들 녀석이 재수하면서 같은 학원에 다니는 여학생을 사귀게 되었다. 가관은 그 여학생은 공부와는 담쌓고 사는 아이라고 했다. 학창 시절 나는 그 삼수생의 여자 친구도 아닌데 어머니란 분에게서 우주가 찢어지는 듯한 소리를 들었다.

여학생과 아들이 사귀는 사이라고 했겠다, 재수를 한다는 녀석들이 사귄다고? 정신머리가 없어도 유분수지, 수능이 낼모렌데, 지인에게서 녀석들이 영화를 보고 있더라는 말을 전해 듣고 분기를 장전하고 여학생의 전화가 오기를 기다렸다.

'야, 너! 첫 시작을 그 정도 급으로는 해야겠지? 아니면 내게 편지를 보내던 삼수생 어머니 말을 그대로 옮겨 줄까? 아냐, 그건 너무 심하고, 여하튼 제가 전화를 한 번은 하겠지. 아들 말로는 여학생 집에 전화가 일곱 대가 있다고 했으니 전화기가 부족할 일은 없으렷다.'

분기를 탱천시키지 못하고 말았다. 핸드폰 시대가 되어서 기회를 놓쳤다. 아들은 그해 수능을 제대로 망쳤다. 아들은 헛소리까지 했다. "재수한 것을 후회하지 않는다"고.

아니 새벽같이 일어나 밥해 먹이고, 등골 휘어지게 비싼 학원비 대고, 독서실 보내고 빨래해 준 내가 후회를 한다는 데 제까짓 정신 나간 녀석이 할 소리는 아니었다. 핸드폰을 뒤져서라도 번호를 알아내 한 소리 퍼부어 줄 걸 그랬다. 교양이고 나발이고 우주든 지구든 포대종이든 찢어야 했다. 아직도 그때 충전된 분기가 길을 찾지 못하고 떠돌고 있다.

32_ 가슴이 숯검댕이가 되었다는 아주머니

집 앞에 있는 바닷길로 산책을 나갔다. 밤낮없이 운동을
하는 사람들로 북적거리는데 자정이 가까운 시간이다 보니
사람들 발길이 뜸하다. 하늘에는 별들이 새순처럼 돋아 있
다. 어제 찾아온 태풍에 그간 쌓인 더께를 한 꺼풀 벗겨 낸
모양이다.

아까부터 아주머니 한 분이 뒤꿈치를 밟을 듯 따라오니 은
근히 신경이 쓰였다. 앞서가라고 길을 내주니 아예 나와 보
조를 맞춰 걷는다.

"오늘따라 별이 많지요?"

앞뒤로 사람 하나 없이 가로등만 휑한 길에서 모르는 사람
과 같이 행진하듯 걷는 것이 아무래도 어색해서 그렇게 알은
체를 했더니,

"용을 썼더니 힘들어 죽겠구마."

완전 동문서답으로 한 십년지기나 만난 듯 말을 받았다.

잘못했다간 이 아줌마의 용을 내가 쓸 것 같다는 생각이 들어서 "아, 예에." 대답을 하는 둥 마는 둥 빠르게 앞으로 나아갔다. 그러자 이 아주머니, 질세라 다시 용을 쓰며 따라오는 게 아닌가.

나는 더 속도를 내려다가 이내 발걸음을 늦추었다. 용을 피하려다가 용을 쓰는 꼴이지 싶었고, 한편으로는 조용히 가라앉고 있는 공기 속을 유난히 통통한 아줌마 둘이서 마구 휘젓는 일이 미안하기도 했다. 바닷길 마지막 가로등까지 갔다가 출발지로 돌아오는 내내 아주머니의 하소연을 극기 훈련 삼아 들어야 했다. 그러니 별이 밝으면 그러려니 하고 혼자 볼 일이다.

대뜸, 아주머니가 자기 가슴을 손바닥으로 쳤다. 자기 속이 얼마나 탔는지는 아무도 모를 거라며. 당연히 숯검댕이에 비유했다. 나이가 들면 모른 척 넘어가기도 해야지 어떻게 된 노인네가 일마다 거들고 나선다고 말을 잇는다. 여인의 가슴을 숯검댕이로 만든 주인공은 시어머니이고, 시어머니 화력이 아직도 활활 타오르고 있어서 힘든 모양이었다.

젊어서 과부가 된 시어머니, 외아들, 시장에서 어렵게 장사해서 외아들을 대학까지 보내고…. 들어보지 않아도 드라마 속에서나 나올 법한 고부 사이가 훤히 그려진다.

"말 뽄새가 어쩌나 거친지 이제 그마 듣기도 싫다. 첨부터

정이 안 들더니만 이리 살아도 정이 안 든다. 손자가 하루에 밖에 두 번 나갔다 들어왔다고 무신 돼지가? 잡아야 하는데 잡지를 않는다고 저리 난리다. 저래서 대학 어떻게 가냐고. 여편네가 놀고먹으면서 자식 교육도 지대로 못 시킨다고 자지도 않고 헌 소리 또 허고 또 허고, 증말이지 지겹다. 내 자식 대학 가는 거 걱정하는 줄 아나? 유세떠는 거제."

시어머니나 며느리나 막상막하다.

"둘째 동서가 한 사날 모셔 보더니 나보고 어찌 사냐고 하데. (부모를 모시지도 않으면서 꼭 이런 식으로 말해 다른 며느리와 시어머니 사이를 벌어지게 하는 데 일조하는 동서들이 왕왕 있는 법이다.) 아들도 즈 어무이는 실험 대상이라 하드만. 담배는 피워대 쌓고 가래 뱉는 소리는 우에 그리 크노. 아이고! 마, 거기다 이 닦는 소리 하나 요란하다. 밥 먹고 있는데 그러면 딱 죽을 맛이다. 누가 오면 예절을 지켜야 하는데 너무 거리낌이 없다. 며느리 친구들이 오면 턱 밑에 앉아 일일이 참견하고…. 톡 까놓고 말하는 기 무신 자랑이라고 자기는 내숭이 없다카지만 듣는 나는 죽을 맛이다."

경상도 말에 전라도 사투리까지 섞어 쉬지도 않고 쏟아내더니 뛰쳐나오다 보니 이리 늦은 줄 몰랐다며 한숨을 길게 쉰다. 그렇게 봐서인지 불빛에 비친 피부가 부석부석 윤기가 없어 보인다. 아주머니가 내게 토해 낸 소리는 우리 어머니, 고모, 당숙모들이 모이면 자기네 시어머니를 향해 수군대던 소리들이었다. 그러나 그녀들이 시어머니가 되었을 때 그들의 며느리들도 분명 비슷한 소리를 내었으리라.

나 역시 오늘 만난 아주머니처럼 며느리 입장에서만 소리를 내고 살았다. 그런데 머지않아 시어머니가 될 날이 가까워지니 그동안 쏘아올린 소리들이 어디에 꽂혀 있을지 은근히 걱정이 된다. 만일 그것들이 내가 시어머니가 되기를 기다렸다가 어딘가에서 다시 나에게 고스란히 날아든다면 막아 낼 자신이 없다. 아주머니 입장에 충분히 공감은 하지만 나는 어느새 시어머니 입장이 되어 경청하였다. 미래의 며느리에게는 어떤 점을 조심해야 내 존재가 걸리적거리지 않을까 하여.

보고도 못 본 척, 알아도 모른 척, 있어도 없는 척, 삼척동자(?)처럼 살아도 시어머니의 앉을 자리가 나올까 말까 하다고 말하는 이도 있다. 그 말대로라면 그림자처럼 얇아지고 연해져서 존재하는 듯 마는 듯 살아야 되나 본데, 살아온 습성이 그렇지를 않으니 그다지 자신이 없다. 그러나 자칫 그 시어머니처럼 빛바래지 않은 색동저고리를 시도 때도 없이 흔들다가는 며느리가 야밤에 뛰쳐나가 애먼 사람의 발목을 붙잡을 것이니 색깔을 빼긴 빼야 하리라. 나이가 들면 그저 빼기를 잘해야 서로 편안해지는 것을, 아직도 곱셈을 하고 있으니 머리가 복잡하다.

그나저나 이 아주머니 심성이 그나마 고우니까 기세등등한 시어머니 대신 본인이 뛰쳐나왔겠지만, 심성이 고약한 며느리 같았으면 시어머니가 내 산책길을 불태웠을지도 모를 일. 그런데 시어머니도 모시지 않는 나는 그 늦은 시간에 왜 바닷길에 산책을 나갔을까? 집에서 누군가가 나를 향해 화력을 높였을까? 유난히 별이 밝기는 했다.

33_ 9년이나 떡을 썬 외제아줌마

"붙었어요, 붙었어!"

고함소리에 이어 전화선을 타고 통곡이 들려왔다. 어머니는 연신 "잘했어요, 잘했어. 이제 고생 끝났네요, 끝났어" 하더니 같이 따라 울었다.

동도 트지 않은 새벽이었다. 계절은 겨울이었던 것 같은데 정확하지는 않다. 전화를 건 분은 외제 물건을 팔러 다니는 아주머니였다. 하나 있는 아들이 사법고시에 붙었다는 소식에 앞뒤 따져볼 겨를 없이 전화를 한 것이다.

아주머니는 '외제아줌마'로 통했다. 깡마른 몸에 원불교 여자 교무처럼 머리를 한줌 뒤에 싸매고 다녔다. 스물 몇 살인가 일찍 남편을 보내고 아들 하나만 바라보면서 고시공부 뒷바라지를 9년이나 하였다. 한석봉 어머니에 비유하면 9년간 손목이 휘도록 떡을 썬 격이다.

외제아줌마는 커다란 보퉁이를 머리에 이고 다니다가 단속이 심해지면서 짐을 우리 집에 맡겨 놓거나 보자기에 물건을 조금씩 싸서 들고 다녔다. 국산품을 애용하자는 캠페인을 벌이던 시절이어서 세칭 '밀수아줌마'는 잡아 가두던 시절이었다. 아줌마는 큰길로 다니지 않고 골목길로 다녔다. 경찰이 이미 J시에서 밀수하는 아줌마들 신상을 꿰고 있어 눈에 띄면 무조건 보따리를 검사하기 때문이었다. 외제 물건 보따리를 가지고 다니지 않을 때도 버릇이 되어 골목길로 다닌다고 했다.

아주머니는 비록 외제 물건을 팔러 다녔지만 아들 가진 위세가 대단했다. 아들이 서울대학교를 졸업한 데다 자기는 언젠가는 기세등등한 판사 아들을 둔 어머니가 된다는 믿음이 강했다. 아들이 판사만 되면 팔자가 손바닥 뒤집듯 바뀐다고 믿는 눈치였다. 법을 어기면서도 당당한 아줌마를 내가 별로 반기지 않았던 모양인지 아줌마도 나를 싹싹하게 대하지는 않았다.

아주머니 보따리에는 물 건너온 진귀한 물건이 가득했다. 미제 초콜릿, 반들거리는 껌, 샴푸, 일제 속옷, 양주… 구해 달라는 건 어떤 방법을 통해서라도 다 가져다 주었다. 여수에서 물건이 온다고 했다. 우리 집 단골이던 수박색 매니큐어를 바르고 다녔던 아주머니도 이 외제아줌마에게 매니큐어를 샀다.

외제아줌마는 감옥에 가지는 않았지만 파출소에 몇 번 끌려갔다 나왔다. 무서워서 다시는 그 일을 하지 않을 것 같은데 얼마쯤 쉬다가 물건을 다시 팔러 다녔다.

아줌마는 사시사철 흰 면양말을 깨끗이 빨아 신고 다녔다. 옷도 위아래 하얀 옷에 겨울에는 하얀 명주수건을 목에 둘렀다. 겨울 스웨터도 회색이나 잿빛을 입었지 색깔 옷은 입고 다니지 않았다. 자기 할 일을 마치면 절로 들어가겠다고 했다. 그런 분이 장삿속은 빤해서 만날 손해보고 파는 것이라 했지만 그렇게 할 분으로 보이지는 않았다.

물건이 잘 팔리지 않으면 어머니를 설득하여 속옷 몇 장이라도 들여놓게 했다. 아줌마 말만 들으면, 자기가 가지고 다니는 물건 중 최고로 좋지 않은 건 없었다. 요즘 홈쇼핑 쇼호스트 같았다. 조르는 재주도 뛰어나서 한번 팔아야겠다고 작정한 물건은 어떤 수를 쓰든 사게 했다. 우리 집에 어울리지 않게 꽃그림이 그려진 영국제 찻잔이며 기다란 유리컵(나중에 알고 보니 와인 잔이었다)은 이 아줌마가 억지로 들여놓게 한 것이었다. 아줌마도 그 잔이 어디에 쓰이는지 몰랐을 것이다.

어머니는 외제아줌마가 생활력이 강한 분이라고 했다. 생활력이 강하다는 말이 정확히 어떤 의미인지는 몰랐으나, 아주머니처럼 남편이 일찍 세상을 뜨고 억척스럽고 뻔뻔해야 하는가 보다고 생각했다. 외제아줌마가 우리 집 문턱을 닳도록 드나든 때가 내가 초등학생 시절이었으니 그렇게 생각할 만했다.

아줌마는 우리 집에 외제 물건만이 아니라 아버지께 상담을 받으려고 바쁘게 드나들었다. 역학에 조예가 있던 아버지가 10년 공부하면 고시에 붙겠다고, 떨어져도 실망하지 말라는 희망찬 말을 해 주었다. 설날이면 세배를 오는 그 집 아들을 보며 나는 아줌마가 아버지 말을 믿지 않았으면 했다. 영양실조 걸린 사람같이 기운도 없어 보이는 데다 닭목처럼 긴 목을 가진 남자가 그 어렵다는 고시에 붙을 것 같아 보이지 않았다.

고시에 떨어졌다는 소리를 들으면 아줌마는 우리 집에 와서 한참 울고 갔다. 하기는 아들이 고시에 붙었다는 날도 집에 와서 길게 울었다. 그리고 아줌마는 그날로 눈물을 졸업했다. 자기가 그동안 흘린 눈물을 합하면 강을 하나 만들 거라며 이제 다시는 울지 않겠다고 했다.

웃으며 우리 집을 나서면서 처음으로 나에게 면양말을 하나 주고 갔다. 아들이 고시에 붙었으니 외제 물건을 팔러 다니지 말라고 아버지가 주의를 주었다. 그 뒤로도 얼마 동안은 물건을 팔러 다녔다. 손해를 보지 않으려면 받아 놓은 물건은 처분해야 된다고 했다. 외상값도 부지런히 받으러 다녔다.

아들이 지방법원 판사로 발령을 받았다고 들었다. 외제아줌마는 아들을 지칭할 때도 존대를 해서 말했다. '우리 영감님이' 하기에 나는 아줌마가 늦게 결혼을 했나 싶었다. 알고 보니 자기 아들을 그렇게 부르는 말이라고 해서 영감이란 말이 참 희한하다 싶었다.

혼삿말이 오갈 즈음 주위 사람들이 수군거렸다. 저 집에 딸 주었다가는 고생문이 훤하다고. 홀시어머니에 저 성깔에 아들 뒷바라지 위세에…. 아줌마는 서로 딸을 주겠다는 집안이 줄섰다고 자랑이 대단했다. 결혼 말이 나온 지 얼마 되지 않아 법조계 집안의 딸과 결혼했다고 들었다.

후기

아버지는 10년을 공부하면 된다고 했는데, 그 집 아들은 9년 만에 합격하였다. 합격한다는 말은 맞았다. 아버지는 관운이 있어야 고시에 붙는다며 외제아줌마 아들에게 늦게 관운이 있다고 했다. 아줌마는 은인이라며 명절이면 찾아왔는데 신간이 편해지더니 발길을 끊었다. 아버지 문상도 오지 않았다. 아버지 돌아가셨을 때 어머니에게 외제아줌마는 어떻게 살고 있느냐고 묻자, "소식을 듣지 못했나 보다"면서 서운한 표정도 짓지 않았다. 세상인심이 그랬다. 아무나 남의 집 문턱을 닳게 하지 않는다. 아쉬워야 남의 집 문턱도 닳게 하는 법이다.

34_ 10월 같았던 여인

호박 눌러앉았던, 따 낸
자리

가을의 한복판이 움푹
꺼져 있다

한동안 저렇게 아프겠다.

– 문인수의 '10월'

'치유 글쓰기' 수업이 있는 날, 마침 10월 1일이라 이 시를 복사해서 나눠 주었더니 독서회원 중 한 분이 시를 낭송한 뒤, "저도 호박 눌러앉았던 자리를 보긴 봤을 텐데 무심히 지나쳤습니다. 시인은 별것도 아닌 것을 별것인 양 놓치지 않고 보는구나, 그래서 이 사람은 시인이 되었고 저는 시인이 아닌가 봅니다"라고 소감을 밝혔다.

'10월'이란 시를 처음 대했을 때 이 제목보다 더 어울리는 제목이 있을 것만 같아서 궁리해 보았지만 찾아내지 못했다. 이런 시를 쓰는 시인의 감성이 얄밉기도 했던 시다.

'호박' 하면 떠오르는 여인이 있다. 아니 이 시처럼 호박 눌러앉았던, 따 낸 자리만큼 10월을 지독하게 느끼게 해 준 분이다. 절대로 일찍 가 버릴 분으로 보이지 않는 강한 사람이었다. 교장이 되어 관사로 이사한다고 좋아하더니 갑자기 죽었다는 연락이 왔다. 가슴이 몹시 뛰었다. 바로 장례식장으로 달려갔다. 김 선생은 여전히 크고 선량한 눈망울을 한 채 국화꽃에 둘러싸여 있었다.

김 선생은 섬에서 근무하면 점수가 가산된다며 일부러 섬으로 발령을 받아 갔다. 추운 겨울 새벽에 배를 타러 가는 김 선생을 가끔 보았다. 고생스러워 보였다. 고생 끝에 교감이 되었고, 교장이 되었다. 김 선생은 초등학교 교사로 앞집에 살았다. 김 선생의 남편과 우리 집 남편은 회사 입사 동기였다. 알고 보니 두 부부가 남편과 동향이어서 가깝게 지냈다. 부부끼리 만나면 속을 털어놓으며 격의 없이 지냈다.

가을이 되면 잊지 않고 호박전을 크게 부쳐서 갖다주었다. 누런 호박으로 전을 부치는 방법을 김 선생을 통해 알았다. 설탕과 소금을 약간 넣은 밀가루에 물을 붓고 잘 저은 뒤, 채 썬 늙은 호박을 버무려 넣고 부치면 끝이었다. 어느 가을엔

호박을 믹서기로 갈아서 그대로 부쳐 오기도 했다. 호박죽을 가을이면 빼놓지 않고 끓여 주기도 했는데, 팥 대신 강낭콩을 넣어서 커다란 스텐 양푼에 푸지게 담아다 주었다. 새로운 음식을 하면 빠지지 않고 갖다주었고, 쑥을 뜨거운 물에 데친 뒤 쏭쏭 썰어서 부치는 쑥전도 김 선생에게 배웠다. 친정집 언니 같았다.

김 선생에게 큰 실수를 했다. 실수를 사과하지도 못하고 보내고 말았다. 남편이 진급했다는 소식을 들은 날, 직원들이 집으로 찾아온다는 연락이 왔다. 지금처럼 자동화기기도 없는 때였고 카드라는 것도 없던 시절이었다. 돈을 찾으려면 오직 은행에 가야 하는데 이미 은행이 닫혀 있는 시간이었다. 수중에 현금은 얼마 없고 난감했다.

사정을 말하고 김 선생에게 돈을 빌렸다. 아이까지 맡기고 시장을 봐서 겨우 진급 턱을 냈다. 정작 그 집은 진급이 되지 않아서 속이 상했을 텐데, 그런 집에 돈까지 빌리고 아이를 맡겼으니 내 염치없음에 부글부글 속이 끓어올랐으련만 그 뒤로도 내색 없이 나를 인간으로 대해 주었다.

장례식장에서는 부의금을 받지 않았다. 고인의 뜻이라고 했다. 가기 전에 한 번 보았으면 하는 마음이 들어 안타까웠는데 김 선생이 누구도 만나기를 원치 않았다고 한다. 급성으로 온 병이라 하였다. 누구보다 최선을 다해 자신에게 맡겨진 역할을 다한 분으로 기억하고 있다. 보내고 나니 움푹 팬 자리가 선명하다. 죄송한 마음에 그냥 떠나올 수 없어서 몇 자 적어 꽃과 함께 올려두고 장례식장을 나왔다.

후기

오래된 책을 정리하다가 잡지를 발견했다. 90년에 책임을 맡아서 발간한 잡지였다. 창간호 독자란에 김 선생 둘째 딸 원고가 실려 있었다. '남자에게 편지쓰기'란 제목이 붙어 있다. 그 집 딸이 초등학교 4학년 때 쓴 글이다. 이 아이는 자라서 엄마처럼 초등학교 선생님이 되었는데 어릴 적부터 생각이 초롱초롱했다.

"아침에 일어나서 남자친구에게 편지를 썼다.
만성이와 경익이에게.
만성이는 2월에 이사를 간다고 한다. 그래서 섭섭한 마음으로 썼다. 그리고 경익이에게는 그제부터 어제까지 간 유적지 관람이 재미있었다고 썼다. 남자친구에게 편지를 써서 보내는 것은 이번이 처음이다. 편지에 내 마음을 다 나타내지는 않았다. 부끄럽기 때문이다. 끝에는 '너의 벗 정미가'라고 단순하고 짧게 적었다. 남자에게 편지를 보내는 게 이렇게 어렵고 까다로운지는 난생처음 알았다."

둘째 딸 글을 읽으니, 김 선생이 가 버린 게 더더욱 실감이 안 난다. 원고를 부탁하자, 자신보다 딸이 글을 잘 쓴다며 딸의 일기를 보여 주며 미소 짓던 모습이 어젠 듯하다.

35_ 밑 빠진 독에 은혜를 붓고 있는 여인

"우리는 종종 타인을 돕는다는 이유로 그들의 인생에 끼어든다. 그러나 타인의 인생에 간섭하는 이유는 그들에게 도움을 주기 위해서가 아니라, 그들의 삶을 지배하고 조종하려는 욕망 때문이다."

'알프레드 아들러'가 전하는 메시지다. 일부러 메시지라 썼다. 심리학자이지만 삶의 지혜를 알려 주고 과거를 분석하는 일에서 벗어나 현재와 미래를 바라볼 수 있게 일종의 심리적 처방전을 내려 주는 그의 말은 메시지 성격을 내포하고 있다. 그는 뜬구름 잡는 소리를 하지 않고 정확하게 앞으로 나아갈 길을 제시해 준다. 갈지자로 마음이 흔들릴 때 아들러를 읽는다.

아들러의 글을 읽다 보니 돈 때문에 고통을 받고 있는 여인이 떠오른다. 정확히는 돈을 빌린 후 받은 고통이라고 해야겠다.

이분은 요양원을 운영하고 있다. 나이 들어 몸이 불편하신 분들을 돌봐 주는 데 아주 탁월한 재능, 재능이라기보다 심성을 지닌 분이다. 비록 몸이 불편해서 왔지만 마음이 더 외로운 분들이라며 그분들 이야기를 들어주는 일에 시간을 쓴다. 자식도 듣지 않으려 하는 이야기를 들어주고 재미있는 이야기를 들려 드린다니, 이야기가 살아 있는 요양원이다.

이분 이야기는 따로 장을 마련하기로 하고, 이분이 돈을 빌렸던 분, 이분은 나도 알고는 있으나 직접적인 친분은 없다. 여학교 교장 선생님으로 결혼은 귀찮은 일투성이라며 일부러 결혼을 하지 않았다고 들었다. 이 교장 선생님은 남에게 돈을 쉽게 빌려 준다고 한다. 다른 분에게는 빌린 돈을 받았는지 어떤지는 모르겠으나 내가 알고 있는 분에게는 돈을 받지 않는다고 한다.

이 교장 선생님에게 급한 사정으로 요양원을 운영하는 분이 2천만 원을 빌렸다고 한다. 얼마 후 돈을 갚으려고 갔더니 지금도 형편이 풀리지 않았으니 편히 쓰라며 돈을 받지 않더란다. 어쩌다 친구나 해 주면 된다는 말을 지나가는 말로 덧붙였다고 했다. 원장은 감격해서 은혜를 갚으려고 지난 10년을 교장 선생님의 친구가 아닌 그 집의 집사처럼 살았다고 술회한다.

운전을 하지 않는 분이어서 봄이면 꽃구경, 가을이면 단풍구경을 시켜 드리고, 병원에 시장에, 부르기만 하면 달려가

다 보니 사생활이 없을 지경이었다고 한다. "김치 떨어졌네." 한마디면 바로 해다 드렸는데, 이제는 힘이 부쳐서 돈을 제발 받아 달라고 애원했다고 한다. 그런데 어안이 벙벙해지는 말을 들었다고 했다.

"내가 자네에게 돈을 왜 거저 준 줄 아는가? 나한테 평생 잘하라고 준 게야. 보험 들은 거라고."

독신으로 사는 교장 선생님은 자신을 보필할 사람으로 원장을 낙점해 두고 마음껏 부리고 있었던 것. 그제야 속마음을 알게 된 김 원장은 노예 생활을 그만두고 싶다고 했다.

늘 봐야 하는 사람에게 돈을 빌리면 더 부담이 된다고 한다. 돈을 빌려준 그 마음이 고마워 계속 신경을 쓰게 되고, 주어도 주어도 미진한 것 같아서 돈과 시간을 쓰다 보면 마음의 부담이 커지고, 빌려준 쪽도 보답을 기대하고 있다가 기대에 미치지 못하면 서운하게 생각해서 대부분 사이가 벌어진다고 한다. 돈을 빌리지도 빌려주지도 말라는 말이 있다. 돈 때문에 관계가 틀어지는 경우가 많다 보니 그런 말도 만들어진 것 같다.

갚아도 갚아도 밑 빠진 독에 물 붓기 같다는 은혜 갚기. 김 원장은 고리대금 사채업자보다 높은 이자를 몸으로 갚았는데도 빌려준 이는 아직도 턱이 없다며 죽을 때까지 몸으로 갚으라는데 말이 되느냐고 하소연이다. 종신 노예 계약을 맺은 꼴이라며, 나 같으면 어떻게 하겠느냐고 묻는다.

심리학자 '아들러'의 말처럼 교장이라는 분은 원래 남의 삶을 지배하고 조종하려는 욕망이 강한 사람이다. 그런 사람에게 돈 2천만 원을 빌린 건 지배욕을 강화시킨 꼴이 되고 말았다.

어느 우화였을까? 한 노인이 한 번만 업어 달라 해서 원을 들어주었더니 평생 내리지 않고 두 손으로 목을 부여잡고 있다는 이야기가 생각난다. 우화 속에 나오는 노인 같은 교장에게서 놓여날 방법이 없을까? 아들러라면 미움 받을 용기를 내라고 할까? 은혜를 원수로 갚는다는 욕을 들을 각오로 은혜 단수를 실시하면 어떨지.

36_ 돌멩이 밑을 보고 만 여인

햐,

요것 좀 봐라

조그만 돌멩이 밑에

지렁이 한 마리

노란 새싹 하나

몰래 살림을 차렸다

누가 볼까 봐

얼른

돌멩이를 닫았다.

오인태의 '돌멩이 밑'이란 시다. 몰래 살림 차린 그들을 누
가 볼까 봐 얼른 돌멩이를 닫아 준 시인. 시인은 남몰래 사랑

을 키워 가는 그들이 예뻐서 보호해 주고 싶었겠지. 짓궂은 개구쟁이들에게서 보호해 주고 싶은 심정도 있었겠지. 뜻밖에 범한 실례를 용서해 주라는 마음도 담아서 달아 줬겠지.

이 아름다운 동시에게 미안하게도 시를 보자 남편이 몰래 살림을 차린 걸 알아 버린 한 부인이 떠올랐다. 동시를 보며 이런 기억밖에 떠올리지 못해서 미안하다. 돌멩이를 닫지 못하고, 어쩔 수 없이 파헤친 부인은 지금쯤 어디서 어떻게 살고 있는지. 눈망울이 포도알처럼 예뻤던 딸과 신생아치고 너무 커서 엄마를 쩔쩔매게 했던 아들은 무사히 잘 컸는지. 제발 그랬기를 빌어보는 새벽이다.

민진 엄마는 강원도 산골 출신이라는데 도시 여자 같은 외모와 말투를 지녔다. 감자떡이라는 것을 이 부인을 통해 처음 먹어 보았다. 살림 솜씨는 물론 집안 꾸미는 솜씨도 뛰어나 집을 구경하러 간간이 들렀다.

남편과는 여러모로 맞지 않아 보였다. 남편은 여러 사람이 모여서 식사하는 자리에서도 부인을 큰 소리로 나무라며 면박을 주기 일쑤였다. 쓸데없는 말을 많이 한다며 주의를 주기도 했는데, 부인을 대하는 자세가 지나치다 싶었다. 그런 일쯤은 집에 가서 부부끼리 이야기해도 될 사안으로 보였다.

남편은 식사를 하면서도 부인이 무슨 말을 하는지 촉각을 곤두세우고 있는 듯했다. 그런 면을 빼고는 남편이란 분은 단정한 외모에 부드러운 서울 말씨를 쓰는, 겉으로 보면 영국 신사 같아 보였다. 그 영국 신사는 알고 보니 '나이스한 개새끼' 급수였지만. ('더글로리'란 드라마에 나오는 '하도영'이란 캐릭터를 평한 대사인데, 이 대사를 듣자 민진 엄마 전 남편이 바로 떠올랐다.)

이 부부의 결혼을 이웃들은 그렇지 않아도 의아해했다. 남편은 세칭 일류대 출신인 데 반해 부인은 검정고시로 고등학교를 마쳤다는 말이 돌았다. 어떻게 둘이 만나게 되었는지 궁금해했지만 남편도 그 부인도 입을 다물었다. 특히 남편은 사생활 이야기는 입도 뻥긋하지 않았고, 행여 부인이 무슨 이야기라도 할까 보아 입단속을 시키는 듯 보였다. 그런 중에도 S대 출신이 아닌 사람을 무시하는 태도를 보였다. 노골적으로 무시하지는 않았지만 은근히 무시했다. 자신은 이런 구석진 지방 공단에 있을 사람이 아닌데 귀양 온 심정으로 있다는 듯, 공적인 일이 아니면 주위사람과 관계를 맺지 않았다.

민진이네는 일 년이 채 안 되어 본사로 발령을 받아갔다. 서울로 올라간 뒤로는 소식이 없었다. 5년이나 지났을까 민진이 엄마에게 전화가 걸려왔다. 한 시간이나 계속된 전화를 끊고 나니 이 부인이 오죽 마음을 털어놓을 데가 없었으면 나한테 전화를 했을까 싶었다.

남편이 자기 집 근처에 몰래 살림을 차리고 있었다고 한다.

서울에 오자마자 그런 것을 그간 모르고 있었다고 한다. 지방으로 출장 갔다 온 남편이 서울 화곡동 세탁소 상호가 붙은 옷을 넣어가지고 왔더란다. 세탁소를 뒤져 그들이 몰래 살림을 차린 집을 알아냈으나 우선은 돌멩이를 덮어 두고 집으로 돌아왔다고 한다. 남편에게 전후 사정을 들어보고 싶어서 입을 열었더니 주먹이 먼저 올라왔다는 대목에서는 동물을 빗댄 욕을 하고 싶었다.

드라마가 괜히 있는 게 아니었다. 상관하지 말라면서 어디서 건방지게 나서냐며 자기 일이라고 했다던가? 오히려 몰래 살림을 차리고 있던 여자는 미안하다고 했다던가? 평소에도 부인을 무시하던 남자였는데 이런 일이 터지자 아예 대놓고 너 같은 여자와 결혼해서 바람을 피울 수밖에 없었다고, 부인에게 모든 책임을 전가했다고 한다.

제가 바람피운 탓을 부인에게 둘러대는 뇌는 어떤 구조로 생겼는지 알고 싶다. 그 남편이 코에 걸고 위세를 부리는 S대학에 사후에 뇌를 기증하여 의학 발전에 보탬이 되라고 말해주고 싶을 정도로 듣는 나도 화가 났다.

몰래 살림을 차린 그들을 덮어 두지 못하고 파헤친 결과는 이혼이었다. 위자료를 쥐꼬리만큼 받았다고 했다. 위자료 판결을 내리는 판사들이 대부분 남자들이다 보니 그렇게 짜게 판결을 내리나? 그것도 화가 나는 대목이었다.

민진 엄마는 이혼 후 집에서만 지내고 있다고 한다. 외출을 하고 싶어도 몸이 무거워서 움직일 수가 없다고. 스트레스를 먹는 것으로 풀다 보니 100킬로그램이 넘어 어찌해 볼 수가 없다고 했다. 허리가 유난히 가늘고 날씬했던 민진 엄마였다.

이혼을 할 수밖에 없는 사이도 있다. 헤어져야 살아갈 수 있는 사이도 있다. 그렇다 해도 유책 배우자로서 부인에게 책임을 전가하며 자신을 정당화하는 파렴치하고 쪼잔한 짓은 하지 말기를.

민진 엄마 전 남편은 몰래 살림을 차린 여자와도 잘 되지 않았고, 직장에서도 인정을 받지 못하고 떠돌다가 지금은 소식을 모른다고 한다. 어린 시절부터 공부 잘한다고 소문난 사람이었다는데 공부만 잘해서 살아지는 세상이 아님을 새삼 깨닫는다.

후기

바람피우는 남자나 여자는 자신이 바람을 피운 이유를 잘 만들어 내지만, 그들은 천성적으로 유혹에 견디는 힘이 약한 사람들이라는, 정신과 의사 말이다. 누구나 한 번쯤 끌리는 사람을 보면 배우자가 있어도 사귀고 싶은 유혹을 느낀다고 한다. 이때 유혹에 넘어가는 사람이 있는 반면, 유혹에 끌리지 않고 제자리를 지키는 유형이 있다고 한다. 혹 바람기 있는 남편이 아내 탓으로 돌리거든 절대 자신을 책망하지 말 것이며, 죄의식에 사로잡히지도 말 것이며, 고개 바로 들고 어깨 펴고 살기를.

37_ 영원한 사랑을 받은 여인

오직 이 밤이 다하도록 길이 눈 뜨고서

그대 평생 펴지 못한 미간에 보답하리라

(惟將終夜長開眼 報答平生未展眉)

원진(당나라 시인)이 지은 견비회(遣悲懷) 3수 중 마지막 구절
이다. 원진은 첫 번째 아내가 죽자 죽은 아내를 애도(哀悼)하
는 시를 남긴다.

죽은 아내는 원진의 관직이 낮아 몹시 고생을 하였다. 훗
날 관직이 높아져 부유해진 원진은 예를 갖춰 다시 제사를
지내며 시를 지어 그녀를 추모했다. 살아생전 눈썹 펼 날 없
었던 아내에게, 아내의 눈썹을 펴주지 못한 남편이 사죄의
의미로 밤이 지나도록 잠들지 않고 아내처럼 수심에 잠겨 있
겠다는 내용이다.

18세기 말에 살았던 심노숭도 원진처럼 도망시문(悼亡詩文)
을 남긴다. 도망이란 죽은 사람을 애도하며 쓴 글인데, 심노

숭은 죽은 아내를 위하여 무려 49편이나 글을 남겼다. 추사나 오리 이원익도 도망시를 남겼지만, 작품 수나 애절한 심사를 그린 내용 면에서 심노숭과 비교가 되지 않는다.

심노숭의 아내는 가난해서 궁핍했을지라도 남편의 사랑만은 아흔아홉 칸 집에 사는 이들 못지않게 받고 갔다. '아흔아홉 칸 집'을 쓰고 보니 먼 나라 왕이 떠오른다. 타지마할을 지었던 샤자한이다. 심노숭이 지은 산촌집은 규모는 턱없이 떨어졌을지라도 아내를 위한 마음은 타지마할 못지않았다. 아니, 샤자한은 타지마할을 남을 시켜 지었지만 심노숭은 아내가 좋아하던 꽃과 나무를 일일이 옮겨 심으며 죽은 아내와 후일을 기약했으니 타지마할에 견주랴.

심노숭은 생전에도 아내를 사랑하는 마음을 숨기지 않았다. 시대가 시대이니만치 드러내 놓고 아내를 사랑하는 이는 흔치 않았고 용기를 무릅써야 하는 일이 아내 사랑이었다. 심노숭은 당시 세태에 대해 "아내를 잃고 슬퍼하는 자를 세상에서 비웃는 까닭에 아내를 잃은 자는 풍속을 두려워하여 그 슬픔을 숨긴다"라고 썼다.

아내를 위해 파주에 집을 짓는 중 심노숭의 아내는 완공을 보지 못하고 죽는다. 이 안타까운 마음을 '산에 나무를 심는 이유'란 소품문에 고스란히 전하고 있다. 심노숭에게 아내는 한낱 여인이 아니라 둘도 없는 지기지우였다. 꽃을 같이 들여다보고 하늘의 구름을 같이 바라보며 아름다움을 이야기하고 세상사를 함께 이야기할 수 있는 벗이기도 하였다.

병든 아내는 남편과 쑥을 캐며 즐겁게 보낸 시간이 아쉬웠는지 다음 해 쑥이 나오면 자기를 생각해 달라고 한다. 다음 해 다시 돋아난 쑥을 보고 아내를 그리워하며 쓴 글이 '동원(東園)'이다. '동쪽 뜰에 눈 녹아 시냇물 흐르는데…'로 시작해서 '그때 나를 위해 쑥 캐 주던 이 그 얼굴 위로 흙이 도톰히 덮이고 거기서 쑥이 돋아났다네'로 끝맺고 있다.

심노숭은 아내를 잃고 난 후 잠들지 못한다. 복희씨(혼인제도를 만들었다는 전설 속 인물)에게 왜 혼인제도를 만들어 이런 화를 생기게 했는지 원망도 해 보지만 원망은 잠을 쫓을 뿐이었다.

심노숭은 죽어서 다시 아내를 만나고 싶어 불교의 윤회설을 믿었다고 한다. 당시 양반이 불교를 믿는 것이 흠으로 여겨지던 때에 아내와 만남을 기약하며 불교를 믿는 형을 보며 동생 태첨이 유약하다고 비웃어도 심노숭은 비난에 신경 쓰지 않았다.

아내가 살아서 파주의 집을 얻지 못했지만 죽어서 아내와 함께하기를 바라는 마음에서 그는 해마다 집 뒷산에 나무를 심었다. "죽으면 아무것도 알지 못한다는 말은 내가 진정 참을 수 없는 말이다." 아내가 자신의 사무치는 마음을 행여 모를 새라 그는 '신산종수기'(산에 나무를 심는 이유) 마지막 행에 마음을 심어 둔다.

심노숭의 아내는 벼슬길에 나가지 못해 가난을 견디게 한 남편을 원망하지 않았고, 다른 이의 영달을 보고 시기하지도 않았고 부러워하지도 않았다. 남편의 밥상에 올릴 술을 사기 위해 기꺼이 가지고 있던 패물을 푼 아낙이기도 하였다.

심노숭의 아내는 남편과 더불어 안빈낙도를 꿈꾸기도 하였는데, 안빈낙도에도 법도가 있다고 남편에게 말한다.

"귀인이 되어 부부가 함께 안빈낙도한 일을 잊으면 귀인을 지속하기 어렵고, 부부가 안빈낙도하면서 귀인 되기를 사모한다면 안빈낙도조차 하기 어렵다."

이 말에 감탄한 남편이 이를 어찌 알았느냐고 묻자 아내가 답한다.

"세상 사람을 보건대 귀함에 처하여 천함을 미워하는데 끝내 천하자 해도 그리 될 수 없고, 궁함을 싫어하고 영화를 사모하나 영화를 얻지 못하고 궁함만 더 심해지는 것을 보고 알았다."

심노숭은 평한다.

"평소 과묵하여 무능한 듯 보였어도 천성이 지혜롭고 이치에 밝았으며 말도 조리 있게 잘 하였다."

심노숭의 아내 '완산이씨'를 '하여튼 100명의 여자 이야기입니다'에 올린다.

38_ 제대로 경멸할 줄 알았던 여인

"오십 평생을 살면서 세상 물정을 많이 알게 되었습니다. 세상 사는 즐거움이 한두 가지 아니었으나 부귀는 거기에 들지 않았습니다. 가장 얻을 수 없었던 것은 기우(奇遇)였습니다."

이 말은 조선 시대 기생이었던 계섬이 심노숭에게 한 말이다. 기우란 글자대로라면 기이한 만남 혹은 우연한 만남, 갑작스런 만남이라 할 수 있으나, 심노숭은 이 글에서 참 만남, 진정한 만남으로 쓰고 있다.

계섬은 이름난 기생으로 창을 잘해서 요즘으로 치면 행사의 여왕이었다. 잔치마당에 그녀가 없으면 부끄러워할 정도로 인기 많은 기생이어서 앞다투어 찾는 이가 많았고, 곁에두고 호사를 시켜 주겠다는 고관대작도 많았다.

1797년 여름, 계섬이 인근에서 요양하고 있는 심노숭을 나귀를 타고 찾아온다. 파주 시골에서 이야기조차 나눌 대상도 없이 적적하게 지내다가 마침 심노숭이 인근에 요양을 왔다는 소식을 듣고 찾아온 것.

심노숭의 아내가 1792년에 떠났으니 5년이 흐른 뒤였고, 그는 서른 중반의 나이였다. 심노숭은 어려서부터 병약하여 자주 병치레를 했다는데 아내를 위해 집을 완성하고 집 뒷산에 나무를 심느라 지쳤을 법하다. 아마도 계섬은 심노숭이 아내를 각별하게 사랑했고 지금도 잊지 못하고 있다는 소리를 들었을 것이다. 자신이 만났던 사내들과는 다르게 살고 있는 남자를 한 번 보고 싶어 더운 여름날 나귀 등에 올랐으리라. 남자가 불러서도 아니고 스스로 이야기 상대를 찾아간 걸 보면 계섬은 적극적이고 활달한 여자였으리라 짐작한다. 여염집 여자였으면 꿈조차 꿀 수 없는 일을 자유롭게 할 수 있었으니 기생의 삶을 전적으로 부정적으로만 바라보지 않아도 좋으리라.

계섬은 심노숭에게 자신의 파란만장했던 인생을 허심탄회하게 털어놓는다. 그러다가 한숨을 쉬며 평생 여러 호걸이며 한량, 세도가를 만나왔지만 마음에 맞는 이를 한 사람도 만나지 못했다고 한탄한다. 겉으로 화려했던 지난날의 만남은 단지 지나가는 만남이었고, 제대로 만난 이가 없었다는 것이다. 뭇 남성의 노리개도 아니고 여자도 아닌, 한 인간으로 자신의 삶을 돌아보며 내린 결론이었다.

계섬은 그렇게 생각하지 않았을지 몰라도 1797년 어느 여름날이야말로 진정한 만남이 이루어진 날이었다. 남녀가 꼭 남녀로만 만나야 만났다고 할까. 이야기가 통하고 자신의 이야기에 공감해 주는 사람을 만났으면 제대로 된 만남이 아니겠는가. 예순둘 계섬이 서른다섯인 심노숭을 찾아와 이야기로 소통했다는 자체가 기우였다. 신분과 나이, 남녀 사이를 뛰어넘어 허심탄회하게 이야기할 수 있는 대상을 만나기란 지금도 어려운데 그 시대임에랴.

심노숭은 계섬 이야기를 듣고 즉석에서 「계섬전」을 지어 그녀의 고단한 삶을 위로해 준다. 철저한 신분사회에서 기생의 이야기를 하찮다 여기지 않고 자서전을 써 준 셈이다. 심노숭은 전을 지어 주고 "내가 너에게는 만남이 아니겠느냐?" 물었다. 계섬의 반응은 나와 있지 않다.

계섬의 한탄은 사실 끝나지 않았다. 내 한탄이기도 하기에. 적지 않은 세월 동안 많은 만남이 있었지만 진정한 만남은 없었다. 이제 와 한탄할 자격은 없다. 진정한 만남을 가지려면 내가 먼저 진심을 가지고 다가가야 하는데, 저마다 살기 바쁜 세상에 진정한 만남이 어디 있겠느냐고 미리 속단하며 애써 구하지 않았다. 오며가며 스치는 길 위의 만남에 만족하며 살았다.

권세와 이권을 쫓는 남자 틈에서 살아야 했던 여인이 진정한 만남 운운한 걸 보면 자아가 뚜렷하고 의식이 남다른 데가 있었다. 기생으로 남자에게 택함을 받아야 하는 입장에서도 "내가 남을 버리지, 남에게 버림받기는 원치 않는다" 하였고, 말대로 살고 갔다.

예순이 넘어도 눈이 초롱초롱 빛나고 머리가 쇠지 않았으며 말이 유창하고 기운이 성성했다는 그녀. 늘 불경을 외우며 살아서 보살로 불렸다는 기생. 세도가 홍국영을 우습게 보고, 자신의 노래에 비단과 돈을 내리는 벼슬아치들을 재주를 사랑하고 소리를 감상할 줄 모르는 아첨 떠는 무리일 뿐이라고 제대로 경멸할 줄 알았던 여인. 경기잡가에 능했다는데 아직도 경기잡가가 불리는 것을 보면 계섬 같은 여인의 덕이 크다고 볼 수 있겠다.

39_ 쓰레빠 신고 내려온 여인

"쓰레빠 신고 내려왔어요."

이 경우는 슬리퍼보다 쓰레빠라고 해야 실감이 난다. 쓰레빠만 신고 내려온 여인을 무려 셋이나 알고 있다. 설마 슬리퍼만 신고 내려왔으랴만 아무 대책도 없이 전라선 종착역으로 내려왔다니 용감하여라. 하기야 어떤 새 종류인지는 짝을 찾아 지구 반 바퀴를 날아가기도 한다는데, 용산역에서 여수엑스포역까지 355.66km이니 그 정도야 새 발의 피라고 할 수 있겠다.

여자가 무작정 집을 떠나 내려온 경우는 사랑을 찾아서가 첫째 이유다. 이름을 두 개나 가지고 있어서 종종 헷갈리게 했던 김은영 씨, 아니 류세나 씨. 지금의 남편 류아무개 씨를 따라 가족들 몰래 내려왔다. 그같이 무모한 탈출을 감행할 경우는 여자와 남자 집의 격차가 여러 면에서 클 경우가 우선하겠다. 류세나 씨가 대학을 마치자 부모님은 좋은 집안을 골라 결혼시키려고 선을 여러 군데 넣어 놓고 있는 중이었다.

그런데 딸이 어느 날 가출해 버렸으니 부모님 심정이 어떠했을까.

처음에는 딸의 행방에 가슴 졸이며 밤잠을 설쳤을 어머니도 남자 때문에 쓰레빠 하나 신고 떠난 데다 그 집안이 가난한 건 둘째치고 우선 남자가 직업도 없다는 것에 더 기가 막혔겠고, 같은 서울도 아니고 대한민국 맨 끝 여수에서도 더 들어가는 시골 동네라니 억장이 무너졌겠다. 세나 씨 어머니는 속썩이는 딸을 둔 모든 어머니의 공통어, '너 같은 딸 낳아 봐라'를 몇 번이나 되뇌었을 성싶다.

달순이, 미자, 영희라 이름 짓지 않고 이름을 예쁘게 지어 준 것을 보면 기대가 컸을 법하다. 오해는 마시라. 미자나 영희란 이름을 가졌다고 부모님이 대충 키우기로 작정하지는 않았을 터. 하여튼 부모님이 맞춤옷만 입히며 곱게 키워 주셨다고 한다.

서구적인 이목구비에 하얀 피부, 키도 크고 날씬해서 서대문구 남자들이 자기 때문에 한숨깨나 쉬었다며, 그때가 그립다 한다. 무슨 콩깍지가 씌어 이 남자를 따라왔는지 후회막급이라고 이제 본인이 한숨을 쉰다. (결혼 몇 년이 지나면 누구라도 한숨을 쉬니까 특별히 류아무개 씨 때문은 아닐 듯.) 그때는 류아무개 씨가 아니면 죽을 것 같아서 앞뒤 생각 없이 따라나섰다고.

이미 짐작하셨겠지만 세나 씨 남편도 류씨다. 동성동본에 파도 같다고 들었다. 당시는 법적으로도 결혼할 수 없는 사이였단다. 재산은 없으나 법도는 엄격한 시댁에서 동성동본인 것을 알면 그나마도 신고 간 슬리퍼도 두고 도망쳐 나와야 할 판이었다. 류세나 씨는 시댁에 김은영이란 이름으로 들어가 그 집안의 공식적인 첫째 며느리가 되었다. 혼인신고도 못한 채 살다가 몇 년 전에야 법이 풀려 신고를 했다고 한다. 시댁에서는 아직도 동성동본인 것을 모르고 김은영인 줄 알고 있다는데 독서회에 나와서 몇 번이나 스스로 신상을 털었으니 지금쯤은 알지 않았을까?

어르신들을 위한 특강에 버킷리스트를 작성하는 시간이 있었다. 할머니들 글에서 의외의 내용이 나왔다. 한 분도 아니고 여러 할머니가 사랑을 해 본 적이 없다며 뜨거운 사랑을 해 보고 싶다고 적었다. 류세나 씨는 할머니 되었을 때 적어도 그런 후회는 하지 않아도 되겠다. 오직 사랑만을 위해 집을 나서는 이들의 이야기도 조만간 없어지지 않을까. 조건을 중시하고 당연시하다 못해 신격화하는 사회에서 이들이 살아남기는 어려울 듯하다.

류세나 씨는 여수에서 뿌리 뻗으며 잘 살고 있다. 시어머니 음식 솜씨가 좋은데다 텃밭 가꾸기 달인이어서 유기농으로만 먹고 산다. 김치는 물론이고 된장, 간장, 고추장을 직접 담아 주시니 보물시어머니가 따로 없다. 그분의 음식 솜씨가 나에게까지 전달되어 묵은 김치를 간간 얻어먹고 있다. 목살을 그 집 묵은 김치에 싸서 먹으면 금세 행복해진다. 쓰레빠 신고 집 나온 나머지 두 분 이야기는 묵혀 두기로 한다.

40_ 꿈에 나타난 여인

하다하다 꿈속 여인까지 쓰는구나. 꿈에 나타난 여인도 꿈
에서 살아가기는 마찬가지다.

내가 사는 곳에서 한 시간만 운전하면 지리산이 나온다.
지리산은 불교적으로는 지리산에 살면 지혜로워진다는 뜻을
품고 있다. 어떤 분은 지혜가 다 달라서 살아가는 방법이 제
각각이라고 풀이하기도 한다. 내가 만난 100명의 여인들을
보건대, 이 여인들은 각자 지리산으로 살고 있다는 생각을
하였다. 남들 눈에는 실패한 것처럼 보여도, 션찮아 보여도,
인색해 보여도 그녀들은 자기 방법으로 세상을 지혜롭게 건
너고 있는 중이거나 지혜롭게 살고 간 것이다.

꿈에 나타난 여인도 무척 지혜로워 보였다.

여인은 남자들과 배를 타고 있다. 콜로라도강을 따라 래프
팅을 하고 있는 중이다. 남자들이 노를 젓고 여자는 물살을
보며 빠른 말로 지시를 내린다. 강폭이 넓지 않아서 물살이

거세다. 보트는 물 위로 튀어올랐다가 가라앉으며 위태롭게 나아가고 있다. 남자들의 얼굴이나 형체는 흐릿했고 여자 얼굴만 스포트라이트를 받은 듯 환하게 비친다. 보트가 떠내려가니 뒷모습만 보일 법한데 정면 얼굴이 보인다. 내 의식은 전후좌우 아래위를 망라하여 볼 수 있다.

40대 초반으로 보이는 금발머리 여자는 서양인이다. 옛날 복장을 하고 있다. 건장한 남자들과 래프팅을 즐길 나이는 지나 보인다. 하기는 옛 복장을 한 것으로 보아 래프팅이 아니고 신세계를 탐험한다고 봐야겠다. 미국 콜로라도강인데 여자는 노르웨이인이라고 내 의식은 그렇게 인식하고 있다. 나는 저들을 관찰하고 있을 뿐, 관여하지 않는다.

꿈을 인식하는 주체는 1인칭이기도 하고 3인칭 관찰자로 나타나기도 한다. 1인칭 주인공 시점일 경우는 내가 저 일행 중 누군가가 되어 같이 움직이며 감정을 느끼지만, 관찰자로 나올 경우는 방관자 입장이면서 전지적 작가시점으로 꿈을 꾼다. 나는 팔짱을 끼고 꿈을 보고 있다. 여인을 태운 보트는 협곡 속으로 멀어져 갔다. 아무 감정도 없이 바라보고 있는데 장면이 바뀌었다.

역시 외국 여자다. 이번에는 외국 여자가 나라고 생각하는데 또 다른 나는 여자를 보고 있다. 1인칭이면서 3인칭 시점을 견지하고 있다. 오늘 꿈은 서양 여자를 캐스팅하고 중요 소재로는 배를 선택하였나 보다. 여자는 갓 스물이나 되었을까? 배를 타고 있다. 노가 있었는지 없었는지 명확하지 않다. 이번에는 내 위치가 정해져 있다. 낮은 모래언덕이다. 밑을 내려다보지 않아도 발밑에 해당화인지 풀꽃인지 몇 송이가 피어 있다는 것을 안다.

여자는 옆모습을 보이며 앞을 응시하고 있다. 슬며시 여자 앞에 똑같은 여자가 나타난다. 두 번째 여자 앞으로 세 번째 여자, 네 번째, 다섯 번째…, 예닐곱 명 똑같은 내가 호수에 늘어서 있다. 그러더니 맨 뒤에 있는 내가 바로 앞에 있는 나와 겹쳐지고, 겹쳐지고를 반복하더니 첫 장면으로 돌아왔다.

『사라진 데쳄버 이야기』란 동화책을 읽다가 한 장면에 눈길이 멈췄다. 주인공이 남자인 것만 다를 뿐 내가 꾸었던 꿈과 거의 비슷한 장면이 그림으로 그려져 있었다. 동화책 저자인 '악셀하커'가 나와 비슷한 꿈을 꾼 건지 상상의 소산인 줄은 모르겠으나 전혀 다른 세계에 사는 사람이 같은 장면을 공유하고 있다니 신기한 일이긴 하다.

가끔 『사라진 데쳄버 이야기』에 나오는 그림을 보며 생각한다. 사람의 몸이 그림처럼 무수한 겹으로 이루어진 건 아닐까? 파이빵처럼 겹겹으로 쌓여 있다가 꿈속에서 33번째 내가 나와서 공연을 하고 들어가면, 다음 날에는 67번째 내가 나와서 색다른 공연을 펼치고 들어가는 건 아닐까?

이런 꿈도 한때였다. 내 기운이 성하고 아름다운 시절에는 꿈도 풍성했다. 꿈의 세계가 상상력을 무한 리필해 주어 꿈 이야기로 아침을 시작하던 시절도 있었다. 요즘은 꿈을 꾸지 않는다. 내가 더는 펼쳐지지 않는다. 하마 겹과 겹 사이가 붙어 버리지는 않았기를. 봄바람 쐬면 나실나실해지기를.

41_ 노랑장미를 먼저 찜했던 아이

　자연이 내주는 색은 어느 것 하나 놀랍지 않은 색이 없지만, 노랑색을 보면 절로 고개가 끄덕여지면서 "그래, 항복이다!" 소리가 절로 나온다. 노란 잎 코스모스, 금계국, 기생초, 뚱딴지까지 가세해 길가는 온통 노란 물결이다. 오동꽃이 지고 말면 이제 무슨 재미로 사나? 했더니 이 노랑 야생초들이 간극을 메워 주고 있다.

　노랑색 하면 단연 꽃으로는 노랑장미가 떠오른다. 어릴 적 노랑장미가 피어 있는 왕궁에 살았으면 오죽 좋았으랴만, 만화 속에 그런 공주님이 살았더란다. 다른 내용은 기억이 나지 않고 공주는 노랑장미에게 어머니 없는 외로운 마음을 터놓곤 했다.

　노랑장미가 나오는 장면에는 꽃 주위에 다이아몬드 무늬가 반짝반짝 그려져 꽃이 엄청 아름답다는 것을 보여 주었고, 공주는 단연 물결치는 금발머리를 하고서 희고 가녀린 손을 가슴 앞에 모으고 닭똥 같은, 아니 옥구슬 같은 눈물을 소리

없이 '또옥 똑' 흘렀다. 어찌 그런 장면을 보고 노랑장미를 좋아하지 않을 수 있겠는가. 당연히 나는 노랑장미 이외는 어떤 꽃도 꽃으로 취급하지 않겠다고 다짐했다. 초등학교 4학년 무렵이었다.

어느 날 같은 동네에 사는 친구가 선언했다. 자기는 노랑장미를 좋아하기로 했다고. 그 친구와 나는 같은 만화방에 다녔고 만화를 서로 바꿔 보는 사이였다. 친구는 자기가 먼저 찜했으니 어느 누구도 노랑장미를 좋아하면 안 된다고 했다. 먼저 말하지 못한 것이 억울했다. 하기는 먼저 말했다 해서 노랑장미가 내 차지는 되지 못했을 것이다.

공부 잘하고 얼굴도 예쁜데다 종아리도 길고 하얘서 노랑장미는 응당 그 친구만 좋아해야 할 것도 같았다. 다행히 친구는 5학년이 되기 전에 서울이란, 상상해 보려 해도 그림이 그려지지 않는 곳으로 전학을 갔다. 아직까지 이름을 잊지 않고 있다. 신민자도 아니고 신민지였다. 신민자였으면 나도 노랑장미를 좋아한다고 우겨볼 법했다. 내 이름은 그때만 해도 이선자였다.

민지는 그 시대 흔하지 않은 감귤이며 바나나를 간간 가지고 왔다. 점심시간이면 그 애 주위로 아이들이 우르르 모여들어 "나도 쪼끔만, 쪼끔만" 하고 손을 내밀었다. 자존심은 있었는지 그 무리에 끼지 않았다. 어쩌다 한 입 떼어 주는 것을 쑥스럽게 받은 적은 있다.

그 애는 만화 주인공처럼 너울거리는 긴 머리를 하고 있는데다 예쁜 리본도 여러 개 가지고 있어서 날마다 머리 모양을 바꿔 나타났다. 반면 내 머리는 상고머리, 사시사철 한가지 모양이었다. 나도 머리를 기르고 싶었지만 아버지는 할 일도 없었는지 내 머리가 조금 길다 싶으면 동네 이발관으로 즉각 데려갔다.

이발사는 의자에 널판때기를 걸쳐 놓은 뒤 나를 그 위에 올려놓고는 머리를 통강! 잘라냈다. 내가 나를 보아도 참, 칭찬하기 어려운 얼굴을 이발사는 잘도 만들어 놓았다. 동네 어른이 예의상 "예쁘다!" 하고 쓰다듬어 주기 어려운 얼굴을 하고 집에 올 때 참담한 기분이라니. 이발을 한 날은 못생겼다는 기분이 들어서 고개를 숙이고 왔다.

민지와 같은 동네에 살지 않았다면 친구 되기도 어려운 사이였다. 딱, 내가 우세한 점이 한 가지 있기는 했다. 아버지 말에 의하면 '그 집안은 순 상노므 집안'으로 우리 집과는 도무지 비교가 안 되는 본데없는 집이라는 것이었다. 그 우세는 우리 집에서나 통하는, 아무런 영향력을 발휘할 수 없는 근거 없는 우월감에 불과했지만 그 애가 나를 무시할 때면 아버지 말을 떠올린 적도 있었다. 학교에서 돌아올 때면 누군가 한 명은 그 아이 가방을 들어주어야 했고, 그 아이가 뀐

방귀도 누군가 한 명이 자기가 꿰었다고 맡아 주어야 했다. 우리들의 일그러진 영웅은 먼 데 있지 않았다.

그날 각자 좋아하는 꽃을 민지가 정하게 했다. 어쩔 수 없이 노란색 중에서 아쉬운 대로 개나리를 내 꽃으로 정했다. 신민지나 나나 다른 친구들 누구도 노랑장미를 본 적이 없었다. 빨강장미는 그런대로 남의 집 담장 너머에 피어 있는 걸 보았지만, 지금도 흔하지 않은 노랑장미를 그 시절에 어디서 보았겠는가. 만화를 보고 우리는 상상 속에서 노랑장미를 꿈꾸었다. 그 시절 상상력은 가히 팔월 한낮 뭉게구름처럼 피어올랐으려니.

집으로 돌아오면서 속으로만 노랑장미를 좋아하겠다고 작정했다. 속으로 좋아하는 데야 민지도 어쩔 수 없을 거라고 생각했다. 민지한테 이긴 것만 같아서 고소하기도 했다.

42_ 지조 없던 여인들

조선왕조실록에 가장 많은 여성의 이름이 나오는 날은 사육신 가문의 여성들이 공신에게 상으로 주어진 날이라고 한다. 공신이란 자들이 서로 앞다퉈 여자를 데려가려 하는 통에 소란스러웠다고 한다. 여자들을 보호하려고 했을까? 아니면 욕을 보이려 했을까?

당시 공신이라면 계유정난(癸酉靖難)에 적극적으로 협조한 사람일 테니 후자에 가까워 보인다. 불시에 남편과 자식을 한꺼번에 잃고 세도가의 첩이나 노비로 팔려간 여자들—사육신이라 일컫는 성삼문, 이개, 하위지, 유응부, 유성원, 박팽년의 부인이나 딸들이다. 신의를 외면하고 동료의 여자를 상으로 받고 싶어 했던 소인배들. 그들이 군림했던 세상에 태어나지 않아서 다행이다.

이왕 사육신 이야기가 나왔으니 조선왕조실록에 사육신 가문의 여성들에게 가해진 비판의 글도 짚고 가기로 한다.

내용인즉, 여자들이 목숨을 부지하기 위해 첩이나 노비로 팔려가기를 자청했다며 지조가 없다고 비판하고 있다. 그러니까 근처에 있는 서까래나 지척에 있는 혀를 이용하여 목숨을 끊지 않고 비굴하게 살기를 원했다고 질책한 모양이다. 그들을 지아비와 같이 순장(殉葬)이라도 했어야 그 알량한 입을 다물었을까? 과거로 돌아갈 수 있다면 1456년으로 돌아가 "당장 그 입 같지도 않은 입을 다물라!" 그렇게 호통치고 오고 싶다.

정치한답시고 정치했답시고, 국회의원 한다고 국회의원 했다고, 방송국에서 기사 좀 썼다고, 신문사에서 근무했다고, 법조계에 있다고 혹은 있었다고 텔레비전에 나와 의견이랍시고 입만 열면 남 이야기로 열 올리는 남자들을 보고 있으면 사육신을 모함하고 죽였던 그 시대가 생각난다.

여자들 수다는 축에도 낄 수 없을 정도로 말 많고 질투심 많고 남 잘 되는 것은 절대 보지 못하고 소신 따위는 장롱에 넣어 두고 판세 따라 이 당 저 당으로 날아다니는 정치인이라 불리는 이들을 보고 있으면 시대만 바뀌었지 하는 짓은 그 시대나 이 시대나 어찌 그리 대동소이한지. 지방선거가 내일 모레다. 더 뻔뻔하고 더 염치없는 사람을 뽑는 날이 되지 않기를.

조선왕조실록에 가장 많은 여인들 이름이 실린 그날, 노예 시장이 열린 그날, 아침에 끌려나온, 후대에 사육신으로 불린 충신들의 여인들. 지조라고는 눈 씻고 찾아볼 수 없었던, 살기 위해 치욕을 견딘 그 여인들. 억지로라도 죽지 못했던 여인들. 그녀들의 한을 여기 올린다.

43_ 빈손으로 다니지 않는 여인

　나이 드신 분들이 '어르신'이라는 호칭을 싫어한다고 들어 복지관에서 진행하는 '이야기 교실'에 나오는 수강생을 '선생님'이라고 부른다. 그 선생님 중에 젊은 시절 보험회사 소장을 한 분이 있다. '내 인생의 화양연화' 시절을 이야기해 보라고 했더니 자신이 소장을 하며 전국 1등을 한 시절 이야기를 들려주었다.

　난다 긴다 하는 쟁쟁한 소장들, 대부분 남자들인 틈바귀에서 1등을 하기란 어려운 일이었을 텐데 1등을 밥 먹듯 했다고 한다. 비결이 뭐냐고 물었더니 보험보다 직원을 잘 챙겼더니 벌어진 일이라며 웃으신다. 이분 성함은 강민정이다.

　강 선생님은 소장이 된 후 직원을 진심으로 위할 것을 우선으로 하자고 마음먹었다 한다. 동료 직원들이 밥을 거르고 다니는 것이 안타까웠던 선생님은 보험 건수를 올리라는 말 대신 직원들의 밥을 먼저 챙기기 시작했다. 사무실 한쪽을 개조하여 싱크대를 들이고 시장을 봐 직원들이 일하는 동안 점심을 직접 준비했다. 본인이 쌀이며 부식비용을 대었는데 보통 80kg들이 한 가마가 들어갔고, 김치도 직접 담갔는데 강 선생님 말대로라면 '뜨신 밥에 갓 담은 새 김치 멕이고자 파서' 그런 일쯤은 고생으로 여기지 않았다는 것이다.

강 선생님은 보험회사에서 소장을 하던 때가 전부 화양연화 시절이었지만 그중에서도 최고의 화양연화가 두 번 있었다고 토로한다. 전국 1등을 해 본사 대강당에서 200명 되는 청중을 앞에 놓고 무려 두 시간이나 강의를 한 일, 55세가 퇴직 연령인데 본사 사장이 내려와서 회사에 남아 달라고 부탁한 일, 덕분에 70세까지 소장을 맡아 했다고, 유례가 없는 일이었다고 한다. 회사에서는 70세 이후에도 촉탁으로 있어 달라고 했지만 다른 공부를 하고 싶어서 그만두었다고 한다.

강 선생님은 무릎이 시원찮다. 그런 양반이 늘 손에 무언가를 들고 오신다. 이 사람 저 사람 눈여겨봐 두었다가 컵이 필요한 분에게는 컵을, 양말이 필요한 분에게는 양말을, 나같이 호박죽을 좋아하는 이에게는 늙은호박을 껍질까지 벗겨서 한 바구니 가져다준다. 빈손으로 나타나는 법이 없다. 강 선생님이 존경하는, 옛날 노래며 시조를 많이 외우시는 김 할머니와 닮았다.

김 할머니는 허리가 아파 거의 기역자 몸으로 다닌다. 그런데도 한 손에 지팡이 짚고 한 손에는 가방을 들고 다닌다.

가방 안에는 김 할머니 말대로 '입 다실 것'이 들어 있다. 노인들은 입이 궁금하단다. 말할 사람도 없으니 입이라도 다시며 살아야 하는데, 그것도 여의치 않은 양반이 많으니 이렇게 들고 다니며 같이 먹으면 마음이 좋단다.

선생님에게 김치며 장아찌까지 받지 않은 반찬이 없다. 고마워서 약소한 것이라도 마련해 드리면 배로 다시 돌아오니 드리기가 겁난다.

강 선생님이 두 번이나 화양연화 같은 시간을 맞을 수 있었던 바탕은 마음밭이 넓어서였다. 아무리 조그만 것이라 해도 남의 손에 들려주기까지 과정이 간단하지 않다. 음식을 준비하고 그것을 잊지 않고 챙겨서 버스를 타고 나와 전달하기까지 여러 단계를 거쳐야 한다. 내 입에 들어가는 것만 신경 쓰는 사람은 감히 할 수 없는 일이다.

강 선생님은 조만간 시인으로 등단할지도 모를 정도로 시 쓰는 실력이 늘었다. 일주일에 두 번이나 하는 숙제도 거른 적이 없다. 시도 빠지지 않고 암송해 오신다. 오늘은 이안 시인의 '모과나무달'을 한 자도 틀리지 않고 낭송했다.

　　모과나무에서
　　쿵!
　　달이 떨어졌어

노오란,

바람에 긁힌
상처에서 새어 나오는
달빛 향

노오란,

손녀에게 이 시를 읽어 주겠다 하신다. 손녀가 학교를 마치고 오면 전화로 그날 무엇을 했는지 서로 이야기를 나눈다고 한다. 어떤 손자 녀석은 할머니가 전화하면 "할머니, 나 바쁘거든" 한다 해서 웃었는데, 강 선생님 손녀는 아직까지는 바쁘지 않은 모양. 달빛 향이 나는 모과 같은 조손간이다.

후기

수업이 끝나자 부리나케 내 손에 보따리를 하나 들려주신다. 집에 와서 열어 보니 일 회분씩 따로따로 포장한 가을 호박이 들어 있다. 호박죽 좋아한다는 소리를 잊지 않고 가을이 되자 득달같이 준비해 주셨다. 냉장고에 하나하나 넣다 보니 울컥해진다.

44_ 산유화 여인

산에 꽃이 피었으나

나는 홀로 집이 없다네

그래 집 없는 이 몸이란

꽃보다도 못하다오.

  향랑이란 여인이 죽기 전에 지었다는 노래다. 향랑은 죽어
서 산유화 꽃이 되었다는데, 산유화란 꽃이 어떻게 생겼는지
궁금했다. 검색해 봐도 산수유나 나리꽃이 나올 뿐이다. 김
소월의 시 '산유화'와 같은 꽃일진대 학창 시절에도 상상으로
만 꽃을 그려봤을 뿐이다.

  향랑을 처음에는 가상인물로 알았다. 1704년에 열녀문을
세워 주었다는 대목이 있는 것으로 보아 실제 인물인 모양인
데, 후대에 윤색이 되어 설화나 전설처럼 이야기가 전해 오고
있다. 열녀문을 보면 가슴이 답답하던데 향랑은 열녀문을 하
마 반겼을까 싶다.

향랑은 선산부(善山府) 상형곡(上荊谷)에 사는 박자갑(朴自甲)의 딸로 태어났다. 생모가 일찍 죽어 계모 밑에서 자랐다. 성질이 포악한 계모는 향랑을 박대하였다. 향랑이 목숨을 끊는 데 일조한 여인이다. 17세 때 같은 마을 임순천(林順天)의 아들 칠봉(七奉)의 아내가 된다. 칠봉은 성질이 포악하여 향랑을 자주 폭행하며 무시하였다고 한다. 향랑을 죽음으로 내몬 주역이다.

나이가 들면 나아지겠지 하고 참고 살았으나 학대가 심해지는 데다 칠봉은 향랑을 보기 싫다며 내쫓는다. 친정으로 갔지만 계모가 박대하고, 숙부에게 몸을 잠시 의탁하나 처음에는 받아 주다가 나중에는 개가를 종용한다. 향랑은 어쩔 수 없이 시가로 돌아갔으나 이번에는 시부모가 받아 주지 않았다.

향랑은 어디에도 돌아갈 집이 없다. 이러지도 저러지도 못한 향랑은 지나가는 나무꾼 처녀에게 자신의 죽음이 헛되지 않도록 결백을 증명해 달라고 부탁한 후 절벽 아래로 몸을 던진다.

향랑의 죽음을 두고 20여 명이 30편의 글을 썼다. 고전 산문 중 이덕무와 이옥의 글을 좋아하는데 그분들이 향랑에 관한 글을 남겼다 해서 관심을 갖게 되었다. 향랑을 열녀로 추앙하고 글을 남긴 인사들은 유교 이념에 충실한 자들로,

평민 여성이 절의를 지켰다는 것에 감명을 받았다고 썼다. 그들은 향랑이 받은 고통에는 관심이 없고, 그 알량한 남편을 두고 절의를 지키기 위해 죽음을 선택했다고 의미를 잘못 짚은 글이다. 똑같은 사실을 두고도 어떤 관점에서 보느냐에 따라 글의 성격이 달라지고 인물도 재평가된다.

현대에도 향랑은 석사나 박사 논문으로 인기 있는 인물이다. 논문 중에 남정네의 특권의식에 저항한 여인이라고 규정을 내린 것을 보았다. 향랑이 과연 저항이나 해 봤을까? 노래 가사처럼 '차라리' 한 선택이 저항의식이라고 보이진 않는다. 남편의 폭력과 인정머리 없는 시부모와 공감 능력 없는 친정부모 때문에 어쩔 수 없이 한 선택을 두고 절의를 지켰다고 추앙하는 글을 쓴 그 시대 남자나, 논문을 쓰는 요즘 학자들이 헛된 말 좀 그만하기를. 그녀가 살 방도가 없어서 선택한 죽음을 다르게 채색하지 말기를. 하긴 뭐, 이미 열녀문을 세우고 그 알량한 논문은 통과되었으니 이 말도 무색하다.

그녀의 억울한 죽음은 이용만 당하고 고통은 무시되었다. 문제는 지금이다. 300년이 흐른 지금도 우리 주위에 향랑은 존재한다. 남편의 폭력으로 삶이 피폐해진 여자들이 드물지 않다. 임신 중 남편의 폭력을 경험한 비율이 세 명 중 한 명이란 기사를 보았다. 예나 지금이나 달라진 바 없는 현실이다. 향랑이 지었다는 산유화가를 끝까지 적어 본다.

하늘은 어이하여 높고도 멀며

땅은 어이하여 넓고도 아득한고

하늘과 땅이 비록 크다고 하나

이 한 몸 의탁할 곳 없다네

차라리 강물에 몸을 던져서

물고기 배 속에 장사지내리라.

　이 노래가 한문으로 절과 구를 맞춰 전하는 것을 보면 여자의 정절을 물고 늘어지는, 열녀문 세우기 좋아했던 양반들이 점잖게 바꾸었을 가능성이 높다. 향랑은 우리말로 나무꾼 처녀에게 비통한 심정으로 산유화를 곡하듯 불러 주었으리라. 법석은 나중에 사삭스런 사대부들이 떨었을 테고.

45_ 유례없는 독서왕

　오랜만에 집 앞에 있는 초등학교 운동장을 걸었다. 잔디는 노랗게 물들고 벚나무는 잎이 거진 떨어져 발밑에 구른다. 낙엽은 빛을 잃고 버석거리는데 가끔 붉디붉은 벚나무 잎이 눈에 띈다. 곱다! 소리가 절로 나온다. 저와 같은 색으로 입술을 칠하면 어떨까? 한 번도 칠해 보지 않은 색이라 어색해서 지워 버리겠지? 슬기 나이 또래라면 모를까.

　슬기는 저 같은 단풍색을 입술에 바르고 다닌다. 사회복지사는 슬기만 보면 립스틱을 바꾸라고 권한다. 남 보기에 좋지 않고, 치아에 묻어서 보기 싫다는 이유에서다. '남 보기에' 속에 나는 들어가지 않는다. 하얀 피부에 잘 어울리는데 관리를 잘 못하니까 그렇게 보일 수도 있긴 하겠다. 슬기는 며칠 전에 연한 색으로 입술 색을 바꿨다. 저 하고 싶은 대로 해도 되는데….

　슬기는 화장품 가방을 가지고 다닌다. 처녀 아이답게 화사하고 산뜻한 화장품이 골고루 들어 있다. 나는 처음 보는 것들이 많다. 눈썹 올리는 것이며 아이라인을 쉽게 그리는 도구며. 슬기는 손톱도 정성으로 다듬는다. 빨간색을 좋아하는지 주로 빨간 매니큐어를 칠하고 다닌다. 입만 닫고 있으면 참한 20대 같아 보인다.

슬기는 지적장애우다. 많이는 아니고 빗금 하나 정도 장애가 있다. 다른 곳은 이상이 없다. 팔다리가 성하니 휠체어를 타고 다니는 동료보다 훨씬 자유롭다. 육체적으로 불편해도 지적장애가 없는 편이 좋을까? 육체적으로 힘들지 않아도 지적장애가 있는 편이 나을까? 이런 질문을 하는 자체가 쓸데없고 미안한 마음이 들지만 슬기를 보면서 그런 생각을 잠시 해 보았다. 몸이 불편해도 머리에 이상이 없는 분들은 주로 컴퓨터를 배워서 어엿한 회사에 다니고 있다. 슬기는 사회적 기업에서 운영하는 광고회사에 등록은 되어 있지만 일을 제대로 하지는 못한다.

시를 외워 오는 숙제를 내면 다음 수업 시간에 와서 "선생님, 시 다 외워 왔어요" 하고 자랑한다. 한 줄도 외우지 못하는 것을 알지만 "그래 슬기 씨, 애썼어요" 하면 웃기 시작한다. 입만 열면 웃음이 그치지 않는다. 웃느라 말을 이어나가지 못한다. 너무 웃어서 걱정된다. 웃음 마개가 고장 난 양 웃는다. 복지사 말로는 다른 수업보다 더 많이 더 자주 웃는다고 한다.

혁이 때문이다. 혁이는 38세 된 남자로 교통사고로 장애우가 되었다. 다리를 쓰지 못하지만 탁구 강사로 활약 중이다. 입으로는 투덜대면서도 슬기 글을 전부 써 준다. 슬기는 글을 쓰라고 하면 당연하다는 듯 혁이에게 노트를 내민다. 혁이가 써 주면 제가 쓴 양 발표한다. "혁이 오빠는 내 이상형이 아니야" 하면서도 혁이가 말만 하면 웃는다. 두 사람 덕분에 수업 분위기가 밝다.

장애우 시설에는 다양한 도서가 구비되어 있다. 수업 시간마다 한 권씩 빼서 소개해 주고 한 단락씩 적게 한다. 내가 책만 빼 들면 "나, 그거 읽었어요" 하고 슬기가 헤어진 언니 본 듯 반가워하며 손뼉을 친다. 슬기는 『은교』도 읽었고, 장영희의 『문학산책』도, 『내 영혼이 따뜻했던 날들』, 『열심히 하지 않습니다』, 『모비딕』도, 심지어 『총균쇠』도 읽었다. 동료들은 그럴 때마다 "정말?" 하고 추임새를 넣어 준다. "그래? 슬기가 독서왕이구나" 하면 또 웃는다.

슬기는 세상 책은 모조리 다 읽었다. 지금 출간을 준비하고 있거나 먼 훗날 나올 책까지도 읽어 버렸다. 유례없는 독서왕이다. 걱정 없이 웃는 슬기를 보면 미래 따위는 '개나 물어가라지' 미래를 물리치고 싶다. 독서왕 슬기의 웃음이 귓전에 울린다.

46_ 인심 따위 쓰지 않는 할머니

쓰레기를 버리러 나왔다. 고층에 사니 전망은 좋은데 한번 올라가면 밑에 내려오기가 싫다. 쓰레기가 넘칠 지경이 되도록 두고 보다가 하는 수 없이 내려온다. 외출할 때 가지고 나오면 이중 일이다. 차는 지하에 있는데 분리수거장은 로비에 있어서 엘리베이터를 두 번이나 타는 일이 번거롭다.

분리수거장으로 가는데 앞에 있는 분수에서 길고양이 한 마리가 뛰쳐 올라온다. 깜짝 놀라서 쳐다보는데 녀석은 나를 보고 피하지도 않고, 옆 동 아낙이나 되는 양 모른 체 지나간다.

얼굴이 아기 주먹만 한 걸 보면 태어난 지 얼마 되지 않아 보인다. 몸에 살이 오르지 않아 애처로워 요기될 만한 것을 던져 주고 싶어도 플라스틱 병뿐이다. 녀석은 아무것도 없는 땅바닥을 일없이 킁킁댄다.

"미련한 녀석, 거기 뭐가 떨어졌다고."

그러나 미련하다는 말은 바로 취소해야 했다. 아무리 새 끼라고 해도 고양이는 고양이다. 고양이가 화단 위로 낼름

번성하다   209

올라선 곳을 보니 아니, 어떤 미련한 사람이 화단 위에 생선을 널어놓은 게 아닌가. 가까이 가서 보니 시장 아주머니나 쓸 법한 생선 전용 철망에 장어를 손질하여 널어놓았다. 두 뼘이나 될까 말까 한 장어가 대충 열 마리는 넘겠다.

아파트에서는 보기 드문 광경이다. 고양이는 맨 아래 놓여 있는 장어를 잡아당겨 보더니 이내 그만둔다. 장어가 철망에 둘러붙어 떨어지지 않는 모양이다. 녀석은 화단을 빙 돌아오더니 미련을 가지고 다시 고기를 당겨 보더니 또 그만둔다. 아니 시작을 했으면 무라도 썰어야지, 녀석 하는 짓이 참 시답잖다. 시답잖다 못해 그다음에 하는 짓은 어이가 없을 지경이다. 군침 도는 고기를 놔두고 화단 옆에 있는 벤치로 가더니 팔걸이를 핥는다.

"야! 절호의 기회야. 어서 와서 낚아채."

녀석은 흡사 내 말을 알아들은 듯 다시 와서 깔짝거려 보더니 또 그만둔다. 참, 근성도 없다. 죽을힘을 다해 덤벼 보지 않고서는.

하나 '쩍' 떼어서 녀석에게 던져 주고 싶지만 내 것이 아니니 그럴 수도 없고 계속 우정 어린 충고를 한다.

"야, 힘껏 당겨. 물고 늘어지란 말야."

녀석은 다시 입을 대보고는 또 그만둔다.

해가 설핏 기울고 있으니 이제쯤 주인이 생선을 가지러 나올 판이다. 그전에 고기를 물고 도망치면 완전범죄가 되겠구만.

나만 마음이 급하다.

그래도 어쩔 수 없는 일. 공범자로서 충분히 노력했다 싶어서 발길을 돌리는데 할머니 한 분이 로비층에서 나온다. 고양이를 보더니 냅다 고함을 지른다. 고양이는 도망가지도 않고 벤치로 옮겨 앉는다.

"할머니, 맨 아래 고기는 고양이가 계속 핥아서 어떨지 모르겠어요."

계속을 '계에~속'으로 늘이 뺀다. 할머니는 동향집이라 햇볕이 안 들어 잠깐 널어놓는다는 게 깜박 잊고 있었다며 고기를 떼기 시작한다. 나는 고양이를 추켜세운다.

"고양이가 순한가 봐요. 다른 고양이 같았으면 올라가서 엉망으로 만들어 놓았을 텐데 쟨 핥기만 하더라고요."

할머니는 말없이 장어를 '쪽쪽' 소리가 나게 뜯어서 가지고 온 바구니에 넣는다. 할머니가 어떻게 할지 나도 지켜보고, 고양이도 어쩔 새라 보고 있는 중이다.

마지막으로 고양이가 핥은 고기가 한 마리 남았다. 할머니는 고기를 야무지게 떼어 그대로 바구니에 집어넣더니, 나를 거들떠보지도 않고 들어가 버렸다.

절호의 기회를 놓친 고양이가 다시 그물망으로 와서 실속 없이 냄새를 맡는다.

"기회는 왔을 때 나꿔채는 거야, 이 미련퉁아!"

나도 못해 본 기회 포획을 고양이에게 바란다. 미련퉁이 같으니라고.

처음 시도해 본 동물과의 공범은 공조가 이루어지지 않았다. 그나저나 오늘 만난 할머니 여인은 통이 크지는 않았다. 평생 모은 돈 600억을 카이스트에 기부한 통 큰 할머니 이야기가 뉴스로 나온 날이었다. 카이스트는 그 돈을 받아 제대로 학교 발전을 위해 쓰나? 그 할머니는 무슨 일을 하여 600억이나 벌었을까? 에이, 나한테도 1억만 주지.

나란 할머니는 이런 찌질한 생각이나 하며 산다.

47_ 제라늄 같았던 김 선생

제라늄이 또 꽃대를 뽑아올렸다. 꽃이 질 쯤이면 어김없이 다른 꽃대가 올라오니 사시사철 꽃 질 날이 없다. 처음에는 그런 모습이 신기하고 대견하기까지 했지만 이제는 안쓰러워 보인다.

"괜찮아, 좀 쉬렴."

그렇게 타일러 보지만 저와 내 신호체계가 다른지라 명령을 받은 병사처럼 근무에 여념이 없다. 하기야 어떤 학자는 설령 꽃이 우리와 같은 말을 사용한다고 해도 서로의 '움벨트'가 달라서 이해하지 못한다고 하니 말한들 무엇하랴.

크리스마스가 다가오니 제라늄은 축하 이벤트라도 벌일 양 한꺼번에 여러 대 꽃대를 뽑아올린다. 문득 저렇게 무리를 하다 덜컥 죽을지도 모르겠다는 생각이 든다. 가지고 있는 힘을 다 써버리면 제가 십장생도 아닌 바에야 올겨울을 넘기지 못할 게 뻔하다.

사람은 이 세상에 태어날 때 저마다 명수를 가지고 태어나고 한평생 먹을 밥 양도 정해져 있어서 그 양을 채우고 나면 죽음을 맞게 된다고 말하는 이도 있다. 정해진 72근의 에너지를 다 쓰고 나면 죽는다고 말하는 이도 있고 보면 일찍 가 버리는 이들은 에너지와 명과 재능을 서둘러 쓰고 가 버린 것일까?

눈이 온다. 올 들어 첫눈이다. 눈 내리는 하늘을 이윽히 바라보고 있자니 이국땅에서 아이들을 가르치고 있을 김 선생이 떠오른다. 지금은 건강해졌지만 몇 해 전만 해도 전신마비가 되어 일 년 정도를 꼼짝없이 누워 지내야 했다. 물설고 말도 선 낯선 땅에서 학위를 따겠다고 잠을 거의 자지 않고 화장실 갈 시간도 아끼며 공부에 전념했다고 한다.

그런데 어느 날 공부를 하다가 일어나려는데 일어나지지가 않았다고 한다. 일어나기는커녕 손끝도 움직여지지가 않았다고. 그 당시 느낀 공포는 카프카의 『변신』에 나오는 주인공에 비할 바가 아니었다며, 몸을 어떻게 할 수 없는데 정신은 멀쩡한 상태로 일 년 간 누워 있으면서 미치지 않은 게 기적이라고 했다.

김 선생과는 같은 학교에서 한 3년 근무했다. 지리 과목을 담당했는데 그 집안 형제들 모두 소위 일류대를 나와 자부심이 대단했다. 학생들 공부 지도는 물론이고 행정처리도 완벽해서 윗사람이 김 선생 가지고 왈가왈부할 일이 없었다.

집안도 그 지방에서는 내로라하는 터여서 혼담이 여기저기서 들어왔다. 선을 보고 오면 둘이 다방에 가서 품평회(?)를 하곤 했다. 내 보기에 그만하면 나무랄 데 없는 상대가 여럿이었는데 김 선생 눈에는 차지 않았는지 마흔이 돼도 결혼하지 못했다. 김 선생만큼 완벽한 남자가 없었던 모양이었다.

그즈음 김 선생은 학교 생활도 지친다며 형제들이 있는 곳으로 떠났다. 형제들 가까이 터를 잡지 않고 되도록 멀리 자리를 잡았다. 가까이 있으면 의지하게 되고 혹시라도 형제들에게 피해를 줄 수도 있어 일부러 그런 선택을 했다고 한다. 김 선생의 성격을 엿볼 수 있는 대목이다. 타국의 외진 곳에서 홀로 살았으니 도움을 청할 일이 어찌 없었을까만 김 선생은 독하게 마음을 다잡았다고 한다. 도움을 받으면 버릇이 될까 싶어 하루만 산다는 정신으로 버텼더니 오늘이 왔다며 미소지었다.

김 선생은 떠나면서 자신을 지나치게 닦달한 결과가 아니겠느냐며 나보고 쉬엄쉬엄 살라는 말을 남기고 갔다. 눈은 그치지 않고 내린다. 제라늄 화분을 밖에 내놓았다. 겨우내 실내에서 먼지를 뒤집어쓰고 있는 제라늄에게 잠깐 신선한 공기를 쐬어 주고 눈이라는 것도 이 세상에 있다고 알려 주고 싶었다.

"어이, 꽃! 그대는 김 선생처럼 따야 할 학위도 없고 너를 몰아세우는 이도 없단다. 완벽하게 수행할 일도 없으니 자신을 볶지 마소. 꽃 한 송이 안 피워도 넌 제라늄이야. 널 증명하려고 애쓰지 마소. 지금은 겨울이야, 편안히 쉬시게."

48_ 밤기차 타고 온 멸치장수

   올해 여수 멸치가 전멸이라 한다. 멸치 하면 여수 멸치를 알아주는데 질 좋고 값싼 멸치는 그른 모양이다.

   며칠 전 군산에 간 김에 육수용으로 디포리를 하나 샀다. 상인은 여수 상인들이 군산에 와서 멸치를 도매해 간다며 "여수 바다에 뭔 일 있어요?" 한다. 디포리를 사 오면서 걱정이 됐다. 그러게, 여수 바다에 무슨 일이 생긴 걸까?

   몇 년 전에 고기가 떼로 죽어 올라온 일과 관련이 있는지 걱정스럽다. 여름밤이었다. 평소에 한적한 길에 사람들이 모여들어 바다를 보고 있었다. 다가가서 바라보니 방파제 끝으로 물고기들이 몰려드는데, 행렬이 그치지 않고 이어졌다. 물고기들은 돌아나갈 줄 모르는지 끝없이 몰려들어 방파제에 머리를 찧고 있었다. 하기는 돌아나가고 싶어도 물고기들이 겹쳐 있는 데다 수심이 깊지 않아서 불가능해 보였다.

   그 물고기들이 다음 날 전부 죽어서 올라왔다고 한다. 신라 시대 일연 스님이 보았다면 『삼국유사』에 분명 기록했을,

기이한 일이었다.

어린 시절 겨울이면 우리 집에 찾아들던 할머니 한 분이 있었다. 멸치장수 할머니였다. 어머니는 그분을 가끔 우리 집에 재워 주었다. 잠도 내 방에서 자게 하고 밥도 한 밥상에서 먹게 해 어린 마음에는 그것이 싫었다. 몸에 밴 쿰쿰한 멸치 냄새가 싫고 목욕도 하지 않은 것 같아서 어머니에게 짜증을 부렸다. 멸치 할머니는 밤새 코를 골고 잠꼬대를 해대는 통에 더 싫었다. 얼마나 싫었는지 그 할머니가 오는 날은 장롱 안에 있는 이불을 죄 꺼내 놓고 장롱 속에 들어가 잠을 잔 적도 있다.

좋은 점이 한 가지 있기는 했다. 할머니는 여수에서 밤기차를 타고 온다고 했다. 밤기차란 말만으로도 상상의 레일이 끝도 없이 이어졌다. 언젠가는 밤기차를 타고 육지의 끝, 바다가 보이는 곳에 가서 아침 해를 보겠다고 마음먹었다.

대학생이 된 첫 해, 친구들 몇 명이서 밤기차를 타고 드디어 여수를 찾았다. 여수에 대한 첫인상은 그다지 좋지 않았다. 길은 좁고 산꼭대기로 올라간 집은 누추해 보였다. 말소리는 투박했고 상인들도 손님을 거칠게 응대했다. 지금은 정스럽게 여겨지는 말소리가 그때는 사납게 느껴졌다. 그 뒤채 10여 년이 지나지 않아 여수에 살게 되었으니, 삶이 어떤 바람을 태워 어디로 보낼지는 모를 일이다.

낯선 땅 여수에 살게 된 지 40년이 흘렀다. 확실한 여수댁이 되어 버렸다. 여수 바다를 걱정하고 삼려 통합을 기대하는 여수 시민이 되었다. 삼려는 여수·순천·광양을 묶어 특별시로 만들자는 시도인데, 시마다 자기네 시의 장점이 크다고 우기는 통에 난항을 겪고 있다. 이 모든 시발점이 멸치 할머니가 가져온 보따리, 보따리에서 풍기던 비릿한 내음에서 시작되지 않았을까? 어쩌다 하릴없이 바다를 바라보는 날엔 그런 생각을 한다.

내륙지방에서는 맡을 수 없는 짭조름한 내음은 내가 살고 있는 곳과는 전혀 다른 세계에 대한 동경을 불러일으켰다. 이제 멸치 할머니만큼 나이가 들고 흰머리가 무성해졌다.

"돌아가셨는갑다, 요 몇 년 안 오는 것이…."

여수에 살게 되면서 그 할머니가 문득 생각나서 물었더니 어머니가 별 감정이 실리지 않은 목소리로 담담히 말했다. 그러면서 덧붙이기를 "외상도 많이 깔렸을 텐데…." 말끝을 흐렸다.

할머니는 돈이 없다는 집에 한사코 멸치를 들여놓고 다음해 받아갔다. 외상을 주는 사람이나 받는 사람이나 이상한 셈법을 구사했다. 다음 겨울에 이사를 갈지도 모르는데 외상을 주고 가는 할머니가 어리석어 보였고, 멸치를 날름 받는 사람들이 뻔뻔해 보였다.

할머니에게 먼저 이야기를 건네지도 않던 내가 하루는

그것이 궁금해서 물어보았다. 할머니는 외상을 떼먹는 이는 드물고, 어디로 이사를 갔으면 속이 허퉁하지만 그러려니 한다고 했다. 가을까지는 농사를 짓고 일이 없는 겨울에 기차를 타고 와서 멸치장사를 하는데 혼자만 오는 게 아니고 아는 사람끼리 같이 온다고 했다.

오공오 털실로 짠 큼지막한 스웨터를 입고 나이 드니 머리가 시리다며 목도리를 머리에 감고 다녔던 멸치장수 할머니. 억척스러운 생활력이 이제야 눈에 보인다. 가족을 위해 멸치 포대를 이고지고 먼 길을 떠나와 타지에서 고된 밤을 보냈으리라. 행여 이라도 옮을 새라 몸을 웅크리고 따뜻한 말 한마디 건네지 않았다. 허세 없이 있는 대로, 가감 없이 살다간 할머니. 여수에 멸치가 귀해졌다는 소식을 들으면 서운하시겠다.

후기

멸치장수에게 인심을 후하게 쓰던 우리 어머니도 진즉 돌아가셨다. '진즉'을 '애진작에'로 쓰고 싶은데 어학사전에 나오지 않는다. 내가 살던 전주에서 쓰던 말이었다. 물론 '진작'은 틀린 말이고 '진즉'이 맞는 말이라는 건 안다. 하지만 보통 사람들 사이에서 쓰고 살았던 말들이 사라지는 게 아쉽다.

49_ 죽고 싶다는 말을 입에 달고 사는 여인

우울증을 앓고 있어서 매일 죽고 싶다는 말을 달고 사는 여인에게, "모든 일을 너무 진지하게 여기지 마. 별것도 아닌 생을 너무 별것인 양 생각하는 건 아닐까?" 했더니 '꺼억꺽' 더 큰 소리로 운다.

"별것도 아닌데 왜 살아야 해요? 살아봤자 별것이 없는데. 우습잖아요?"

그 말을 듣자 "어차피 무의미한 삶이라면 오래 산다는 것은 더 무의미한 일"이라는 어느 외국 작가의 말이 떠올랐다. 다른 사람과 통화라면 그 말이 입에서 나왔겠지만 뒷말을 더 잇지 않았다. 전화를 끊고 나니 나도 우울증에 감염된 듯 기분이 가라앉았다. 만나면 늘 우울하다고 징징대니 전화를 하려다가도 멈칫거리게 된다.

우울증에 걸린 제자를 둔 스승이 있었다. 제자는 걸핏하면 세상에서 제일 불행하다며 죽고 싶다는 말을 입에 달고 살았다. 스승은 제자에게 여러 가지를 물었다.

"무슨 책을 읽고 있느냐?"

"무슨 음악을 듣느냐?"

"어떤 친구와 어울리느냐?"

"언제부터 손으로 아무것도 만들지 않았느냐?"

"언제부터 공놀이를 하지 않았는가?"

"언제부터 하늘의 별을 쳐다보지 않았는가?"

그는 스승의 질문에 하나하나 대답했다. 제자가 읽는 책은 부정적인 내용이 대부분이었고, 음악도 슬픈 음악을 주로 들었다.

"너는 손으로 무엇을 만들기에는 머리가 너무 좋고, 공놀이를 하기엔 나이가 들었다고 생각하고, 그냥 별을 보기에는 지나치게 심각하구나. 너는 환한 세상에서 살고 싶어 하면서도 동굴에서 나올 생각은 하지 않으니 내가 어떻게 할 수가 없다."

이렇게 스승조차 포기를 했다고 하는데, 매일 죽고 싶다는 그녀도 그와 같지 않을까. 조그만 일에도 지나치게 심각하고 진지하다. 나이도 많지 않은데 새로운 일을 하기에는 나이가 들었다고 생각한다. 그녀는 세상 사람들이 가진 것에 비해 자기가 가진 것은 턱없이 적다고 한탄하면서 아무것도 해 보려 하지 않는다. 우울해서 죽고 싶다는 말만 입에 달고 산다. 우울이라는 말을 입에 올릴 때마다 우울증을 각인하는 효과가 있을 법하니 참아 보라고 해도 우울증에게 삼시 세끼를 살뜰히 제공하고 있다.

우울하기로 하면 천 가지 이유가 부족하랴. 우울하다고 생각하면 우울할 수밖에 없는 일 천지다. 위를 기준으로 삼으면 삶은 전부 마이너스다. 마이너스 인생이라고 여기면 우울하지 않을 도리가 없다. 위는 끝이 없으니 한 단계 올라간들 또 그 위가 있을 뿐, 아무리 올라가도 허기를 면할 수 없다.

우울도 선택이다. 필수과목인 양 기를 쓰고 우울을 학습하랴. 사실 이 말은 그녀에게보다 나에게 한 말이다. 나이 드니 나도 우울한 날이 많아진다. 늙는다는 건 호기심이 없어진다는 말과 진배없다고 한다. 돌아가신 어머니가 한 칠십이 넘자 "늙으니 맛있는 것도 없고, 맛있는 코도 없고 맛있는 귀도 없다" 하고 시 같은 말씀을 하신 적이 있다. 오감이 무뎌진 것을 두고 하신 말씀일 터.

우울증 증세나 늙은 증세가 비슷하다. 그러고 보니 몇 년째 우리를 괴롭히는 코로나 증세가 딱 그렇다 한다. 미각과 후각을 잃고 격리로 우울해지고…. 코로나도 이기고 우울증도 이기고, 예전처럼 책도 읽고, 음악도 듣고, 자유롭게 사람 만나는 즐거움도 누리며 살아볼 일이다. 한번 가면 다시는 돌아오지 못할 아름다운 푸른 별 아니런가.

후기

"너 자신을 들볶지 말거라."

글을 고치다 보니 아버지가 해 주신 말이 떠오른다. 내 욕심대로 해 주지 않는다고 투정을 부리는 나에게 하루는 아버지가 나를 다른 방에 데리고 가서 조용히 이르셨다. 겨우 초등학생에 불과한 나에게 이른 말씀치고는 큰 가르침이었다. 욕심이 프라이팬에서 달달달 볶아지고 있구나 싶으면 이 말이 떠오른다. 우울증의 발원지는 욕심이라고 적어 보는, 새벽이다.

50_ 시간을 뛰어넘지 못하는 여인

드넓은 갯벌이 언제 물이 들어왔다 나갔는지 모르게 푸석하게 말라 있다.

"올 때마다 이 갯벌에는 물이 들어와 있지 않아요. 덕분에 걸어서 이 섬에 올 수 있어 좋아요. 몇 시간이나 여기서 사진을 찍으며 보내도 바닷물이 들어온 적은 없어요. 집 나간 남편처럼 들어올 기미가 안 보여요, 이 갯벌은."

실제 그녀의 남편은 어느 날 아침 집을 나가 들어오지 않았다. 20년도 전에 일어난 일이다. 그동안 소식 한 줄 보내오지 않았고, 둘 사이에 아이도 없으니 굳이 떠난 남자를 기다릴 간절한 이유도 없을 터였다. 다른 여자와 살림을 차리고 살더라는 풍문을 들었다고 한다. 그녀가 남편 돌아오듯 갯벌에 물이 들어오는 것을 보기 위해 이곳을 자주 찾는지도 모른다는 생각이 들자 애잔한 마음이 들었다.

버려진 그물 같은 신세가 되었다고 푸념하지 말고, 저기 저 배를 띄우고 돛대를 펼쳐 나가기를 바란다. 조선 시대도 아니고 20년을 기다렸으니 쉬어터진 세월 아닌가.

사업이 부도난 것을 (알고 보니 그동안 열심히 사업을 한 것도 아니고 주식을 하다가 거덜이 났단다.) 핑계대고 다른 여자와 도피하고는 한 번도 보러 오지 않은 남편이 남편일까? 이미 남의 편이 되어 버렸으니 남에게 준들 설마 아까울까? 더구나 같이 도피한 여자와 헤어지고 또 다른 여자를 만나 살고 있다고 한다.

그녀도 그런 남편이 돌아오기를 바라지는 않겠지만 20년 전 그 사건에 걸려 새 출발을 하지 못했다. 어처구니없게도 그녀는 배신을 당한 이유를 자신에게서 찾으며 터무니없는 자책을 하고 있다. 제발 당치도 않은 죄책감에서 벗어나기를 바란다. 다른 글에서 한 번 쓴 적이 있는데, 바람피우는 사람들은 스스로 유혹에 약한 탓이라 하니 애먼 자신에게 화살 겨누지 말기를.

바람이 안 불면 노를 젓고
바람이 불면 돛을 올려라
강 건너 벗님네들
앉아서 기다리랴
그립고 서럽다고
울기만 하랴
배 띄워라, 배 띄워라.

노래 가사처럼 그녀가 메마른 갯벌 사진만 찍지 말고 새 벗님을 찾아 돛을 올리기를. 마침맞게 갯벌에 바람이 물결친다. 추풍이 건듯 분다. 돛 올리기 좋은 계절이다.

후기

그녀는 이미 오십이 넘었다. 그때도 호적을 정리하지 않고 있었다. 오십이 되자 본인도 초조했는지 재혼을 입에 담았고 남자를 찾아보기도 했는데, 그녀가 어느 날 한 말이다.

"남자를 믿을 수가 없어요. 친절해도 의심이 가고, 매너가 좋으면 더 믿어지지 않아요."

그녀는 소위 CC로 대학에서 남자를 만났고 열렬히 사랑해서 결혼했다. 그런 남자도 자신을 감쪽같이 속였는데 누구를 믿겠느냐고, 믿을 수 있느냐고 묻는다.

여자의 삶을 황폐하게 해놓고 사과 한마디 없는, 한 번도 본 적 없는 남자지만 세상 참 비겁하게 살아가는구나 싶어 나쁜 놈이라고 욕해 주었다.

그녀는 아직도 남편을 사랑한다. 능소화 심정을 버리지 못한다. 능소화에 얽힌 이야기가 있다. 하룻밤 나눈 연정을 잊지 못하고 평생 담장 밖을 내다보며 기다리는 여인. 남자는 여인과 하룻밤 따위, 잊어도 진작 잊었으련만.

물들다

51_ 선물을 강요하는 여자

내가 뭘 좋아할지 생각한 시간

선물 사러 가는 시간

선물 사는 시간

선물 사고 오는 시간

편지에 뭐라고 쓸까 고민한 시간

가장 예쁜 글씨로 편지 쓴 시간

네 마음, 네 시간이

이 선물에 몽땅 들어 있잖아!

고마워, 친구야!

김미희의 '선물'이란 동시다. 시간과 마음이 몽땅 들어 있는 선물을 받아본 적 있을까? 나는 그런 선물을 한 적이 있을까? 이 시를 읽으니 마음이 켕긴다.

'이야기 교실' 수업이 있는 날, 김 선생님이 검정 세무로 된 긴 코트에 보랏빛 은방울꽃 코사지를 하고 강의실에 들어섰다. 옷차림이 멋있다고 인사를 건넸다. 그분은 평소 코사지나 액세서리를 애용한다. 언젠가 나비 모양의 브로치가 옷과 잘 어울린다고 했더니 곧바로 빼서 내 옷에 꽂아 주었다. 사양해도 소용없어서 가지고 왔다. 그분과 두 번 정도 그런 일이 있었던 터라 그 뒤부터는 전체적으로 멋있다고 하지, 어떤 부분을 짚어서 말하지 않는다.

"언니, 그 코트 너무 이쁘다. 나 한번 입어 볼래."

한 수강생이 콧소리를 내며 말하자 그분은 망설이지 않고 옷을 벗어 주었다. 날씬하니 뒤태가 예뻤다.

"예쁘네, 나는 다른 옷이 많으니 자네가 입소."

그분은 가을 선물이라며 망설이지 않고 코트를 주었다. 콧소리 수강생은 거기서 그치지 않고 멋쟁이 언니 집에 가면 더 많이 얻을 수 있겠다며 집으로 가겠다고 했는데, 그 뒤는 어떻게 되었는지 모르겠다.

이번 여름, 내가 입은 청바지를 보고 예쁘다며 자기한테 양보하라던 지인이 있었다. 며칠을 보러 다닌 끝에 산 거라서 인심을 쓰지 않았다. 해바라기 무늬가 그려진 민소매 상의를 친구가 달라고 했을 때도 주지 않았다. 작년에는 일부러 동대문에 가서 회색 천을 끊어다가 머플러를 만들어 두르고 모임에 나갔더니 한 후배가 깜짝 반가워하며 머플러를 줄수 없느냐고 졸랐다. 오래전부터 이런 질감이 나는 천으로 쿠션을 만들고 싶었다나 어쨌다나.

들인 수고가 아까워 주지 않았다. 대신 서울에 가서 시간이 나면 (일부러 조건을 걸어놓았다. 약속을 지키지 못할 수도 있어서.) 천을 끊어다 주겠다고 약속했다. 후배를 볼 때마다 빚진 기분으로 살다가 일 년 만에 천을 끊어다 주었다.

원하는 것을 주지 않는다고 연락을 끊은 분이 몇 있다. 딸아이가 첼로를 배울 때다. 체격에 따라 첼로를 바꾸다 보니 사용하지 않는 첼로가 세 개가 되었다. 그것을 본 지인이 집에 장식으로 놓고 싶다며 하나 달라고 했다. 그분에게는 장식이지만 딸에게는 성장의 역사가 새겨진 악기라서 선뜻 줄수가 없었다. 거절당한 그분은 그 뒤로 우리 집에 발길을 끊었다. 돈을 빌려 달라고 해서 거절한 동창과도 연락이 끊겼다. 돈을 빌려 주지 않았더니 내가 그럴 줄 몰랐다며 몹시 서운해했다. 나는 어떤 그럴 줄 아는 사람이어야 했을까?

얼마 전 복지관에 수업을 하러 갔다. 검정 가죽 재킷을 입고 갔는데 소장이 자기도 그런 양가죽 재킷을 입고 싶었다며 한번 입어 보자고 했다. 거울에 비춰 보더니 나는 옷이 많으니 자기 주면 안 되겠냐고 묻는데 거절하기가 어려웠다. 자기는 옷이 없나? 싶었지만 올해만 해도 이 양반이 두 번이나 돈을 빌려 달란 것을 어렵게 거절한 뒤여서 "좋아요, 선물할게요" 하고 벗어 주었다. 옷을 주고 나니 빚을 갚은 기분이 들었다. 빚지지 않았는데 그런 기분이 들다니 이상하긴 했지만서도.

　선물을 강요하는 여자 이야기를 써 보았다. 글을 쓰다 보니 이런 경우가 드물지는 않았다. 요구를 거절당하면 그럴 줄 몰랐다고 서운해하는데, 요구를 당하는 입장에서는 부담스럽고 빚진 기분이 든다. 기분 좋은 시를 읽었음에도 껄쩍지근한 기억을 떠올렸다. 남에게 무엇을 달라고 쉽게 입을 여는 여인들에 대해 써 보았다.

52_ 어머니를 포기한 여인

어머니가 구례에 내려간다고 집을 나섰다고 한다. 한 번 뇌졸중으로 쓰러진 전력이 있지만 그즈음에는 말이 약간 어눌했을 뿐 정상적으로 생활했기 때문에 언니는 어머니를 집에서 배웅했단다. 산후조리 중이라 바깥에 나갈 수도 없고, 무엇보다 아기를 돌봐야 했다. 언니는 산후조리 도와준다고 왔다가 한 달이 되기도 전에 간다고 서두르는 어머니가 서운했으나, 일이 생겼다는 데야 어쩔 수 없었다고 한다.

전날 밤까지도 아무 말씀 없다가 아침에 짐을 꾸려 나간 점이 마음에 걸렸지만, 어머니가 며칠 내로 올라오겠다고 해서 그 말을 믿었다고 한다. 사당에서 터미널까지는 먼 거리가 아니니 택시를 타고 가라고 하자 어머니는 알아서 간다며 서둘러 나갔다는 것이다. 그렇게 나간 어머니가 그날 이후 20년이 지나도 돌아오지 않는다고, 수미 엄마는 집으로 돌아오는 차 안에서 이야기를 이어나갔다.

수미 엄마는 어머니 실종 당시 대학 신입생이었다. 그 일로 대학 시절의 낭만이나 추억은 사치에 불과했고, 실질적인 주부 노릇을 결혼 전까지 했다며 손을 내보였다. 하기는 고운 얼굴에 비해 수미 엄마 손이 마디가 굵고 거칠긴 했다. 그동안 누구에게도 어머니 일을 말한 적이 없다며 오늘은 이상한 날이라고 했다. 수미 엄마가 절에서 어머니 영가기도를 올리기에 그런가 보다 했는데, 이상한 날이 아니라 친정어머니가 사라진 즈음이었다.

어머니가 설령 살아 있어서 돌아온다고 해도 받아들이지 않을 거라고 말하는 수미 엄마를 운전을 하다가 바라보았다. 단호한 표정이었다. 아버지가 몇 년 전 재혼을 하면서 비로소 친정집 일에서 놓여나게 되었다며, 어머니가 돌아온다고 해도 어머니 자리는 없어졌고, 어머니 없는 일상이 고통스럽지도 않다고 담담하게 말했다.

수미 엄마와는 같은 아파트에 살면서 서로 품앗이 과외를 하는 사이였다. 수미 엄마는 수학을, 나는 국어를 봐주었다. 부잣집 딸로 물 한 방울 묻히지 않고 걱정은커녕 행복에 겨워 살아온 것처럼 보였는데 속사정이 녹록지 않았다.

수미 엄마의 어머니는 '남원 춘향'이란 별명으로 불렸을 만큼 미인이었다고 한다. 어머니가 시내에 나가면 남자가 집까지 따라와서 아버지가 성가셔했다고 한다. 오십 초반에 풍으로 쓰러진 후 극심한 우울증으로 자살시도가 한 번 있었다고 하지만, 어머니가 없어진 시점에는 어디든 불편 없이 다닐 수 있고 우울증도 없어져 어머니가 사라질 이유는 없었다 한다. 10년 정도 전국으로 어머니를 찾으러 가 보지 않은 곳이 없다며, 수미 엄마는 어머니가 스스로 집을 나갔다면 용서할 수가 없다고 했다. 남아 있는 가족의 삶을 파괴해 버린 어머니는 어머니 자격이 없다는 것이다.

수미 엄마의 어머니는 아이를 돌보다가 딸이 눈치 채지 못한 몸의 이상을 느끼고 가족들 고생시키지 않으려고 숨어 버렸을 수도 있다. 납치를 당했을 수도 있을 테고. 내가 생각하는 이상으로 가족들이 이미 여러 경우를 검토해 보았을 것이지만, 하도 이상한 일이 많이 생기는지라 수미 엄마가 미처 생각하지 못한 이유가 있을 법하다.

만일 친정어머니가 수미 엄마를 잃어버렸다면 포기했을까? 아픈 질문일 것 같아서 묻지는 않았다. 그동안 자식을 키우면서 수미 엄마도 자신에게 몇 번이나 물어봤을 테니까.

수미 엄마가 지금은 어디에서 살고 있는지 모른다. 남편이 울산 공단으로 발령을 받아 간 뒤로 몇 번 전화가 오더니 연락이 끊겼다. 절에서 백중을 맞아 영가기도를 올릴 때면 수미 엄마가 생각난다. 어머니를 받아들이든 받아들이지 않든 어머니는 영원히 마음에 자리하고 있는데 부인한다고 어디 갈까.

수미 엄마가 어머니를 부인하고 포기한다고 말했지만, 그 말이야말로 어머니를 애타게 기다리고 있는 증표 아니었는지. 그동안 붙잡고 있던 어머니를 비로소 영가기도로 보내드린 날, 수미 엄마는 누구에겐가 털어놓지 않고는 견딜 수 없었으리라.

53_ 징검다리 여인

　제철에도 먹고 싶지 않던 토마토가 먹고 싶었다. 토마토는 건강에 좋다고 하는데 사놓고 잘 먹지 않는 채소다. 아니, 과일이라고 해야 하나? 미국 법원은 토마토를 디저트로 먹지 않고 요리에 사용하는 점을 근거로 채소라고 규정하였다. 우리나라는 토마토를 디저트로 주로 먹으니 과일이라고 해야 할까? 나는 토마토를 과일이라고 생각한다. 설탕 찍어 먹는 채소는 없으니까.

　각설하고, 집 앞 마트에 갔다. 추워서 몸이 움츠러드는데 토마토는 버젓하게 씩씩해 보인다. 한 종류는 크고 말끔하게 생겼고, 한 종류는 작고 약간 어두워 보인다. 주인은 큰 건 때깔은 곱지만 맛이 싱겁고 작은 것은 폼은 안 나지만 짭조름하니 맛이 좋단다. 토마토가 짭조름하다고? 짭조름한 맛이 궁금해서 작은 토마토를 샀다. 집에 와서 맛을 보니 과연 간이 배어 있다. 장수산이란다. 싱거운 건 서천산이라던가?

싱거운 사람도 있고 짭조름하게 맛이 든 사람도 있다. 싱거운 사람은 싱거운 대로, 짭조름한 사람은 또 그대로 나름의 맛을 지니고 있지만, 짭조름한 매력이 있는 사람을 만나면 시간 가는 줄 모른다. 음식이면 음식, 운동이면 운동, 못하는 것이 없고 판소리며 북이며 언제 저 많은 재주를 익혔나 감탄하게 하는, 장수산 토마토 같은 여자를 알고 있다. 정작 이분은 토마토를 싫어한다. 토마토를 주면 슬그머니 내려놓는다.

원래 이름이 후남이었는데 이름을 바꾸었다고 한다. 이분 말고도 우리 집 선산이 있는 임실에는 당숙모 첫째 딸 후남 씨도 살고 있다. 임실 후남 씨 이야기는 다음에 하고, 오늘은 후남에서 연순으로 이름을 바꾼 분 이야기를 해 보련다.

후남이란 이름은 딸일랑 그만 낳고 아들 낳기를 바라는 간절한 마음으로 집안 어른들이 지어 주는 이름이다. 후남이란 이름을 가진 딸은 집안에서 아들을 낳기 위한 징검다리 딸 정도로 취급하였지 싶다.

연순 씨는 남동생이 태어나자 비로소 처음으로 칭찬을 들었다고 한다. 이름값을 했다고.

온 가족이 손발 맞추어 남동생을 향한 극진한 보살핌이 시작되었다고 한다. 자신의 첫 기억은 남동생에게 쏠리는 온갖 특혜를 부러워하며 보고 있는 모습이라고 한다.

"밭에는 일명 '남동생 토마토'가 있었어요. 남동생의, 남동생에 의한, 남동생을 위한 토마토였지요."

연순 씨가 링컨의 말을 인용하며 동생 일을 말해서 웃음이 나왔지만, 나도 비슷한 경험을 가지고 있어서 연순 씨 말이 남의 일로 들리지 않았다. 아버지는 등록금을 줄 때도 오빠나 남동생은 먼저 주고 마지막에 내 것은 생색을 내며 던져 주었다. 돈을 던져 주는 게 싫었지만 어쩔 수 없이 그걸 들고 학교에 갔다. 연순 씨는 남아선호사상의 최대 피해자라고 하지만, 나도 그 못지않다.

연순 씨는 여자라는 이유로 대학교를 보내 주지 않아서 못 갔다. 대학 못 간 것을 채우느라 닥치는 대로 배웠다고 한다. 대학 가지 못한 건 그럭저럭 서운함이 가셨는데, 어머니가 남동생한테만 땅을 상속해 주어 고향에 있는 땅 한 평 받지 못했을 때는 화가 났다고 한다.

"토마토를 심었던 밭 따위 가지고 싶지도 않았지만 어머니가 대대로 내려오는 농토를 찢어발길 수 없다는 이유로 몽땅 남동생에게 주어 버린 걸 알고는 한동안 어머니를 보러 가지 않았어요."

어머니도 돌아가시고 온갖 특혜를 당연시 받아들이며 살던 남동생도 이미 이 세상 사람이 아니라서 용서를 했는데도 토마토가 땡기지 않는다는 연순 씨. 과일은 차별하지 말기를.

후기

한석봉 풍자만화를 우연히 봤다. 한석봉에게만 죽어라 글을 가르치는 어머니. 진도가 나가지 않는 어리바리 한석봉. 딸은 석봉이 쓰는 종이를 몰래 가져다 글씨를 쓴다. 일필휘지. 어머니가 놀란다.

"아니, 이런 비싼 종이를? 가서 밥이나 해라."

부엌 바닥에 글을 쓰며 공부를 계속하는 딸. 작가는 다음 문장으로 끝을 맺는다.

'한석봉에게는 알려지지 않은 총명한 여동생이 있었다.'

연순 씨도 동생보다 공부를 월등 잘했다고 한다.

54_ 쓰지 않을 수 없는 외할머니

외할머니를 쓰지 않고 넘어갈 수 없다. 외할머니는 150이 채 되지 않은 작은 키에 작은 발을 가졌으나 당찬 면이 있는 여인이었다. 여담이지만 발이 작은 여자들이 힘차게 걸어가는 모습을 보면 갑자기 생에 대한 열정이 되살아난다. '저렇게 작은 발을 가지고도 험한 세상을 살아내는데 250이나 되는 발을 가지고 왜 못 살아?' 그런 심정이 든다. 각설하자.

외할아버지가 양조장을 운영하셨고 큰아들은 국세청장까지 올랐으니 남편과 큰아들 덕에 평생 부잣집 마나님으로 살다 가셨다. 나는 외할머니 계신 집을 외갓집이라 부르지 않고 큰외삼촌 집이라고 불렀다. 내가 머리가 컸을 즈음, 할아버지는 돌아가시고 할머니는 뒤채에 있었기 때문에 외갓집이라고 부르기에는 할머니의 위치가 작아 보여서 내 깐에는 그렇게 불러야 맞는다고 생각했다.

광주 동명동 큰외삼촌 집에서 제일 마음에 든 것은 울타리와 정원이었다. 사철나무 울타리로 둘러싸인 담은 그 집에 사는 사람이면 무조건 행복해 보일 만큼 멋져 보였다. 정원에는 소철이며 호랑가시, 남천 같은 우리 집 마당에는 한 그루도 없는 정원수가 가득했고, 대문을 열면 넓은 잔디밭이 이어졌다. 앞에 있는 양옥에는 외삼촌 내외와 외사촌들 방이 있고, 중간 마당을 지나면 기와집이 있었는데 그곳에 외할머니가 기거하고 계셨다.

외사촌들은 나와는 판이하게 다른 수준으로 살고 있었다. 이를테면 밥을 사 주겠다고 해서 따라 나가면 호텔 라운지에서 스테이크를 사 주는 식이었고, 외사촌언니가 이화여자대학에 다녔는데 그 시절에 비행기를 타고 서울을 오갔다.

외할머니 이야기로 돌아가자. 외할머니는 손이 커서 우리집에 올 때면 소고기를 짝으로 들여왔다. 자식새끼 많으니 어머니 입에 하나라도 들어가려면 무조건 많이 사야 한다고 생각하셨다. 이런 일은 일찍부터 시작되었다. 딸을 부잣집에 시집보냈다고 안심하고 있었는데 딸이 굶고 산다는 소문이 들려왔다고 한다.

외할아버지는 그 말이 사실이라고 확인을 하자마자 사돈 집에서 두 집 건너에 집을 샀다고 한다. 시집 간 딸을 보살 피기 위해 두 분이 그곳에 살면서 사돈집에 명태며 고기를 수시로 보냈고, 그 당시 귀한 과일도 궤짝으로 보냈다고 한다. 많이 보내면 딸이 남은 것이라도 먹겠지, 하는 생각으로.

외할머니가 이웃에 살아도 친할머니는 친정집에 보내 주지 않다가 일 년이 지나서야 다녀오라고 하였다나. 그제야 알고 보니 그동안 보낸 것들은 딸에게 돌아가지 않았고, 우리 어머니 표현에 의하면 '너그 할머니와 너그 고모가' 숨겨놓고 먹으면서 음식이 상하면 버릴지언정 어머니에게 주지 않았다는, 고초 당초보다 매운 시집살이 이야기를 듣고 또 들으며 자랐다.

외할머니는 딸이 안쓰러워 우리 집에 오면 여우목도리며 비단옷을 벗어 주고 갔다. 돈도 어머니 장롱 안에 몰래 넣어 두고 갔다. 외할머니 돌아가셨다는 소식을 장례 끝나고야 들었다. 왜 연락하지 않았느냐고 어머니께 물으니, 임신한 나한테 무리가 올까 봐서 연락하지 않았다고 하셨다. 두 양반들 자식 사랑법이 옳지 않았다. 외할머니의 행동은 친할머니로 하여금 시집살이를 더 독하게 시키는 빌미를 제공했을 테고, 우리 어머니는 딸이 손녀 도리를 못하게 막았다.

외할머니 오는 날은 잔칫날이었고, 외할머니가 해 준 이야기는 고깃국처럼 속을 든든하게 해 주었다. 외할머니에게 들은 이야기를 내 자식들에게도 들려주었다. 도깨비 이야기, 된장똥 이야기, 엄지왕자 이야기며 복숭아도령 이야기….

어머니는 이야기를 재미있게 할 줄 몰랐으나 외할머니는 구수한 입담을 가지고 계셨다. 아마도 외할머니 이야기는 대대손손 전해지리라.

외할머니에게 이야기를 듣고 50년이 지난 어느 날 밤, 손녀에게 팔베개를 해 주고 소금장수 이야기를 해 주었다. "옛날에 옛날에 소금장수가 살았는데 반벙어리였단다. '소금 사세요, 소금!'" 해야 하는데 "또금 다세용, 또금!" 손녀는 이 이야기를 제일 좋아한다. 나만 만나면 소금장수 이야기를 해 달라고 조른다.

55_ 사우나민국 여인들

명절에도 사우나를 다니고, 살을 빼 준다는 보온주머니와 주걱 모양 지방분해기, 부앙 같은 도구를 적극 사용하면서 그런 기구들을 사우나 동료들에게 힘써 전파하는 사우나협회 아줌마들. 일 년 내 사우나를 다니고 살 빼는 도구를 써 봐도 여전히 뱃살은 D자형 그대로여서 절망 끝에 사우나를 끊을 법하건만 성실과 끈기로 사우나 사회생활을 영위하고 있다. 다음은 사우나에서 들은 이야기다.

"내가 아는 형님이 큰 호텔서 결혼식을 했는데 어떤 집서 두 내외, 딸 부부, 시상에 예비며느리까지 달고 왔드라요. 나중에 을매 냈는가 봤더니 십만 원 냈드라네. 일인 당 십만 원씩 허는 식사에. 그리 계산속이 없을까잉."

"가족 외식하러 나왔는갑소."

듣고 있던 누군가 한마디하자 깔깔대고 웃는다. 그러자 한 아줌마가 또 다른 결혼식 이야기를 꺼낸다.

"요즘엔 결혼식에 주례 없이 부모가 편지를 읽는다고 허대. 그 화양 형님도 넘들 뿐따 그리 했는디, 아버지란 사람이 덜덜 떨면서 편지를 읽드만. 애고, 듣기 힘들대. 말이 막히면 사랑하는 우리 아들아, 사랑하는 우리 아들아! 해쌌는디 그 양반이 그리 아들 사랑혔는 줄 몰랐네. 아들 없는 사람 듣기 힘들드만. 신부 보기도 민망허드만."

사우나협회 아줌마들은 다같이 알몸을 흔들며 웃어대더니 모르는 나에게도 커피 인심을 팍팍 썼다. 국자가 넘치게 냉커피를 떠 주었다. 국자로 커피 떠 주는 나라는 대한민국밖에 없으리라. 국 떠 주는 줄 알았다.

세상 어떤 도구라도 사우나에 들어오면 살 빼는 유용 도구로 변신한다. 숟가락이 처진 얼굴을 올려 준다고 연신 얼굴에 문대질 않나, 아이스크림 뜨듯 앞배를 떠내며 문지르질 않나, 원숭이들이 털 골라 주듯 손이 안 닿는 부분을 서로 주걱으로 밀어 주더니 요즘엔 청동기 시대 반달 돌칼 같은 도구를 들여와 처진 목덜미 살을 밀고 있다.

사우나에서는 아줌마들 말로 챔기름이며 미역, 청국장, 제철 과일까지, 속옷부터 겉옷, 장신구, 구두까지 사고 판다. 부동산 정보도 얻고 어떤 드라마가 볼 만한지, 누구네 집 남자가 바람을 피우고 있는지, 어떤 집 자식이 장가를 못 갔는지 모르는 것 빼고 다 알아지는 곳. 아줌마들은 사우나민국을 만들어 국정원 없이도 알차게 다스리고 있다.

56_ 선덕했던 여인

상사병으로 죽을 수 있을까? 그런 병이 있을 것 같지 않고 그런 병이 있다고 해도 설마 죽을까 싶었다. 중학생 시절 수업 시간에 황진이 이야기를 들으며 해 본 생각이다. 국어 선생님은 황진이가 입고 있던 붉은 치마를 이웃집 총각의 관에 덮어 주었다고 한다. 붉은 치마는 선생님의 각색이었겠지만 갓바치 총각의 애절한 마음을 그렇게 그려 주었지 싶다.

황진이에게 갓바치 총각이 있었다면 선덕여왕에게는 지귀가 있었다. 지귀는 한낱 평민에 불과했지만 선덕여왕에 대한 사랑만은 평범하지 않았다.

지귀는 선덕여왕을 보자마자 사랑에 빠진다. 걷잡을 수 없는 사랑에 미쳐서 서라벌을 돌아다닌다. 사랑이 차올라 밥도 먹을 수 없고 잠도 잘 수 없는 상태에 이른다.

어느 봄날이었을까. 선덕여왕이 영묘사란 절에 불공을 드리러 왔다. 앞뒤 없이 지귀는 여왕에게 달려 나가다 호위병에게 붙들린다. 이 소동을 전해들은 여왕은 지귀를 나무라지 않고 법회가 끝날 때까지 기다리라고 한다. 여왕이 법회를 끝내고 나와 보니 지귀는 탑에 기대어 까무룩 잠들어 있다. 지귀를 깨우려는 이를 만류하고 여왕은 팔찌를 빼서 지귀의 가슴에 얹어 주고 자리를 떠난다.

선덕여왕이 아닌 다른 여왕이었으면 지귀를 어떻게 대했을까. 어쩌면 '감히 네 놈이' 어법을 구사했을 법한 상황에도 선덕여왕은 이름에 걸맞게 지귀를 대한다. 평범하지 않은 사랑에 역시 평범하지 않은 보답을 내린다.

지귀는 잠들어 버린 자신을 도저히 용서할 수 없어 불이 되어 활활 타오른다. 지귀는 저승에서도 짝사랑을 멈추지 못하고 떠돈다. 이에 여왕은 지귀의 사랑을 하늘로 돌려보낸다.

지귀는 마음에 불이 일어
몸을 태우고 화신이 되었네

푸른 바다 밖 멀리 흘러갔으니
보지도 말고 친하지도 말지어다.

신분을 떠나 사랑앓이 하는 남자의 심정을 이해하고 이야기를 들어보려 했던 여왕. 그녀가 이야기를 들어주는 것만으로도, 눈 한 번 맞추어 준 것만으로도 지귀는 살아갈 수 있었을 텐데 눈앞에서 놓쳐 버린 지귀가 매양 안타깝다.

선덕여왕의 선덕을 나타내기 위한 찬가로 꾸며 낸 이야기일 수 있지만 누가 알랴. 현재 우리 눈앞에서 일어난 일도 모를 일이 많은데, 이미 1,400년 전 일어난 일을 앞앞이 짚어 알 수 있으랴.

이광수가 그랬던가. 세상에서 가장 아름다운 사랑은 짝사랑이라고. 지귀는 원 없이 짝사랑을 하고 떠났다. 시인 서정주는 그날, 이루어지지 않은 데이트에 시 한 수를 바쳤다.

우리 데이트는
햇볕 아늑하고
영원도 잘 보이는 날
우리 데이트는 인젠 이렇게 해야지

내가 어느 절간에 가 불공을 하면
그대는 그 어디 돌탑에 기대어
한 낮잠 잘 주무시고
그대 좋은 낮잠의 상(賞)으로
나올 때 내 금팔찌나 한 짝
그대 자는 가슴 위에 벗어서 얹어 놓고

그리곤 그대 깨어나거든
시원한 바다나 하나

우리 둘 사이에 두어야지

우리 데이트는 인젠 이렇게 하지
햇볕 아늑하고
영원도 잘 보이는 날.

후기

선덕여왕 시절 건립된 첨성대가 지진에도 무사하다고 한
다. 과학자들은 위로 갈수록 무게를 줄여 간 무슨 공법을 써서
그렇다고 써 놓았던데, 공법을 초월하여 앞으로도 그 자리
그곳에 있으시라. 영원이 잘 보이는 날까지.

57_ 500년 후를 위해 모금한 여인들

이번에는 『신의 정원에 핀 꽃들처럼』의 저자 현경 목사를 올린다. 현경 목사는 여인이 아니라 여신으로 불리기를 원할 것이다. 그녀는 눈에 띄는 의상을 입고, 눈을 독수리눈처럼 꾸미고 다닌다. 샤먼이나 전사가 신을 모방하기 위해 눈에 띄는 분장을 하듯 자신도 그런 모습으로 화장한다는 목사.

그녀가 지향하는 바는 종교를 넘어 '인터내셔널 살림센터 오브 힐링아트'(세계치유예술살림센터)를 만들어 내면의 목소리와 함께 영혼을 치유하는 일을 하는 것이다. 그런 이유로 현경 목사를 떠올린 건 아니다.

현경 목사가 쓴 『미래에서 온 편지』를 읽고 팬이 된 지 오래다. 오늘은 그녀가 부러워서 글을 올린다. 그녀는 2001년 9·11사태 때 사건 현장에 있었다. 그때 스스로 자살폭탄이 된 젊은이들이 처녀들 50명이 기다리는 파라다이스로 들어간다고 믿고 순교했다는 충격적인 이야기를 듣는다. 그녀

상식으로는 도저히 믿을 수 없는 이야기. 누구의 상식인들 믿어질 이야기랴만.

더하여 미국이 그 보복으로 이란과 아프카니스탄을 폭격하는 걸 보고 그녀는 이슬람이 대체 어떤 종교이며 그들은 어떤 생각을 가지고 사는 사람인지 의문을 품는다. 의문을 풀 수 있는 방법은 직접 그들을 만나서 이야기를 들어보아야 왜곡되지 않고 알 수 있다는 생각에 순례를 떠난다. 존재와 존재가 만나야 폭력이든 전쟁이든 해결된다는 믿음을 안고. 그녀 표현대로라면 '가장 길고 먼 다름 속으로의 여행'이 될 순례였다. 의도는 거창하나 문제는 돈이 없다는 것. 뉴욕의 학술재단에 연구계획서를 냈지만 거절당한다. 할 수 없이 집을 담보로 은행에서 돈을 빌리기로 한다.

2006년 여름, 한국에 들어와 여성문화운동을 하는 후배를 만나 집문서를 맡기고 이슬람 순례를 떠날 생각을 하고 있다고 말하자, 후배가 다른 여성을 소개해 준다. 그 여성은 그 자리서 바로 한국 여자 100명에게 일일이 전화를 해 모금의 밤을 개최한다. 그곳에서 자매재단(여성이 여성의 일을 도와주고 격려하는 재단)을 만들어 예산의 70퍼센트를 모아 준다. 그녀들은 이슬람 세계에서 어떤 일이 일어나는지, 무슬림 여성들의 한, 꿈, 희망, 그들의 힘은 무엇인지 잘 듣고 돌아와서 한국의 자매들에게 나눠 달라고 부탁한다.

모자란 나머지 자금은 유대인 남편을 둔 필리핀 친구가 거액의 수표를 보내 주어 보충이 된다. 모금에 동참한 100명의 여인들, 보이지 않는 그들의 힘이 대단하다. 그런 여인들을 움직인 현경 목사의 포부도 대단하고, 금지된 구역을 찾아다 닌 용기도 대단하다.

아, 여성영화제 대표라는 이혜경 씨도 대단한 여인에 올린 다. 나는 100명의 여인을 글로 채우려니 얼마 못 가 한계를 느껴 포기할까 생각했는데, 이혜경 씨는 그 자리에서 100명 에게 전화를 했다잖은가. 손가락도 튼튼하고 인맥은 더 튼튼 하다. 현경 목사는 이런 든든한 사람들을 울타리 삼아 떠난 다. 긴 '다름' 속으로. 현경 목사는 유서까지 써놓고 떠났다 한다.

후기

호주제 폐지를 위해 현경은 성씨를 쓰지 않는다. 호주제가 폐지된 지금도 아버지 성을 따라 부르고 있는 가정이 대부분 이지만. 처음 이화여자대학교에 여성학이 개설되고, 여성운 동이 시작되고부터 30년이 흐른 지금, 우리나라는 여성 지위 에 관한 한 엄청난 발전을 이루었다. 아마 전 세계적으로 보 아도 여성법은 어디에도 뒤지지 않을 것이다. 가족법 개정, 유산상속권, 이혼 시 재산분할권, 자녀양육권, 가부장제의 산물인 호주제 폐지까지. 여기까지 오는 데는 여성운동가들 의 힘이 컸다. 그러나 그럼에도 불구하고 여전히 성차별은 존재한다.

이 책에 나오는 자스민이라는 말레이시아 여성이 느끼는 이해하기 어려운, 딱 짚어 말할 수 없는 어려움, 현경이 은유한 대로 가장 세련되었으나 최신상 조르지 아르마니를 차려 입은 탈레반에게서 받는 것 같은 무언가 애매하고 껄끄런 억압이 아직도 우리나라에 존재한다고 말하고 싶다.

현경 목사는 많은 호칭에도 불구하고 '살림이스트'로 불리고 싶어 한다. 살림이스트란 전통적인 집안일을 의미하지는 않는다. 병든 사회를 치유하고 트라우마에 걸린 이들을 살려내는 일을 하는 이를 살림이스트라 부른다.

이 책의 제목은 그녀가 전하고 싶은 메시지를 단숨에 보여주고 있다. '신의 정원에 핀 꽃들처럼' 우리는 서로 다른 형태와 빛을 가지고 태어난 다른 존재이지만 신의 정원에서는 모두 아름다운 존재라는 것. 서로의 다름과 다양성을 받아들이며 어울려 살아가자는 것이다. 문명의 충돌이 아닌 문명의 화합을 통해서.

말레이시아의 남성 평화운동가 '찬드라 무자파르'가 이슬람 국가들이 이상형으로 삼고 있는 나라는 대한민국이라며 기꺼이 우리를 배우고 싶어 하는 것처럼 서로에게 배우고 배움을 주면 오죽이나 좋은 세상이 오겠는가. 상대가 잘 사는 꼴을 볼 수 없어서 핵을 가지고 날이면 날마다 으름장을 놓지 말고 서로 배워 나가면 태평가가 절로 나오지 싶다.

이 보고서를 읽으며 살짝 아쉬웠다. 이왕 유서를 쓰고 떠났으니 한 발 더 나아가 아주 평범한, 그 세계에서 오도 가도 못하고 살아낼 수밖에 없는 여인들 이야기가 담겼으면 어땠을까? 일 년 간 17개국을 돌며 200여 명의 적지않은 여성을 만났지만 대부분 이슬람 세계에서 나름 교육을 받고 여권 신장과 평화를 위해 일하는 여성들이었다. 자신들에게 주어진 할리페(존재이유)를 발견한 여성들이었다. 그 세계에서 핍박을 받으며 과감히 여성운동을 한 참으로 대단한 여성들이었지만, 아쉬운 건 평범한 여성들의 생생한 이야기가 담겨 있지 않은 점이다. 물론 이슬람 국가들의 정치 상황에서 자유롭게 돌아다닐 수 없는 제약이 있었겠지만, 현경 목사이기에 한 걸음이 아쉬웠다.

그래도 이 책은 그동안 우리가 전혀 몰랐던 세계에 대한 물음을 던지고 있다. 우리가 갖고 있던 이슬람에 대한 단편적이고 편파적인 생각을 씻어 줌은 물론, 천일야화처럼 이슬람 여성들과 이슬람 나라들에 대한 다양한 모습을 보여 준다. 성능 좋은 망원경으로 요리조리 돌려가며 포커스를 맞추며 보고 듣는 재미가 있다. 아니, 그들의 아픔과 한을 확인하게 해 준다.

그녀는 이 책에서 이슬람 여성의 인권에 많은 지면을 할애하고 그녀들이 받는 차별에 우리가 관심을 가지기를 바라고 있지만, 큰 흐름은 평화에 대한 질문이며 과연 평화는 가능한가에 대해 한 테이블에 앉아 담론하기를 권하고 있다.

　무슬림 여인의 입에선가 나온 말, "500년 후에는 달라져 있을까요?" 절망적인 물음이 희망으로 바뀔 수 있기를. 남성 여성 구분 없이 희망적인 대열에 동참하기를.

58_ 손녀를 맡기고 싶은 여인

나는 그녀를 여전히 '고불심'이라는 법명으로 부른다. 오래전 천주교로 종교를 바꾸었지만 내가 처음 절에 다닐 때 인연을 맺은지라 법명이 친근하다.

세례명으로 그녀를 부를라치면 어색하다. 그녀 얼굴에 무슨 테레사나 가브리엘 같은 이름이 어울리지 않는 이유도 있기는 하다. 사람들은 고불심을 특이한 사람으로 치부해 버린다. 그녀를 주의 깊게 보지 않고 편견과 선입견을 가지고 넘겨짚는다.

그녀는 한때 대기업 전무 부인이었다. 그 기간이 얼마 되지 않아서 유감이었지만서도. 회사에서 그녀의 남편을 해직하려고 일부러 시킨 자리였는지 일 년 만에 그만두고 회사를 나와야 했다. 자녀들은 교육이 끝나지 않은 상태였고, 모아 놓은 재산도 없었다. 시부모님 생활비에 시댁 시구들 뒷바라지까지 하느라 재산 모을 겨를이 없었다. 당장 먹고살 길이 막막했고 자녀들 학비도 부담이 되었다.

남편의 재취업은 힘들었다. 전 직장에서 높은 위치가 걸림돌이 되었다. 부인도 내로라하는 일류대학을 나왔으나 별로 도움이 되지 않았다. 사택에 살 때는 별장 같은 집에 살았으나 작은 아파트에 세 들어 살게 된 후 사람들은 고불심을 예전과 다르게 대했다. 서운하게 생각할 법도 하건만 고불심은 여전히 씩씩했고 크게 웃었다. 숨어서는 많이 울었겠지만 겉으로는 내색을 하지 않았다.

그 뒤 고생은 여기에 적을 수 없을 정도로 세상 모든 것을 원망하고 싶을 만큼 다 했다고 알고 있다. 그 과정에서 그녀는 개종을 했다. 절에 다닐 때도 열심이었는데 마리아님에게도 지성을 다한다. 어느 신부님이 '감사합니다' 기도를 하루 2천 번 하라고 해서 감사기도를 드리고 있다. 현재 그녀는 베이비시터를 하고 있다. 내가 아는 한 최고의 베이비시터다.

고불심은 딸 둘을 대학에 보냈고 둘 다 결혼시켰다. 딸 하나는 미국 LA주립대를 어렵게 졸업하고 미국에서 직장도 잡았다. 형편도 되지 않은 주제에 딸을 유학 보냈다고 남편부터 시댁, 친정집 가족까지 비난을 퍼부었다. 돈도 보태 주지 않으면서 비난하는 그들 속셈이야말로 속되어서 적고 싶지 않다.

아직도 형편이 풀릴 기미는 보이지 않지만 삶을 포기하지 않고 이겨 낸 그녀를 존경한다. 하기는 요즘은 바늘구멍만큼

숨통이 트였다. 지난 추석 연휴에는 손녀 백일이라고 미국에 갔다 왔다.

내 손녀를 그녀에게 맡기고 싶었다. 내가 아는 몇 안 되는 진실한 여인이기에. 안팎 다르지 않은 솔직한 여인이기에. 딸은 아는 분이라서 싫다고 했는데, 손녀의 안전과 교육을 생각하면 아쉬운 마음을 접지 못하겠다.

고불심이 절에 다닐 때 스님에게 물었다.

"왜 내 팔자가 이럴까요?"

"다음 생을 저금하는 것이지요. 이번 생에 팔자 좋게 사는 건 적금을 해약하여 쓰고 가는 것이지요."

전생이 현생이고 현생이 미래세에 반영된다는 이치는 지나치게 단순 솔직한 해석이라 고불심은 개종을 했을까? 현생을 밀어줄 더 강력한 존재가 아쉬웠을까? 언제 물어본다면서 기회가 없었다. 하기는 그게 뭐 대순가.

59_ 세상에나 마쌍에나 여인

'오 솔레미오!' 하고 노래를 부르고 싶을 만큼 맑은 하늘에서 갑자기 후드득 비가 내린다. 하늘도 '이 날씨에 웬 비야? 내가 미쳤나?' 할 법하다.

와이퍼가 결연히 움직인다. 한 방울의 무엇도 용납할 수 없다는 단호한 태도로. 후드득 하면 바로 쓱쓱싹싹. 뻑뻑 소리가 나도록 노를 젓는다. 길가에는 노란 코스모스가 무리지어 피어나 눈부신데 울 일이 뭐람. 오동꽃이 져서 서운타고? 멀구슬꽃이 산 따라 피어났잖아. 벽화등도 언덕마다 넝쿨지고. 울 일이 뭐람. 울 일이 뭐람. 와이퍼가 그렇게 나무라는 듯 재깍재깍 빗방울을 훔쳐낸다.

와이퍼 씨! 쉬어도 좋아. 게을러도 좋아. 부산 떨지 않아도 돼. 예민하게 굴지 마. 게으름 부려도 좋아. 지나가는 여우비란다. 그냥 맞아도 돼. 쉬고 있다가 가랑비 오면 움직여. 그때도 늦지 않아. 깔끔 떠는 바지런한 와이퍼 씨에게 휴식을 명령해도 그렇게 태어나 어쩔 수 없다고, 일손을 멈추지 않는다.

쉬지 않고 움직이는 와이퍼를 보니 먼지 한 알, 얼룩 한 점도 용납 않던, 찬물도 씻어 먹는다던, 어찌나 정갈한지 발이라는 부위를 그 집 마루에 올려놓기가 송구스러웠다는, 걸렌지 행준지 구분이 안 갈 정도로 해 놓고 살았다던, 폽각시 아줌마가 생각난다. 폽각시는 자줏빛 댕기를 한 가닥 넣어 머리카락 한 올도 흘러내리지 않도록 쪽을 지고 다녔다. 엄마는 여염집 여자가 기생처럼 자줏빛 댕기를 넣어 쪽을 짓고 다닌다고 흉을 보았다. 청결도 지나치면 복이 안 된다고 은근히 폽각시 아줌마가 청상이 된 이유를 그 탓으로 돌렸다.

80이 넘어도 꼿꼿했던 엄마의 고향 친구는 팥처럼 작고 이쁘다고 폽각시란 별명으로 불렸는데 호호할머니가 되어도 사람들은 여전히 폽각시, 폽각시 했다. 그 집 장독대는 깨져서 못 쓰는 게 아니라 하도 닦아서 닳아서 못 쓴다고 동네 아낙들이 모이면 폽각시를 자주 입에 올렸다.

그분은 혼자 있을 때 돌연 세상을 떴다. 손에는 걸레를 쥐고 있었다고 한다. 동네 사람들은 옆 사람을 손으로 치며 '세상에나 마쌍에나'로 놀라움을 표현했다. 걸레를 쥐고 죽어서인지 돌연사라서 그런지, 아니면 그 모두에 바친 놀라움이었는지 허연 장막 친 마당에는 치상 내내 '세상에나 마쌍에나'

소리가 끊이지 않았다. 아마도 폴각시가 내지르는 '세상에나 마쌍에나' 소리도 여러 번 합해졌으리라. 자기 떠나자마자 어지럽혀진 집을 보며 '세상에나 마쌍에나' 소리가 아니 나왔을까.

폴각시가 떠오른 김에 오랜만에 청소를 하였다. 손님이 온다고 하면 청소를 부랴부랴 하는데 요즘엔 손님도 귀한지라 집은 시골 장날 같은 꼬락서니를 하고 있다. '세상에나 마쌍에나' 비가 뚝 그쳤다. 이런 때 '세상에나 마쌍에나'는 생략해야 한다. 이 정도 일로 '세상에나 마쌍에나' 하지는 않는다.

놀라움을 표시하는 일에도 절제가 필요하다. 조금, 어지간히, 아주, 상당히, 몹시, 무척, 매우, 대단히, 엄청, 무지무지. 등급 따라 함량 따라 선택해야 할 부사가 다르다.

후기

원래는 세상에나 만상에나. 지역에 따라 세상에나 마상에나, 세상이나 마상이나, 세상에나 마쌍에나로 쓰인다. 세상이란 세상 일, 마상이란 만상으로 세상에서 일어나는 모든 일이라는 뜻으로 놀람을 표시하는 후렴어로 쓰였으나, 요즘에는 잘 쓰지 않는다.

아! 그분의 아들이 전주에서 이름만 대면 아는 수필가였는데 작년에 세상을 떴다는 소식을 들었다. 우리 큰오빠와 동년배였는데 큰오빠보다 30여 년을 더 살았다. 세상에나 마쌍에나 여인은 아들에게 존댓말을 하고 아들 구두를 늘 깨끗이 닦아 토방 위에 올려놓았다는 말을 들은 적이 있다.

어릴 적 알고 있던 분들이 대부분 세상을 떠났다. 이 글을 쓰고 하늘을 올려다보니 하늘에 뭉게구름이 뭉글뭉글 떠 있다. 저 구름도 머지않아 바람에 흩어지리니. 삶도 그와 같이 '세상에나 마쌍에나' 했던 일도 흔적 없이 사라질 것을.

60_ 지혜 충만 명륜 여사님

작년만 해도 활발하던 분이 올해 부쩍 힘들어하신다. 보성 강골마을 열화정 계단을 오르지 못하고 주저앉는다. 나이도 나이지만 지병인 부동맥이 심해져 얼마 전에는 병원에 입원하셨다.

오늘은 가을바람을 쐬려고 '이야기 인문학' 수업에 나오는 수강생들과 길을 나선 김에 명륜 여사님을 억지로 모시고 길을 나섰다. 병이 도지기 전까지는 누구보다 열심히 수업에 참여했던 분이다. 강골마을을 거쳐 추억의 거리 득량역, 제암산 산책길까지 돌아보는 코스다.

명륜 여사님은 올해 여든셋이다. 15년 전 허리 수술을 받고 병원에서 퇴원 후, 가족들에게 어디로 간다는 말도 없이 쪽지 한 장 남기고 아무 연고도 없는 여수에 내려왔다. 처음부터 여수를 목적으로 한 건 아니었다. 바다를 보고 싶어 들렀다가 여수에 정착했다. 본인이 아프자 가족들이 생업에 지장을 받고 병간호에 지친 모습을 보고 결심했다고 한다. 가족이 있는 서울과 멀리 떨어진 곳으로 가자고.

당분간 가족들에게 어디 있다고 알리지 않고 혼자 병원을 다니며 재활치료를 받았다. 웬만큼 건강해진 후부터 소식을 전했다고 한다. 남편이 일찍 세상을 뜨자 먹고살 길이 막막해서 자식들 데리고 살아가느라 안 해 본 일이 없다고 한다. 그러다 운 좋게 지하철에 신문을 넣는 지사를 운영하면서 생활고에서 벗어났다. 무거운 신문 뭉치를 들고 다니느라 허리가 고장 났다고 서울 말씨로 조곤조곤 이야기를 들려주었다.

명륜 여사가 신문 지사를 운영하면서 가장 기억에 남는 일은 데리고 있던 직원이 로또에 당첨된 일이라고 한다. 로또 당선이 인상적이 아니라 그 직원에게서 배운 바가 많아서였단다. 지방에서 올라온 직원은 무일푼 신세였는데 주마다 로또를 열심히 사는 것을 보면서 참 쓸데없는 짓을 하는구나 싶었단다. 그런데 거짓말처럼 로또 1등에 당첨되어 20억을 타게 되었다고 한다.

"돈이 있다고 자랑하지 마라. 돈을 자랑하면 파리떼가 꼬인다. 돈으로 가지고 있으면 돈이란 놈은 발이 붙어 도망가니 달아나지 않는 건물을 사 두어라."

명륜 여사는 직원이 알아듣기 쉽게 거듭 말해 주었다고 한다. 그런데 직원은 있는 돈을 전부 사기당하고 3년 만에 다시

무일푼으로 돌아왔다며, 아무리 좋은 말을 들려주어도 귀가 열려 있지 않으면 들리지 않는 모양이라고 한숨을 쉬었다. 갈 데도 없는 직원을 다시 받아줄 수밖에 없었다며, 왜 그런 터무니없는 행운을 주어 삶을 더 피곤하게 만드는지 인생은 모를 일이라며 고개를 흔들었다.

명륜 여사는 인생 모를 일이 또 하나 있다며 다시 입을 열었다. 이 세상에서 가장 사랑하는 손녀를 낳아 준 며느리가 자기한테 한마디 말도 없이 집을 나갔다는 것이다. 오래전 일인데 용서할 수 없어서 불면증으로 밤을 지새운 적이 많았다고 한다.

집을 나가기 전까지 부부 사이는 좋았고 명륜 여사와도 나무랄 데 없는 고부간이었다는데, 집을 나간 이유를 지금도 모른다고 한다. 이유라도 알아야 용서를 할 텐데, 이러지도 저러지도 못하고 어정쩡 세월이 흘렀다고 한다.

이제 며느리를 떠나보냈다며 세상에 집착해서 좋을 일은 없단다. 그것이 기쁜 일이라 해도 떠나보낼 줄 아는 게 지혜가 아니겠느냐고 오히려 나에게 묻는다. 하기는 좋은 일도 기뻐할 시간은 사흘이면 족하다는 말이 있다.

후기

15년 동안 탁구, 영어, 포켓볼…, 안 배운 것 없이 배워서 프로 실력을 갖추고 있다. 떠나온 것을 후회하지 않으며 자신의 선택 중 가장 잘한 일이라 한다. 서울에 그대로 있었으면 징징대며 자식의 관심을 구걸하고 있을 것이라고. 나이가 많아지면 지혜보다 아집이 더 늘어나 질겨지는 경우를 왕왕 보았는데, 명륜 여사님은 예외다.

61_ 느닷없이 행복에밀리

　에밀리를 나는 '행복에밀리'라고 부른다. 행복해지라는 바람 삼아 부른다. 에밀리가 행복해지기에는 턱없이 길이 멀어서 그렇게라도 길을 당겨 주고 싶다.

　에밀리는 '쉼터'에 산다. 남편의 폭력으로 집을 나온 여성들이나 성폭력을 당한 여성들, 성접대를 그만두고 새 길을 모색하는 이들을 위한 임시 거처다. 갈 곳이 마땅찮은 이들이 잠시 쉬어 가는 곳이다. 이곳에서는 6개월 정도 숙식을 제공하고 독립할 수 있도록 교육을 시킨다. 6개월 동안 교육을 받아 독립하기에는 현실적으로 어렵지만 규정이 그렇게 되어 있다.

　'행복에밀리'는 필리핀의 외딴섬에서 태어났다. 태어나자마자 할머니한테 맡겨졌다. 어머니는 다른 곳으로 떠났고, 그 뒤로도 세 번인가 더 결혼해서 총 결혼 횟수가 5번. 15명이나 되는 아이를 낳았다. 에밀리는 한국으로 오기까지 어머니를 한 번도 본 적이 없다고 한다. 그런 어머니가 에밀리에게 돈을 부쳐 달라고 전화가 온다. 에밀리는 돈을 부치고 싶단다. 현재는 혼자 사는데 열다섯이나 되는 자식을 어머니가 돌봐야 하는 처지라 한다. 아이를 많이 낳은 건 어머니 잘못이 아니란다. 가난해서 피임약을 살 수 없었기 때문이라며 어머니를 옹호한다. 엄마가 보고 싶고 엄마를 사랑한다며 돈 벌면 필리핀에 가서 어머니를 모시고 살고 싶다고 한다.

어머니가 원망스럽지 않느냐고 물었다.

"어릴 땐 원망스러웠어요. 지금은 엄마 이해해요. 그럴 수밖에 없었어요."

에밀리는 서툰 한국말로 엄마에 대한 그리움을 나타낸다. 자랄 때까지 한 번도 보지 않았고, 얼마 전에야 전화만 한 어머니를.

남편이란 사람은 생활보호대상자로 두 번이나 필리핀 여자하고 결혼한 전적이 있다. 생활보호대상자가 두 번이나 결혼했다고 해서 재주도 좋다고 생각했는데, 소개비 200만 원 정도만 있으면 필리핀 여자와 결혼할 수 있다고 한다. 10년 전 일이니 지금은 달라졌겠지만, 지금이라고 크게 달라지진 않았으리라 본다.

남편이란 작자라고 쓰고 싶다. 그 자는 여자가 도망가면 생활보호비를 몇 달 모아서 여자를 또 데려온다고 한다. 에밀리는 도망치고 싶었으나 아이 때문에 남편의 폭력과 시어머니의 시집살이를 참고 살다가 얼마 전에야 집을 나왔다. 아이와 쉼터에서 같이 지내고 있다. 그 생활이 오죽할까만 늘 웃는다. 뭘 해서 자식을 키우고 자신을 돌보며 살아야 하는지 보고 있으면 답답하다. 에밀리는 그 와중에도 입고 싶은 원피스가 있고 먹고 싶은 음식도 많다. 자녀가 있다고 하나 에밀리도 아직 어린 나이니 해 보고 싶은 일이 많은 것이다.

자격도 없는 남자들을 집단으로 필리핀이나 캄보디아 같은 나라로 데리고 나가 여자를 주선하는 단체 때문에 피해 여성 수가 날로 늘어난다. 물론 온전한 가정을 이룬 경우도 많겠지만 그 못지않게 피해 여성도 허다하다.

에밀리 같은 여성을 보면 현대판 공녀가 따로 없다는 생각이 든다. 자의로 따라왔다고 하지만 공녀보다 낫다고 할 처지가 아니다. 에밀리는 어머니를 보러 필리핀에 가고 싶어도 비행기 표를 구할 돈이 없어 가지 못한다. 에밀리는 꿈만 꾸며 살고 있다. 현재는.

후기

"에밀리가 왜 행복에밀리인지 막 상상해 봅니다. 힘든 상황에도 잘 웃는 에밀리, 어려운 상황에서 아이와 함께 집을 나올 용기를 낸 에밀리, 어머니를 사랑하는 에밀리, 명선 님을 만난 에밀리, 아이를 사랑하는 에밀리, 이제는 좋은 일만

생길 에밀리, 아! 정말 에밀리가 느닷없이 행복해졌으면 좋
겠습니다."

'전남문화회관'에서 독서 관련 수업을 진행할 때 에밀리 이
야기를 했더니 회원이었던 황경숙 씨가 소회를 적은 글이다.
그러게 느닷없이, 꼭 무슨 원인이 결과로 이어져야 한다는
원칙을 떠나 에밀리가 느닷없이 행복해지기를 빈다.

62_ 이런 여인

들은 이야기다. 자신의 가장 친한 친구가 오랜만에 집에 찾아와 차를 한 잔 마시더니 바로 일어나 다른 곳으로 떠나야 한다고 하더란다. 이유를 물으니 숨기지 않고 털어놓기를 새로운 남자를 만나기 위해 집을 떠나왔다고.

물론 남편이 있는 유부녀이고 자녀도 있다. 남편을 사랑하지 않는 건 아니고 무척 사랑한다면서 한 번 남편은 영원한 남편이라서 헤어질 마음은 없다, 파뿌리 되도록 살겠으나 그러자면 에너지가 필요한데 자신에게 에너지란 다른 남자와의 로맨스라고 당당하게 말하더란다.

하긴 뭐, 120살 먹은 할머니에게 물었더니 장수 비결을 연애 감정을 잃지 않는 것이라고 했다는 말도 있고 보면 그녀의 말이 수긍이 가지 않는 건 아니다. 남편이 알면 어쩌려고 그러느냐는 걱정에, 알아도 어쩔 수 없는 일이라며 그때 가서 해결해도 늦지 않다며 떠났다고 한다.

"너희 집에 간다고 내려왔으니 남편이 전화할 리는 없지만 부탁해."

그렇게 자기를 공범으로 만들어 놓고 떠나서 당혹스러웠
다고 한다.

가끔 설거지를 하다가 빨래를 널다가 그 이름도 사는 곳도
모르는 여인이 궁금했다. 그 여인은 삶의 에너자이저를 만났
을까? 아니 결혼 생활을 지켜 줄 활력소라고 해야 하나? 설
거지 따위를 뒤로하고 떠난 여인은 나와 전혀 상관없는 소설
속 여인이어서 잊었다.

오늘 몸살감기로 꿍꿍 앓다가 거울을 보니 처참한 몰골의
여인이 하나 보였다. 헝클어진 머리에 퉁퉁 부은 얼굴. 처진
눈, 처진 입, 처진 볼.

"남편이 바닷가로 떠나라고 등 떠밀어도 떠날 수 없는 몰
골이군."

화장실에 가서 머리에 물을 바르고 건조한 얼굴을 쓰다듬
었다.

63_ 딸이라는 여인

미국에서 한 달 간 있겠다던 지인이 일주일 만에 돌아왔다. 이분은 갈 곳 없는 여인들의 숙소인 쉼터에서 이사를 맡고 있다. 만나면 딸 자랑을 해서 어쩔 땐 '제발 그만 좀 했으면…' 하던 적도 없지 않았다. 처음에는 속내를 털어놓지 않더니 다음 해부터는 미국에 가지 않겠다 한다. 딸이 변해서 가고 싶지 않다며 딸에 대한 서운함을 감추지 않았다.

지인은 미국에 딸이 있어서 방학이 되면 두 차례씩 나가 있다 왔다. 그때마다 도서관이나 박물관에서 찍은 사진을 카톡으로 보내 주었다. 딸은 그동안 긴 학업 과정을 마치고 직장인이 되었다고 한다. 그 말은 이제는 어머니의 도움 없이 제 생활을 꾸려 나가게 되었다는 뜻이기도 하다. 모든 것을 어머니에게 의존하던 때와는 상황이 달라졌다. 딸이 어머니를 대하는 태도가 달라졌는데, 어머니는 아직 상황 파악을 못하고 그대로 행동한 데서 갈등이 일어난 것이다.

그동안은 어머니가 갑의 위치였지만 이제 갑은 딸이 되었는데도 어머니는 계속 갑으로 딸을 좌지우지하려 했다. 냉정하게 말하면 딸은 그동안 어머니의 갑질에 순종하는 태도를 보일 수밖에 없었으리라. 어머니가 잔소리를 끊임없이 해도 감내해야 했고, 어머니가 하자는 대로 해야 했고, 어머니가 와 있는 것이 불편해도 참을 수밖에 없었을 것이다.

혼자 살고 있는데 아무리 어머니라 해도 누군가 한 공간에 있게 되면 불편하다. 서로 생활 리듬이 다른데 맞추어 나가기가 힘이 든다. 만나면 반갑지만 간다면 더 반가운 이치가 이 관계에도 적용된다.

지인은 자기가 집에 있는데도 딸이 제 스케줄을 바꾸지 않고 행동하는 것이 제일 서운했다고 한다. 학생일 때는 한 달간 스케줄을 짜두고 맛집 검색도 해 두던 딸이 변했다는 것이다. 그다음으로 서운한 건 일용품을 사려고 하면 괜찮다며 나중에 자기가 사겠다고 해서 언짢았다고 한다. 딸에게 자신이 필요 없는 사람이 된 듯해서 서둘러 한국으로 돌아왔다는 이야기였다. 더 서운한 일은 몇 번 형식적으로 말리다가 그만두는 통에 속이 상해서 한국에 와서도 전화 한 통화 안 했다고.

딸이 정신적으로 경제적으로 독립했으니 오히려 기뻐해야 할 일인데도 여전히 딸이 자신의 아기로 남아 주길 바랐으니 딸은 딸대로 거부감이 들었을 테고 어머니는 서운하기만 했을 것이다.

한 부인의 하소연도 그와 같았다. 그 부인의 딸은 서울에서 약국을 운영하고 있다 한다. 약국을 차린 초기에 집안일을 도와주러 가면 임금을 주기로 하면 제일 높은 분이 와서 가사일을 도와준다며 고마워하더니 약국이 잘 되고부터 달라졌다고 한다. 가사도우미를 채용하고부터 자신에게 아무 일도 하지 못하게 한다는 것이다. 어머니는 편히 계시다가 가라고 하는데 도저히 편하지가 않아서 뻔질나게 다니던 서울행이 뜸해졌다고 한다.

자신의 존재가치가 없어졌음에 우울해하는 이들 이야기를 들으니 남 일 같지 않다. 나도 비슷한 경우를 겪었다. 그 일을 통해 딸하고도 혈연 관계가 아닌 사회적 관계가 되어야 함을 깨달았다. 딸은 이제 품안의 자식이 아니었다. 사회적 관계에서 만난 가장 어린 친구라고 할까. 딸친구라는 말도 괜찮겠다. 친구 사이에도 예의가 있어야 하고 존중해 주어야 관계가 유지되듯 딸과 친구처럼 지내려면 어머니임을 마냥 주장하지 말아야 한다.

딸 자랑에 침이 마를 날 없던 지인이 몇 번 비슷한 일을 당하고 나면 얼마만큼 간격을 가져야 하는지 깨달아 가리라. 머지않아 그 간격이 편해지고 오히려 간격이 있어서 자유를 즐길 수 있음을 알아가리라. 이제 자식에게서 놓여나 자신의 생활을 즐기는 시기가 도래하였음을 알아갈 시기다.

64_ 첩딸 선심이

1. 본처가 있는 남자와 계속적인 성적 결합 관계를 맺고 있
   는 여자.
2. 일부일처제 하에서 규방의 반려로서 혼인 외에 취하여
   처가 아니면서 가족적 지위가 인정된 여자.
3. 법률상의 처나 사실혼 관계에 있는 배우자 이외, 상대
   방 남자에게서 경제적 원조를 받으면서 계속적으로 성
   적 결합 관계를 갖는 여자.
4. 아내가 있는 남자가 데리고 사는 내연녀.

첩에 대한 정의를 찾아보니 대충 이렇게 되어 있다. 첩을
본 본처라면 1, 2, 3번은 별로 마음에 들어하지 않을 것이다.
특히 2번, 규방의 반려 부분에서는 분기가 탱천할 일이어서
절대로 동의하지 않을 듯하다. 1번과 3번도 첩의 정의가 지나
치게 학술적이고 점잖게 기술되어서 본처에게 첩의 정의를
내리라 한다면 4번을 고를 성싶다.

내연녀와 첩은 조금 다르다. 내연녀는 본처나 다른 사람이 모를 수도 있는 반면, 첩은 본처도 알고 주위사람들도 아는 존재였다. 공공연히 남편을 본처와 공유하거나 아예 독차지하고 생활비도 당당히 받는 여자였다. 내연녀나 첩이나 남들에게 질시를 당하는 건 예나 지금이나 변한 건 없다.

찾고 싶은 친구가 있는데 첩딸이라고 손가락질 당했던 선심이다. 한 동네에 살아서 자주 어울렸다. 같은 동네라고 하지만 길 하나를 두고 동네가 나뉘어져 있기는 했다. 아버지가 어울리지 말아야 할 아이로 꼽아 두고 나에게 주의를 주었던 터라 선심이 집에 내가 주로 놀러갔다. 선심이는 공부도 잘했고 얼굴도 예뻤다. 목소리도 나지막하니 듣기가 좋았다. 내가 선망하는 면은 전부 가지고 있었다. 지금 생각해 보면 정신 연령도 또래보다 높았다.

선심이 엄마는 첩이라고 동네 사람들이 수군대도 의연했다. 선심이네 옆집에도 첩이 살았는데 그 부인은 동네 사람들 앞에서는 절절매는 시늉을 하며 곰살궂게 굴어 사람들이 마냥 싫어하지는 않았다. 선심이 엄마는 행동거지가 당당해서 첩 주제에 본처 행세를 한다고 미움을 받았다. 화장도 하지 않았고 몸뻬바지를 입고 다녀서 첩 같아 보이지 않았다. 첩은 남편을 빼앗아 사는 여자라고 하던데, 남편과 같이 살지도 않았다.

남편이 서울에서 국회의원을 하는 사람이라는 소문이 무성했지만 사는 형편은 넉넉지 않았다. 선심이는 아버지 이야기를 하지 않았고, 나도 눈치는 있어서 입을 다물고 물어보지 않았다.

선심이 엄마는 일을 하러 다녀서 집에 있는 날이 드물었다. 모녀는 남의 집 문간방에 세 들어 살았다. 좁고 어두운 방에서 어떻게 둘이 살지? 어린 나이에도 그런 생각을 했을 정도로 옹색한 방이었다. 그 방에서 선심이와 동아전과를 놓고 누가 더 빨리 외우는지 시합을 하기도 했다.

선심이네 옆집에 사는 부인에게도 우리 또래의 딸이 하나 있어서 가끔 어울려 놀았다. 가냘프고 퍽 예쁘게 생긴 아이로 걸핏하면 울기를 잘해서 나중에는 잘 어울리지 않았다. 우리 집이 다른 곳으로 이사를 가는 통에 더는 만나지 않게 되었다. 훗날 같은 고등학교를 다니게 되었지만 알은체하지 않았다. 내심 무시하고 있었는지 같은 학교에 다니는 것이 영 마뜩찮았다.

그 아이 어머니는 선심이 엄마와 달리 일을 나가지 않았다. 어른들은 '첩질해서 호의호식하고 사는 여자'라고 뒤에서는 비아냥거렸다. 여자의 진한 화장이며 외제 물건을 듬뿍 들여놓는 것이며 그 여자가 하는 일은 모두 흉거리였다. 남편은 세무서에 다닌다고 했다. 그렇지 않아도 세무서 직원은

도둑놈들이라고 욕을 듣는 판에 여자의 남편이 세무서 직원
이라고 해서 더 말이 많았다.

선심이 덕에 공부하는 맛을 알았다. 어두운 방에서 둘이
사회와 국어 교과서를 거의 한 자도 틀리지 않고 외웠다. 선
심이를 만난 5학년 때, 처음으로 우등상 후보에 올랐다. 선심
이네 친척이라는 남학생의 덕도 컸다. 가끔 놀러와서 외우기
대열에 합류했는데, 그 남자아이에게 잘 보이고 싶어서 열심
히 외웠다. 남학생은 나보고 미술에 소질이 있다고 칭찬해
주었다. 칭찬 한마디에 콧노래를 부르며 집으로 왔던 기억
때문에라도 선심이를 한번 보고 싶다.

65_ 따귀 한 대 올려붙이고 싶은 여인

내가 만난 최악의 여자였다. 늘 지적질하고 충고하고 자기가 세상 모든 일을 다 안다는 듯 굴던 여자. 남편의 출신 학교를 코에 걸고 나대던 여자. 어쩐 일로 자녀들이 공부까지 잘해서 공부 못하는 자녀를 둔 부모는 부모도 아니라는 식으로 무시하던 여자. 작당 짓기 좋아하고 사람을 소고기처럼 등급 지어 나누기 좋아하던 여자. 묘하게 사람 기분을 나빠지게 만드는 재주가 있던 여자.

한번은 이런 일이 있었다. 상처에 바르는 연고가 없어서 빌리러 갔더니 "믿을 수가 없네. 아니 자기네 시뉘가 서울서 약국을 한다며 어떻게 이런 상비약 하나가 없니?" 아이가 다쳐서 급하게 약을 구하러 왔으면 바로 줄 일이지, 시뉘가 약국을 한다는 게 믿어지지 않는다는 건지 시뉘가 상비약도 챙겨 주지 않는 것이 믿어지지 않는다는 건지 모를 묘한 말을 했다.

"혹시 나를 라이벌로 생각해?"

라이벌도 아닌 주제에 라이벌이라고 생각하느냐는 끕끕한 의미를 담아 말하거나, 또 다른 부인에게는 일부러 집에 찾아가, "자기 남편 재수했어? 한 번에 들어갔어?"

뻔히 S대학을 재수해서 들어간 줄 알면서도 굳이 물어보는 여자. 남의 약점을 잘도 짚어내 사람들에게 알려 주는 여자. 마치 실수로 그런 양 미필적 고의에 능한 여자. 남에게 하지 않아도 될 충고를 뻔뻔하게 하면서도 그것이 실례라고 여기지 않는 여자. 남의 남편 옷차림과 승진법, 자녀 공부법까지 충고하는 여자.

승승장구하던 그 부인의 남편에게도 그늘진 시간이 왔다. 해외지사로 발령을 받아갔는데 그곳 직원들이 반발하고 나서서 일 년을 버티지 못하고 돌아와야 하는 사건이 벌어진 것이다. 우리는 이미 그 회사를 나온 뒤 일이었는데, 우연히 지하철에서 나를 만나자 두 시간이나 붙들고 놓아주지 않았다. 요점인즉 직원들이 자기 남편의 원대한 계획을 이해하지 못하고 받아들이지 않았다는 것이다. 통쾌했다.

시인 하이네는 정적을 정원의 나무마다 매달아 놓는 복수를 꿈꾸지만, 나는 그저 통쾌 정도의 소심한 변비 해결 수준의 복수로 그치련다.

회사 직원 부인 중 3대 밥맛 여자에 이 부인이 첫째로 꼽혔다는 옛 소식을 혹시 지하철에서 다시 만나더라도 전해 주지는 않으련다. 그녀의 밥맛을 위해. 젊으나 젊은, 미치도록 좋거나 미치도록 싫거나 양극단의 감정을 즐기던 시절에 만난 분 이야기다.

66_ 교장 사모님 소리도 듣고 사는 여인

후남 언니는 둘째 당숙 큰딸이다. 당숙이 다섯 분 계셨는데 둘째 당숙은 임실 면장을 하셨다. 후남이란 이름은 이름값이 이미 정해져 있다. 집안 어른들은 큰딸인데도 소원석인양 아들 낳기를 이름에 새겨 두었다. 딸은 태어났으니 키우는 것이고 아들을 위한 밑거름으로 취급했다.

후남 언니는 당숙모가 일찍 돌아가셔서 서모 밑에서 컸다. 후처로 들어온 당숙모는 얌전해 보였고 말소리가 조용조용했다. 당숙모들이 한마을에서 이웃해 사는지라 말이 날까 싶어 조심스럽게 행동했고 바깥출입을 삼갔다.

반면 동네 맨 아랫녘에 살던 넷째 당숙모는 목소리도 크고 아니꼬운 일을 당하면 참지 않고 할 말은 하고 사는 팔팔한 분이었다. 당시는 허름한 초가집에서 당숙 중 제일 가난하게 살았으나, 공부 잘하는 아들을 둔 덕에 지금은 별장 같은 집을 짓고 산다. 젊은 날의 설움을 아들이 한방에 날려 주었다.

이 집도 후남 언니네와 다를 바 없이 오직 아들바라기로 딸들은 초등학교만 졸업한 뒤 오빠의 학업을 위해 직업전선에 뛰어들어야 했다. 버선공장에서 일을 하고 옷공장에서 일을 하여 오빠 등록금을 대었다. 그리하여 아들이 서울에 있는 대학교의 학장까지 했으니 동네 사람 말에 의하면, 대궐 같은 집을 지어 드릴 만하다. 아니, 여동생들에게 집을 한 채씩 지어 주어야 했다.

후남 언니 이야기로 돌아가자. 얼굴은 크고 목이 짧아서 얼핏 인디언을 연상시키는 외모였지만. 큰 눈망울은 선해 보였다. 선해 보이는 게 아니라 실제로 선한 사람이었다. 방학이면 할아버지는 손자 손녀를 데리고 본가에 출동하였다. 버스회사에 다니는 작은아버지 덕분에 전북이라 이름 붙은 버스는 무임승차할 수 있어서 부담 없이 타고 다녔다. 보통 다섯 명이 최소 인원이었고, 많을 때는 열 명 정도 되는 인원이 움직였으니 당숙모들에게는 큰 부담이었을 것이다.

지금 생각하면 큰당숙모가 한 번도 웃지 않고 찌푸린 표정을 우리가 떠날 때까지 풀지 않았던 이유가 거기에 있었다. 나였으면 그보다 더한 우거지상을 지었을 것이다. 우리 할아버지나 따라나선 손주들이나 눈치는 참 없었다.

임실에 가면 주로 큰당숙모 집에서 지냈는데 밥은 제일 가난한 넷째 당숙모 집에서 주로 먹었다. 그 집 밥이 편했나 보다. 할아버지가 마을에 들어서면 동네 분들이 나와서 인사를 차리고 돌아가면서 집으로 초대하였다. 이씨 집성촌이었으니 가능한 일이었다.

후남 언니 집 음식이 가장 깔끔해서 그 집에서 밥을 매일 먹고 싶었지만 당숙모 눈치를 보느라 오라는 전갈이 없으면 가지 않았다. 후남 언니는 그렇지 않아도 큰 몸에 큼지막한 저고리를 입고서 물동이를 이고 우물가에서 물을 길어 날랐다. 동네 아낙들은 당숙모가 자기가 낳은 딸에게는 일을 시키지 않고 후남 언니한테만 시킨다고 서모살이가 숭하다고 수군댔다. 서모는 서모대로 후남 언니는 언니대로 흉거리를 마을 아낙들에게 푸짐하게 제공했다.

후남 언니가 연애를 한다고 다른 당숙모들이 흉을 잡았다. 연애를 해야 시집을 갈 텐데 그걸 흉거리로 잡았다. 얌전하게 집에서 중매해 주는 곳으로 시집을 가지 않고 밤마다 윗동네 총각을 만나러 간다는 것이다. 총각은 다름 아닌 큰할아버지 집에서 머슴을 살던 사람의 아들이었다. 전주교대를 나와서 인근 국민학교에 근무를 하고 있는, 그 마을에서는 보기 드문 학력의 소유자였다. 얼굴도 곱살하니 잘생긴 분이었다.

그분의 이름까지는 모르고 김씨 성을 가졌던 것으로 기억한다. 마을 사람들은 그를 김 선생님이라 부르지 않고 김생이라고 하대해서 불렀다. 타성받이인데다 상놈 성씨를 지닌,

머슴의 아들이었으니 아무리 후남 언니가 배우지 못했고 약간 둔하다 해도 그와 연애라니 가당치 않은 일이었다.

우리 어머니는 할아버지가 양반 위세를 하면, 보리 껍데기만도 못한 양반이 무슨 실속이 있느냐고 전혀 동조하지 않으셨다. 어머니는 김 선생이 좋아한다면 감지덕지할 일이지 무슨 반대냐고 열을 올렸다. 그런데 묘하게도 우리 큰언니에게도 이런 일이 몇 년 후 닥쳤고 문제 해결을 어찌 그리도 똑같이 했는지 놀랄 지경이다. 큰언니의 파란만장 결혼사는 다음에 하기로 한다.

머리를 박박 깎아서 가택연금을 시켜 놓아도 후남 언니에게는 소용없는 일이었다. 요즘 같으면 인권유린으로 아버지라 해도 걸려 들어갈 일을 그때는 아버지란 이름으로 아무렇지 않게 벌였다. 김 선생을 데려다 집안 어르신들이 호통을 쳤다고 한다. 말리면 불이 더 붙는다고, 그 순하고 선한 후남 언니는 아예 김 선생 집에 가서 나오지 않았다. 서모가 그 집에 가서 보니 '가난하기 짝이 없는 집구석에서 온갖 허드렛일 하며 살고 있더라고 갔다 와서 울어 쌓더라고' 전해 주는 넷째 당숙모도 울며 소식을 전했다.

'그놈이 우리 집안 재산과 명예를 보고 계획적으로 덤벼든 것'이라고 (우리 어머니는 코웃음을 쳤지만) 어른들 의견이 모아졌고, 후남 언니를 집으로 들어오지 못하게 하는 것으로 후남 언니 결혼사는 일단락되었다.

　음흉한 놈이라고 폄훼를 당한 김생이 선생이 나는 싫지 않았다. 후남 언니 어디를 보고 좋아하는지 미적 수준은 의심이 갔지만, 도시에 나가면 빨강 양산도 사다 주고 부인을 애지중지하며 산다고 들었다. 후남 언니의 후덕한 마음씀씀이가 애처가 남편을 만들었을 것이다. 아, 사랑하는 남자를 만나러 밤에 산을 넘는 용기도 한몫하였으리라.

　고구마 쌓아 논 당숙모집 작은방에서 후남 언니 연애사를 들으며 몇 번쯤은 후남 언니가 올라다녔다는 산자드락길을 상상 속에서 거닐어 보기도 했다. 별이 많이 뜬 밤, 후남 언니가 고갯마루에서 김생이 선생을 만나 기뻐하고 포옹하는 모습. 그 대목에서 더는 진도가 나가지 않았다. 후남 언니는 퉁퉁허니 허우대가 컸고 김생이 선생은 작고 호리호리 간짓대 같아서 흑백 활동사진은 필름이 끊겼다.

　김생이 선생은 훗날 교장 선생님까지 올라갔고, 후남 언니는 사모님 소리도 들으며 지금도 임실 어딘가에서 여전히 후덕하게 살고 있다고 들었다.

67_ 사랑에 솔직했던 여인

오십 넘은 아주머니들 중 결혼 전에 남자하고 연애한다고 아버지에게 머리를 깎인 여인들이 간간 있다. 큰언니는 그들보다 한 세대 위라서 몇 번 아버지에게 머리를 깎였다.

아버지는 결혼해서는 안 될 대상으로 세 직업군을 뽑아 두었다. 경찰, 세무직원, 기자였다. 경찰은 일제강점기 시절 순사에 대한 부정적 이미지에 범죄자를 다루고 살다 보면 마음이 강퍅해진다고 해서 반대했고, 세무서는 당시 부패의 온상이었던지라 남에게 몹쓸 짓을 한다고, 기자는 남의 좋지 않은 면을 캐서 먹고사는 직업이라고 멀리했다. 아버지의 편견이었지만 세 직업은 남을 이롭게 하지 않을 뿐더러 재수 없이 걸리면 큰 화를 입게 된다는 의식을 가지고 계셨다.

얼마 전에 『한국 작가가 읽은 작품』이란 책을 읽다가 '나다니엘 호손' 편이 나왔는데 그가 되고 싶지 않은 직업을 써서 어머니께 보냈다는 글을 읽으며 아버지가 생각났다. 그는 남의 싸움으로 돈을 버는 변호사도 싫고, 남의 죄로 밥을 먹는 목사도 하고 싶지 않고, 남의 병으로 밥을 먹는 의사도 하기 싫다고 했는데, 아버지는 딸이 이런 직업을 가진 남자를 데려왔다면 쌍수를 들어 환영했을 것이다. 아, 목사는 반대했을 것이다. 남의 돈으로 먹고사는 종교 사기꾼으로 매도했으니까.

불행히도 큰언니는 기자와 연애를 했다. 아버지가 밤에 나가지 못하게 하니까 나를 데리고 나갔다. 나는 제과점에 가서 그들과 멀찍이 떨어진 자리에 앉아 뇌물로 받은 앙꼬빵이며 크림빵을 먹었다. 언니는 남자를 만났다는 것을 아버지께 말하면 안 된다며 몇 번씩 다짐을 받았다. 영화관에도 따라가서 무슨 영화인 줄도 모르고 자다가 오기도 했다. 꼬리가 길었는지 아버지가 기자를 불러서 한 번만 더 만나면 신문사에 찾아가 기자 노릇을 못하게 만들겠다고 엄포를 놓았다. 그러고는 언니 머리를 스님처럼 박박 깎아 외출할 수 없게 만들었다.

뭐 피하려다 뭐 밟는다고 일이 이상한 방향으로 흘렀다. 어머니는 언니를 달래려고 피란지였던 진안에서도 산을 몇 개나 넘어가야 나오는 덕유산 자락으로 가서 잠시 쉬고 오라고 보냈다. 그곳에 어머니와 친하게 지내는 분이 살고 있고 고모도 살고 있어서 보낸 것이다. 그런데 한 달이나 지났을까, 큰언니에게서 결혼하겠다는 연락이 왔다. 급히 어머니가 피란지에 가서 보니 일자무식까지는 아니어도 하여튼 몇 자 무식한 녀석과 결혼식을 준비하고 있더란다.

언니는 당시 전주에서 나름 멋쟁이였다. 분홍색 맞춤 코트에 긴 부츠를 신고 다녔고, 미장원에서 고대를 하고 다녔다. 얼굴이 세 딸 중에 제일 예뻤다. 내 고등학교 졸업식에 와서 찍은 사진 속 언니를 보면 지금의 언니와는 전혀 다른 사람으로 보인다. 언니의 가뭄 난 논바닥 같은 얼굴을 보면 밤마다 오이마사지를 하던 여자는 흔적 없다.

아버지는 당연히 결혼을 허락하지 않았고 언니도 이번에는 물러서지 않았다. 우리 집에서는 아무도 결혼식에 참석하지 않았고, 아버지는 돌아가실 때까지 사위를 인정하지 않았다. 도시 여자가 산골 마을에서 살기가 쉽지 않았을 텐데 언니는 빠르게 적응해 나갔다. 어머니는 아버지 몰래 나를 그곳에 보내 돈을 갖다 주게 하거나 언니에게 필요한 물품을 전달하게 했다. 볼 때마다 점점 시골 아낙이 되어 가는 언니가 안쓰러웠다.

후회는 없느냐고 물었다. 아버지가 정해 주는 남자와 결혼했다면 육체적으로 경제적으로 힘들지 않았을 텐데 왜 그런 선택을 했느냐고 물었다. 언니는 구구절절 어린 동생에게 설명하지 않았다. 나는 안전한 곳만 골라 디디며 산 듯 만 듯 살았다. 누군가에게 뜨거운 사람이 되어 준 적도, 뜨겁게 사랑 받아본 적도 없이 미적지근하게 살았다.

언니는 사랑에 솔직했고 뜨겁게 살았다. 지금은 억척스럽게 일군 땅에서 평화로운 노년을 보내고 있다. 몇 년 전 형부가 돌아가셔서 평화가 반감되었겠지만 여전히 해 뜨면 밭에 나가 일을 한다. 올해도 언니에게 김장김치를 받았다.

68_ 감히 추녀라 불렸던 여인

　은숙 엄마와 김집진, 이 두 분은 내 기준에서 본 감히 추녀다. 내가 미녀가 아니라서 이 글을 쓰는 게 심히 죄송스럽다. 두 분은 이미 돌아가셨다. 처음 보는 순간 아, 저렇게도 못생길 수 있구나 놀라서 바라보았다.

　은숙 엄마는, 나와 동갑인 아이의 엄마였다. 아버지가 알고 있던 분의 가족으로 우리 집 아래채에서 잠시 신세를 지고 있다가 집을 구해 나갔다. 지금도 피란민촌이라 부르는지 모르지만 피란민이 많이 산다는 곳으로 집을 얻어 이사 간 뒤로도 몇 번 찾아갔다. 그 집 밥이 맛있어서 자꾸 가고 싶었는데, 어머니는 양식이 부족한 집이라서 자주 가면 안 된다고 허락하지 않았다.

　아, 추녀 이야기를 하기로 했으니 그 길로 돌아가자. 추녀의 반대는 미인이다. 시대에 따라 미인의 기준이 달라졌다고 하지만 신윤복의 '미인도'에 그려진 여인은 여전히 아름답다.

'한국형질연구소'(세상은 넓고, 연구소도 많다)에서 밝힌 내용을 적어 본다.

"고구려와 조선 초기에는 얼굴이 크고, 눈이 작고, 턱이 커야 미인이었다. (딱 지금의 내 얼굴이다.) 조선 후기에 이르러 턱이 작고 갸름한 여인을 미인으로 여겼다. 원래 한국인은 얼굴이 크고 턱이 넓은 민족인데 주먹만 한 얼굴을 선호하는 것은 역행된 미인론이다. 인구 증가와 풍부한 영양공급, 민주화 (이게 왜 들어가는지) 영향으로 미인과 미남이 많아진다. 20년 전 미인의 출현율은 14%, 10년 전에는 23%, 앞으로 100년 후는 인구의 절반이 미인이 된다."

이 연구대로라면 아무래도 나는 100년 후에 다시 태어나야 할 듯하다. 50%에 들 보장은 희박하지만.

이상은 전문가 의견이니 사실 그다지 중요하지 않다. 내 기준으로 본 추녀 이야기니까. 내가 감히 추녀로 본 두 분의 공통점은 얼굴이 크고 광대가 돌출되었고, 큰 코에 작은 눈을 가졌다. 그러나 이런 점보다 그들의 피부가 내 눈에 추녀로 보이게 만들었다. 피부결이 고르지 못하고 울퉁불퉁한 데다 무엇보다 까맸다. 윤기가 나는 까만색이었으면 매력이 있었겠지만 건조한 얼굴에 그녀들은 하나같이 파운데이션을 진하게 발랐으나 들떠 있고 여기저기 밀려 있는 모습이 보기 싫었다. 나이 들수록 피부가 좋은 사람이 미인이라는 말을 듣는다는데 피부가 눈에 띄게 나빴다.

은숙 엄마는 아침이면 직사각형 모양의 작은 경대를 펴고 분을 바르고는 뒷마당에 피어난 맨드라미 빛 입술연지를 칠했다. 어린 내 눈에도 입술연지가 참 어울리지 않아 보였다. 검은 얼굴에 분칠을 해도 우리 어머니의 맨얼굴이 더 곱게 보였다. 어린 내 눈에는 화장하는 모습이 마냥 신기해 보여서 방문 앞에 쪼그리고 앉아 화장이 끝날 때까지 지켜보았다. 나중에 「박씨전」을 읽으며 이 부인이 생각났다. 어깨가 넓고 키도 크고, 목소리도 우렁우렁했다. 이분은 나를 위험에서 구해 준 분이기도 해서 오랫동안 잊지 않고 있다.

내가 일곱 살쯤 되었을까. 넓은 대청마루에서 놀고 있었다. 소나기가 내리고 있었고 마당 흙이 튀겨 올랐다. 대청마루에서 어머니와 은숙 엄마가 이불 호청을 만지고 있는데 내가 그 주위를 빙빙 돌고 있었다. 그러다 갑자기 움직임이 빨라지면서 원심력을 받으며 내가 마루에서 몸이 반이나 튕겨나간 순간, 은숙 엄마가 번개같이 일어나 내 한쪽 손을 잡고 끌어당겼다. 마루는 높았고 그대로 두었으면 나는 공중으로 튀쳐올라 화단의 경계석에 부딪치거나 담까지도 날아갈 상황이었다. 그 부인의 순간적인 판단력과 힘이 아니었으면 나는 불구가 되었을지도 모를 일이었다.

김집진 선생님은 중학 시절 가정 선생님이었다. 얼굴이 짜장면 그릇만 했다. 하기는 요즘 소위 고급 중국집에서는 짜장면 그릇이 작아졌다. 다시 커지길 희망한다. 하여튼 선생님 코는 콧대가 없고 입술은 두꺼웠다. 얼굴색도 칙칙해서 화사한 기색은 어디서도 찾을 수 없는 분이었다. 「B사감과 러브 레터」에 나오는 B사감을 연상시키는 얼굴이어서 일부 학생들은 B집진 선생이라고 불렀다. 말이 없고 무뚝뚝해서 더 고집스럽고 매력이 없어 보였다.

3년 내내 그 선생님이 웃는 모습을 본 적이 없다. 출석부와 매를 오른손에 들고 무채색 옷을 입고 짧고 굵은 다리에는 역시 3년 내 같은 슬리퍼를 신고 다녔다. 때로 하얀 저고리에 검은 치마를 입고 오셨는데 그나마 유관순 같아 보이는 그 옷차림이 어울렸다. 다른 여선생님들처럼 변덕을 부리지 않고, 학생들에게 감정풀이를 하지는 않으셨다. 평생 혼자 사셨다.

「박씨전」의 '박씨'는 추녀였지만 나라를 구했다. 중국의 '종리춘(鐘離春)'은 이름 그대로 봄이 떠날 만큼 추녀였으나 제선왕을 도와 나라를 구했고, 영국의 '캐서린 세들리'는 들창코에 사팔뜨기였다지만 왕의 여자가 되었다. 왕의 여자가 되어서도 끊임없이 바람을 피웠다고 한다. 소설이지만 키다리 아저씨에 나오는 '주디 아보트'도 못생긴 편에 속했고 고아였지만, 유서 깊은 가문의 키다리 아저씨와 결혼을 한다.

'박씨'는 무예가 출중하고 지혜로운 여자였으며, '종리춘'은 정치적 감각이 있고 용기 있는 여자였다. '캐서린'은 유머가 뛰어나 언변으로 남자를 사로잡았다고 한다. '주디'는 글을 잘 써서 작가가 되었고 무엇보다 인간미가 있었다. 추녀였다고 이름이 났으나 재능을 꽃 피워 한 세상을 살고 간 이들을 적어 보았다.

한국형질연구소에서 왜 미인이 많아지는 데 민주화가 기여한다고 넣었는지 이제야 알겠다. 민주화 시대는 규격화된 의견이 아닌 다양한 의견이 펼쳐지는 시대. 추녀도 개성으로 보는 시대이고 보면 추녀 타령은 시대착오적인 이야기다. 미인과 추녀에 대한 기억의 고집을 버릴 일이다. 나 자신이 되기에도 시간이 없는데 누구의 기준에 맞추랴.

후기

"단 한 번도 내가 못생겼다고 생각한 적이 없다. 난 내가 사랑스럽다. 내가 이 험난한 세상을 버틴 비결이다. 난 나와 싸우기 싫다. 세상과 싸우느라 힘든데 왜 나까지 괴롭혀야 하나."

'여러가지문제연구소' 김정운 소장의 말이다. 다시 말하지만 하여튼 우리나라만 그런지 몰라도 연구소가 많다. 그 많은 연구소에서 무엇을 연구하는지 늘 궁금하긴 하다.

한 친구가 떠오른다. 이 친구는 조카가 태어날 때마다 두려웠다고 한다. 예쁜 조카가 태어나면 바로 위 언니를 닮아 예쁘다고 빗대고, 못생긴 아이가 태어나면 자기 닮아 못생겼다고 하는 통에 조카가 태어나는 게 즐겁지 않았다고 하는데, 요즘엔 김정운 교수 글을 어디서 몰래 읽었는지 자신을 과하게 괴롭히지 않는다. 나이들수록 오히려 자신만만해지고 있으니 평을 보류한다.

69_ 깡깡 부인

"하나님!"

"왜? 뭐? 그만큼 주었으면 됐지, 무얼 또 달라고?"

"아니요. '고맙습니다!' 하려고요."

"그런 거였어?"

어이! 난 요즘 교회 가서 가만히 앉아 있으면 하나님이 그리 말하는 거 같다니께. 그래서 기도 안 하고 감사만 드리다오네. 아침에 일어나 거울을 보면 내 얼굴이 어찌나 이쁜지. 눈은 쪼그만 허고 코도 낮고 입도 오종종 쪼그만디 그게 한데 모아 놓으니 어찌 그리 균성이 있는지, 이 나이 되도 귀엽게 봐주는 이들이 주위에 있자녀. 내가 단풍 보고 잡다 허면 차에 태워 데다 주지. 냉면 머코 싶다 허면 냉큼 냉면 묵으러 가 주지.

몸이 둥그마니 풍퉁해서 움적거리기 토끼 같지 않지만 뼈 깡깡혀서 맘대로 다니지. 이빨은 다이아몬드처럼 이 나이에도 빛나지 않나. 애들 키워 놓으니 다들 제 밥벌이 넘나 잘하고 있고, 돈은 많지 않으나 누가 나 돈 없는 줄 모르제. 이 나이에 벤츠지 타면 뭣 허고 안 타면 뭣 할 건가. 어마무시 부자라 금수도꼭지 해놓고 산단들 그기 뭔 소용. 아무짜락 쓸모없어. 어제 이건희 회장 죽었단 뉴스 봄서 아이고 하나님! 넘치도록 주셨십니다. 그 양반 빈손으로 왔다가 빈손으로 갔자녀. 그 많은 주식이며 돈 하나도 못 가져간 거자녀. 을매나 그 사람 부러했는고 다들. 그 양반은 늘그막에 안 깡깡했지만 하나님이 내게는 뼈도 깡깡, 이도 깡깡, 다리도 깡깡….

하나님과 대화도 나누는 이 깡깡 부인은 다른 사람에게도 깡깡하게 대한다. 자기 기준을 깡깡하게 세워 놓고 혹여 말이나 행동이 눈이나 귀에 거슬리면 가차없이 그러는 게 아니라고 말한다. 보통은 그냥 참고 넘어가는데 그러질 않으니 입쌀에 오르내리기도 한다. 사람들은 잘잘못을 떠나 누군가에게 충고든 무엇이든 그것이 지적질이라면 더욱 당하기 싫어서 이 양반을 만나면 '이 아니 기쁠소냐' 하지는 않는다.

이 깡깡 부인은 유아교육을 어떻게 받았는지에 따라 본데 있는 사람인지 아닌지로 나눈다. 세 살 버릇 여든 가니 유아교육이 중요하다고 여긴 데서 나온 기준이다. 자라온 환경까지 보아가며 사람을 사귀려면 복잡할 텐데, 보면 알아본다니 남다른 측정기를 가지고 있는 듯.

나는 누가 무어라 해도 이 부인과 글에 관해서 이야기를 나누는 것이 즐겁다. 기억력이 놀랍고 그걸 글 속에 녹여 내는 묘사력에 감탄한다. 저장해 둔 지식의 양이 대갓집 쌀창고만큼 넓고 지식을 자기화하는 데 일가견이 있는 데다 그걸 잊지 않고 기억해 내는 기억력 또한 뛰어나다.

그리고 더 놀라운 건 처음에 잠깐 선보인 대로 탁월한 자기 긍정이다. 때로 이 긍정이 타인에게는 교만으로 보여서 거부감을 일게도 한다. 때로 글이나 말이 본래면목을 넘어선다는 평을 듣기도 하지만, 사물이나 사람을 해석하는 남다른 시선을 지니고 있다. 감성이 푸른 해초처럼 살아 있어 글을 읽는 이에게 때로 감탄사가 튀어나오게 한다.

이 나이까지 글 쓰는 이가 드문데 아직도 글의 샘이 솟고 있음은 여전히 새 지식을 흡수하고 있기 때문이다. 아침마다 일어나면 바로 조간신문을 첫 장부터 뒤까지 빼놓지 않고 읽는다. 하루도 거르지 않는다. 평생 그렇게 해 왔으니 그 정보량도 무시 못할 테고, 성경을 첫 페이지부터 마지막까지 몇 번이나 읽었다 하니 인내심도 깡깡한 양반이다. 나는 세상에서 가장 많이 팔린 책이라 해서 성경을 한번 보려다가 10페이지 정도 읽으면 진도가 나가지 않아서 몇 번이나 시작했다가 그만두었는데, 이분은 끝나면 다시 읽는다 하니 거기서 얻는 지식도 수월찮을 것이다.

강한 성격 탓에 이해받기 힘든 분이지만 냉면 먹고 싶다 하면 냉면 사 줄 분이 있고, 단풍 보고 잡다 하면 단풍 구경 시켜 주는 분도 있다 하니 나보다 인간관계 폭과 깊이가 낫다. 하고 싶은 말 다하고 살았으니 그런 면에서는 원도 한도 없을 분이다. 무엇보다 팔십이 넘어도 글 소재가 넘친다 하시니 이 아니 좋을세라.

70_ 남아 있는 만큼만 먹으면 된다는 할머니

승주 천자암을 갔다 돌아나오는 길이었다. 내리막길이라 천천히 산길을 내려오는데 할머니 한 분이 걸어가고 있어서 차를 세웠다. 버스가 서는 곳에 내려 달라고 하신다. 가는 도중, 할머니 행선지가 여수라는 것을 알고서는 버스정류장에 그냥 내려 드릴 수가 없었다. 어차피 여수에 가는 길이니 모셔다 드리기로 하였다. 할머니는 여수 향일암에 가서 기도드리는 것이 소원이라고 한다.

여수에 도착하니 이미 날이 어두워졌다. 향일암까지 가는 버스가 하나쯤 있겠지만 바닷길을 돌아서 한 시간은 가야 하는 길이니 선뜻 권해 드릴 수가 없었다. 할머니는 시내 아무 데서나 자기를 내려 주라고 하는데 어두워진 저녁에, 나이 든 분을 길가에 내려 드리기도 뭣해서 우리 집으로 가자고 했다. 모르는 분을 집에 들여본 적은 없으나 할머니에게는 쉽게 주무시고 가라는 말이 나왔다. 초라한 행색에 뒤에 바랑을 진 모습이 오갈 데 없는 우리 할머니 모습이었다.

속으로는 조금 성가신 마음이 들기도 하였다. 괜히 오지 랖을 또 부렸나 싶어 가만히 혀를 찼다. 집으로 모시고 왔더니 남편이 웬일이냐는 표정으로 문을 열어 준다. 자초지종을 설명하니 잘 오셨다며 거실로 모신다. 샤워를 하라고 안내한 뒤 부랴부랴 저녁을 준비했다.

할머니는 간단히 세수만 했다면서 걸레를 찾는다. 괜찮다고 해도 걸레를 들더니 집에 있는 문턱 틈을 전부 청소하고는 거실이며 방을 닦아 주신다. 평소에도 청소에 엄이 없는데다 오늘은 천자암에 간다고 부산을 떨고 나가다 보니 집은 다른 때보다 엉망이었다.

저녁을 먹고 차를 마시는데 할머니가 반야심경 사경집을 한 권 주신다. 매일 반야심경 사경을 하는데 글자를 몰라서 그 위에 그리신다고 한다. 남은 생 자기가 할 일은 부처님께 반야심경을 한 편씩 바치는 일이라 한다. 또 어딜 가나 먼저 문턱 틈을 청소하는데, 문틈에 끼어 있는 것이 많으면 걸리는 것이 많아서 쉽게 죽지 못한다는 옛 어른 말씀 따라 그곳만은 깨끗이 청소한다고 한다. 할머니는 저승길을 미리 닦고 있는 게다.

할머니 이야기를 옮겨 본다. 할머니는 일 년 전 평생 일하던 절에서 나왔다. 일본에 있는 절이라고 했는데 사찰 이름은 흘려들었다. 남편은 일찍 세상을 떠나 스물여섯인가에

과부가 되었다. 아들 하나, 딸 하나를 두었는데 먹고살기 위해 몸 파는 일 말고는 안 해 본 일이 없었다. 아이들이 웬만큼 컸을 때 주지 스님 덕으로 공양주 보살을 하게 되었고, 절에서 40여 년을 보냈다. 여든이 되어 주지 스님께 그만 절을 떠나겠다고 했더니 스님이 "갈 곳도 없는 보살이 어디를 간다고 나서기를 나서냐며 일은 하지 말고 있으시다가 함께 부처님께 갑시다" 하더란다. 스님의 만류에도 절을 나와 처음으로 한국에 나왔다고, 죽기 전에 고국 땅을 밟고 싶었다고 한다. 처음으로 말로만 듣던 고향을 찾았으나 아무도 아는 이 없는 곳에 있을 이유가 없어서 전국에 있는 절을 일주하는 중이라고 한다.

갖은 고난을 겪고도 몸 건강히 살고 자식들 결혼시켜 독립시켰으니 감사기도밖에 할 일이 없다고 한다. 걸어 다닐 힘이 있는 한 전국에 계신 부처님을 한 분이라도 더 뵙고 싶다고 한다. 공양주 하느라 움직이지 못한 한을 이제야 풀고 있다며 늦게 역마살이 뻗친 모양이라며 웃음 짓는데, 이가 듬성듬성 빠져 있는 게 보인다. 그동안 모아 둔 돈이 없지 않지만 이를 해 넣는 데 쓰지는 않겠다 한다. 남아 있는 이 갯수만큼만 먹으면 된다고.

흔히 '보살님'을 절에 다니는 분을 일컫는 용어로 쓰고 있는데, 이분이야말로 보살님 같은 생각을 하고 계셨다. 자신의 장례 비용 빼고는 전부 불사에 쓰고 가겠다는 보살 할머니. 사경을 하다가 잠이 드셨다. 이불을 덮어 드렸다.

　다음 날 할머니를 향일암에 모셔다 드렸다. 향일암은 세칭 기도발이 강한 곳이다. 훗날 할머니가 터덕거리지 않고 부처님이든 관음보살이든 바로 숨을 안아가기를 빌었다. 우리 집에 '문틱보살님'이 다녀가신 후로 문틈 청소만은 빼놓지 않는다.

71_ 남도 친구들

　남도에 살고 있는 친구는 세 사람, 고등학교 동창이다. 다른 동창들은 대부분 전주나 서울에 사는데 셋만 남도에 떨어져 살고 있다. 이 중 영애는 진주에 산다. 남도는 아니지만 순천에서 한 시간 거리이니 남도 친구로 친다.

　남도 친구를 우리는 '포도주 칭구'라 부른다. 포도주처럼 향기롭게 익어 가는, 오래 묵은 친구로 남자는 의미로 친구도 아닌 칭구로 부른다. 올해 마지막 모임은 찬규가 사는 광양에서 갖기로 하였다. 광양에서 제일 높은 40층 고층 아파트 입주 기념이다.

　광양에서 만나기로 했으니 찬규 이야기부터 하기로 한다. 그전에 찬규에게 먼저 사과를 해야겠다. 고등학교 때 찬규가 S대학에 간다고 하자, 내가 믿을 수 없는 발언을 했다고 한다.

　"나도 못 갈 판에 네가 무슨⋯."

　자존심이 상할 대로 상한 찬규가 성적을 알아보니 내가

저보다 달랑 1등 앞서 있더라고. 결론은 둘 다 S대에 가지 못했고, 사이좋게 같은 대학을 졸업했다.

"찬규야, 내가 소개해 주진 않았으나 S대 나온 남편과 결혼했으니 그것으로 퉁쳐다오."

찬규는 나이 들수록 마음이 넓어지고 있다. 이대로라면 지금도 넓은 가슴이 더 넓어질까 걱정이다. 한때 내가 '천사님'으로 불렀다. 찬규에게 이해난득은 없다. 그럴만한 사정이 있었을 것이라고 우주보다 넓게 이해를 하는 통에 한때는 함께 나눌 이야기가 없었다. 비판도 비난이라고 여겼다. 당시 성당을 열심히 다닌 시기와 겹친다. 지금도 남의 말은 하지 않는다. 자기 일에도 바쁘니 언제 남의 일로 입을 다시겠는가.

찬규는 음악에 특출한 재능이 있다. 피아노, 하프, 우크렐라 같은 서양악기를 능숙하게 다룬다. 무용으로 S대를 지원할 만큼 춤도 잘 추는데 전공은 법학을 택했다. 결혼 후 펑펑놀다가 지금은 문화해설사로 근무하고 있다. 일본인 관광객이 오면 일어에 능숙한 찬규가 출동한다.

요즘에는 인문학 공부에 빠져서 강의가 있는 날이면 모임중간에 나간다. 친구와 있으면 강의를 빼먹을 법한데, 한 번결석하면 흥미를 잃게 되고 강사에게도 미안하다며 자리를털고 나간다. 우리까지 흥이 깨지지만 나이 들어도 배우려는친구를 응원한다.

아, 이 친구에게 부러운 점이 있다. 남자들과 스스럼없이 말하고 동료처럼 지내는 점이다. 덕기 남편과도 팔짱을 끼며 이야기를 나누고 '오빠' 소리도 자연스럽게 한다. 나는 활달한 것 같아도 부끄러워서 여자 친구와도 팔짱을 끼면 어색해한다. 격의 없이 사람을 대하는 태도가 부러운 적도 있었다.

순천에는 정덕기가 산다. 몇 년 전까지 나는 덕기가 덕희인가? 덕기인가? 고개를 갸웃해 보아야 했다. 또, 영애는 서울 사는 윤애와 만날 헷갈려 영애한테 보낼 문자를 윤애에게 보내는 실수를 종종 저지른다. 영애는 저하고 중학 시절부터 만났는데 어떻게 그럴 수가 있느냐고 어이없어한다. 고로 나는 친구 자격이 없다. 친구들이 나를 받아들여 줘서 그나마 친구란 관계를 끊지 않고 살고 있는 셈이다.

덕기는 친구 자녀들 이름이며 나이는 물론 생일도 기억한다. 유난히 기억력이 뛰어나다. 예전에 불렀던 '전우의 시체를 넘고 넘어' 같은 무시무시한 고무줄놀이 가사부터 동창 이름이 기억나지 않으면 덕기에게 전화하면 된다. 12년이나 실장을 한 덕도 있겠지만 천성적으로 영리하다고 본다. 그러나 무엇보다 주변 사람에 대한 관심과 애정이 남다르기 때문이라고 생각한다.

덕기는 초등학교 6학년 때 시립도서관에서 만났다. 서로 다니는 학교가 달랐으나 일요일마다 도서관에서 만나다 보니 낯이 익었다. 처음에는 서로 상관하지 않고 공부를 하였는데 중앙 아이 중 한 명이 "전주, 전주 거지떼들아" 하고 노래를 불렀던 모양이었다. 즉각 전주 아이들이 "중앙, 중앙 거지떼들아, 깡통을 옆에 차고 전주학교로" 맞받아 응수를 했고 설전이 벌어졌다.

그런데 누군가 이렇게 싸울 것이 아니라 공부로 시합을 하자고 제안했다. 아마 덕기였을 것이다. 동아전과에서 문제를 내어 일요일마다 도서관에서 만나기로 했다. 어느 학교가 이겼는지는 기억에 없으나 학교 대표라도 되는 양 최선을 다해 문제를 뽑아 갔고, 열심으로 전과 구석구석을 공부하여 일요일이면 도서관으로 백제군 병사처럼 출격했던 기억이 선명하게 남아 있다. 꽤 오랫동안 시합을 계속했고, 그 덕을 봤는지 들어가기 힘들다는 J중학에 붙었다. 도서관에서 보았던 전주국민학교 아이들도 대부분 동급생이 되었다.

이 친구의 장점은 열 손가락으로 꼽아도 부족하지만 무엇보다 따스한 마음씀씀이에 있다. 무릎이 아프다면 서둘러 병원에 같이 가 주고, 며칠 후 택배를 보낸다. 택배 상자 안에는 무릎에 좋다는 핫팩과 운동요법 책이 들어 있다. 친구를 만나러 올 때 빈손으로 오는 법이 없다. 무엇이든 챙겨와 나눠 준다.

사람에 대한 탁월한 이해 능력이 덕기 여사의 큰 장점이다. 행여라도 남에 대해 나쁘게 말하는 법이 없고, 어떻게든 밝은 쪽을 보려고 노력함은 물론 어떤 식으로든 도움이 되려고 애를 쓴다. 다른 모임에 가면 요즘 너무 살이 쪄서 보기 싫다, 여수 살더니 촌스러워졌다는 지적을 당하지만 덕기나 찬규를 만나면 늘 "명선아, 좋아, 이뻐!" 칭찬만 한다.

어떤 친구는 어린 시절부터 아무 고생 없이 자란 덕에 성격이 꼬일 틈이 없었을 거라고 말하기도 하지만, 천성적으로 배배 꼬인 경우도 없지 않은 걸 보면 딱히 환경 덕으로 치부할 수만은 없다. 인간관계, 부부관계, 자식관계, 경제관계가 고루 원만하여 원에 가까운 성취도를 그리고 있다. 내게는 그렇게 보인다.

그러나 이 친구는 유죄다. 빠삐용에 나오는 대사던가? 재능을 낭비한 죄! 남편과 자식을 위해 더할 나위 없는 존재지만 가진 재능을 펼치지 않았으니 아까워서 하는 말이다. 사회단체에서 일을 꾸준히 했으면 밝은 기운을 더 퍼트려 도움받는 이들이 많았을 텐데 아쉽다. 그러나 손주들을 살뜰히 키우고 있으니 무엇이 아쉬우랴.

영애는 진주에 살아서 매번 모임에 나오지는 않는다. 나는 같은 국민학교를 나오지 않아서 영애의 전설을 알지 못하는데, 전주국민학교에서 요즘 말로 제일 핫한 여학생이었다고 한다. 얼굴 예쁘고 옷 잘 입고 공부도 잘하는, 전교생이 다아는, 남학생들이 영애를 한번 보려고 주변을 얼씬거렸다고 한다.

영애와는 대학 동아리에서 만나 더 친해졌다. 아주 친하지 않으면 속을 털어놓지 않는, 포도주로 치면 향과 맛을 가늠하기 어려운 친구다. 찬규와 덕기가 중성적인 면을 다소 가지고 있다면, 영애는 완전 여성스런 외모와 성격을 가지고 있다. 솔직하게 말하면 내숭형으로 한국 남자들이 좋아할 형이다. 결혼 전과 결혼 후 생활 태도가 손등과 손바닥처럼 달라졌다. 허세 없는 실용적인 태도로 바뀌었다.

남편이 유학할 때도 미국에 살았고, 남편이 교환교수로 나가 있을 때도 미국에 살았으니 영어도 잘하고 운전도 잘할 것 같은데 실력 발휘를 하지 않고 산다. 가정사며 남편에 관한 이야기는 좀체 하지 않는다. 엄격한 집안 환경 탓도 있지 않을까 짐작해 볼 뿐이다. 지금도 친정어머니한테 존댓말을 쓰고 부모님 앞에서 몸가짐을 조심스럽게 한다. 남편에게도 그렇게 하고 산다.

퇴직하면 전원생활을 하겠다며 몇 년 전부터 시골에 땅을 사서 꽃과 나무를 부지런히 심고 있다.

반경 2km 이내에 수시로 만날 친구가 있다면 치매에 걸릴 확률이 줄어든다고 한다. 비록 30km 이상 떨어진 곳에 살고 있어도 연을 끊지 않고 만나고 있으니, 치매 방지 보험 같은 친구들이다.

후기

이 세 동창들은 운전을 하지 못해서 하다못해 '순천만 정
원'이라도 가려면 내가 운전을 해야 한다. 내 운전 실력은 면
허를 딴 날부터 평행선이다. 아들 말에 의하면 참 꾸준히 못
하는 실력으로 앞으로는 그럭저럭 가는데 뒤로 후진을 못하
니 당연히 뒤로 주차를 못한다. 운전 실력이 이 모양인 나에
게 운전을 맡기고 셋은 뒷자리에서 수다를 떤다. 간도 큰 친
구들이다.

이 세 친구 중 영애가 갑자기 2020년 추석에 세상을 떴다.
추석날 떠나서 가족끼리만 장례를 치렀다고 한다. 돌연 심장
마비가 일어나 10분 만에 갔다는 연락을 덕기에게 받았다.
이 글을 쓰는 지금도 눈물이 난다.

"가시내, 어떻게 그렇게 돌연 가 버렸니?"

웃으면 보였던 덧니, 어색하면 발개지던 볼, 약간 안짱으
로 걷던 걸음, 오랜만에 전화를 하면 "가시내, 전화도 잘 안
하고…" 하던 약간 안으로 말려들던 목소리가 귀에 들리는
듯하다. 이제 누가 스스럼없이 '가시내'라 불러줄까.

"영애야! 너와 친구로 지낼 수 있어서 좋았어. 담에도 친구
하자. 그땐 속도 좀 보여 주고."

72_ 고금도 불어 선생님

　불어 선생님이 결혼에 실패하고 프랑스로 유학을 떠났다더라, 돌아가셨다더라, 심지어 자살하셨다는 흉흉한 소문이 돌았다. 믿어지지 않았다. 한 마리 파랑새 같았던 분이 그렇게 될 수는 없을 것 같았으나 내 사는 일이 바빠서 잊고 지냈다.

　2년 전 봄, 서울 사는 친구에게서 전화가 걸려 왔다. 여수에서 고금도가 그리 멀지 않으니 고금도에 같이 가자는 전화였다. 그 섬에 소문이 무성했던 불어 선생님이 살고 있다는 것이다.

　멀쩡히 살아 계신 선생님을 찾아뵈었다. 의외의 곳에 살고 계시긴 했다. 고금도는 듣도 보도 못한 섬이었다. 하기는 듣도 보도 못했다는 건 내 견문이 짧은 탓이지 섬 탓은 아니다. 고금도는 이미 역사적으로 유명한 곳이었다. 임진왜란 때 최고의 전략요충지로 수군은 명량대첩과 노량해전을 이곳에 집결하여 승리를 거두었다. 무엇보다 노량해전에서 돌아가신

이순신 장군의 유해가 8개월간 안치되었던 섬이기도 하다. 선생님과 함께 월송대(유해 안치했던 곳을 공원으로 조성해 놓은 곳) 를 돌아보았다. 선생님이 고금도에 사신 덕으로 견문이 넓어졌으니, 한 번 스승은 영원한 스승임을 실감한 시간이었다.

선생님이 첫 수업에 들어온 날을 기억한다. 초록 물방울 무늬 원피스를 입고 이 글의 첫머리에 썼던 것처럼 한 마리 파랑새가 교실에 날아온 듯, 순식간에 늘어져 있던 교실 분위기를 경쾌하게 바꾸어 놓으셨다. 작고 아담한 몸매에 목소리는 경쾌하고 부드러웠다. 거기에 생전 들어보지 못한 불어를 가르치셨으니 선생님이 먼 이국땅에서 날아온 파랑새 같지 않았겠는가. 의상도 늘 그 옷이 그 옷인 다른 여선생님들과는 다르게 매일 바꿔 입고 나타나, 오늘은 선생님이 무슨 옷을 입고 나타나시는지도 화제가 되었다.

Sur le pont d'Avignon
L'on y danse, l'on y danse
Sur le pont d'Avignon
L'on y danse tous en rond

슈르르퐁 다비니옹 롱니당스 롱니당스
슈르르퐁 다비니옹 롱니당스 뚜떵홍

불어를 2년 정도 배웠으나 '아비뇽 다리 위에서'란 노래의 후렴구만 기억난다. 발음도 정확하지 않고 대충 흉내 내던 노래다. 불어의 복잡한 여성명사, 남성명사를 외우는 것도 싫었다. 프랑스 사람들은 왜 언어까지 성 구별을 두는지, 음색 외에는 불어가 마음에 들지 않았던 탓도 있지만, 불어 선생님이 해 주는 프랑스 얘기나 미팅 이야기에 마음을 빼앗겨 공부는 뒷전이었다.

불어 선생님이 전에 스카우트를 맡았던 송 선생님 대신 걸스카우트 대장이 되어 단원을 맡았다. 선생님은 하얀 저고리에 초록 치마를 입고 나타나셨다. 걸스카우트 단복은 하얀 블라우스에 초록 스커트였는데 한복을 입고 오신 열의는 좋았으나 걸스카우트에 대해 아는 게 없으셨다.

권위적이었던 송 선생님과 달리 솔직하게 자신은 모르니 가르쳐 달라고 한 그 말씀이 신선해서 우리는 무조건 선생님을 환영했다. 태릉에서 열린 세계스카우트 잼버리에도 참가하고 전북스카우트 무주 잼버리에도 참가하며 활발한 활동을 벌였으나, 3학년이 되면서부터는 입시 준비로 활동을 하지 않으면서 불어 선생님과의 인연도 그렇게 끊어졌다.

불어 선생님 집은 꽃동산이었다. 이팝나무, 조팝나무, 장미, 나리… 꽃과 나무가 어우러진, 여전히 고운 선생님 집다웠다.

은행지점장으로 퇴직하신 사부님이 뜬금없이 고금도에 내려
가 전복을 기르겠다고 해서 내려왔다고 한다. 적응을 못해서
우울증을 앓기도 했다는데, 우리가 찾아뵀을 땐 칠순이 넘
은 연세에도 여전히 소녀다운 감성으로 그림을 그리고 글을
쓰며 여가를 보내고 계셨다.

선생님은 우리가 다녀간 그해 가을, 그림과 글을 엮어 책
을 내셨다. 친구 안진희가 적극적으로 편집을 도왔고, 인사
동에서 통 크게 전시회도 여셨다.

몇십 년 미뤘던 일을 그해 해치워 버리셨다. 선생님은 계
절마다 달라지는 마당 사진을 카톡으로 올려 주신다. 집 앞
에 있는 바닷가로 산책을 나가 바다 풍경도 자주 보여 주신
다. 있는지도 몰랐던 고금도가 선생님 덕으로 아름다운 추억
으로 새겨지고 있다.

고금도에는 붙어 선생님이 사신다.

73_ 귀를 씻고 싶게 만든 여인

    카페에서 들려오는 이야기를 적어 본다. 들으려고 한 건 아니다. 옆자리에서 들려왔다. 글의 소재를 구하는 법은 두 가지가 있다. 외부에서 구하거나 내부에서 구하거나. 내부에 저장된 재료를 찾아내 글을 쓰다 보니 이제쯤 지친다. 한쪽에는 찾았다가 버린 소재가 수북이 쌓여 있고, 헤집어 놓은 내부는 정리되지 않은 창고처럼 어수선하다. 가지런히 정리할 동안 외부에 귀를 기울여 본다.

    두 여자분이 식은 커피를 두고 이야기를 하고 있다. 한 분은 50대, 한 분은 30대 정도로 보인다. 50대로 보이는 부인이 이야기를 주로 하고 30대는 듣고 있다. 50대 부인은 한껏 차려입었다. 검은 롱코트를 어깨에 걸치고 있다. 결이 고은 밍크가 고급스러워 보인다. 안에는 베이지색 블라우스에 유난히 긴 한 줄짜리 진주목걸이를 하고 검정 바지스커트에 롱부츠를 신었다. 머리는 한쪽은 짧고 한쪽은 길게 커트를 했는데 세련미가 잘잘 흐른다. 동네 미장원 커트가 아니다. 연예인 같은 분위기가 난다. 추측건대 특별한 일에 종사하는 사람으로 보인다. 30대로 보이는 여자는 추운 날씨인데도 발목이 보이는 청바지에 두껍고 짧은 패딩을 입고 있다. 두 여인의 대비가 극명하다.

"내가 이날 입때 누구한테 고개 숙이는 거 봤어? 아들 둔 죄로 고개를 숙여 봤네. 제까짓 것이 감히, 꼴같잖게 따지는 게 많더라고."

밍크코트 입은 여자의 말이다. 여자의 말을 정리하자면 이렇다. 아들은 고등학생인데 성적은 바닥권이다. 국어, 영어, 수학, 과학은 개인 과외를 시킨다. 다른 선생들은 자기한테 쩔쩔맨다. 수학 과외 선생만 고자세다. 수학 선생은 처음부터 조건을 달긴 했다. 숙제를 연속으로 두 번 안 해 오면 아웃이라고. 그냥 하는 말인 줄 알았다. 돈 준다는데 안 할 리가 없잖은가.

밍크코트 여인은 수학 과외 가는 날은 일을 도중에 그만두고 아들을 데려다준다. 멀리서 가니까 늦으면 좀 봐주겠지 했는데 아니었다. 늦게 간 시간 빼고 정해진 시간에서 일 분도 더 안 해 준다. 다음 팀 때문에 해 주고 싶어도 해 줄 수가 없다며 시간에 관한 한 에누리가 없다. 어느 땐 차가 막혀서 20분 하고 온 적도 있다. 돈이 아깝지만 잘 가르친다니까 참았다.

아들이 연속으로 숙제를 하지 않았고 오늘 그만두라는 통보를 받았다. 설마 정말일까 하고 보리굴비를 싸들고 가서 머리 숙이며 사정을 했으나 거절당했다. 약속을 지키지 않은 것도 이유지만, 몇 번 주의를 줬는데도 수업 태도가 안 좋고 선생을 노려보며 욕하는 아이를 자신은 통제할 수 없으니 그만두라 했다는 것. 자기 아들은 공부를 못하지 그럴 아이가 아니라고 해도 소용없었다.

제까짓 게 무서워서가 아니고 아들 때문에 고개를 숙였다. 그래도 끄떡하지 않아서 한바탕 해 주고 나왔으나 분이 안 풀린다. 제까짓 게 실력이 있으면 얼마나 있는가. 널린 게 과외 선생인데, 화가 나는 건 보리굴비를 놓고 온 것. 싸가지 없는 것이 보리굴비 가져가란 전화도 없다고.

여자 이야기가 그 후로도 한참 계속되었다. 최근에 빌딩을 하나 보러 다닌다며 부동산 이야기에 열을 올리더니 온라인 쇼핑몰 매출에 대해서도 잠깐 언급하는데 쇼핑몰을 운영하는 오너일까? 대구 팩토리 뭐라 하는데 잘 모르겠다.

사람을 무시하고 무식을 얻은 저 여인은 돈은 무시하지 않고 떠받들어 돈을 벌었을까? 돈을 사람 무시하는 도구로 여기니 조만간 돈에게도 무시당할까? 에이, 괜히 귀 열고 들었다. 허부나 소유를 흉내 낼 급수는 아니니 목욕이나 가자스라.

74_ 북간도 여인 김수복

"공원을 나와 강에 걸린 나무다리를 거의 건널 쯤 무심코 자갈밭을 보았는데 연분홍 꽃 한 떨기가 보였다. 가서 보니 양귀비꽃이었다. 억센 풀포기조차 자라나기 어려운 자갈밭인데, 어떻게 이런 곳에 양귀비꽃이!"

수필집 『손금 속에 강이 흐르고』에 있는 글을 몇 줄 옮겨 적었다. 저자는 '김수복' 님이다. 작가는 어린 시절 이 어여쁜 양귀비꽃을 발견하고는 차마 꽃을 두고 집으로 돌아올 수가 없었다. 금방이라도 부러질 것 같은 가련한 목. 만지면 시들 것 같은 꽃잎. 그대로 두고 가면 누군가 달려들어 양귀비꽃의 가는 목을 꺾어 휙 던져 버릴 것만 같아서 꽃을 감싸고 자갈밭에 앉아 있기로 한다. 언제까지? 저녁놀이 붉게 흐르고, 돌돌돌 강물 소리도 높아가고, 강변에 어스름 땅거미가 지고, 붉은 노을이 엷은 먹물색으로 변할 때까지.

김수복 씨는 필연적으로 글을 써야만 했다. 소설가 박완서가 증언할 책무를 느꼈듯이. 박완서 가족은 1·4후퇴 때 다친 오빠 때문에 피란을 가지 못하고 독립문이 내려다보이는 곳에 피란처를 마련한다. 자신의 가족 외에는 한길에도 골목길에도 집집마다 아무도 없는 곳에서 '박완서'는 거대한 공허와 마주친다. 그 순간, 자신만 그 텅 빈 도시를 보았다는 것에 일종의 책무를 느낀다. 기록해야 하고 증언해야 할 책무를. 박완서는 그날, 언젠가 글을 쓸 것 같은 예감을 느꼈다고 『그 많던 싱아는 누가 다 먹었을까』에서 적고 있다.

김수복 씨도 그만이 보고 들은 일, 느낀 일을 글로 옮겼다. 자신에게 주어진 책무를 다했다. 우연히 헌책방에서 이 책무의 기록을 집어들었다. 헌책방은 서대문 영천시장, 사람 하나 지나다니기도 좁은 골목 담벼락에 있었다. 책방이라고 이름 붙일 수도 없는 곳에 책이 양쪽으로 늘어서 있는데 그냥 지나칠 수 없어서 책을 뒤적이다가 이분을 만났다. 북간도 이야기가 나와서 바로 들고 왔다. 누구래서 북간도 이야기를 쓰겠는가. 같이 보았어도, 들었어도 글쓰기로 기록을 남기는 이는 흔치 않다.

책을 읽어 보니 유한양행을 창업한 '류일한' 씨가 김수복 님의 외삼촌이다. 북간도에서 외할아버지가 일가를 이루고 산 덕에 필자가 어린 시절을 보낸 북간도 이야기가 흥미롭게 전개된다. 그는 이 책에서 식민 치하의 조선땅에서 살다살다 끝내 살지 못하고 두만강을 건너 동토의 땅, 북간도로 흘러 들어가 살 수밖에 없었던, 추위와 굶주림과 헐벗음을 겪으며 억압받음이 일상인 사람들 이야기를 쓰고자 했다고 밝혀 놓았다.

책에는 그렇게 엎드려 산 사람들 이야기가 한가득 들어 있다. 김수복 님은 이 글을 혼신을 다해 쓴 뒤 2001년에 유명을 달리했다고 한다. 그 많은 이야기 중 양귀비꽃을 보호하기 위해 어두워질 때까지 있었다는 그 이야기에 꽂혀 일면식도 없는 김수복 님을 '하여튼 100명의 여자 이야기입니다'에 올린다.

75_ 이름이 우뚝 섰던 여인

"세 가지 기특함과 네 가지 희귀함이 있다. 기생에 적을 두고서 과부로 수절했으니 한 가지 기특함이요, 많은 재산을 즐거이 베풀었으니 두 가지 기특함이요, 섬에 살면서 산을 좋아했으니 세 가지 기특함이다. 여자로서 겹눈동자를 지녔고, 종이면서 역마를 타고 불려왔고, 기생이면서 중으로 하여금 가마를 매게 했고, 외진 섬에서 내전의 총애를 받았으니 이 모두 네 가지 희귀함이다. 아, 한낱 작은 여자가 이 세 가지 기특함과 네 가지 희귀함을 짊어졌으니 또한 일대의 기특함이다."(정약용)

"품성이 음흉하고 인색했는데 돈을 보고 사내를 따랐다가 돈이 떨어지면 떠나갔다. 사내가 입은 바지저고리마저 빼앗으니 이렇게 뺏은 바지저고리가 수백 벌이 되었다 한다. 죽 늘어놓고 햇볕에 말릴 때면 고을의 기녀들조차 침을 뱉고 욕질을 했다. 뭍에서 온 장사꾼이 만덕 때문에 망해 패가망신

하는 이들이 잇따랐다. 이렇게 하여 그녀는 제일의 부자가 되었다. 그 형제 가운데 양식을 구하는 자가 있었는데 돌보지 않았다."(심노숭)

한 인물을 두고도 이처럼 평가가 엇갈린다. '정약용'이나 '심노숭' 두 분을 좋아하는지라 누구의 의견을 따를지 난감하다. 누구의 의견을 따를 것도 없이 두 분 다 틀린 말을 하지는 않았다.

위 인용문은 채제공의 말에 의하면 '천하의 억조 남자도 못할 일'을 하고 간 기생 '만덕'에 관한 글이다. 정약용은 제주에서 정조의 부름을 받고 올라온 만덕을 보고 평가를 내렸고, 심노숭은 1794년 제주목사로 있는 부친을 따라 제주도에서 4개월을 보내며 만덕에 대한 이야기를 듣는다.

심노숭이 기록한 만덕 이야기도 일리가 있다. 천민 신분으로 거상이 되기까지 정직한 상도덕만으로는 불가능했을 것이다. 남의 사정 봐주며 돈을 벌기보다 남의 눈에 피눈물 나게 하며 악착같이 돈을 모았을 가능성이 높다. 심노숭은 이런 면을 보고 기녀의 가식에 정조와 정승이 속고 있다고 적고 있다.

"지난해 제주 기녀 '만덕'이 곡식을 내어 진휼하니 조정에서는 그녀를 예국의 우두머리 종으로 삼고 금강산 유람까지 시켜 주면서 말과 음식을 제공하였으며, 조정의 학사들로 하여금 그녀의 전을 짓도록 명하여 규장각의 여러 학사들을 시험하였다.″(심노숭의 「계섬전」에서)

심노숭이 쓴 글을 보면 만덕에 대하여 조정이 호들갑을 떨고 있다고 보았으며, 만덕이 곡식을 내어 구휼한 일도 그녀의 교활함으로 보고 있다. 물론 그녀는 충분히 교활하고 노회하고 곰 같고 여우 같은, 간단하게 규정 지을 수 있는 여인은 아니었으리라. 정약용이 기술한 여인도 만덕이요, 심노숭이 전한 여인도 만덕이었다. 그러나 그 둘은 조선 시대 양반답게 도덕적 잣대를 들이대며 만덕을 평가했다.

나는 '만덕'이란 여인이 그저 부럽다. 자신이 악착과 억척을 부려 모은 재산을, 심노숭 표현대로라면 계책이라 할지라도 그 많은 재화를 일시에 내놓았다. 통도 크다. 어떤 사내도 못할 일을 그녀는 해냈다. 300여 년이 흐른 지금도 찾아보기 힘든 여인네의 통 큰 배짱이 부럽지 아니한가.

임금이 소원이 무엇이냐고 묻자 그녀가 공명을 바라지 않았던 점도 칭송하고 싶다. 정약용이 말한 기특함이나 희귀함은 눈에 들어오지 않는다. 제주도 사람은 제주도에서 태어나면 평생 그 섬을 떠나 살 수 없는 형편이고 보면 궁궐에서 살고 싶다거나 하다못해 서울에 살면서 호의호식을 시켜 달라고 했을 수도 있다.

 의외로 그녀는 금강산 일만 이천 봉을 유람하고 싶다고 한다. 그녀의 소원은 받아들여져 나라에서 모든 경비를 부담하고 하인을 딸려 구경하도록 한다. 그녀는 내금강, 유점사, 고성, 해금강, 삼일포를 두루두루 다닌 뒤 제주도로 내려가 유유자적 여생을 보낸다. 그녀 나이 쉰여덟 때다. 현대에 사는 우리도 가 보지 못한 곳을 할머니 몸으로 답사했으니, 한 세상을 풍미한 그녀에게 박수를 치고 싶다.

 '박제가'가 만덕을 직접 찾아가 시를 남겼다고 한다. 박제가는 성격이 까칠한 남자였는데 그녀와 직접 대면하고 이 시를 지었다니, 평소 누구보다 박제가의 글을 두고두고 읽는 사람으로서 그의 눈을 믿는다.

　　우레처럼 왔다가 고니처럼 날아가니
　　높은 풍모 오래 머물러 세상 깨끗하게 하오
　　인생 이처럼 이름 우뚝 세우니
　　예전 아름다운 고사를 어찌 부러워하리.

후기

 정약용, 채제공, 박제가, 이재채, 이가환, 심노숭, 김정희 같은 당대의 문인들이 만덕을 칭송하는 전기나 시를 남겼다. 한 인물을 바라보는 시선은 같은 듯 다르다. 직접 보았느냐,

보지 않고 풍문으로 들었느냐. 어떤 관점에서 바라보았느냐, 나와 이해관계가 있느냐 없느냐에 따라 평가가 달라진다. 특히 이해관계 유무가 평가를 크게 좌우한다.

조선의 쫀쫀하고 깐깐했던 양반들이 이 여인에 대해 앞다투어 찬양일색의 글을 남긴다. 임금도 상을 내리고 궁궐에서 6개월이나 살게 하고, 평민이 왕을 만날 수 없으니 의녀 직첩을 주어 정조가 몸소 만덕을 만나는 등 그를 한껏 추켜세운다.

전 재산을 털어 나라도 못한 일을 일개 기녀가 해냈으니 풍악을 울려 줄 만하다. 추사 김정희는 유배 갔다가 만덕 이야기를 듣고 '은광연세(恩光衍世)'(은혜의 빛이 온누리에 번진다)라는 현판을 쓴다. 김정희가 제주도에 귀양 간 해는 1840년으로 만덕이 죽은 지 28년이 흐른 시점이니 고운 이야기만 남아 있었을 성싶다.

이런 생각도 해 본다. 만덕이 추녀였다면 고관대작들이 앞다투어 법석을 떨었을까? 그녀는 정약용조차 중동이라 표현한 쌍꺼풀진 매력적인 눈을 가지고 있었고, 낭랑한 목소리에 아름다운 외모를 지니고 있었다고 한다. 황진이가 부럽잖고, 평양의 백선행처럼 크게 우뚝 한 세상을 살다간 여인 만덕을 100명 중 한 여인으로 올린다.

76_ 파초 그늘 아래서 책을 읽는 여인

    오늘은 조선 시대 그림 속 여인을 올리기로 마음먹고 옛 화첩을 들춰 본다. 옛 그림에 여인이 등장하는 그림이 드물다. '신윤복'과 '김홍도'의 그림에 등장하는 여인 몇과 초상화가 간신히 몇 점 보인다. 홍경래난 때 살해된 가산군수의 난을 치르고 군수 동생을 보살핀 공으로 양인이 된 기녀 최연홍, 운낭자 초상화가 보인다. 아기를 안고 있지만 그림을 그린 이가 무관이어선지 여장군같이 그려져서 마음이 당기지 않는다.

    '강희언'이 그린 '왕소군'은 색채감은 뛰어나나 여인의 얼굴과 옷이 어울리지 않을 뿐더러 팔려가는 여인의 애조가 느껴지지 않는다. 신윤복의 '미인도'에 그려진 여인은 지나치게 세련되어서 정이 안 간다. '논개'에 버금가는 의기 '계월향'의 초상도 굳어진 어깨, 창백한 얼굴, 섬세하게 그려지지 않은 가채 때문에 망설여진다. '채용신'의 '여인초상'은 힘이 있고 기품이 있다. 내공을 간직한 여인으로 보이지만 내 본시 그런 반듯한 여인을 좋아하지 않는지라.

　신윤복의 '사시장춘'에 그려진 털 빠진 오리를 연상시키는 어린 하녀. '꽃을 꺾다'란 제목을 달고 있는 그림 속 여인. '국화밭에서'란 그림 속에 등장하는, 식스팩을 자랑하는 남정네 앞에 삼단 같은 머리를 치렁이며 속곳을 보이고 앉아 있는 여인. 모두 100명 중 한 여인으로 올리기에는 무언가 허전하다.

　전부 젖히고, 미술평론가 사이에 자주 오르내리는 신윤복의 '월하정인' 속 여인네를 써 보기로 하자. 한참 그림을 들여다본다. 이야기가 떠오르지 않는다. 뛰어난 작품이라는 데도 감흥이 일지 않는다. 그림 속 남정네나 여인이 지나치게 번드르한 차림새인 데다 닳고 닳아 보여 순정이 느껴지지 않음에랴. 등불을 들고 여인을 재촉하는 남자는 강남 스타일로 조선 시대나 현대나 나하고는 부딪힐 일도 없는 스타일이라서 사랑법을 가늠할 수 없어 거리감이 느껴진다.
　오히려 작자 미상의 '선비와 기녀'에 나오는 남녀의 유혹하는 표정과 자태가 살아 있는 그림이 마음을 당긴다. 그림을 보고 있으면 웃음이 절로 지어진다만 통과한다. 김홍도의 '빨래터'에 나온 여인들. 허벅지들이 물오른 물외 같다만 역시 통과.

한참 그림을 뒤적이다 마음이 동하는 여인을 보았다. '서생과 처녀' 속 어린 처녀. 처녀는 기둥을 살포시 껴안고 서생이 글 읽는 소리를 엿듣고 있다. 짝사랑하는 여인의 애달픈 모습이다. 어느 미술비평가는 그림 한쪽에 그려진 나무를 헐벗은 나무라 보고 때는 가을이라고 적고 있지만, 나는 바야흐로 모든 만물이 사랑으로 들썩이는 봄으로 보겠다. 헐벗은 나무가 아니라 이제 움트고 있는, 며칠 지나면 나뭇잎이 후루룩 끓어넘쳐 녹음이 짙어지는 봄밤. 머잖아 글만 읽던 서생도 봄밤의 애상에 젖어 토방을 내려서리니.

아니다. 그는 '조광조'처럼 마음이 반석 같은 사내로 놓아두자. 조광조인지는 세상에나, 자신을 짝사랑하는 처녀의 종아리를 때려 보냈다 했던가? 그러니 처녀의 사랑은 들키지 않는 영원한 짝사랑으로 놓아두자. 누가 그랬던가, 최고의 사랑은 짝사랑이라고. 이쯤에서 짝사랑은 엿듣는 사랑이라고 정의를 내리고 떠나자. 못 그린 솜씨는 아니나 자연스러움이 덜하다는 토를 달고서 화첩을 넘긴다.

'책 읽는 여인'이란 그림은 어떤가. 여름 한나절, 파초잎 드리워진 그늘에서 여인이 책을 보고 있다. 땀이 흐를 정도는 아닌 덥지 않은 날씨. 배경은 단순하다. 넓은 가리개가 한쪽에 펼쳐 있다. 가리개에는 꽃이 늘어진 나뭇가지가 길게 뻗어 있고 새 한 마리가 지저귀는 그림이 그려져 있다. 가리개

뒤로는 파초가 무성하다. 전체적으로 보아 집의 후원으로 보이는 곳에서 여인이 혼자 의자에 앉아 책을 읽고 있다. 18세기에 그려졌으니 의자가 귀할 시기인데 의자에 앉아 있는 걸 보면 살림이 넉넉한 사대부 집일시 분명타.

현대식 아파트에 놓아도 손색없을 의자에 앉아 여인은 검지로 글자를 짚으며 정독하고 있다. 머리는 가채를 얹었으나 야단스럽지 않고 얼굴은 희고 갸름하다. 화장기 없는 얼굴에서는 단정한 기품이 배어 나온다. 옷도 면으로 지은 생활한복 같은 검소한 차림새다. 흰 동정을 달지 않았으나 옆구리 회장을 단 품이 여인의 위치를 가늠케 해 준다. 시부모님 점심 챙겨 드리고 잠깐 얻은 한가한 시간일까? 이 시간이 여인에게는 하루 중 가장 기다려지는 시간이면서 행복한 한때가 아닐지.

여자에게는 글을 익히게 하지 않았던 시대에 독서하는 여인이 화가에게는 진기하게 보였는지 단독으로 잡아 그렸다. 분위기가 자연스럽다. 여인에게는 독서가 익숙해 보인다. 무슨 책일까? 빽빽이 글이 써진 걸 보면 시는 아니고 이야기책이거나 진지한 내용이 적혀 있을 법하다.

나이가 한 사십은 넘어 보인다. 이 부인은 자신이 지은 글을 반짇고리에 담아 두었을지도 모른다. 책을 읽은 소회며 자식 키우며 겪은 어려움, 아랫사람 거느리는 지혜며 가족

대소사에 계절 음식 만드는 법까지. 아니면 나같이 자신이 만나 본 다양한 여인들 이야기를 써 놓았을지도 모르고, 장화홍련 같은 소설을 쓰고 있는 중인지도. 한 가지 분명한 사실은 아래와 같은 사랑으로 몸살을 앓을 여인으로 보이지는 않아 보인다.

近來安否問如何 (근래안부문여하)
月到紗窓妾恨多 (월도사창첩한다)
若使夢魂行有跡 (약사몽혼행유적)
門前石路半成沙 (문전석로반성사)

요사이 안부를 물으니 어떠하신가요.
달 밝은 비단창에 소첩의 한은 많기도 합니다.
꿈속의 넋에게 자취를 남기게 한다면
문 앞의 돌길이 반쯤은 모래가 되었을 걸.

허나 여인 속을 어이 알리. 올림머리 두툼한 걸 보면 맘속 깊은 곳에 불씨 한 점을 간직하고 있는지도 모를 일이어라.

후기

이 그림은 '윤두서'의 아들 '윤덕희'가 그렸다. 아버지 윤두
서가 그린 중국풍의 '미인독서도'를 아들이 조선식으로 바꾸
어 그렸다고 혹자는 말한다. 가상의 여인이 아니라 실제 여
인이었기를 바란다. 대상을 보고 그렸다면 윤덕희의 아내일
가능성이 높다. 책 읽는 여인을 가까이 보며 그리기가 쉽지
않았던 시대이고 보면.

여물다

77_ 재능 측정이 이른 아이

"이세인은 아홉 살 때 영어학원을 같이 다닌 친구다. 내가 세인이에 대해 일기를 쓰는 이유는 학원에서 단짝이었다는 이유도 있지만 나의 단짝 중 제일 착한 아이였기 때문이다. 세인이는 다른 공부 잘하는 아이처럼 잘난 척을 하지 않는다. 그리고 자기 생일 때는 거꾸로 선물을 가지고 와서 우리에게 준다. 착하기도 하지만 정말 공부도 잘한다. 나도 공부를 잘하는데 세인이는 나보다 더더 잘한다. 세인이는 신기한 아이다. 내가 좀 한다는 피아노나 영어로 대결해 보았는데 게임이 안 된다.

세인이는 바쁜 아이다. 학교가 끝나면 영어학원, 피아노학원, 발레학원을 하루에 다 다닌다. 저녁 10시쯤에 집에 온다고 했다. 그런데 문장을 열 개씩 외우고 단어를 30개씩 외우는 영어 숙제를 다 해 오는 게 신기하다. 나도 열심히 해 가지만 안 틀린 날이 없는데 세인이는 안 틀린다. 우리 둘다 그 학원을 끊어서 만나지 못한다. 그래서 내가 전화를 가끔 한다. 그런데 아직도 바쁜가? 항상 전화를 안 받는다."

이 글을 쓴 유원이는 이제 초등학교 3학년이다. 2학년 때 만난 친구 세인이에 대해 쓴 일기를 유원이 엄마가 들고 와서 글쓰기 재능이 있는지 묻는다. 싹이 나야 무슨 꽃인지 알겠고, 꽃을 피우기 위해 전력투구하는 진지함. 열매를 맺었다 하나 비바람을 견뎌내는 힘이 재능이라면 오래 지켜봐야 할 텐데, 내 그것을 어찌 알리오.

허나 글 속의 유원이는 참 착하네. 저보다 모든 면에서 뛰어난 친구를 인정하고 친구의 좋은 점을 발견하고 칭찬할 줄 아니까. 세인이가 전화를 받지 않아도 아직도 바쁜가 보다고 이해해 주는 품이야말로 재능 중 재능일세. 그 재능 비바람에 툭 떨어지지 않기를. 세인이도 제 풀에 겨워, 아니 엄마 욕심에 겨워 거품처럼 예쁜 재능이 꺼져 버리지 않기를 바랄 뿐, 여기에 무슨 말을 더 보태리.

78_ 남편을 사기꾼으로 고소한 여인

　남편과 금슬좋게 살다가 자기 남편이 아니라고 고소를 한다면 정상인 여자일까? 1560년대 프랑스 농촌 마을에서 실제 있었던 사건으로 '베르트랑드'란 여자가 그 주인공이다. 그녀의 남편은 스물네 살에 아무 말도 없이 집을 나갔다가 10년 만에 불쑥 돌아온다. 이름은 '마르탱 게르'다.

　다시 돌아온 남편을 맞아 '베르트랑드'는 한 4년 정도 남들이 부러워할 정도로 부부애를 과시하며 살더니, 어느 날 느닷없이 남편을 사기꾼으로 고소한다. 그러나 남편을 고소한 여인은 다시 자기 남편이 맞다며 감옥에 갇힌 남편을 극진히 보살핀다. 사실인즉, 여인이 남편을 고소하지는 않았다. 작은아버지가 여인의 이름을 빌려 고소를 한 것이다.

　작은아버지는 10년 만에 돌아온 조카를 의심한다. 조카와 비슷하게는 생겼고, 어린 시절 일을 소상하게 기억하는 데다 '마르탱 게르'의 누이들도 남동생이 맞다고 하고, 결정적으로 부인인 '베르트랑드'가 자기 남편이라고 주장하는 데야 도리가 없었다. 그래서 찜찜하지만 조카로 인정하고 받아들인다. '마르탱 게르'가 집안의 재산을 달라고 요구하지 않았으면 그도 가짜라고 의심되는 마르탱을 묵인해 주었을 것이다. 작은 아버지는 조카가 나타나지 않았으면 모두 자기 재산이 될 터이니 가짜를 밝혀내는 일에 적극적으로 나선다.

'베르트랑드'는 남편이 10년 만에 돌아왔을 때는 긴가민가 했겠지만, 하룻밤 지내고 난 뒤 남편이 가짜임을 바로 알아채지 않았을까? 그녀는 가짜 남편과 살면서 딸을 둘이나 낳는다. '베르트랑드'는 속내가 복잡했을 것이다. 남편이 아닌 남자와 잔 것은 간통죄로 당시 프랑스에서 중죄에 속했다.

'베르트랑드'는 나중에 판사 앞에서 순진한 척 연기를 한다. 마을 사람이며 남편의 누이까지 남편이라고 밀어붙여서 자기도 남편으로 받아들였다며 간통죄를 피한다. 뿐인가. 온갖 실속을 다 챙긴다. 4년 동안 이 여인은 가짜 남편과 성적으로나 경제적으로 풍요를 누린다. 가짜 남편은 본래 마술을 부리는 사람이란 의심을 받을 정도로 영리한 데다 수완도 좋아서 몇 년 만에 탄탄한 경제력을 쌓고 마을 사람들에게 신임을 얻는다. 전 남편은 무뚝뚝한 데다 여러모로 애송이에 불과했다.

여인은 가짜 남편을 진짜 남편이라고 우겨야 했다. 당시 프랑스는 간통죄를 범하면 사형을 내릴 정도로 처벌이 무거

웠으니 여인은 어떻게든 간통죄 혐의를 벗어나야 했다. 남편이 있어야 유산도 받을 수 있고 비참한 처지에서 벗어날 수 있었기 때문에 가짜든 진짜든 그녀에게는 남편이란 존재가 반드시 필요했다. 남편이 없는 10년 동안 그녀는 남편의 작은아버지에게 얹혀살아야 했다.

"사랑은 많은 것을 할 수 있다. 그러나 돈은 모든 것을 할 수 있다"는 속담처럼 '베르트랑드'는 우선 돈과 지위가 급급해서 어떤 남편이든 필요하던 차에 스스로 남편이라고 우기는 자가 나타났으니 마다할 이유가 없었다. 게다가 진짜 남편은 집 나간 후 소식 한 줄 없었으니 거칠 것이 없었다.

"그는 나의 남편 '마르탱 게르'이며, 아니라면 그의 가죽을 쓴 악마다. 나는 그를 잘 알고 있다. 어느 미친 사람이 그렇지 않다고 한다면 그 자를 죽여 버리겠다."

'베르트랑드'는 작은아버지의 협박에 할 수 없이 이름을 빌려주었지만 재판에서 끝까지 가짜 남편을 옹호한다. 언변이 좋은 가짜 남편도 판사를 설득하여 승소를 눈앞에 둔 하루 전날, 진짜 남편이 영화처럼 나타난다. 진짜 남편은 스페인에 있다가 이 유명한 재판 소식을 듣고 달려온다. 그는 전장에서 스페인을 위해 싸우다가 다리 한쪽을 잃고 어느 수도원에서 제법 대우를 받으며 살고 있었다. 고향으로 돌아올 마음은 전혀 없었는데 어떤 인간이 자기를 사칭하며 아내와 살고 있다는 소문을 듣고 분기탱천하여 법정에 들어선다.

가짜 '마르탱 게르'를 긴가민가하면서도 자신의 이해관계에 따라 진짜라고 우기던 이들은 그를 보자 그야말로 진짜임을 인정한다. 아무리 세월이 흘렀어도 진짜가 어디로 가겠는가. 가짜를 진짜라고 인정한 이들은 다 나름의 속셈을 가지고 있었다.

진짜 남편이 나타나자 '베르트랑드'는 손바닥을 바로 뒤집는다. 그녀는 눈물을 폭포처럼 쏟으며 남편에게 달려가 그를 껴안고 '아르노 뒤 틸'(가짜 남편의 본명)에게 속아넘어갔다며 자신을 용서해 달라고 간청한다. 모든 죄를 '아르노 뒤 틸'에게 덮어씌운다. 조금 전까지 가짜를 진짜라고 우기던 여자의 태도치고는 앞뒤가 뒤틀릴 정도인데도 여인은 뻔뻔하게 자신의 무죄를 주장한다.

이런 그녀를 보고서 '아르노 뒤 틸'은 여인의 역할에 대해서 함구했고, 비난의 말을 한마디도 뱉지 않는다. 판사는 어인 일로 '베르트랑드'에게 무죄 판결을 내린다.

"눈물을 치워라. 나의 누이들과 삼촌을 내세워 자신을 변명하지 마라. (중략) 우리 집에 내린 재앙에 대해서는 너 이외에 탓할 사람이 없다."

진짜 '마르탱 게르'는 아내를 매섭게 몰아붙인다. 판사는 남편도 아내를 버린 죄가 있다고 상기시켜 주었지만 그는 길길이 날뛴다.

남을 사칭한, 불온하면서도 매혹적인 '아르노 뒤 틸'의 운명은 어찌 되었는가. 이 자리에 그 이름도 유명한 몽테뉴가 있었다. 훗날 『수상록』에서 몽테뉴는 이 재판에 대해 언급한다. '아르노 뒤 틸'에게 교수형을 선고한 그 판결은 매우 대담한 판결이었다고 그는 기록했다. 다른 도시로 추방을 명하는 정도로 끝날 수도 있는데 교수형을 내리고 4일 후 바로 집행해 버린 것을 그조차 의아하게 여겼다.

순전히 내 생각인데 담당 판사였던 '코러스'는 '아르노 뒤 틸'의 언변과 비상한 기억력에 넘어가 그에게 첫 번째 재판에서 손을 들어주었고, 두 번째 재판에서도 그의 손을 들어주려는 찰나, 진짜가 나타나자 일개 사기꾼에게 놀아난 자신이 부끄러워서 서둘러 입막음용으로 교수형을 내리지 않았을까? 심지어 교수형을 시킨 뒤 그의 시신을 부끄러운 일이 되풀이되는 것을 막는다는 의미로 불태우기까지 한 것을 보면 판결이 아니라 복수심에 가깝다고 보인다.

진짜 남편은 '베르트랑드'에게 무관심했고 무책임했지만 '아르노 뒤 틸'은 교수대에 오르면서까지 '베르트랑드'를 걱정한다. 그리고 '마르탱 게르'에게 '베르트랑드'를 가혹하게 대하지 말라고 부탁한다. 그녀는 정숙하고 덕과 지조를 지닌 여인이었고, 자신에게 의심을 품게 되자 곧 자신을 물리쳤다고 말한다. 마지막으로 그는 '베르트랑드'에게 용서를 구하고 교수대에 올랐다고 한다.

'베르트랑드'는 여생을 편히 보내다 남편보다 먼저 죽는다. '아르노 뒤 틸'에게서 낳은 딸에게는 '아르노 뒤 틸'이 남긴 재산이 상속되었다. '마르탱 게르'에게서 낳은 자식은 마르탱의 두 번째 부인에게서 난 아들들과 같이 '마르탱 게르'의 재산이 공평하게 상속된다. 그녀가 그토록 우려했던 돈과 지위는 차질 없이 승계되었던 것이다.

'베르트랑드'가 살아남기 위해서 한 선택은 무죄인가? 유죄인가? 죄가 있고 없고를 떠나 '베르트랑드'는 '아르노 뒤 틸'을 죽는 순간에도 떠올리지 않았을까? 그를 몸서리치도록 그리워하는 벌을 받지는 않았을지.

오직 초록 일색인 농촌 마을에서 한때를 보냈던 이상은 「권태」라는 수필을 썼다. '아르티가'란 농촌 마을도 이상이 찾아가 여름날을 보냈다면 그 같은 글이 나올 법한 한적한 마을이었다. 하기는 어느 마을인들 숨겨진 이야기가 하나쯤 없으리.

79_ 입으로만 창업하는 아줌마들

1. 별명 : 연쇄창업마
2. 결혼 : 미혼
3. 성별 : 여성
4. 사업경험 7년
5. 이성교제 40번
6. 학창 시절 가난하여 밀크차와 김밥집 운영. 대학 2학년 때 구내 택배 창업(직원만 수십 명). 네일숍·메이컵숍 창업
7. 실패한 공유우산사업을 다시 시작하여 16억 투자를 받음. 생산원가를 낮추기 위해 우산에 광고 도입. 수십만 건 광고 체결. 우산 하나 원가를 13,000원에서 1,000원으로 낮춤. 연말까지 우산 3천만 개를 뿌릴 예정

중국인들은 공유를 좋아해서 별것을 다 공유한다고 한다. 주방, 핸드폰 배터리, 우산까지 공유한다는데 우산 30만 개를 뿌렸으나 3일 만에 자취를 감추는 바람에 실패로 돌아갔

다고 한다. 이 실패로 돌아간 우산 공유를 한 여성이 다시 시작하였는데 그녀 이름은 '구만'으로 글 서두에 신상을 밝혀 놓았다. 이제 겨우 스물네 살이라 한다. 이 기사를 보고 웃음이 나왔다. 그녀를 향한 웃음이 아니라 나를 향한 웃음이다.

'구만'이라는 여성은 창업을 하도 잘해서 연쇄살인범도 아니고 '연쇄창업마'로 불린다는데, 나는 이날까지 창업을 한 번도 해 본 적이 없어서 웃음이 나온 건 아니다. 어디 창업해 보지 못한 사람이 나뿐이랴.

그녀는 공유우산사업이 실패로 돌아간 원인을 철저히 분석한 뒤 사업계획서 한 장으로 투자금 16억을 모았고, 우산에 광고를 넣는 기발한 아이디어로 광고주를 모여들게 했다니 사업 수완이 탁월하고 다시 탁월하다. 더하여 미모까지 갖추었으니 순풍에 튼튼한 돛까지 장착한 셈이다.

내 주위에 창업한 사람은 딱 한 명 있다. 처음에 그녀가 '파리바케트'를 낸다고 했을 때 다들 말렸다. 자기 자본도 아니고 남의 돈을 빌려서 한다고 하니 부정적인 시선으로 바라보았다. 지금 그 부인은 브랜드 매장만 몇 개를 가지고 있고, 브랜드를 가져오려면 자기 건물이 유리하다는 것을 알고 무리한 대출을 받아서 번화가에 건물을 사들였다. 무리한 대출을 했다는 것을 건물이 알았는지 아니면 건물이 등산을 하는지 값은 오르고 또 올라 이제는 건물 부자가 되었다. 지금은 남편이 받아오는 월급은 남편 용돈으로 전부 주고 있다고 자랑한다.

나는 그 부인이 내 앞에서 자랑하는 걸 속절없이 들어야 하는 신세다. 그 부인의 남편이 한 달 용돈으로 쓰는, 우리 남편의 월급을 가지고 한 200가지 항목으로 잘게 쪼개 쓰고 있는 판이니 어쩔 땐 약이 오른다. 부인 복 많은 그 집 남편은 꿈속에서도 웃는지 궁금하다.

이 부인도 그동안 열 번 넘게 창업을 하였다. 아이스크림, 피자, 의류, 도너츠, 그 외 또 무엇을 했는데 개업식 다니기도 짜증이 나서 나중에는 대충 모른 척했다. 이 부인을 보고 분발하여 몇 명이서 월급쟁이 탈출을 위한 창업 모임을 결성했다. 아니다. 결성까지는 아니고 친목 모임인데 만나기만 하면 창업 아이템에 대해 이야기를 하며 한번 해 볼까? 그러기를 30년. 원래 모임 이름이 '장미와엉겅퀴'인데 '입으로만 창업 30년'으로 바꾸었다.

저번 달 모임에서도 여전히 창업 이야기가 나왔다. 이 모임의 문제는 모임마다 창업 아이템이 달라진다는 것이다. 아이템대로 창업을 했으면 내로라하는 브랜드는 죄다 차렸다. 신선한 아이템이 이제 필요하다. 하기는 아이템이 신선해도 문제가 없는 건 아니다. 모임 구성원들이 만나기만 하면 어느 부위인가가 결리고 아프다고 하소연이니 창업하자마자 폐업할 판이다.

세상에서 제일 어려운 일은? 넌센스 퀴즈에 그런 문제가 있는데 답은 '별따기'다. 나에게 창업은 딴 별 다시 붙여 놓기처럼 어렵고 구만 리 먼 곳에 있다.

후기

저번 모임에서는 '입으로만 창업 30년'에서 나온 아이템을 글로 써서 내보자고 누군가 아이디어를 내놓았다. 하나같이 멋진 창업 아이템이라고 손뼉을 쳤다. 아마 다음 달이면 저번 달에 들고 나온 아이템은 깡그리 잊고 다른 아이템을 들고 올 것이다. 창업하려면 이름부터 바꾸어야겠다. '입 닫고 창업'이라고.

80_ 잊히지 않고 전해 오는 여인

아, 이렇게 짐승들이 판치는 세상에서
선녀가 살기는 힘들었을 것이야.
홀로 거문고를 껴안고 저무는 그 봄날을 얼마나 원망했을까?
이젠 줄도 끊어지고 애타는 마음도 끊어졌으니,
누가 있어 이 아름다운 여류 시인의 가락을 들어주나.

한 시인의 죽음을 애도한 '권필'의 시다. '허균'도 비슷한 시를 지어 이 여인을 애도하였다.

아름다운 글귀는 비단을 펴는 듯하고
맑은 노래는 머문 구름도 풀어헤치네
복숭아를 훔쳐서 인간 세계로 내려오더니
불사약을 훔쳐서 인간 무리를 두고 떠났네
부용꽃 수놓은 휘장엔 등불이 어둡기만 하고
비취색 치마엔 향내 아직 남아 있는데

이듬해 작은 복사꽃 필 때쯤이면

누가 설도의 무덤을 찾으리.

　마포의 시인이라 불리던 권필과 그 친구인 허균이 나란히
이 여인을 선녀로 지칭하고 있다. 허균에 의하면 외모는 불
양(不樣)으로 못생긴 편에 속한 여인이었다 하는데, 당대의
문장가들이 앞다투어 이 여인에 대한 시를 남기고 있으니 왕
후장상이 부러울까. 이 여인에 대한 시를 지어 남김은 물론
시를 평하기도 하였으니, 요즘으로 치면 문학평론가가 작품
을 언급해 준 셈이니 예술가로 산 삶이 헛되지 않다.

　허균은 "시문의 특징은 가늘고 약한 선으로 자신의 숙명
을 그대로 읊고 자유자재로 시어를 구사하는 데에 있다. 그
의 우수한 시재(詩才)를 엿볼 수 있다"고 했고, 조선 후기 학
자였던 '홍만종'은 "근래에 송도의 '진랑(眞娘)'과 부안의 '계생
(桂生)'은 그 사조(詞藻)가 문사들과 비교하여 서로 견줄 만하
니 참으로 기이하다"고 했다.

　이 여인이 복이 많은 이유는 또 있다. 내로라하는 세도가
들도 생몰연대가 불분명하고 죽은 뒤에는 이름 석 자를 기억
하는 이도 드물거늘, 여인의 세세한 기록이 남아 있음은 물
론 그녀의 이름이 붙은 공원이 조성되어 있고 남긴 시가 시
비로 전부 조각되어 있다. 해마다 그녀 이름을 딴 문화제도
개최하고 휘호대회도 열린다. 한다하는 남자 문인도 못하는

호사를 사후 400년이 지나도록 누리고 있으니 복도 길다.

그녀의 시가 이제껏 남아 있는 이유는 그녀 사후, 아전들이 돈을 모아 개암사에서 시집을 출간하였고, 나무꾼들이 그녀 시를 애송했다고 한다. 가히 펜클럽이 그 시대에 형성되었다. 남아 있는 그녀의 기록을 보면 이렇다.

"본명이 향금(香今)이고, 자는 천향(天香)이며, 호가 매창이다. 계생이라고도 하였다. 1573년(선조 6) 부안현의 아전 이탕종(李湯從)의 딸로 태어났다. 계생(桂生)의 자(字)는 천향(天香)이다. 스스로 매창이라고 했다. 만력(萬曆) 계유년(1573)에 나서 경술년(1610)에 죽었으니, 사망 당시 나이가 서른여덟이었다. 평생토록 노래를 잘했다." (하략)

그다음으로 그녀가 누린 복이 또 있으니 뭇 남성들에게 사랑과 우정을 동시에 받았다는 점이다. 천민 출신 시인이었던 '유희경'은 '매창'을 위한 시를 일곱 수나 남겨 놓았다. 사랑하는 이에게 한 수도 받을까 말까 한 여인이 수두룩한데 남아 있는 시가 이 정도이니 전해지지 않는 사랑시가 더 있다고 해도 무리는 아니리라. 한 수를 소개해 본다.

그대의 집은 부안에 있고
나의 집은 서울에 있어

그리움 사무쳐도 서로 못 보고

오동나무에 비 뿌릴 젠 애가 끊겨라. (허경진 역)

유희경과는 남녀 간의 운우지정을 나누었다면 허균과는
서로 시를 주고받으며 지기로 지냈다 한다. 친구 권필은 허
균이 매창을 그냥 두고 보지만은 않았을 것이라고 의심의 눈
초리를 거두지 않았다. 그 외에도 매창은 이귀, 심광세, 임
서, 한준겸 같은 당대 문장가들과 만나 풍류를 즐기고 교류
하였다. 그들은 매창을 기생으로 대하기보다 시를 짓는 동료
문인으로 대하고 존중하였다 하니 인복도 풍요로웠다.

거문고 타기를 좋아했다는 그녀는 '윤공'이란 사람의 무덤
앞에서 밤에 거문고를 타기도 하였다는데, 그가 매창의 거문
고 소리를 알아준 예인(藝人)이었을 수도 있겠으나 어둔 밤에
묘지 앞에서 거문고를 탔다니 배짱도 두둑했나 보다.

예술의전당에서 '마리 로랑생'의 전시회가 열리고 있다. 마
리 로랑생은 한 손에 장미, 한 손에 평생 사랑한 아폴리네르
의 시집과 함께 묻어 달라는 유언을 남겼다고 한다. 죽은 여
인보다 더 불쌍한 여인은 잊힌 여인이라고 노래했던 마리 로
랑생 그림을 보니 매창이 떠올랐다. 잊히지 않은 복 많은 여
인으로서. 기생의 신분으로 몸을 함부로 팔지 않아서 여러 문
사들과 오랫동안 교류하고 기억되었을 그녀. 퍽도 아름다운

이별시로 이 여인에 관한 글을 마감한다. 매창이야말로 여자보다 여인이란 호칭이 어울린다.

이화우(梨花雨) 흩뿌릴 제 울며 잡고 이별한 임
추풍낙엽(秋風落葉)에 저도 나를 생각는가
천 리에 외로운 꿈만 오락가락하노라.

후기

'매창'은 생몰연대도 분명한데 '황진이'는 어이 사라졌는지 안타깝다. 그녀가 이화우 흩뿌리는 아름다운 날에 떠났기를 바란다. 그녀가 남긴 시 열두 수를 잊지 않고 있다. 글을 쓰면서 '매창'이란 호를 조선 시대 남자나 여자가 즐겨 사용했다는 것을 알았다. 신사임당의 큰딸도 매창이었다.

81_ 지긋지긋하지 않게 살다간 여인

"얼마나 지긋지긋했던 인생인가, 나만을 위했던 삶은."

누군가 죽으며 이런 후회를 하고 갔음직한 말이 아닌가. 내 삶에서 가장 부족한 부분도 이 항목이다. 12월이 되자 구세군이 나타났다. 구세군이 팔 아프게 종을 흔들어도 대부분 사람들은 무심히 지나친다.

얼마 전에야 '백선행'이란 분을 알게 되었다. '김수복'이란 수필가가 쓴 책에 자세히 소개되어 있어서 감명 깊게 읽었다. 북한에서는 백선행을 근검과 절약의 상징으로 내세우고 있다는데, 그분의 선행이 북한체제를 유지하는 데 왜곡되게 쓰이고 있어서 유감이다.

그분은 근검절약하여 평생 모은 돈을 아름답게 쓰고 갔다. 젊을 때는 악바리 백과부, 억척이 백과부로 불렸다는 백선행은 사과 껍질은 물론 씨를 뺀 속까지 먹었다고 한다. 그렇게 절약하여 번 돈을 남을 위해 아낌없이 내놓았단다. 쓰고 남은 돈도 아니고 남을 돕기 위해 자신이 먹을 것을 줄여 가면

서까지 하는 선행이라니 감히 흉내 낼 수 없는 경지다.

　김수복 씨는 중학생 시절 '백선행기념관'에서 열린 음악회에서 큰 감명을 받았다고 적고 있다. '김천애'의 울밑에선 봉선화, 테너 '이인범'의 니나의 죽음, 불꺼진 창, 돌아오라 소렌토로를 듣고 황홀함을 느꼈다고 한다. 한 중학생 가슴을 이토록 울렸다면 평양 시민들 중 이 기념관에서 감명을 받은 이가 적지 않았으리라.

　평양에는 조선 사람의 문화행사장이 없으니 하나 지었으면 좋겠다는 '조만식' 선생의 조언에 따라 백선행은 가지고 있던 대부분의 재산을 내놓았다. 충고를 청한 '백선행'이나 의미 있는 길을 알려 준 조만식 선생. 두 분의 만남이 귀하게 느껴진다.

　백선행은 86세로 죽을 때 재산을 한 푼도 남기지 않고 사회에 환원하고 갔다. 열넷에 결혼하여 열여섯에 과부가 된 백선행은 양자를 들였으나 그에게 속임을 당한다. 양자는 '뺑대쑥도 자라지 않는' 선교리란 대동강 건너편에 있는 땅을 옥토라 속여 백선행에게 사게 한다. 이는 거간비를 챙겨 먹으려는 농간이었다.

　그러나 이 땅이 백선행을 거부로 만들어 준다. 풀도 자라지 않던 하얗게 빛나던 땅이 알고 보니 시멘트 광맥이었던 것이다. '오노다'라는 지금도 일본에 건재한 그 회사에 매입 가격보다 몇 곱절의 돈을 받고 땅을 판다. 삯바느질이며 콩나물 장사 같은 온갖 궂은일을 하여 돈을 모았을 때도 백선행은 교육시설에 돈을 기부했다. 평양에 있는 학교 치고 그의 보조금을 받지 않은 곳이 없었다고 할 정도로 선행을 베풀어 환갑 지나면서부터는 백과부에서 '백선행'으로 불렸다.

로또에 당첨된 이들이 패가망신하는 경우가 부지기수라고 한다. 근검절약해서 번 돈이 아니라서 쉽게 써버린 탓도 있겠지만, 자신의 욕망만을 위해 쓰다 보니 욕망에 가속이 붙어 안팎으로 불이 나버린 건 아닐까. 백선행 역시 사기 당해 산 땅이 몇십 배로 돌아왔으니 대박 로또를 맞은 격이다. 만일 그녀가 어린 시절 가난을 보상받으려고 자신만을 위해 욕망을 탕진했다면 돈은 먼지로 화해 공중으로 날아갔을지도 모른다.

후기

여성으로서는 최초의 사회장이었고 '백선행' 장례식에는 조문객 1만 명이 찾아왔다고 한다. 그녀는 마지막 숨을 내쉬며 적어도 자신의 인생이 지긋지긋하지는 않았다고 마침표를 미련 없이 찍고 갔을 법하다. 구세군 종소리는 지칠 줄 모르고 울려 퍼진다.

82_ 정작 필요할 때는 없는 여인

사회사업기관과 전혀 무관하게 살아오다 글쓰기 수업 관계로 갈 곳 없는 여성을 돌보는 여성을 만나게 되었다. 처음에는 감탄의 시선으로 바라보았다. 그러나 만남이 거듭될수록 실망도 짙어 갔다.

단체장인 그녀는 만날 때마다,

"그들을 진정으로 옆에서 도와주는 사람이 되고 싶다."

"사회적 약자인 그들을 변화시켜 자립하게 하고 싶다."

이 소리를 번번이 입에 올렸다. 이야기 도중 눈물도 자주 흘렸다. 본인이 혹독하고 가난한 어린 시절을 보낸 터라 그들의 처지를 깊이 이해하고 있는 듯 보였다.

그러나 거기까지였다. 아름다운 경치를 멀리서 보는 것과 가까이서 보았을 때 간격에서 오는 실망을 느끼면서 점차 만남이 뜸해지다가 지금은 그쪽으로는 발걸음을 하지 않는다. 어느 걸인이 썼다는 시를 적어 본다.

내가 배가 고플 때

당신은 인도주의 단체를 만들어

내 배고픔에 대해 토론해 주었소.

정말 고맙소.

내가 감옥에 갇혔을 때

당신은 조용히 교회 안으로 들어가

내 석방을 위해 기도해 주었소.

정말 잘한 일이오.

내가 몸에 걸칠 옷 하나 없을 때

당신은 마음속으로

내 외모에 대해 도덕적인 논쟁을 벌였소.

그래서 내 옷차림이 달라진 게 뭐요?

내가 병들었을 때

당신은 무릎 꿇고 앉아 신에게

당신과 당신 가족의 건강을 기원했소.

하지만 난 당신이 필요했소.

내가 집이 없을 때

당신은 사랑으로 가득한 신의 집에 머물라고

내게 충고했소.

난 당신이 날 당신의 집에서 하룻밤 재워 주길 원했소.

내가 외로웠을 때

당신은 날 위해 기도하려고

내 곁을 떠났소.

왜 내 곁에 있어 주지 않았소?

당신은 매우 경건하고

신과도 가까운 사이인 것 같소.

하지만 난 아직도 배가 고프고,

외롭고,

춥고,

아직도 고통을 받고 있소.

당신은 그걸 알고 있소?

후기

입은 참 알량하다.

글도 그러하다.

83_ 부부싸움에 이골난 여인

이 세상 모든 싸움이 종식된다고 해도 부부싸움은 결혼제도가 존속하는 한 사라지지 않으리라. 부부싸움 하는 모습을 화가가 그려 놓은 그림을 보니 내가 언젠가 리모컨을 던진 건 애교 수준에 불과했다.

화면 중앙에 옷을 잘 차려입은 부부는 여차하면 서로를 가격할 기세다. 여자는 프라이팬 같은 것을 치켜들고 있고 남자는 강철 막대기를, 사랑한다고 한 번은 말했을 상대를 향해 높이 쳐들고 있는 가운데 넓은 거실 바닥에는 힘을 아끼지 않고 두드려 부순 살림살이 잔해가 널려 있다. 어린 아들은 어쩔 줄 모르고 아버지 다리를 부여잡고, 딸은 어머니 치마를 잡고 나름 싸움을 말리려는 모습이 부부싸움의 적나라한 모습을 보여 주고 있다.

이 그림은 '파리유럽지중해문명박물관'이란 긴 이름을 달고 있는 박물관에 소장되어 있다고 한다. 부부싸움이란 동일한 제목의 그림이 몇 점 더 있어서 살펴보니 내용은 동일하고 등장인물의 의상만 바뀌어 있다. 프랑스 부부들도 화끈하게 싸움을 하는 모양이다. 위안이 된다.

오늘 등장하는 부인도 부부싸움에 이골이 난 사람이다. 요즘은 남편이 여천공단에 근무하고 부인은 서울에 살아서 부부싸움을 잘 하지 못한다고 서운해하는지는 모르겠고, 소화제와 두통약 복용이 줄어들었다 한다. 남편 얼굴을 보는 순간 어딘가 아파온다고 한다. 이 부인은 O형 남자와 O형 부인이 만나면 부부싸움이 격렬해져서 싸움의 후유증이 깊으니 그 결합을 막아야 한다고 주장한다.

O형들은 욱하는 성미라서 화가 나면 앞뒤 구분 없이 할 말 못할 말 다하는 유형이란다. 실컷 꼬챙이로 쑤신 것처럼 상처를 주고 나서 한다는 소리가 자기는 뒤끝이 없어서 그런다는 변명을 하는데, 개족보(애견협회에서 들으면 개족보가 그저 그런 사람보다 비싸다고 항변하겠지만)에 불과한 소리라고 목소리를 높인다. 이 부인은 O형 남자와 A형 여자의 결합이 이상적이라는데 그렇게 살아본 나로서 증언하건대, 그다지 이상적이지는 않았다.

혈액형과 결혼 생활의 상관관계는 이 부인이 자기네 부부싸움이 격렬한 이유를 그것에라도 걸어 두고 싶어 한 근거 없는 이론일 테고, 이 부인이 며칠 후면 여수에 내려올 일이 있다고 전화가 왔다. 이번에 내려오면 만나고 싶은 사람이 있단다. O형 부부가 있는데 듣기로는 자기네 부부싸움은 이 부부에 비해 점잖은 편에 속한다는 말을 지인에게 들어서 내려온 김에 만나보고 싶단다.

참, 할 일도 없어 보이는데, 뒤에 붙이는 말을 듣고 보니 이해가 간다. 나이 들고 보니 자기 남편이 측은해져서 이혼이라도 해 주고 싶다고 한다. 자기처럼 감당 못할 부인을 만나 죽자고 싸우고만 살았으니 이제금 안쓰럽다고. 해서 그 젊은 부부를 만나 싸움의 강도에 대해 들어보고, 자기처럼 인생을 허비하지 말라고 도움말을 주고 싶다는 이유였다.

이 부인을 안 지 30여 년이 넘어간다. 그동안 이 부부의 싸움 이야기를 듣기도 많이 들었는데 최근 것만 기억난다. 내가 '가로세로공방전'이라고 이름 붙여 준 싸움이었다. 남편은 김치를 세로로 찢어 먹는 것을 즐겨함에도 부인은 아랑곳없이 줄기차게 가로로 썰어 식탁에 올렸다. 세로로 찢은 김치는 소화시키기가 힘들고 위벽에 들러붙어 위염 증상을 일으킨다는 의사 소견에 따라 '지놈 생각하고' 가로로 썰어 주었는데 그 공을 모른다는 것이다.

어느 날 남편은 드디어 밥상을 걷어찼고 부인도, 부인 말에 따르면 음식을 함부로 취급하는 '근본 없는 인간'의 만행을 그대로 보고 있을 수 없어서 '파리유럽지중해문명박물관'에 모셔질 법한, 결코 문명스럽지 않은 그림 같은 싸움으로 번졌다고 한다. 피차 전치 몇 주의 진단서를 끊어 놓았다고 한다. 이혼할 때 증거로 제출하려고 한다는데, 말로만 이혼한다고 하지 통 이혼을 하지 않고 살아서 기다리는 내가 다 지쳤다. 서로 원수도 아니고 웬수가 만났다고 하면서도 아직은 손을 놓지 않고 산다.

무릇 모든 싸움은 나는 옳고 너는 틀렸다는 생각에서 일어난다. 절대적으로 나만이 옳은 일이 존재할 수 없으련만 그 순간만은 너는 매일 억지를 부리며 우기는 고질병을 앓고 있는 고로, 언제나 옳고 정당한 나를 따라오라고 강권하는 데서 다툼이 일어난다. 왜 그랬어? 왜 그렇게밖에 못해? 왜 못해 주는데? 왜 나만 해야 하는데? 왜 나만 틀렸다 하는데? '왜'란 화살을 쉴 새 없이 날리며 서로를 옭아매는 싸움. 부메랑이 되어 자신의 가슴팍에 꽂힐 화살인 줄 알면서도 멈추지 않는다.

부부싸움 그림을 검색하다가 마리 로랑생 그림을 보게 되었다. 다른 화가들의 그림은 그리고자 하는 대상을 돋을새김한 것처럼 배경보다 도드라지게 그리는데, 그녀의 그림들은 경계가 모호하다. 그래선지 그림의 대상들이 화면 속에 녹아들어 있다. 부부가 마리 로랑생 그림처럼 서로에게 섞여들고 녹아들 수 있다면 관계가 틀어지지 않을 텐데, 백날 살아도 각을 포기하지 않으니 부부싸움을 끊지 못한다. 우리 부부도 그렇다. 그림을 보고 또 들여다보았다.

며칠 후 여수에 내려온다는 부인이 부부싸움 끝에 남편을 지칭하며 쓴 표현 몇 마디를 참고로 적어 본다. 혹 아는가, 운전하다가 써먹을 기회가 생길지도 모르니 참고로 적어 둔다. 쥐포처럼 짝짝 찢을, 참치통조림으로 만들어 버릴, 돌돌돌 말아서 김밥처럼 썰어 버릴, 쫑쫑쫑 다져도 시원찮을, 마늘처럼 찧어 버릴.

음식으로 남편을 비유하는 걸 보니 부엌에서 음식을 하다가 그날그날 메뉴에 따라 욕이 탄생된 듯하다. 싸우되 남편에게 가지각색 재료로, 다양한 조리법을 활용하여 잘 먹였나 보다. 그만하면 양처일진저!

84_ 7급 공무원 박영남 씨

'박영남' 씨는 경력단절 여성이었다. 지금은 영화 제목처럼 7급 공무원이 되었다. 대학을 졸업한 후 대기업에 다니다가 남편을 만나 퇴사하고 지방에 내려왔다. 지방에 내려와서 일을 찾다가 수학을 가르치게 되었다. 지방에서 고학력 출신의 결혼한 여성이 선택할 수 있는 일은 학원 선생이거나 과외 선생이 최선이었다. 그러나 몇 년 하는 사이 그 일이 자신과 맞지 않는다는 것을 알았다. 학부모들의 다양한 요구를 맞추는 일이 힘들었다고 한다.

영남 씨는 안정적이고 오래할 수 있는 일이 무엇인지 고민하다가 제일 자신 있는 일을 하기로 한다. 『공부가 제일 쉬웠어요』의 저자처럼 공부라면 해 볼 만했다. 바로 7급 공무원 시험에 도전하기로 한다. 9급도 어렵다고 하지만 자신의 나이로 보아 9급부터 하면 올라갈 길이 너무 멀었다.

도시락을 싸서 수능 대비하는 고등학생처럼 도서관으로 출퇴근을 하며 공부에 전념했다. 아침부터 도서관 문 닫는 시간까지 공부에 매달렸으나 2년을 내리 떨어졌다. 원래 2년만 해 보고 안 되면 그만두려고 했던 터라 남편에게 정리하겠다는 뜻을 전했다. 그동안 남편은 회사 다니면서 살림에 아이들 공부까지 도맡아 주었다.

남편은 이제까지 공부한 것이 아까우니 한 번만 더 도전하라고 격려해 주었다. 나중에는 잊어버릴 것 같으니 이 이야기부터 써 놓고 가자. 영남 씨는 딸이 자기 남편 같은 남자를 만나기를 바란다. 아내에게 이런 말을 들을 수 있는 남자가 어디 흔하랴. 게다가 딸도 엄마 말에 동의하는 걸 보면 그 집 남자는 세상 태어난 보람이 쏠쏠하겠다.

3년째, 드디어 1차 시험에 통과한 영남 씨. 지인의 소개로 영남 씨가 우리 집을 찾았다. 2차 시험에 낼 자기소개서를 부탁하려고 왔는데, 먼저 초안을 잡아오라고 일러 주었다. 설혹 남이 써 준 글이 명문이라 한들 그것을 가지고 면접에 들어간다면 자신감이 떨어질 테고 소신이 명확하지 않을 터였다. 영남 씨가 가져온 초안은 이미 훌륭했으나 완벽을 기하기 위해 세 번 정도 수정을 거듭했다. 1차 2차를, 내 기억에 의하면 최고 점수를 받고 합격하였다. 나이가 가장 많았다고 들었다.

공무원 도전기보다 박영남 씨를 '100명 중 한 분'으로 올리고 싶었던 이유는 따로 있다. 동년배로서 만났다면 아이를 키울 때 적잖은 도움을 받았을 것이다.

민경이는 영남 씨 큰딸이다. 민경이가 네 살 무렵, 자랑스럽게 어머니를 끌고 나가 손가락으로 가리키는 곳을 보니 어이없는 일을 저질러 놓았더란다. 산 지 얼마 안 된 차 보닛에 자기 이름을 자갈로 긁어 써 놓았던 것. 영남 씨는 놀라기는 했지만 혼내지 않았다고 한다. 민경이는 그 뒤로도 황당한 일을 종종 벌여 놓았다. 전축에 선크림을 잔뜩 발라 놓기도 했는데, 그때도 아이와 전축을 같이 닦으며 문제를 어떻게 해결해야 하는지 자연스럽게 익히게 했다는 영남 씨.

영남 씨는 딸이 하고 싶어 하는 것을 자기 판단으로 못하게 막지 않는다. 시도해 보고 아니다 싶으면 스스로 해결하게 하고 해결할 수 있도록 최소한의 도움만 준다. 영남 씨는 아이 성적이나 등수에 연연해하지 않고 좋아하는 과목에 집중하게 하고 과외는 시키지 않는다. 민경이가 하고 싶다는 것을 배우게 한다. 민경이는 피아노, 가야금, 그림을 자의적으로 배우러 다닌다. '박영남' 씨는 한 가지만 딸에게 주문한다. 도서관에 갔을 때 영남 씨가 추천하는 책과 본인이 읽고 싶은 책을 같이 대출하여 읽는다. 주말에는 읽은 책을 가지고 딸과 의견을 나눈다. 모녀가 공통으로 읽은 책이 많아서 모녀지간 불통을 걱정하지 않아도 된다.

오늘 김장 준비를 얼추 해 놓고 점심을 이 모녀와 함께했다. 민경이가 교환학생으로 미국에 간 지 일 년 만에 돌아와서 만나기로 한 것이다. 민경이는 대한민국에서 8년간 학교를 다니며 경험했던 일보다 지난 일 년 동안 한 일이 더 많다고 한다. 교환학생으로 가겠다는 결정도 민경이 의견에 따라서 내린 결정이었다. 아름다운 우리말 잊지 말라고 '윤동주' 시집을 민경이에게 선물했다.

후기

영남 씨는 젊은 엄마들의 자식애가 해마다 높아지는 것이 눈에 극명하게 드러나 안타깝다고 말한다. 젊은 엄마들 나이대에 따라 자식애와 자기애가 나이 차이만큼 강해지는 것이 느껴진다고 한다. 자기 아이 머리에만 조명을 켜놓고 아이만 주시한다는 것이다. 절지동물처럼 엄마가 아이의 주위 관계를 끊어내고 자신에게만 집중하는 아이로 키우는 젊은 엄마들에게 괴리를 느낀다고 한다.

85_ 보통이면서 보통을 넘어선 여인

'김혜자' 씨는 남을 시기할 줄 모르고 험담할 줄도 모르며, 남편과 부부싸움 따위는 하지도 않을 것처럼 보인다. 본인은 부부싸움을 했다고 하지만 글쎄, 얼마 전에 쓴 부부싸움에 이골이 난 부인이 보면 애정 표현에 다름 아닌 수준에 불과할 것이다.

결혼해서 시동생을 좁은 신혼집에서 4년이나 데리고 있었다는데 한 번도 큰 소리를 낸 적이 없다고 한다. 혜자 씨는 독실한 기독교도인이다. 하느님 가르침에 따라 선하게 살려고 노력한다. 하느님 가르침이란 도덕률에 자신을 넣어 두었지만 고루하지는 않다. 커피 한 잔을 앞에 놓고 하느님에게 감사기도를 높고 길게 올리지는 않는다. 교회에 다니는 줄도 몰랐다. 감사기도는 속으로 얼른 하고 대신 지갑을 소리 없이 연다. 거꾸로 하는 사람도 드물지 않은데 말이다.

혜자 씨는 딸 하나에 아들 하나를 두었다. 딸은 이대를 나와 서울대 대학원을 나왔다. 아들은 연세대를 나와서 로스쿨 졸업 후 특허 전문 변호사가 되었다. 아이들 스스로 공부하였다고 말하지는 않는다. 자녀를 뒷바라지하기 위해 적잖이 힘들었다며 모자란 학과는 과외도 시켰다고 말한다.

남편 월급만으로 자녀를 서울에 있는 대학에 보내는 일은 부담스런 일이다. 딸이 박사를 하고 싶다 해서 말렸다고 한다. 둘 다 학사만 끝내고 경제적으로 자립하길 원했으나 공부 잘하는 자녀를 둔 덕에 교육기간이 길어져서 벅찼다고 한다. 딸은 박사를 포기하며 말없이 눈물을 흘렸다고 한다. 눈물짓는 딸을 보며 재테크 달인이 되지 못한 자신을 자책하였다고. 딸은 그 뒤 L전자에 입사하였다.

김혜자 씨는 우리 주위에서 보통 볼 수 있는 주부이면서 흔히 볼 수 없는 주부이기도 하다. 야무진 살림꾼이면서 허세 부리지 않는 실속파에 무엇보다 공부하는 자세를 잃지 않는 학구파다.

겉으로 보면 평범하게 나이든 아줌마로 보이지만 영어, 일어, 중국어까지 배운다. 세 언어 공히 생활 외국어 수준을 넘어섰다. 하모니카 부는 솜씨도 수준급이다. 나는 이름도 모르는 하모니카를 몇 대나 가지고 있다. 세상에 배울 것이 너무 많아서 일주일이 바쁘다. 다리가 시원찮아질 때 서예를 배우려고 아껴 두고 있단다.

얼마 전 남편이 차를 바꾸었다고 하는데 가지고 나오지

않는다. 남편이 운전하고 다니라고 해도 덜렁 가지고 나오지 않는다. 남편이 차를 몰고 다니다가 때가 되면 그제야 단독으로 몬다고 하니 남편을 앞세우고 자신을 뒤에 세우는 마음이 순순하게 느껴져 다시 얼굴을 쳐다보았다.

지갑은 앞세우고 자랑은 숨기는 여인이면서 무엇을 한번 잡으면 끝까지 열과 성을 다하는 여인. 겉으로 보면 지나치게 평범해 보이지만 단단한 나무를 떠올리게 하는 여인이다. 서예는 배울 기회가 오지 않기를. 나이 들어도 그녀 다리가 튼튼하고 짱짱해서 앉을 겨를이 없기를.

86_ 순간을 뜨겁게 산 체타나

"불쌍한 체타나…. 나는 그녀에게 내 옷을 눈처럼 희게 빨라고 했다. 체타나는 나의 제자로 내 옷을 세탁하는 일을 맡고 있다. (중략) 눈처럼 흰옷을 입으니 내가 다시 히말라야에 온 것 같다. 나는 노자가 그랬던 것처럼 히말라야에서 죽고 싶었다." (애석하게도 그는 히말라야 근처에도 못 가고 죽었다.)

이 글에 이어 그는 미켈란젤로가 조각할 때 썼던 흰 대리석 이야기를 이어가고 있다. 하여튼 그는 흰색을 좋아한다. 그 말은 순수하고 순결한 흰색 이미지를 가지기를 원한다는 의미가 내포되어 있다. 흰색 수염을 길게 늘어뜨린 모습에 반해 그의 글을 읽지 않을 수 없었다. 몇 년간은 그의 글에서 위안을 얻으며 그가 권하는 명상에 심취해 스승을 찾아 나서기도 하였다.

그가 풍성한 소매에 주름잡힌, 셔츠라기보다 블라우스에 가까운 눈부시게 흰 옷을 입고 인도 악기를 우아한 손놀림으로 켜고 있는 모습은 아름답다고 할밖에. 남자의 수염을 지저분하게 여겼는데 그의 수염은 가슴까지 내려오는 길이였음에도 한 올 흐트러지지 않고 결이 살아 있었다. 쌍꺼풀진 남자의 눈이 경박스러워 보여 평소 호감을 갖지 않았음에도 그의 쌍꺼풀진 눈만은 예외로 두었다. 단정하며 깊어 보였고 세속적이지 않아 보였다. 그는 이 혼란한 세상에서 흔들리지 않는 그만의 나침반을 쥐고 있는 듯 보였다.

그는 만 권 책을 읽었다 한다. 아니 십만 권이라고 했나? 한때는 철학박사로 대학에서 학생들을 지도하기도 했던 그는 대학에 자신을 한정지어 두기에는 너무 큰 존재였다. 그의 하얀 두 날개는 대학을 넘어 날아오르기 시작했고, 그가 하는 말마다 열광하는 이들이 생겨났다. 그를 따르는 무리가 늘어나 4천 명이나 되는 공동체 마을이 생겨나기도 했다. 무용가 '홍신자'는 그의 제자가 되기 위해 인도로 찾아가 4년간 머물렀다. 그때 눈처럼 흰 빨래를 위해 고군분투했을 여인, '체타나'를 만났을지도 모른다.

어제 홈쇼핑에서 주문한 '마법의 세제'가 도착했다. 물에 섞어 분무기로 뿌리기만 하면 싱크대며 환기 구멍이 순식간에 깨끗해짐은 물론 누래진 빨래는 눈처럼 새하얗게 바꿔 주는 마법가루라 한다. 난 허황한 것도 좋아한다. 세상이 짜인

대로만 돌아가지 않고 간간 서프라이즈한 일도 생겨야 재미 있지 않겠는가. 어릴 때 꾸었던 꿈에서처럼 모래바닥을 팠더 니 반짝이는 금화가 끝도 없이 나오고 (금화인 줄도 모르고 무언 가 귀한 것이니 엄마를 갖다 주면 좋아하겠다고 생각하며 바삐 손을 놀렸 다.) 순간이동도 가능하고, 맛있는 음식을 생각하면 앞에 짠! 하고 나타나면 오죽이나 좋겠는가. 이 세상은 쓸데없이 진지 해서 탈이다. 하여튼 돈 주고라도 살 수 있는 마법가루가 있 어 다행이다.

체타나여! 나에겐 마법가루가 있다네. '체타나'가 옆에 살 면 나누어 줄 텐데 안타깝다. 각설하자.

눈처럼 흰옷을 좋아하는 이 양반 이름은 '오쇼 라즈니쉬' 다. 라즈니쉬의 여제자가 체타나다. 체타나는 본명이 '마 프 렘 순요'로 영국인이다. 오쇼 라즈니쉬는 영국인을 온갖 어 리석음과 허세로 무장한 속물로 본다. 영국에 유학한 간디도 깨달음이 무엇인지도 모르는 형편없는 자로 여겼다.

오쇼 라즈니쉬는 체타나에 대해 이렇게 평한다.

"체타나도 영국인이지만 그녀는 영국의 숙녀들처럼 별이 라도 딸 양 남자들보다 더 코를 위로 치켜들지 않는다. 그녀 에게서는 생선 썩는 속물 근성이 보이지 않는다."

라즈니쉬가 '불쌍한 체타나'라고 한 이유와 다르게 나도 체타나가 불쌍하다. 마법가루도 없이 두 손만 있는 체타나.

스승은 수행이라는 걸 코에 걸고 눈처럼 흰 옷을 그녀에게 요구했다.

『내가 사랑한 책들』(오쇼 라즈니쉬 강의를 옮긴 책으로 류시화가 번역했다. 사족이지만 이 시인이란 레테르를 단 수행자는 어디서 꽤꽝스런 책을 찾아다 번역도 잘 한다. 그가 번역만 하면 베스트셀러가 된다. 라즈니쉬가 남의 결핍된 부분을 찾아내는 데 천부적 재능이 있었다면, 이분은 잘 팔릴 책을 선택하는, 틈새 눈이 단연코 탁월하다.)에서 라즈니쉬가 체타나를 언급한 단 몇 줄을 읽고 이제야 이상한 생각이 들었다. 이 책을 몇 번이나 읽었는데도 이 구절이 오늘에야 눈에 들어와서 이상했고, 이 구절로 인하여 그를 멋지게 보이게 했던 흰 블라우스가 갑자기 속물적인 의상으로 보여 '체타나'란 여인이 불쌍해졌다.

숨이 차다. 오쇼 라즈니쉬를 직접 보면 향유를 내 머리에 발라 발이라도 닦아 주려 한 적도 있었건만, 이 구절에서 빈정이 상해 버려 속이 상하고 숨이 차다.

체타나는 일일이 손으로 '라즈니쉬' 옷을 빨아대야 했다. 그가 입은 옷처럼 눈부시게, 얼룩 한 점 없이 빠는 일은 공력이 많이 든다. 나에겐 불가능한 일이다. 다림질도 해야 하고 풀도 먹여야 하고 손이 완전 부엌데기가 되어야 저런 뒷바라지를 할 수 있다. 스승이 히말라야에 간 것처럼 신선한 기분을 느끼게 하고, 단상에 올라 신과 같은 경지에서 말씀을 내리고, 그것을 받아 적게 하려면 (그가 강의하면 누군가 받아 적어 '라즈니쉬' 이름으로 출간한 책이 700여 권에 달한다.) 신비스러운 카리스마가 있어야 한다.

라즈니쉬 뒤에 체타나가 있었다. 빨고, 헹구고, 치대고, 문대고, 널고, 걷고, 다림질하고…. 고단한 동사의 행렬이 조선통신사 행렬처럼 따라붙어야 가능한 일을 체타나는 소리 없이 수행했다. 라즈니쉬도 그녀를 인정했다. '그녀는 최선을 다한다'고. 그가 아무리 공식석상에서 거명해 줄지라도 입으로 하는 칭찬은 그녀의 숨 가쁜 동사 행렬을 어느 한 부분도 생략해 주지 못한다.

체타나 생각을 하며 길을 걷는데 눈이 내린다. 라즈니쉬 말대로 히말라야에 간 것처럼은 아니라 해도 눈은 하얘서 포근했다. 문득 '체타나는 행복한 여인이 아니었을까?' 하는 생각이 들었다. 인간은 아무리 위대해 보여도 가까이에서 보면 한계가 있는 법. 그도 한낱 인간임을 알아본 많은 이들이 라즈니쉬를 떠나 버렸건만 체타나는 변함없이 그의 곁을 지켰다. 라즈니쉬는 후에 명성도 시들해졌고 무시받고 거부당하고 쫓겨나기도 했다. 그래도 체타나는 최선을 다해 스승을 시봉한다. 그녀는 헌신할 대상을 찾았고 끝까지 믿음을 잃지 않았다.

그대가 누구인지

그대가 어디에 있는지

모르는 채로

다만 순간에서 순간으로 존재하라.

이것이 나의 사람들이 살아가는 방식이다.

라즈니쉬가 노래한 것처럼 체타나는 순간에서 순간으로 존재했던 여인이었다. 영원이라거나 미래에 집착했다면 어떻게 이런 헌신이 가능했겠는가. 체타나의 헌신은 어느 순간에는 라즈니쉬를 넘어섰으리라. 순간을 뜨겁게 살았던 여인 체타나를 생각하며 걷는다. 눈이 내린다. 하얀 헌신의 눈이.

87_ 허세 고군분투 회장님

　'실속이 없이 겉으로만 드러나 보이는 기세.' 사전에 나와 있는 '허세'의 정의다. 맞는 말이지만 한번에 와 닿지 않는다. '딱히 드러낼 것이 없는데도 위세를 부리고 자랑을 일삼거나 부풀려 말하는 행위'로 허세를 정리해 본다.

　이처럼 허세가 들어 있는 글로 이 글을 시작한다. 여자들이 제일 싫어하는 남자가 '허세남'이라고 한다. 허세 부리는 남자는 척을 잘 한다. 있는 척, 아는 척, 잘난 척…. 이런 분을 일컬어 삼척동자라 한다. 삼척동자가 있으니 삼척동녀가 없을까.

　우선 나부터도 허세가 심하다. 지식이 많아 보이고 싶은, 근천스럽게 보이고 싶지 않은, 지혜롭게 보이고 싶은, 글 잘 쓰는 것처럼, 바쁜 체하는, 남편 복 있다고 가장하는, 내 삶은 아무 문제 없다는, 중요한 인물로 보이고픈, 무슨 일이든 초연하게 넘기는 인상을 주고픈. 허세로 치면 2천 가지가 부족하랴. 옷을 입고 외출하는 사람치고 허세가 없을 수 없다. 누군가와 만나는 순간부터, 심지어 키우는 개가 옆에 있다고 해도 혼자가 아니라면 허세에서 자유로울 수 없다. 아니, 혼자일 때도 허세의 그물에서 벗어날 수 없다.

명예욕 허세가 강한 여자분이 있었다. 아이가 유치원 다닐 때부터 자모회장을 시작으로 중학교, 고등학교 자모회장을 놓치지 않았다. 대학교에도 그런 게 있다면 기꺼이 어떤 수를 써서라도 자리를 꿰찼을 것이다. 자모회장을 하는 건 좋은데 지나치게 독단적으로 이끌어 가는 통에 뒷소리를 많이 들었다. 자신이 아니면 자모회를 이끌 사람이 없다고 기고만장 허세를 부려 학부모 간에도 따돌림을 당했다. 학교에 뻔질나게 드나들어 나중에는 선생님들조차 제발 학교에 그만 나왔으면 좋겠다고 말할 정도였고, 학생들 사이에서도 치맛바람 아줌마로 유명했다.

한자리 하기는 좋아하면서도 진지꼽쟁이처럼 사비로는 찻값 한 번 치르는 법이 없는 인색한 태도 때문에라도 욕을 들었다. 하다못해 작은 모임에서라도 회장을 맡지 않으면 모임을 그만두었다. 학창 시절에 임원을 하고 싶었으나 한 번도 해 본 적이 없어서 포원을 풀고 싶어서 그렇다고 우스갯소리를 들을 정도로 우두머리를 맡고 싶어 했던 부인은 현재도 아파트부녀회장을 맡고 있다. 그뿐 아니라 시에서 운영하는 무슨 단체의 회장을 하나도 아니고 여러 개 맡고 있다.

명예욕 못지않게 가족 자랑, 친척 자랑에도 열을 올렸다.

장관, 차관, 방송국 국장, 언론사 편집장…. 물론 현충원에 묻힌 독립투사 조상도 있었다. 잘난 친척들이 그 부인을 유럽의 성벽처럼 에워싸고 있었다.

그 부인을 만날 때마다 스트레스를 받았는데 나도 그 부인에게 스트레스를 적잖이 주었을 것이다. 당시는 그 부인 탓만 했으나 지나고 보니 비로소 눈에 보여 알게 된 사실이다. 나는 그녀에게 당신같이 아무 데나 낄 자리 안 낄 자리 구분 못하는 주책이 아니라는 암시 허세를 던졌던 거다.

그녀가 나를 무척 싫어했다. 그녀는 나를 잘난 것도 없는 같잖은 주제에 잘난 척하는 여자로 기억하고 있을 것이다. 유력한 친척도 없고, 자녀 공부도 별로고, 생긴 꼬락서니는 물론 남편이나 나나 일류대학을 나오지도 않은 주제에 꼴같잖게 잘난 체를 한다고 여겼을 것이다. 실제로 나를 흘겨보는 그녀의 시선을 몇 번 느끼기도 했다.

나이 들면서 허세를 줄이려 노력 중이다. 허세를 부렸구나 싶은 날은 재를 씹은 듯 기분이 언짢다. 오늘도 허세를 부리고 왔다. 음식 못한다고 엄살을 떨었다. 이 나이에 엄살은 징그러운데 어떻게 태연히 엄살을 떨 수 있는지. 이 나이 되도록 음식 못한다고 말하는 건 노력이 부족했다고 볼밖에 없다. 그러니 다만 부끄러워해야 한다.

내가 부린 터무니없는 엄살 속에는, 나는 그동안 음식을 내 손으로 자주 안 해 본 바쁜 사람이거나 손에 물 묻히지 않고 살아온 사람이라는 허세를 슬쩍 콩고물 묻히듯 묻혔음을 누구보다 나 자신이 그걸 감지하고 있다. 혹은 겸손을 가장한 허세이거나. 부풀리는 허세도 있지만 마이너스 허세도 있다. 불행하다고 강조하는 허세, 슬픈 주인공 허세, 피해자인 척하는 허세, 이런 마이너스 허세는 동정이나 관심 혹은 핑계를 마련하기 위한 자구책이다. 가끔 남편에게 써먹었는데 요즘에는 별 반응이 없어서 사용하지 않은 지 오래다.

후기

SNS는 허세의 마당이다. 시간이 아깝다 하면서도 몰입한다. 내 본모습이 아닌 편집된 나를 보여 주기 위해 오늘도 고군분투한다.

88_ 윗집 부인 *

위층에서 '우당탕탕' 소리가 난다. 사람이 넘어져 구르는 소리 같기도 하고 가구가 넘어지는 소리 같기도 한, 소리가 종종 들려온다. 보통 새벽 두 시 정도 되면 들려오는데 사람 목소리는 들리지 않는다. 한두 번 들리다가 마는 날도 있고 한참을 시끄럽게 울리기도 한다. 한 달에 몇 번은 들려오는 소리라서 익숙해질 법한데 자정이 지난 시간이라 깜짝 놀라서 깨게 된다.

아파트에 처음 이사 왔을 때 같은 라인의 주민이 모여 식사를 하게 되었다. 아무래도 윗집과 아랫집 세대에 관심이 가서 살펴보았다. 층간소음 때문에 윗집과 아랫집이 모두 조심스러웠다. 아랫집 부부는 두 분 다 선해 보이는 인상이었고, 윗집 부부는 인상이 강해 보이고 내외가 몸집이 컸다. 부인은 전형적인 가정주부로 보였고, 아저씨는 술을 분별없이 드실 분으로 보였다. 50대 중반쯤 되어 보이는데 술독이 들었는지 코끝이 발개져 있었다.

위층에서 들리는 소리는 아저씨가 주사를 부리며 내는 소리려니 싶었다. 소음이 오래 지속되고 여자의 신음소리라도 들리면 신고라도 하겠지만 사람 목소리는 들리지 않으니 소음을 참으며 지낼 수밖에 없었다. 근래 들어 소음도 커지고 횟수도 잦아졌다.

며칠 전 윗집 부인을 엘리베이터에서 만났다.

"시끄럽지요?"

무엇이 왜, 어떤 사정으로 시끄러운지 밑도 끝도 없이 불쑥 그 말만 하더니 가만히 앞만 쳐다보고 있었다. 자세한 사정을 듣고 싶었지만 내가 사는 층에 머물렀고, 하는 수 없이 인사를 하고 내릴 수밖에 없었다. 안 보는 척 살펴보았지만 여자의 얼굴에 멍 자국은 보이지 않았다.

어제는 오랫동안 몸싸움을 벌이는 듯 벽이 크게 울리고 물건이 바닥에 떨어지는 소리가 크게 들렸다. 여자가 두들겨 맞고 있나? 매 맞는 남자도 있다던데 남자가 당하고 있나? 아니, 전혀 다른 일일 수도 있다. 눈으로 본 일도 사람마다 의견이 다른데 보지 않았으니 무슨 일인 줄 어찌 알랴.

윗집에 자녀가 셋이나 있다고 들었는데 평소에는 발소리 하나 들리지 않는다. 사람이 살지 않는 것처럼 화장실 물소리도 어쩌다 가끔 들릴 뿐이다. 다만 자정이나 새벽에 그 소리가 자주 들린다는 점이다. 만일 윗집 여자가 구타를 당하는 소리가 확실하다면, 아니 그 반대의 경우라 해도 이번에는 신고를 해야겠다고 마음먹는다. 부부 간 어떤 이유로라도 폭력은 변명의 이유가 될 수 없다. 사람이 사람을 향해 폭력을 휘두르는 것처럼 저급한 일이 있으랴. 남의 가정사라고 제쳐버릴 일이 아니다. 지금 이 순간에도 어느 부인이, 어떤 남편이 폭력으로 목숨을 위협당하고 있을지도 모를 일 아닌가.

이상한 점은 지난 8년간 그 부인과 마주친 적이 거의 없다는 점이다. 아무리 활동시간이 다르다 해도 꼽아보니 그렇다. 올해 들어서는 처음 마주쳤다. 다음에 만나면 실례를 무릅쓰고라도 꼬치꼬치 물어봐야겠다.

89_ 거짓말하는 착한 사람

　이름이 선영이었다. '동치미'인가 하는 텔레비전 프로그램에서 어느 여자 패널이 하는 이야기를 듣자 선영이가 떠올랐다. 토크 주제가 '거짓말'이었다. 다른 사람들은 자기가 당한 거짓말을 이야기하는데, 이 여자 패널은 자신이 한 가장 큰 거짓말을 털어놓았다. 불우한 가정환경을 숨기고 엄친딸인 척 살아온 그녀는 남자친구에게도 거짓말이 탄로나겠다 싶으면 헤어지는 방법을 택했다는데, 뒷이야기가 구구절절 이어졌지만 생략하기로 한다.

　선영이는 중학교 동창인데 고등학교는 달랐다. 대학 동아리 활동에서 다시 만났다. 하얀 얼굴에 이목구비가 또렷해서 눈에 띄었다. 지금도 그런지 모르지만 당시 남학생들은 여자가 보기에는 내숭떠는 새침데기에 여성미가 물씬 풍기는 여학생을 선호했다. 선영이가 딱 그랬다. 동아리 남학생 사이에서 선영이 인기가 높았다. 내 눈에는 착한 척하는 앙큼

한 여자로 보였지만 남학생들은 환심을 사려고 선영이 주위를 맴돌았다.

선영이가 건달로 소문난 농과대 학생과 사귄다는 소문이 돌았다. 남학생 집이 버스회사를 운영하는 부잣집이라고 했다. 선영이가 가난한 고학생을 사귈 리는 없어 보이긴 했다. 웃는 모습이 특히 기억에 남는다. 무표정하게 있다가 아는 사람을 만나면 입꼬리를 올리며 말 그대로 승무원 미소를 작위적으로 지어 보였다. 선영이의 웃음이 마음에 들지 않아서 동아리에 가도 먼저 말을 걸지 않았다. 일거수일투족이 방송 편집용으로 보였다. 애당초 중학 동창이란 이름으로 엮이고 싶지 않았다.

하루는 웬일로 버스에서 내려 같은 방향으로 걸어가게 되었다. 얼마쯤 가다가 선영이가 근사한 이층집 앞에서 멈추더니 자기 집이라고 했다. 부잣집 딸이라 하더니 맞는 말이구나 싶었다. 정원수가 심어진 집이었다. 우리 집에도 한 그루 멋지게 심어져 담 밖에서 보였으면 하는, 평소 내가 그리던 집이었다. 왜 내가 그 집을 찾아갔는지 하여튼 며칠 후, 초인종을 누르니 나이 든 남자가 나왔다. 선영이를 찾아왔다고 하자 그런 사람 없다고 했다. 선영이 신상을 말해도 그 남자는 자기 집에는 아들만 둘이라며 오히려 나를 이상하게 쳐다보았다.

선영이에게 그 집에 찾아갔었다는 이야기를 하지 않았다.

나에게 거짓말을 한 것이 분명했지만 어차피 선영이 입에서
나올 말도 거짓말일 게 뻔했다.

　방송반 활동을 하고 있던 선영이는 아나운서가 되고 싶어
했으나 번번이 시험에 떨어졌다. 졸업 후, 어떻게 알았는지
근무하는 학교 교무실로 전화가 걸려왔다. 선영이었다. 대
구 공영방송국에 취직이 되어 음악 프로를 맡고 있는데 대구
사람 치고 자기를 모르는 사람이 없을 정도로 인기가 많다고
했다. 내게 전화를 걸어 근황을 전할 만큼 가까운 사이가 아
닌데도 굳이 전화를 건 이유는 뻔했다. 대구는 지금도 가기
가 멀지만 그때만 해도 멀고 먼 이방인의 도시처럼 느껴져서
그곳의 일을 알 수는 없었지만 믿어지지도 않았다. 나중에
보니 방송국에 근무한다는 말은 사실이었지만 공영방송이
아닌 종교방송이었다. 몇 년 후, 미국으로 이민을 갔다가 이
혼하고 다시 한국으로 돌아왔다는 소문을 들었다.

　몇 가지 예를 들었지만 입만 열면 바로 들통이 날 거짓말
을 자주 했던 선영이의 정신상태가 비로소 궁금해진다. 설마
'리플리증후군'은 아니겠지만 병이 아닌 이상 본인이 분명 거
짓임을 알면서도 남에게 가짜 정보를 주는 이유가 있을 것이
다. 거짓말을 해야 할 필유곡절(비밀유지, 수치심 감추기, 자존감
유지, 두려움, 열등감, 평판, 인정욕구)이 있었을 것이다. 그것을 굳
이 내가 알아야 할 이유는 없다. 이혼 사유가 선영이의 잦은

거짓말 때문이라 해도 나와는 상관없는 일이다.

그렇게 정리를 했으나 선영이의 거짓말은 작아지고 내가 했던 숭악한 거짓말이 옆구리를 찔러댔다. 그간 무수히 해 왔던 내 거짓말에 면죄부를 주고 싶어졌다.

"나야 뭐, 남에게 피해를 주지 않는 소소해서 거짓말이라고 하기에도 미안한 그런 거짓말이었지. 나 정도면 착한 거지."

착각도 거짓말에 속할까?

후기

하나의 거짓말을 참으로 만들려면 거짓말 일곱 개가 필요 하다는 말이 있다. 거짓말이 들통나지 않으려면 탁월한 집중 력과 기억력이 필요하다. 탁월한 집중력과 기억력을 이제는 바랄 수 없는 나이가 되어 버렸으니 거짓말과는 담을 쌓을 일이다.

90_ 이촌 언니

크리스마스다. 크리스마스다. 별 감흥이 일어나지 않는다.
거리도 조용하다. 한때는 거리에 캐럴이 넘쳐났고 인파도 넘
쳐났다. 화이트 크리스마스라도 되면 일이 없어도 집을 나
와 친구와 이 거리 저 거리를 돌아다녔다. 페이스북에 명동
에 빼곡하니 사람들이 담긴 사진이 올라온다. 시끌벅적 소리
가 들려올 법하다. 이제야 크리스마스 기분이 좀 난다. 종교
를 떠나 거리에 캐럴도 울리고 반짝이는 트리가 곳곳에 세워
져 생기가 돌았으면 한다. 크리스마스 본뜻과는 거리가 있을
지라도 그렇게 크리스마스가 기억되길 바란다.

크리스마스 하면 작은언니가 떠오른다. 어제도 오늘도 교
회 가느라 바쁘게 보냈을 것이다. 작은언니를 보면 부모가 심
어 주려고 애쓴 가치관은 별무 소용없음을 깨닫게 된다. 우
리가 자라는 동안 아버지가 금하는 것이 세 가지 있었다. 교
회, 화투, 만화였다. 교회는 하느님을 빌미로 연애를 한다고
발도 딛지 못하게 막으셨다. 아버지가 귀에 못이 박히도록

교회는 안 된다고 했음에도 자식들 중 몇은 주일에 교회 가지 않으면 지옥으로 떨어지는 줄 알고 열심히 다닌다.

그중 작은언니의 하느님 사랑이 제일 세다. 하느님 광팬이다. 우울하다고 해도, 아들이 결혼에 관심이 없다고 해도, 살이 쪄서 고지혈증이 왔다고 해도, 친구와 갈등이 있어 관계가 소원해졌다고 해도 돌아오는 답은 하나다. 모든 문제의 원인은 '하느님을 믿지 않아서'고, 모든 문제의 답은 '하느님 믿어라'다.

언니는 우리 8남매 중 큰오빠 다음으로 공부를 잘했고 머리가 좋으면서도 노력파였다. 시험 기간이 되면 나는 미련 없이 자버리지만 언니는 밤을 새워 공부했다. 노트 정리한 것을 보면 감탄이 나올 정도로 일목요연하게 한 자도 흐트러짐 없이 정리가 되어 있었다. '여자는 대학은 보내지 않는다', '고등학교는 글자 그대로 고등(高等)학교란 뜻이니 더는 공부가 필요하지 않다'는 아버지 신념에 따라 대학 진학을 하지 못하고 취직을 했다. 아버지는 그나마 둘째딸이 공부를 잘하니 교대는 보내 주겠다고 한 발 물러섰는데, 언니는 시시하다고 가지 않았다. 나중에는 그런 결정을 내린 것을 후회했다.

언니가 친구들과 금반지계를 했다며 크리스마스이브에 반지를 타 왔다. 노랗게 빛나는 게 예뻐 보였다. 언니를 졸라 금반지를 끼고 친구를 따라 교회에 갔다. 교회를 다닌 건 아니고 친구가 교회 관사에 살았다. 마침 하얀 눈이 펑펑 내렸고

금반지를 끼고 있다는 것을 잊고 교회 마당에서 눈사람을 만들었다. 집으로 돌아오는 길에서야 반지를 잃어버렸다는 것을 알았다. 세상에 떠다니는 오만 험한 소리를 들어야 했다. 나는 언니에게 그렇지 않아도 미운털이 박혀 있었는데, 언니는 그 일로 나를 더 구박했다. 평소 언니가 가진 예쁜 노트나 옷을 내가 몰래 가지고 나가서 망쳐 오니 미워할 법했다. 나라도 그런 동생은 좋아하지 않았으리라.

깔끔떠는 작은언니를 나도 내심 좋아하지 않았다. 나는 치맛단이 뜯어지면 옷핀으로 대충 찔러 입고 다니곤 했는데, 언니는 날아갈듯 교복을 차려입고 다니면서 자기보다 한 발 뒤에서 나를 따라오게 했다. 내가 자기 동생임을 부끄러워했다. 어디 갈 때도 작은집 행은이를 데리고 다니려고 애쓰는 모습이 눈에 보였다. 작은언니는 내 하고 다니는 꼬락서니를 싫어만 했지 큰언니처럼 교복을 빨아 주고 운동화를 빨아 주지 않았다. 글을 쓰다 보니 큰언니야말로 내 우렁각시였다. 전복이라도 몇 키로 큰언니한테 부쳐야겠다.

나중에 그런 이야기를 하며 서운함을 토로했더니,

"그런 일이 있었니? 모르겠네. 그러니까 하느님 믿어."

그러니까 다음에 올 소리가 아니어도 세상 모든 결말은 그것이었다. 모든 강물이 바다로 흘러가듯 다른 답은 지워 버린 둘째언니. 성경 외 책 한 권 읽는 걸 본 적이 없다. 그렇게 결핍 없는 여인 옆에서 나는 결핍에 허덕이는 이촌 동생인가?

91_ 주문에 충실했던 여인들

　『공자가 죽어야 나라가 산다』,『공자의 이름으로 죽은 여인들』둘 다 공자가 끼친 부정적 측면에 대한 책이다. 살아서도 대접을 받지 못했는데 죽어서도 이런 책이 나오다니 공자로서는 억울하기 짝이 없으렷다. 공자가 무슨 죄인가. 그것을 '제 논에 물대기' 식으로 악용한 남자들이 문제일 뿐이다. 공자야 자기도 지키지 못할 도덕적 규범을 만든 죄 이외 하늘 아래 무슨 또 다른 여죄가 있겠는가.

　청나라 시절, 유교 정신에 충실해야 했던 과부의 삶을 짚고 간다.
　"복건성에는 아이가 없는 과부가 여러 사람들 앞에서 공개적으로 자살하는 풍습이 있다. 특정한 넓이의 공간이 정해지면 거기에 단이 세워진다. 머리 위의 나무들보에는 붉은 색깔의 끈이 걸려 있는데 (중략) 그녀는 단 위에 곡식을 뿌리고, 다른 사람들의 격려를 받으며 스스로 목을 매단다. 모든 것이 끝나면 구경꾼들은 그녀의 도덕적 행동을 떠들썩하게 칭찬하는데 시체를 집으로 옮길 때는 풍악까지 울리며 거리를 행진한다."(『공자의 이름으로 죽은 여인』에서)

잔인한 사회제도에 희생된 과부가 적지 않았다. 자살이라고 하나 도덕을 빙자한 살인이었다. 죽은 자에게까지 여성의 정절을 지켜 내라는 주문에 따랐던 여인들. 그들이 의연하게 죽었다는 기록이 남아 있는데, 과연 그녀들은 그렇게 죽고 싶었을까?

여인들의 자살이 늘어난 데는 학자들의 영향이 컸다고 한다. 지지리 할 일도 없는 찌질한 학자들이 자살한 여자를 찬양하자 자살하는 여자들 수가 늘어났다. 자살을 하지 않으면 은근히 자살을 하도록 압박을 넣기도 하였다. 때로는 예법에 맞게 상복 입은 날수를 채우게 하려고 자살 결행일을 미루라고 종용하기도 하였다. 자살을 기정사실화해 놓고 혼인 날짜 정하듯 택일을 했다.

사육신 부인들이 노비로 팔려 나가자 그때도 사대부란 자들이 의롭게 자살하지 않는다고 여자들을 비난했다는 일을 적은 적이 있다. 중국 남자들이나 조선 남자들 하는 짓이 어찌 그렇게 판박이일까. 청대의 통치자들도 여성의 정절숭배사상이 통치에 중요한 문제라 보고 정숙한 여자를 기리는 법령을 공표했다고 한다. 법령까지 내놨는데 정절을 지키지 않은 여자로 낙인찍혀 살아갈 수가 없었을 여인들. 살려고 세상에 나온 여인들의 사정을 헤아려 주는 남자들은 없었다.

중국 북경 근처 대흥현에 살았다는 사씨라는 여자가 열녀가 된 사연을 옮겨 본다.

"사씨는 남편과 사이에 아이가 둘 있었다. 1775년 친정 나들이를 갔다. 사씨가 몸이 불편함을 느끼고 어머니께 말하자 사씨의 조카에게 진맥 후 처방을 받았다.

밤에 돌아온 남편에게 처방을 보여 주자 남편은 매우 언짢아하며 꼬치꼬치 캐물었다 한다. 남편은 사씨가 예의범절을 어겼다고 꾸짖었다. 남자에게 진찰을 받았고 외출 시 얼굴을 천으로 가리지 않았다는 것이다. 남편은 이 일을 사씨의 시아버지에게도 알렸고, 사씨 부인은 이에 더 상처를 받았다. 사씨 부인은 다음 날 목을 매고 자살을 하였다."

조선 시대만 정절숭배가 혹독한 줄 알았더니 이웃나라 중국은 공자종주국이어서 그랬는지 우리보다 더하면 더했지 모자라지 않았다.

이 책을 읽으며 어이없는 사실을 알게 되었다. 시동생이 물에 빠진 형수를 구하기 위해 손을 내밀어도 되는가? 이 논쟁이 기원전 371년부터 시작되어 송 왕조가 열리면서 다시

부활했다고 한다. '남녀칠세부동석'이란 말이 여인의 운명을 쥐어잡고 흔든 세월이 오래다.

남자란 인간들이 기원전부터 이렇게 혀를 혹사하고 있을 줄 몰랐다. 유럽 남자들은 정조대를 만들지 않나, 과부는 재혼할 수 없다는 법을 만들질 않나, 우리 조상으로 일컬어지고 있는 조선 사대부들은 정혼하고 있는 상태에서 정혼자가 죽어도 여자를 평생 수절하게 만드는 데 수고를 마다하지를 않나. 동서양 남자들이 합심하여 여자를 지심 밟듯 밟기에 바빴다. 남자 평균 수명이 동서양을 막론하고 여자보다 짧은 이유를 이제야 알겠다. 단죄를 그렇게 즐겨하니 단! 할밖에.

후기1

그나마 이황 선생 같은 분이 있어 다행이다. 선생은 법을 어기면서까지 며느리를 몸소 개가시켰다. 혹자는 이런 선생을 두고 '선비로서 윤리를 저버렸다', '윤리를 저버렸지만 윤리를 지켰다'는 평을 내린다.

윤리라는 잣대를 놓아두고, 그를 그냥 마음이 따스한 속 깊은 시아버지로 놓아두면 덧이 날까?

후기 2

지금도 무슬림 지역이나 인도에서는 여인들이 기원전 법에 따라 억압당하며 살고 있다. 명예살인(honor killing)이라 해서 여자가 연애했다는 이유만으로 아버지나 오빠 혹은 남동생에게 살해를 당하고 있다. 오죽하면 무슬림 여성운동가들이 "500년 후에는 자유로워질 수 있을까요?" 이런 자조적인 질문을 던진다고 한다.

92_ 약점 따위는 입 밖에 내지 않는 여인

자신의 약점 따위는 입에 올리지 않는 여인이 있다. 약점을 말하지 않지만 장점은 공작 깃털처럼 펼치기는 잘한다. 집안이 뜨르르하게 대대로 잘살아 왔다는 것을 늘 자랑으로 달고 산다. 자녀들이 공부를 못하는 편에 속했어도 그 여인의 입에서 자식들이 공부 못한다는 소리를 들어본 적이 없다. 공부를 못하니 아예 개인지도도 시키지 않았다. 처음에 조금 시켜 보더니 몇 달 만에 바로 그만두었다. 여인은 실속 없는 일에는 돈을 쓰지 않았다.

이 여인은 일찍부터 경매에 눈을 떠 돈을 크게 불렸다. 경매하다가 큰 손해를 입기도 했다는데, 성공 사례는 자랑 삼아 말하지만 손해 봤다는 소리는 일절 하는 법이 없다.

얼마 전 그 집 남편이 등산을 하다가 쓰러져 식물인간이 되었다는 소리가 들려왔다. 벌써 일 년이나 되었다고 한다. 나는 그럴 리가 없다고 했다. 그동안 내가 알기로 두 번이나 해외여행을 다녀왔고, 모임에도 꼬박꼬박 나와서 여전히 큰

소리로 잘 웃었기에 그런 일은 있을 수 없다고 했다.

내가 믿지 않자 소식을 알려 준 분에게서 전화가 왔다. 그 집 남편이 있다는 병원까지 알려 주었다. 만일 그 일이 사실이라고 해도 이 여인은 절대 사람들에게 알리지 않을 것이다. 남편이 병원에 있는 동안 해외여행을 갔다 왔다고 해도 나는 믿겠다. 그녀는 예정되어 있는 일은 절대 바꾸지 않고, 아무 일 없었던 것처럼 일상생활을 해 나갈 사람이다. 그녀의 지론은 이렇다.

'이미 일어난 일은 일어난 일. 바꿀 수 없는 일은 바꿀 수 없는 일. 바꿀 수 없는 일로 슬퍼할 필요가 없다. 포기할 것은 바로 포기한다. 한 번뿐인 인생을 즐기며 산다.'

이분은 자기 죽음도 약점이라고 생각해서 주위 사람에게 알리지 말라고 할 것이다. 눈앞에 적도 없는데 말이다.

후기

이 여인은 누구에게도 어떤 동정도 받고 싶어 하지 않는, 자존심이 강한 여인이라고 생각한다. 누구의 도움도 받지 않고 혼자서 어려움을 헤쳐 나간 것을 보면 멘탈도 강하고 생활력도 대단한 여인이다. 친한 사람에게는 푸념으로라도 하소연할 법하건만 한마디도 자신의 어려움에 대해 털어놓는 법이 없다. 언젠가 사석에서 "그 사람이 도와줄 사람이라면 백 번 하소연해 보지만 '척' 보면 도와줄 급수가 아닌데 왜

속을 털어놓아 자신을 궁색하게 만들어?" 한 걸 보면 우리들은 급수가 아니었던 모양이다.

실전에 최고로 강한 여인으로 엄지를 '척' 들어주고 싶다. 책 한 권 읽지 않아도 모르는 것이 없고, 못하는 일이 없다. 여전히 경매로 자산을 불려 나가고, 요즘은 경매 강의도 한다고 들었다.

여기까지 글을 쓴 뒤 문득 '그런데 왜 내가 이 여인을 부정적 시선으로 바라보고 있지?' 그런 의문이 들었다. 사람들이 자신의 밝은 쪽만 쳐다보기를 원해서 어두운 면은 말을 하지 않는 건데 왜? 힘든 일이 있어도 굴하지 않고 당당하게 사는데 왜? 이 여인이 불행해 보이는 표정을 짓지 않아서 마음에 들지 않아? 설마?

오래전 일이다. 병원에 갔다가 두 남자가 하는 이야기를 우연히 들었다. 남편과 같은 회사에 다니는 분들이었다. 한 분이 "저는 편도선이 고장나서 왔는데 과장님은 어디가 고장나서 오셨나요?" 하고 장난치듯 물었다. 그러자 과장은 "내 약점을 알려고 하지 마" 하면서 절대 말하지 않았다.

무슨 인과관계가 있는지는 모르겠는데 약점을 말하지 않은 남자는 후에 이사까지 올랐고, 물어본 남자는 과장으로 퇴직했다. 당시 약점을 말하지 않은 남자가 참 별스럽다고 생각했다. 그는 약점까지 관리하며 세상을 전략적으로 살았을까?

93_ 불현듯 생각나는 여자들

1.

불현듯 생각나는 여인이 있다. 쓰레기 종량제가 막 시작되었을 때 분리수거장에서 자주 보던 아줌마다. 아줌마라고 해도 아줌마라 부르기에는 아깝게 어려 보였다. 그녀는 종량제 봉투를 가져오지 않고 바구니에 쓰레기를 담아 와서 다른 사람들이 쓰레기를 덜 채우고 버린 봉투를 열어 자기 쓰레기를 채워서 버렸다. 당시는 음식물 쓰레기를 함께 버렸기 때문에 냄새도 심했는데 아랑곳하지 않고 맨손으로 쓰레기를 구겨 넣는 그녀가 퍽 근천스럽게 여겨졌다. 근검절약해서 그녀는 부자가 되었을까? 아니면 그저 그렇게 살까?

우리 아버지도 더없이 근검절약한 분이었으나 평생 근검절약했을 뿐 부자는 되지 못하셨기 때문에 가끔 아버지와 함께 그녀가 생각난다. 아버지와 전혀 상관없는 분인데 그렇게 엮여 있다. 아! 아버지는 밥상 앞에서 자린고비 이야기를 들려주며 근검절약을 강조하셨다. 어떤 남자가 장날에 조기 파는 어물전에 가서 조기를 실컷 만지고는 집으로 뛰어와서 우물에 손을 씻더니 며느리를 불러 일렀다고 한다.

"아가! 이 우물물에 조기 만진 손을 씻었으니 날마다 조깃국을 끓이거라."

근검절약하면 또 떠오르는 여인이 있다. 한여름 버스정류장에서 만삭인 배를 안고 버스를 기다리던 여인이다. 40년도 지난 장면인데 지금도 그 여자의 유난히 부른 배가 떠오른다. 금방이라도 아이가 나올 것처럼 위태위태한 몸을 뒤로 젖히고 택시가 그녀 앞에 서도 한사코 버스를 기다리고 있었다. 택시 승강장에서 택시를 잡다가 그만두고 여인을 지켜보았다. 택시를 태워서 데려다 주고 싶을 만큼 힘들어 보였다. 그녀는 부자가 되었을까? 하기는 부자를 떠나 어디선가 단단하게 잘 살고 있으리라.

여담이지만 시아버님은 구순이 넘어서도 택시를 타는 법이 없었다. 자가용을 1980년대 후반 마련했는데 그때까지도 남편 역시 택시를 타지 않았다. 차멀미하는 나와 동승할 때는 먼저 택시를 잡았지만 자신이 편하자고 택시 타는 법은 없었다. 부자지간에 근검절약했지만 시아버님이 한 수 위였다. 두 분 다 부자 소리는 못 듣고 산다. 시어머님은 "느그 아버지가 그리했으니 자슥들 밥 안 굶기고 학교 보냈다" 하신다.

하기는 부모에게 받은 것 없이 육 남매 키웠으니 근검절약 힘이 세긴 세다. 시어머님 역시 장날에도 사탕 한 번 자식들에게 사 주는 법 없이 아끼며 살았다고 한다. 그런데 나이드니 그게 후회된다며 반찬도 좋은 거 못해 준 게 마음에 걸린다고 울먹이며 말씀하신 적이 있다.

우리 아버지도 큰자식이 서울에 있는 대학에 합격하자 즐겨하던 담배를 당장 끊었다는 소리를 어머니께 들었다. 부모들 근검절약이 자식들에게는 큰 몫을 한다.

이 글은 대장동인지 소장동인지 개발로 곽상도란 국회의원 아들인지가 퇴직금을 50억이나 받았다는 기사가 나온 날 썼다. 돈 될 곳을 기가 막히게 냄새 맡고 파리떼처럼 몰려든 자칭 타칭 권력을 쥔 자들의 행태를 보며, "아! 저렇게 부자가 돼야지. 종량제 봉투를 채우고 택시 안 탄들 언제 부자가 되겠어? 흥!" 한 날이다.

그러나 한 숟가락이라도 떠먹겠다고 몰려든 그들이 줄줄이 검찰에 출두하는 걸 보며 "까짓, 50억? 천 억이라면 몰라!" 하며 신포도 못 먹은 여우 흉내를 냈는데, 여기서 '그런데 말입니다'를 안 할 수가 없다. 그 판에서 8천 투자해서 천 억 이상 벌었다는 천하동인1, 천하동인2, 그리고 그 외 기타 다수가 있다고 하니 '아이고!' 곡소리가 절로 나온다.

2.

은행에서 돈을 빌리기란 요즘도 어렵지만 1980년대에도 그래서 은행보다는 개인끼리 돈을 빌려주고 빌려 쓰는 거래가 활발했다. 이자도 높아서 지금 사채 수준 못지않게 1부를 받았다.

정훈 엄마라는 분이 있었는데 이분은 돈놀이를 일찍 한 덕분에 들리는 소문으로는 지방이라 해도 요지에 빌딩 두 채를 가지고 있다는 소문을 들었다.

이분의 돈 모으는 방법은 다른 평범한 가정주부들 사이에서 단연 돋보였다. 수중에 십만 원이라도 있으면 그냥 집에 두는 법이 없었다. 빌려주면 다문 몇 푼이라도 나오는데 그걸 왜 집에 두느냐며 돈을 꾸어 가라고 온 동네 사람들에게 전화를 걸었다. 그래도 사람이 나타나지 않으면 지인의 지인에게까지 줄을 대어 기어이 돈을 빌려주었다. 당시는 빌려준다고 하지 않고 '돈을 놓는다'고 했다. 이런 분들을 돈놀이하는 사람이라고 불렀는데, 정훈 엄마는 전혀 개의치 않았다.

수중에 90만 원이 있다 치면 이 부인은 어떻게든 백만 원을 채워 또 다른 누군가에게 돈을 빌려주었다. 그럼 백만 원에서 모자란 10만 원은 어떻게 마련하는가 하면, 그 방법은 정훈 엄마 아니면 생각도 못할 방법이었다. 당시 그만그만한 동네에 모여 살았고, 갓 결혼한 처지라서 서로 체면을 차리고들 살았는데 정훈 엄마는 체면보다 실리를 추구했다. 다들 정훈 엄마를 이재에 지나치게 밝은 여자라며 뒤에서 말을 삼았다.

그러거나 말거나 정훈 엄마는 착실히 돈을 모아갔다. 아!
90만 원 있는데 남에게 90만 원을 빌려줄 수 없을 때는 아는
분에게 한 달만 쓰고 준다며 10만 원을 빌린다. 그러나 정훈
엄마는 이미 속으로 한 달을 빌릴 필요가 없다고 생각하고
있다. 왜냐하면 누군가에게 빌려준 돈 이자가 며칠 후면 들
어올 줄 뻔히 알고 있어서다. 정훈 엄마는 한 5일 뒤쯤, 돈을
빌린 상대에게 전화를 한다.

"○○엄마! 어떡해! 돈을 쓰려고 했는데 필요 없어서 10만
원 돌려 드릴게요. 아, 5일 썼는데 이자 드릴까요?"

아줌마들은 속은 어쩔지라도 "에이, 며칠 쓰고 무슨 이자
요?" 하고 만다.

정훈 엄마는 자기가 빌리는 돈은 이자를 안 내고 남에게
빌려주는 돈은 하루치라도 꼬박꼬박 이자를 챙긴다는 게 소
문이 나서 그 뒤부턴 사람들이 돈을 잘 빌려주지 않았다.

그녀는 남에게 김치 한 보시기 흔쾌히 주는 법이 없었다.
자기 가족 외는 관심이 없었다. 가족끼리 똘똘 뭉쳐서 살았
다. 그녀는 손끝 야무지고 입끝 야물고 살림끝 야문, 알알이
꽉꽉 들어찬 옥수수 같은 여인이었으나 좀 숨이 막히긴 했다.
그래도 대순가. 보는 남들 숨 좀 막힌들 빌딩까지 마련했으
니 대로를 활보할 만하다.

'나 빌딩 사는 데 당신들이 벽돌 한 장 준 적 있어? 어디서 뒷담화야?'

누군가 자기에게 뒷담화를 했다고 하면 필시 그녀는 이렇게 큰소리를 칠 것이다. 각설하고, 그녀는 내가 만난 여인 중 가장 이재에 밝고, 남의 말에 신경 쓰지 않는 튼튼한 신경줄을 가지고 있었다.

3.

며칠 전 중국음식점에 가서 식탁 한쪽에 놓여 있는 물컵을 보자 살집이 좋았던 아주머니가 떠올랐다. 아니다, 어느 식당에 가든 물컵을 볼 때마다 거의 이 아주머니가 떠오르니 끔찍하기도 하다. 보통 아주머니였으면 50년 전에 본 그를 까마득하게 잊었겠지만, 이 아주머니 때문에 식당에 가면 아직도 찜찜함을 떨치지 못하고 산다. 특히 중국음식점이라면 더더욱.

초등학교 5학년 여름 방학이었다. 어머니가 심부름을 시켰다. 며칠 전 옆집에 살던 친구가 이사를 갔는데 그 집에 처음 보는 아주머니를 모셔다 주라는 것이다. 친구 집이 너무 멀어서 싫은 표정을 하자 아주머니는 나를 중국집으로 데리고 가서 짜장면을 시켜 주며 사정을 했다. 나는 짜장면을 먹으면서도 마음이 복잡했다. 당시 우리 집은 중앙동이었는데 친구네는 지금 전주역 부근인 인후동으로 이사를 갔으니 너무 먼

거리라서 엄두가 나지 않았다. 거리도 멀었지만 당시 인후동
은 개발이 되지 않은 산동네였고, 가는 길에는 공동묘지가 있
어서 다시는 친구 집에 가지 않겠다고 작정을 한 터였다.

아주머니는 시킨 짬뽕을 먹지도 않은 채 나를 설득했다.
그러더니 갑자기 오줌이 마렵다며 화장실을 찾다가 그만두
더니 식탁에 놓인 물컵을 들어 오줌을 싸서 아래로 내려놓기
를 두어 차례 반복했다. 아주머니를 그 집에 데려다주었는지
는 기억에 없다. 그 후로 이런 터무니없는 여자를 만난 적은
없다. 아! 터무니없는 여자를 한 번 더 만났다.

한 3년 전쯤 일이다. 골목길을 가고 있는데 갑자기 차 한
대가 내 오금을 들이받았는데, 아무 일도 없었다는 듯 너무
태연하게 우회전을 하더니 한 건물 앞에 차를 세우고는 건물
안으로 들어갔다. 차 문을 열 때부터 "여보세요!" 하고 몇 번
을 불러도 뒤도 돌아보지 않았다. "여보세요! 아줌마!" 했더
니 그제야 고개를 돌리며 "내가 어디로 아줌마로 보여요? 결
혼도 안 한 사람에게" 하면서 오히려 화를 내었다.

"사람을 치었으면 어떠냐고 물어는 봐야 하는 거 아녜요?"

"아줌마가 잘못한 거잖아요."

"내가 무얼 잘못했는데요?"

"아줌마가 골목길 한가운데로 걸으면서 내 운전을 방해했
잖아요."

"그러면 사람을 쳐도 되는 겁니까?"

"아, 나 바빠요" 하더니 여자는 엘리베이터를 타고 올라가 버렸다. 차 사진을 찍어서 경찰서로 갈까도 생각했지만 사는 동안 어떤 일로든 경찰서는 들어가고 싶지 않아서 그만두었다. "오늘은 운이 안 좋았던 날로 치지 뭐" 하고 집으로 돌아왔지만 여자가 괘씸하긴 했다. 요즘 허벅지가 아파서 다리를 펴는 데 애를 먹는다. 병원에 가도 원인을 모르겠다고 하는데, 그 괘씸한 여자에게 탓을 돌리려다가 피식 웃는다.

4.

큰언니 친구 중에 바로 이웃에 살던 분이 있었다. 이름은 기억나지 않는다. 피부가 하얗고 성격이 활달했다. 머리를 양 갈래로 묶고 걸음을 겅중겅중 걸었다. 어머니 눈에는 그 모습이 약간 가벼워 보였는지, 그 친구와 놀면 나쁜 물이 든다며 좀 꺼려하셨다.

부모들은 얌전한 아이를 친구로 삼기를 원한다. 부모는 자식 친구에 관여하기를 좋아하는데, 딸인 경우는 말이 없고 얌전한 아이를 선호하고, 활달하면 바람직하지 않은 일을 하고 다닐 것이란 편견을 일단 가지고 바라본다. 부모들은 자기 자식은 착하고 예의바르며 학교나 집에서 하지 말라는 행동은 하지 않는 줄 철석같이 믿고 있기 때문에, 만일 무슨 문제가 불거지면 모두 친구를 잘못 사귄 탓으로 돌린다.

각설하고, 집에만 있는 언니와 달리 언니 친구는 직장에 다녔는데 큰언니와는 옷차림이 확연히 달랐다. 어느 날 그분이 바지를 입고 나타났는데 어머니가 기겁을 하셨다. 1960년대 후반 여자가 바지를 입는 것도 드문 일이었는데 지퍼가 앞에 달린 바지를 입고 나타나 어머니가 기겁을 했다. 그러잖아도 마땅치 않다고 여긴 터에 숭하게 남자 바지를 주워 입고 다니냐며 고개를 저었다.

그때까지도 쪽을 져 비녀를 꼽고 다니던 어머니에게는 충격적인 옷차림이었겠지만 초등학생이었던 내 눈에도 신기해 보였다. 파격적인 옷을 입고 다니는 여성을 보면 이분이 떠오른다.

큰언니가 80이 넘었으니 그분도 호호할머니가 되었겠지만 지금이라고 평범한 할머니 차림새로 다니진 않을 것 같다.

아픈 이를 부여잡고 고통을 견디던 내 친구의 언니도 생각난다. 집안 식구들이 병원에 가자고 해도 한 달만 견디면 결혼하니까 자기 집 돈을 안 써도 된다고 했다던가. 집에 빚이 많아 결혼시키는 일도 힘든데 병원비까지 친정에 부담시킬 수 없다며 끝까지 버티다가 결혼 후 남편 돈으로 치과에 갔다고 전해 들었다. 처음 마음처럼 친정을 극진히 위하고 살았는지는 그 후 소식이 끊어져서 모르겠다.

5.

정확히 이름이 기억나지 않는다. 1960년 대 후반에는 여자 아이 이름 끝자가 '자'로 끝나는 선자, 미자, 말자, 순자 같은 이름이 많았는데 '민자'였던 것도 같다. 민자는 사나운 정도가 아니라 싸나운 아이였다. 싸움에서 지는 법이 없었고, 툭하면 싸움을 걸었다. 나는 그 아이를 보는 것만으로도 오금이 저렸다. 어릴 적 얼굴에 상처가 자주 나 있었는데 전부 그아이가 할퀸 자국이었다. 어머니는 그때마다 "그런 손짓 사나운 가시내년하고 다시는 놀지 마라" 하면서도 마방집으로 (말을 키운다고 그렇게 불렀다.) 따지러 가지는 않았다.

그 아이 남동생은 더 안하무인이었다. 나이 불문하고 자기 마음에 안 들면 무조건 발길질을 서슴없이 해서 모두 그남동생을 무서워했다. 당시에도 형편이 부유해 보이지는 않았는데 나중에 들으니 형편이 더 어려워져서 대학을 가지 못했다고 들었다. 대학 1학년 무렵 길에서 엇갈리며 지나치는데 굳이 반갑게 아는 척을 하며 나한테 결혼 소식을 알려 주었다. 어린 나이에 무슨 결혼? 하고 떨떠름하게 지나치면서 한편으로는 민자의 처지를 안쓰럽게 여겼다. 그러나 늘 쌈닭같은 표정을 짓고 다녔던 민자 얼굴은 오월 장미처럼 환했다. 부디 어디선가 잘 살고 있기를.

94_ 손님을 지켜야 한다는 세신사

　때밀이 아줌마를 요즘에는 세신사라고 부르고, 때밀이 요금도 세신료라고 한다. 세신사라고 하면 한글세대는 바로 알아듣지 못할 것이다. 지금은 쓰지 않지만 한때 고속도로에 '노견 없음'이라고 한자도 아니고 한글로 쓴 안내 표지가 놓인 적이 있다. 대충 무엇을 가리키는 줄은 알았지만 정확한 의미를 몰라서 궁금했다. 나중에 알고 보니 어깨 견(肩) 자로 도로 옆에 붙은 길이란 의미인, 요즘에 '갓길'이란 말로 고쳐 쓰게 된 한자어였다. 굳이 세신사란 한자어로 명칭을 바꾼 이유야 어렵지 않게 짐작이 간다.

　오십견으로 팔을 움직일 수 없는 형편이다 보니 세신사에게 몸을 부탁할 수밖에 없었다. 목욕탕에 들어가기 전 세차도 맡겼는데 세신 비용이 더 비쌌다. 둘 다 손으로 하는 일이고 보면 얼추 비슷해야 하는데 가격 차이가 상당히 났다. 차에 비하면 내 몸은 아주 작고, 매우 앙증맞은데 말이다.

세신사가 생선 굽듯 나를 앞뒤로 뒤집으며 작업을 하고 있는데, 한 여자분이 몇 시에 때를 밀 수 있는지 물었다. 세신사가 이제 시작했으니 40분 후에나 가능하다고 하자, 시간이 없다며 조금 더 빨리 할 수 없겠느냐며 재촉했다. 그러나 세신사는 아무 말도 하지 않았다. 여자가 다시 "몇 분 후에 올까요?" 하고 묻자, 그제야 퉁명스럽게 "바쁘면 시간 날 때나 오세요" 하고 입을 닫았다. 여자를 살필 수 없었지만 분명 머쓱한 표정을 짓고 돌아섰을 것이다.

"뻔히 손님이 있는 걸 알면서 빨리 해 달라는 건 예의가 아니지요. 지금 하고 있는 손님을 대충 하고 자기를 해 달라는 말인데, 나는 그런 손님은 안 받아요. 손님을 지켜야지 손님을 늘리는 데 치중하면 안 되지요."

세신사 일을 하며 얻은 교훈이라고 한다. 손님 늘린다고 돈을 많이 버냐 하면 그것도 아니고 몸만 망친다고 한다. 보통 다른 세신사들이 5년을 넘기지 못하는데 자신이 18년을 해 온 비결은 욕심내지 않고 손님을 지켰기 때문이라고 한다. 나이를 묻지도 않았는데 올해 일흔 살이고, 이 나이까지 일할 수 있어서 행복하다며 행복이 별거냐며 "그렇지 않아요?" 하는데, 알몸인 채 행복을 정의하기가 그래서 잠자코 있었다.

세신 받다가 인생 강의를 들었다. 때밀이 일도 전문적인 기술이라고 보아 목욕관리사로 부르고, 자격증을 주는 기관도 생겨났다. 어떤 명칭으로 불리든 그들이 전문가라는 타이틀 아래 여타의 전문가들처럼 비용을 비싸게 책정하고, 추가 항목을 늘려서 자기네만 실속을 더하고 세신 받는 자의 실속을 덜어가지는 않았으면 한다. 다만 어제 그 세신사처럼 손님을 실속 있게 지켜 주기를 바란다. 그분이 날 지켜 준 덕에 세신은 어느 때보다 완벽했다. 세차비보다 비싸서 아깝다는 처음 생각이 거북목처럼 쏙 들어갔다.

이제는 진즉 가 버린 도깨비 '김신'이 썼던 말을 어딘가에 넣고 싶은데 마땅한 데가 없어서 억지로 찍어 발라 적는다.

'모든 공정이 좋았다.'

95_ 요 근래 스친 여자들

1.

식당에서 이제 한 돌이나 지났을 아이를 데리고 엄마가 애를 쓰고 있다. 영수증을 보여 주며 "39,400원이지요?" 하자 아이가 뭐, 고개를 끄덕였나? 아니면 손을 꼼지락했나? 그러자 이 어머니 화들짝 반가워하며,

"그래그래, 숫자도 다 아네."

그러더니 다시 다른 영수증을 보여 주며,

"이건 19,000이네? 맞지?"

아이가 알 수 없는 소리로 '아우아 아악' 하자말자,

"맞다고? 아이고! 숫자를 정말 잘 아네!"

저 엄마만 그런 게 아니라 아마 세상의 모든 엄마가 그러리라. 아이 말을 의역하고 오역도 하며 내 아이가 탁월하다고 여긴다. 어느 산부인과 의사 말처럼.

"엄마들은 다 자기 아이가 천재인 줄 알아요."

그러다 언제 꿈에서 깨어났지? 나는?

저 엄마가 꿈에서 깨나자마자 아이를 향해 빗자루몽댕이를 들지 않기를.

2.

역시 식당에서 본 여자다. 백화점 푸드 코너를 지나치던 한 가족. 남편이 "전복라면도 있네. 나 저거 먹을게" 하자, 초등학생으로 보이는 아들도 "나도 나도!" 한다. 과연 그 남편과 아이는 전복라면을 먹었을까?

아내로 군림하고 있는 이들은 남편이나 자식들이 먹고 싶어서 고른 음식에 거의 찬성하지 않는다. 남편이 먹고 싶다고 몇 번이나 말해도 들은 척도 않는다. 라면을 고르면 "에이 무슨 라면이야? 인스턴트잖아?" 마치 자신은 가족에게 한 번도 인스턴트 음식 따위는 먹인 적이 없는 양 말한다.

아내란 분은 푸드 코너를 돌며 남편과 자식이 말하는 음식을 번번 퇴짜를 놓다가 선택하는 음식은, 추측건대 자기가 먹고 싶은 음식이다. 아내들이여, 부디 남편이나 아이들 음식 선택권을 빼앗지 마시라. 그리고 선택 장애로 스스로를 힘들게 마시라.

가족을 몰고 트랙을 도는 것처럼 몇 바퀴 도는 부인과 싸우는 남편도 더러 보았다.

3.

백화점에서 본 일이다. 아이가 엉엉 울며 엄마를 부르며 뛰어간다. 이내 엄마를 찾아 엄마 옆에 서서 엄마 치마꼬리를 붙잡으며, "왜 나만 두고 갔어? 얼마나 무서웠는데…" 하며 징징 운다.

그래도 엄마라는 이는 식품 코너에서 오렌지를 고르느라 여념이 없다.

'얼마나 무서웠다고, 무서웠다고…' 하던, 한 일곱 살이나 되어 보이는 여자아이는 슬그머니 엄마 치마꼬리를 놓고 눈물을 훔친다. 엄마는 더 큰 오렌지를 고르려고 오렌지를 들었다 놨다 하고.

옆에 있던 내가 속이 쓰리고 아려온다.

'애고! 무서웠어? 괜찮아, 괜찮아! 엄마가 잘못했어.'

한마디 하며 안아 주면 좋겠건만. 오렌지보다 딸을 바라봐 주기를. 어린 딸 마음을 알아봐 주기를. 훗날 자신에게 어떤 동조도 해 주지 않는 엄마에게 아예 문 닫아 걸기 전에.

4.

길 가다 뒤에서 들려오는 모녀 이야기를 들었다. 초등학교 3학년이나 되어 보이는 아이를 다그치고 있다. 들어보니 차분히 풀었으면 틀리지 않을 문제를 무려 두 개나 실수를 했다며, 저번보다 성적이 내려갔다고 아이를 잡고 있다.

못하는 아이가 문제를 틀린 건 당연하지만 너같이 우수한 아이가 틀린 건 용납할 수 없는 일이라며 칭찬인지 야단인지 모를 말로 아이를 다그치고 있다. 한 번 하고 끝냈으면 좋으련만, 젊은 엄마는 지치지도 않고 종알종알. 아! 한숨이 절로 나왔다.

96_ 나란 여자, 아니 할머니

늘 나를 보지만 누구인지 이 나이 되어도 모르겠다. 치매 걸린 어머니 말처럼 '뉘신지 모르지만' 하고 나에게 묻고 싶다.

개그맨 김태균 씨는 한창 개그맨으로 주가를 올리고 있을 무렵 자신이 누구인지, 무엇을 해야 행복한지 몰라서 신데렐라 어머니도 아니면서 거울에 대고 물었다 한다. "넌 누구냐?"고. 그러다가 자신이 누구인지 알고 싶어서 글을 쓰게 되었다고 하는데, 내가 글을 쓰게 된 계기도 그와 비슷하다.

그러나 글을 40년 동안 써 왔지만 아직도 나는 나를 모르겠다. 글을 쓰지 않았다 해도 이렇게 오래 살아왔으니 내 반쪽이라도 알아야 할 텐데, 여전히 오리무중이다.

글 쓰는 척하고 글을 써서일까? 껍질 쓴 채 겉모습만 요리조리 돌려가며 쓰지는 않았을까?

애당초 글쓰기에 큰 의미를 두지는 않았다. 자신을 문자화한다는 건 이미 속엣것을 몇 번 거르고 걸러 드러내는 작업이라서 때로는 글쓰기야말로 새로운 가면 같아 아예 글쓰기와

담을 쌓고 산 적도 있었다. 짬짬이 다른 것을 배우고 익혀 보았지만 대개는 일 년을 이어가지 못하고 그만두었다. 그나마 글쓰기만 근근이 계속하고 있다.

다음은 최근에 발표한 두 작품이다. 혹 그 속에 나를 알 만한 단서가 있을까 싶어 올려본다. 한 작품은 제목이 '계속'이고 또 다른 작품은 '눈감아 주세요'다.

1.

때난 일을 하는 것도 아닌데 쫓기듯 살다 보면 '전주에 갔다 와야지. 전주 가서 걷다 와야지. 언제 시간을 내지?' 그런 생각을 하게 된다. 시간을 낼 수 없어서 몇 달 동안 전주에 가지 못하면 마음이 초조해진다.

여수에 살 때는 일부러 무궁화호를 타고 전주에 갔다. 역마다 쉬는데도 아침 10시에 출발해서 전주 바닥을 실컷 돌아다니다 와도 해 질 무렵이면 여수에 돌아올 수 있었다. 용인으로 이사를 온 뒤부터는 전주 가는 길이 좀 복잡해졌다. 바로 가는 기차가 없어서 동탄역까지 나가 SRT를 타고 익산까지 간 다음 다시 KTX로 갈아타는 수고를 해야 한다. 당연히 여기서는 전주를 예전만큼 훌쩍 다녀오지 못한다.

전주 가서 기껏 하는 일이란 예전 살던 동네를 한 바퀴 돌면서 걷다가 올 뿐이다. 살던 동네는 세 군데였는데 한 동네는 완전히 없어져서 어디가 어디인지 모르게 되었고, 다행히 두 군데 동네는 변함없이 그대로다. 자주 둘러보는 곳은 학창 시절을 보낸 중앙동 거리다. 우리 집이 있던 자리는 웨딩홀로 바뀌었는데, 당시 있던 다른 집들은 형태가 거의 변하지 않은 채 오래된 가로수처럼 늘어서 있다.

한때 이곳은 전주 중심가로 사람들 발길이 끊임없이 이어지던 번화가였다. 번화가의 중심에 우체국이 있었다. 젊은이들 만남의 장소로 인기였는데, 다행히 없어지거나 다른 용도로 바뀌지 않고 여전히 우체국으로 남아 있다.

보통 어린 시절 크게 느꼈던 장소를 어른이 되어서 찾아가면 '이렇게 작은 곳이었나?' 하고 놀라기도 하는데, 이곳은 지금 봐도 상당한 규모다. 전화가 흔치 않던 시절 약속을 잡지 않아도 이곳에 가면 몇몇 익숙한 얼굴을 만날 수 있었다.

우체국 앞에 있는 부채를 파는 가게도 그 모습 그대로 있다. 마치 일부러 유적지로 보호해 놓은 듯하다. 둘째 언니 친구 아버지가 운영하던 가게였는데 지난번 궁금해서 들어가 이것저것 물어보니, 이제는 며느님이 맡아서 운영하고 있다고 한다. 가게 넓이는 그때도 좁아 보였는데 여전히 냉장고 박스만 해 보인다. 에어컨이 일상화된 시대에 누가 부채를 살까 싶은데, 전주에 가면 지금도 한지로 만든 태극선이며 쥘부채를 파는 가게가 더러더러 보인다.

우체국 맞은편에 있던 공보관 자리는 비빔밥을 파는 가게로 바뀌었지만 건물은 그대로다. 공보관에서는 미원탑 사거리

근처에 있던 극장과 달리 입장료를 내면 영화를 두 편씩 틀어 주었다. 선도 담당 선생님에게 들킬까 봐 벌벌 떨며 어둠 속에서 영화를 몇 편 보았다. '지바고' '바람과 함께 사라지다' '사운드 오브 뮤직' 같은 영화였다. 친구 몇 명과 작당하여 들어갔지만 몇 번 하다가 그만두었다. 아마 그걸 지치지 않고 끝까지 보러 다녔다면 뭐, 그런 관계 일을 하고 있을 수도 있겠지?

공보관 건물을 보며 실없는 생각도 하다 보면 공보관 앞에서 일명 '고구마땅'을 비가 오나 눈이 오나 팔던 아저씨도 떠오른다. 고구마를 어슷비슷 썰어서 기름에 튀긴 후 물엿으로 버무려 주었는데 물엿이 치즈처럼 늘어났다. 간식 종류가 많지 않았던 시절이라 학생들에게 인기가 있었다.

전주에 살 적에는 전주를 떠나고 싶어 안달이 나 일부러 타 지역에 직장을 잡아 기어코 전주를 떠났다. 이제 찾아뵐 부모님도 안 계시고 딱히 봐야 할 가족이 없는데도 전주로 가는 기차를 타는 이유는 무얼까. 학창 시절 친구들이 아직도 상당수 그곳에 살고 있지만 일부러 연락해서 만나는 일은 드물다. 혼자 가서 돌아다니다 조용히 돌아온다.

아, 지금은 상호가 바뀌었는데 애써 새 상호를 기억하지 않았다. 옛날 중앙회관에 가서 큼큼한 냄새가 나는 된장국에 비빔밥을 먹기도 한다. 약간 검은빛이 나는 집된장으로 끓인 된장국은 예전에 어머니가 끓여 주던 맛과 얼추 비슷해서 전주 가면 다른 음식보다 이 집을 찾는다.

용인에 이사 온 지 채 몇 년이 되지 않았는데도 집 앞 도로는 계속 바뀌고 있다. 길 중간 중간은 무슨 공사인지 사시사철 공사 중이고 주변엔 새 건물이 뚝딱 들어선다. 상가는 상호가 자주 바뀐다. 눈 맞추며 정들 시간을 주지 않는다. 세월을 함께 나눈 시간과 공간이 없다 보니 늘 뜨내기 같은 기분으로 산다. 석기 시대 사람이라면 나는 유목민이 아닌 농경시대 정착민이 아니었을까. 피 속에 그런 유전자가 흐르고 있을 법하다.

전주 나들이는 뿌리를 확인하러 가는 행로다. 파도 파도 끝이 나오지 않는 칡뿌리처럼 중앙동 집터에 시간의 뿌리가 중심을 잡고 있을 것 같다. 그렇다고 그곳에서 보낸 시간이 마냥 행복하지는 않았다. 아버지가 뇌출혈로 쓰러지면서 대학 진학이 불분명해지자 공부를 놓았고, 그래, 우여곡절이란 모든 과정을 뭉뚱그려 주는 말로 그 시절 어려움을 괄호 속에 넣어 두기로 하고 무탈하게? 성공적으로 독립해 전주를 떠났다.

코로나가 기승을 부리기 전 전주를 찾았다. 왜 다시 내가 여기에 섰을까? 변하지 않는 동네라면 아주 어린 시절을 보낸 한옥마을 위에 자리한, 굴다리를 건너야 나오는 중노송동은 그야말로 알코올 속에 보존된 물체처럼, 토씨 하나 틀리지 않은 복사본처럼 남아 있는데 말이다. 변하지 않은 걸 찾아 나선다면 그곳을 더 자주 찾아야 함에도 중노송동은 거의 가지 않는다.

그곳은 억센 뿌리가 박혀 있지 않다. 여뀌며 물봉선이 무리지어 자라는 실개천이 흐르고, 대숲 바람이 불어온다. 아침 햇살을 받은 토마토가 붉게 빛나고 토란잎에 은빛 물방울이 맺혀 있는 곳. 눈부신 하얀 모시옷을 입은 할아버지 뒤를 따라가며 맑은 논물에 나를 비춰 보았던.

그래, 후회라는 것이 이 세상에 존재한다는 것을 몰랐던 시절이다. 내일, 희망, 외로움, 미움, 원망 같은 낱말이 있는 줄 몰랐고, 그 낱말마다에 어떤 상황이 따라붙는다는 것을 몰랐던 시절이 아롱져 있는 곳이다.

너른 마당에 어머니가 가꾼 꽃밭이 있었고, 마당 끝에 있던 넓은 창고에는 장작이 천장까지 쌓여 있었다. 자고 나면 눈부신 아침이 마당에 하나 가득 차 있고 열린 문틈으로 먼지들이 떠다니는 걸 한참 동안 보고 있어도 지루한 줄 몰랐다. 초등학교에 입학하며 그곳을 떠나 전주에서 제일 번화한 곳으로 이사를 하면서 존재하지 않았던 낱말들이 들어와 자리를 잡기 시작했다.

중앙동 집터는 회한이 묻혀 있는 곳, 아마 나는 회한 한 뿌리씩 캐내러 기차를 타는 모양이다. 언제까지 계속될지는 모르지만.

2.

'사노 요코'의 『아니라고 말하는 게 뭐 어때서』란 산문집 머리말은 스스로 본인을 인터뷰한 형식으로 구성되어 있다. 그녀같이 지명도가 높은 작가가 굳이 자문자답을 한 이유는 자신을 다른 방식으로 솔직하게 보여 주고 싶은 의도가 있지 않았을까?

나야 뭐, 이제껏 살아오면서 어색한 영어식으로 말한다면 인터뷰를 당해 보지 못했다. 잠시 잡지 편집을 할 적에 인터뷰 기사를 쓴 적은 있다. 그 일을 하며 녹취한 내용을 풀어쓰는 일도 어렵지만, 먼저 인터뷰 대상에 맞게 질문을 만드는 일이 만만치 않다는 것을 알았다. 하여 오늘은 '사노 요코'가 애써 만든 질문을 빌리기로 한다.

허락을 구하고 싶으나 그녀가 이미 세상을 떴으니 도둑고양이처럼 질문을 은근슬쩍 끌어올밖에 없다.

"눈감아 주세요, 사노 요코님!"

이렇게 말한다면 까칠했지만 유머가 넘쳤던 그녀라면 '뭐, 벌써 눈감고 있어요.' 그렇게 말할 법하다. 아니 그렇게 말해 주기를.

— 어린 시절 가장 슬펐던 일은?

어린 시절 슬펐던 일은 아버지와 연관이 있다. 초등학교 4학년 여름밤이었다. 나는 안방 구석진 곳에서 자고 있었고 무려 아홉이나 되는 식구들이 둘러앉아 수박을 먹고 있었다. 수박 먹는 소리에 잠이 깨었지만 그 틈에 끼어들기가 민망해서 자는 체 눈을 감고 있었다.

어머니가 내가 안 보인다며 찾자, "나간 놈 몫은 있어도 자는 놈 몫은 없는 법이다"며 아버지는 나를 깨우지 못하게 했다. 그 말도 서운했거늘 아버지는 이어서 "명선이년은 멍청해서 J여중에 들어가지 못할 게야" 했다. 평생 흘릴 눈물 총량이 정해져 있다면 그날 상당량을 써버렸다.

'멍청이'란 말이 무척 서러웠다. 다른 가족들은 수박만큼도 내게 관심을 보이지 않았다. 그들이 수박을 다 먹고 자리를 떴어도 한쪽으로 돌아누워 숨죽여 울었다. 베갯잇과 옷 앞자락이 눈물에 젖어 축축했다. 그래도 울음이 그쳐지지 않았다. 그즈음 나도 불 꺼진 방 같은 내 머릿속이 답답했던 참이어서 더 서러웠다.

수박 사건 이후로 아버지 얼굴을 바로 보지 않았다. 아버지를 쥐처럼 피해 다녔다. 그러잖아도 '명선이년'이라 불러서 아버지를 싫어하고 있었는데 온 가족이 모인 자리에서 아무렇지 않게 멍청이라고 단언한 아버지에 대해 정나미가 떨어졌다. 키워 주지도 않은 시아버님에게는 거부감 없이 '아버지'라 불렀는데, 친아버지에게는 무 윗꼭지 자르듯 호칭을 잘라 버리고, 공중전화 앞에 써 있는 문구처럼 '용건만 간단히' 말하고 살았다.

몇 년 후, 어인 일로 멍청이 명선이년이 아버지의 예상을 깨고 소위 일류 중학교라는 J여중에 합격했다. 아버지는 합격자 발표가 나온 날 엿 한 봉지를 '툭' 내 앞에 던져 주었다. 그것을 아무도 모르게 쓰레기통에 버렸다.

'사노 요코'는 "슬픔이란 어떤 사건이 아니라 감정의 밑바닥에 흐르는 물 같은 것"이라고 썼다. 흐르는 물 같은 것이었으면 슬픔도 아련하게 달콤했을 것을.

— 남자란 어떤 생물일까요?

남자는 생물 같은 생물이다. 시간이 지나면 변하니 빨리 건조하거나 가공해야 하는 생물 같은 생물이다. 건조나 가공을 제대로 하지 않으면 여러 이유를 아내에게 대고 다른 여자에게 눈을 돌리고도 전혀 죄책감 따위를 느끼지 않는다. 뒷 설명은 원고 매수를 이유로 생략하기로 한다.

— 자신이 바보라고 생각하나요?

"그렇다."

하도 어처구니없는 일을 저지르고 다니는지라 내 뺨을 몇 차례 때려 준 적도 있다. 오늘만 해도 그렇다. 예약된 병원에 들어서 주차하느라 30분 정도 헤맸다. 운전한 지 30년이 지났지만 지금도 후진 주차를 못하고 양옆에 차가 있으면 진땀을 흘린다. 특히 엘리베이터식 주차시설은 공포 그 자체다. 왜 아직까지 접혀지는 차가 나오지 않는지 의문이다. 차가 접히면 주차공간도 확보가 되니 주차할 때마다 벌벌 떨지 않아도 되는데 말이다. 발명가님들 각별히 분발해 주세요!

운전대와 네 바퀴의 상관관계를 아직도 이해하지 못하고 무턱대고 운전하고 다닌다. 가까운 곳에 주차를 못 하니 차를 가져가면 멀리 떨어진 한적한 곳에 주차하고 걸어간다. 머리가 나쁘면 몸이 고생한다고 하더니 내 하는 꼴이 딱 그 짝이다. 아버지 말이 맞았다. 멍청하다.

그런 주제에 교만을 부린다. 멍청한 데다 교만하기까지 하면 어떤 인간이 되는 걸까? 아! 끔찍하다.

— 지금까지 해 본 가장 모욕적인 말은?

내가 했던 모욕적인 말은 왜 하나도 기억이 나지 않고 내가 들었던 모욕적인 말만 생각나는 걸까? 아니면 내가 누군가에게 모욕적인 언사를 쓰지 않을 만큼 인격적인 사람이었을까? 쓰고 나니 웃음이 난다. 개를 키우고 있다면 개도 웃을 일이다. 개를 싫어해서 다행이다.

각설하고, 이번 질문은 좀 바꿔야겠다. 어쩌겠는가? 정치를 해 본 적도 없고 경제인도 아니었는데도 기억이 나지 않는다. 사노 요코님! 다시 한 번 눈감아 주세요.

내가 들었던 모욕적인 말이 있다. 같은 과에 복학생 선배가 있었는데 꽤 추남이었다. 그래도 소위 전주 말로 째째하지 않았고 여학생들 부탁을 잘 들어주어 남학생들 중에서는 여학생과 가장 사이좋게 지냈다. 그 선배와 다니면 소문 따위는 신경 쓰지 않아도 좋았다. 그런데 그 선배가 다른 과의 얼굴이 예쁜 여학생과 사귄다는 소문이 돌자 과 여학생들이 반신반의했다.

어느 날 여학생 몇이 휴게실에 앉아 있는데 선배가 들어왔다. 평소처럼 격의 없이 "형! 좋은 소식 들리던데?" 했더니 얼굴이 벌게지면서 "너희 같은 수준이 아냐" 하더니, 여학생들에게 경고라도 하는 양 문을 거칠게 닫고 나갔다.

평소 우리 태도에 내심 유감이 많았나 보았다. 긴장감 하나 없이 대하는 태도를 겉으로는 태연하게 받아주었지만 속으로는 무시한다고 여겼음직도 했다. 그 후로 그 선배와 말을 섞지 않았고, 만나도 무시하고 지나치는 것으로 싸잡아 떨어진 수준을 유지하려고 애썼던 기억이 난다. 아! 그리고 그 선배가 예쁜 여학생과 드디어 헤어졌다는 소문을 듣고 지나치게 기뻐했던 기억이 있다.

또 하나 있다.

원고 청탁을 받고 어떤 잡지에 원고를 보냈는데 편집부에서 전화가 왔다. 이미 발표한 글을 보냈다며 아주 불쾌한 반응을 보였다.

"그렇게 글 쓰면 안 돼요!"

묵은 글을 보내지는 않았는데 싶어 알아보니 다른 잡지 관계자가 내 승낙도 받지 않고 글을 잡지에 실었던 모양이었다. 근황을 물어와서 지금 이런 글을 쓰고 있다며 감상평을 들어보려고 보낸 것이었다. 평소 그 잡지는 원고 청탁을 먼저 한 뒤에 글을 게재하고 원고료를 지불했는데, 웬일로 내 승낙도 받지 않고 글을 실었고 심지어 원고료도 보내지 않았다.

하기야 요즘은 기억력이 희미해져서 이게 신작인지 구작인지 가늠이 안 될 때가 있기는 하다.

'글을 그렇게 쓰는 사람'이 된 후 그 잡지사도 더는 내게 청탁을 하지 않았고, 나도 잊고 살았다.

— 신을 믿는가?

신이 있기를 바란다.

끝 간 데 없는 우주에 경외할 대상 하나라도 있어야 떠내려가지 않을 것만 같다.

이런 소설이 있었다. 자칭타칭 조무래기 신들은 마음먹고 어느 날 진짜 신이 산다는 산을 향해 모험을 떠난다. 산에 도착해서 '진짜 신이라 일컬어진 신'을 만났지만 그 신 왈, "나를 저 아랫녘에서 '신'이라 부른다는 사실을 알고 있다. 하지만 나 역시 신을 수만 년 기다리고 있다. 저 위 어딘가에 신이 있다고 들었다. 언젠가 신을 찾아 길을 나서려고 했다. 오늘은 날이 적당하구나" 했다던가.

엄마가 "저녁밥 먹어라, 그만 놀고!" 하면 숨바꼭질 그만두고 뜨신 밥 먹으러 갔듯 신이 부르지도 않는데 애써 찾아나서랴. 어딘가 잘 숨어 계시겠고 지치면 나오기도 하시겠지. 내가 어떤 대상을 향해 취하는 태도 중 가장 느긋한 자세다. 그 외 세상일은 늘 시급을 떨며 산다. 그런들 그 택이 그 택. 아! 택을 벗어나고 싶다.

97_ 지혜로운 현숙 씨

현숙 씨가 언성을 높이는 걸 본 적이 없다. 어떤 일이 마음에 들지 않았다 해도 "있잖아요, 그러면 안 되는 거잖아요?" 하면 매우 마음에 들지 않는다는 표시다. 젤라또 아이스크림처럼 목소리가 부드러워 화가 난들 화난 상태가 제대로 드러나지 않는다.

현숙 씨는 독서모임에 빠질 수밖에 없는 경우 외에는 결코 빠지는 법이 없다. 성실하다. 진지하다. 올곧다. 친절하다. 최선을 다한다. 현숙 씨를 생각하면 떠오르는 낱말이다.

현숙 씨와 함께 떠오르는 사람은 그녀의 시어머님이다. 한번도 뵌 적 없으나 그분의 손맛을 알고 있다. 다른 건 차치하고 고구마말랭이에 대해서만 말한다면 이제껏 그렇게 말쑥하고 정갈한 말랭이를 본 적이 없다. 사람으로 치면 자태가고운 여인네 같다.

어릴 적 집안 행사에 친척 아줌마들이 모여 일손을 거들

때 특별히 정갈한 솜씨를 요하는 음식을 맡는 아줌마가 있었는데 그분 보고 '손끝이 매시랍다'고들 하였다. 아마 현숙 씨 시어머님은 동네 잔치 때면 불려다니느라 바빴을 것이다.

현숙 씨와 시어머니는 사이좋은 고부간이다. 시어머니와 사이가 좋기란 참 어렵다. 내 경험상 그렇고, 주위 분들을 봐도 가까운 듯 먼 사이다. 나도 며느리를 보았지만 며느리와 진정한 대화를 나누기란 쉽지 않다. 표현을 바꾸어야겠다. 현숙 씨와 시어머니는 사이좋은 고부간이라기보다 대화를 나누고 사는 사이다.

시어머니와는 말을 나누기는 하지만 그건 쌍방 소통이라기보다 일방적으로 며느리가 듣는 경우가 대부분일 것이다. 현숙 씨 또한 다르지 않았다. 현숙 씨도 한때 시어머니를 부담스러워했다. 시어머니가 시아버지를 떠나보낸 후 몇 년이 흘렀는데도 외롭고 무섭다고 하신다며 이해가 안 간다고 했다. 자기 생각에 시아버님이 젊은 나이에 가신 것도 아니니 그렇게 애달파하지 않을 법한데, 칠십 넘은 시어머니가 혼자 된 신세를 한탄하면 얼른 이해가 가지 않았다고 한다.

그런 시어머니께 처음에 의무처럼 안부 인사를 드렸지만 할 말이 없어서 전화하기가 곤욕이었다고 한다. 그러다 궁여지책으로 생각해 낸 게 시어머니께 하루 한 가지씩 질문을 던지는 일이었다고 한다. 다음은 현숙 씨가 시어머니께 드린 몇 가지 질문이다.

– 살아오시면서 가장 행복했던 때는 언제였어요?

– 슬펐던 때는요?

– 후회하신 일은요?

– 제일 힘드셨던 일은 무엇이었을까요?

처음에는 어색해하며 말씀을 이어나가지 못하던 분이 날이 갈수록 이야기보따리를 푸셨고, 며느리도 시어머니에 대해 깊이 알게 되어 좋았지만 질문 만들기가 쉽지 않았다며 한숨을 쉬었다.

현숙 씨는 시어머니를 보며 자신의 노후를 걱정하지 않으려야 않을 수가 없다고 말한다. 나름 요즘 문물을 활용하고 살지만 빠르게 변해 가는 변화를 따라잡지 못할 시점이 올 테고, 그러다 어느 날 시어머니처럼 자기가 사는 곳에서 누군가의 도움이 없으면 한 발짝도 움직일 수 없는 노후를 맞게 되지 않을까? 그래서 자식에게 옴팍 기대어 살며 징징대는 노인네가 되지는 않을까? 그래서 현숙 씨는 요즘 불안하단다.

현숙 씨 고민은 바로 내 고민이기도 하다. 메타버스, 메타버스 하는데 나하고는 상관없다고 알아보지 않으려 한다면 깜깜한 세상을 살게 될 것이라 하고, 자율 주행 운전이 일상화된다는데 작동 방법을 몰라서 내가 과연 그런 차를 몰고 다닐지 걱정스럽다. 평생 배워야 살아남을 세상에 살고 있으니 할머니들은 어찌 살아가야 하는지 걱정이긴 하다. 2500여 년 전 공자가 한 말을 새삼 읊조리게 된다. 할머니도 배우고 익혀야 할 세상이다.

참고로 시어머니나 친정 엄마를 위한 보충 질문 10가지만 적어 본다. 과연 현숙 씨 같은 며느리나 딸이 몇이나 있을지 의문이지만. 이 질문은 '자서전 쓰기 특강'이나 '10쪽 자서전 발간'을 운영하면서도 활용했다. 내 시어머니에게도 질문을 드려 그 양반 살아온 이야기를 기록으로 남겨 드리려던 계획이 있었으나 안타깝게도 늘 가오리눈으로 나를 바라보던 시댁 관계자와 사이가 멀어져 시어머니 자서전은 유보 중이다. 일생 한 10쪽이라도 자신이 직접 자서전을 쓰든, 자식이 부모의 자서전을 내주는 일은 유의미한 일이 아닐까.

10가지 질문

1. 성명은 무엇입니까? 부모님은 그 이름을 왜 지어 주셨나요? 이름에 얽힌 이야기 들려주세요.
2. 태몽이 있나요? 누가 꾸었나요? 태몽의 의미는 무엇이었을까요?
3. 어디서 태어나셨나요? 마을에 대해 들려주세요.
4. 성장하는 동안 가장 영향을 받은 이는 누구인가요? 그분에 대해 들려주세요.

5. 부모님에 대해 들려주세요. 부모님이 귀가 닳도록 이르시던 말씀이 있었다면 적어 주세요.

6. 살면서 가족에게 닥친 어려움이 있다면 세 가지 정도 들려주세요.

7. 살아오며 가장 기뻤던 일이나 자랑스러웠던 일은 무엇이었나요?

8. 배우자에 대해 말해 주세요.

9. 가훈이 있다면 적어 보세요. 가훈을 정한 이유도 함께 적어 보세요.

10. 어떤 가정을 꾸리기를 원하셨나요?

후기

사람이 맺는 관계치고 시어머니와 며느리 관계처럼 이상한 관계가 있을까. 혈연이 아닌데 억지로 연을 끌어당겨 사이비 모녀지간을 만들어 놓고는 딸처럼 굴지 않았다고, 혹은 어머니처럼 대해 주지 않았다고 서로 상처를 주고받는다.

뇌는 거짓에도 잘 속아넘어간다는데 피 문제에서만은 속지를 않는지, 설령 죽을 만큼 (그런 아내가 많은지 모를 일이나) 사랑하는 남편의 어머니라고 설득을 해도 어머니가 아니고 시어머니임을 분명히 인식시켜 준다. 자식 대에 와서야 반절나마 피가 섞여들어 비로소 혈연관계가 아쉬운 듯 형성되지만, 며느리를 고깝게 여기는 시어머니의 경우는 미운 며느리가 낳은 손자 손녀는 그다지 정이 안 간다고 하니 혈연도 미움을 이기지 못하는 경우가 왕왕 있는 모양이다. 피는 물보다 진하다는 말에 의구심을 품어 본다.

살아 보니 시어머니와 며느리의 관계는 혈연보다 개개인 품성이 관계를 맺는 큰 변수임을 깨닫게 되었다. 포용력이 있는가. 이해의 폭이 넓은가. 상처를 잘 받는 편인가. 사사건건 명확히 밝혀야 직성이 풀리는 유형인가. 민감한 편인가.

시어머니는 "나는 우리 시어머니 같지 않게 며느리한테 잘해 줄 거야" 하고 시작했을 테고, 며느리도 나쁜 며느리가 되겠다고 작정하고 결혼 생활을 시작하지는 않는다. 그럼에도 시간이 갈수록 감정의 지층이 쌓이기 시작하고, 그 감정들은 액체가 되어 흘러가지 않고 지층처럼 쌓여 세월이 지나면 더 완고해져 압축이 된다. 어느 날 압축이 터지면 때론 돌아올 수 없는 다리를 건너기도 한다. 만사 서로 꼴을 봐줄 일이거늘.

98_ 부끄러움을 모르는 여자

집 앞에 이름만은 멋진 여성 의류점이 있다. 신호등을 건너면 바로 앞에 있어서 시선이 가게 마련이다. 오늘도 어김없이 마네킹이 옷을 벗고 있다. 서울서 새 옷을 (주인이 써 놓은 쪽지대로라면 예쁜 신상) 가져왔나 보다. 옷을 새로 가져온 날이면 마네킹은 수난을 당한다. 상의는 기본이고 어느 날은 아래까지 발가벗겨져서 주인 여자가 신상을 입혀 줄 때까지 뭇사람들의 시선을 견뎌야 한다.

마네킹에 의식이 있다고 말하랴만, 엄연히 마네킹도 성이 구분되어 있는 마당에 주요 부위가 드러나 있는 마네킹 전면을 사람들 앞에 그대로 세워 놓는 주인 여자는 생각이라는 것을 하고 사는지 의심스럽다. 무감각한 사람이 옷이라고 감각적으로 가져올까? 하다못해 뒤로 돌려놓을 생각은 못 하는 걸까? 부끄러움은 사람에게만 허용되었다고 혹시 그렇게 생각하는 건지. 쇼윈도 저편으로만 보이는 주인 여자에게 익명으로 전화를 걸어 주의를 줄까? 길을 건너며 생각이 많아진다.

'예쁜 옷 많이 있음'이라고 백날 써 붙여도 그 가게문을 열고 들어가지 않겠다. '부끄러움을 모르는 사람은 아름다움을 보는 안목도 없다'고 단정해 버리련다.

후기

한 점 부끄러움 없이 살기는 성인이나 되어야 가능한 수준이고, 상식적인 선에서 부끄러움을 지키며 살고 싶다. 상식을 지키며 살기도 어렵지만 그 선을 배수진으로 치고 살고 싶다. 사람으로 태어났으니 사람으로 살다 가련다.

부끄러움 하면 오래된 이야기가 떠오른다. 사람들이 오가는 길가에서 오줌을 싸고 있는 사람을 보고 공자가 아주 호되게 경을 쳤다. 옆에 있는 제자들이 당황하여 어쩔 줄 몰랐다. 한참 가니 이번에는 길가에서 엉덩이를 드러내 놓고 똥을 누고 있는 남자가 나타났다. 제자들은 아연 긴장을 하고 스승을 지켜보았으나 공자는 아무 말도 하지 않고 지나갔다. 제자들이 당연히 물었을 터이다. 왜 혼내지 않느냐고. 공자왈, "이미 도를 넘었다. 말을 한들 알아들을 수준이 아니다."

길가에서 오줌 누는 이들. 술을 먹고 길가에 드러누워 있는 남자. 몸을 가누지 못하고 길가에서 토하거나 쓰러져 있는 여자. 길가에서 애정행각을 벌이는 남녀. 알몸이 비치는 옷을 입고 활보하는 이들. 쓰레기를 아무 데나 버리는 학생.

침이나 껌을 도로에 뱉는 이들. 몰카 찍는 이들. 성추행을 버젓이 저지르는 이들. 친자녀에게 성폭행을 하고도 태연한 이들….

아! 요 근래 본 최악의 남자가 있다. 뉴스에 나온 남자인데 지하철 에스컬레이터 난간에 계속 자기 침을 찍어 바르던 남자. 코로나 시대에 남의 침만큼 무서운 것이 없는데, 그 남자는 불특정 다수에게 코로나를 전파하기 위해 몸부림을 치고 있었다. 부끄러움은 타락을 막는 방패다. 호메로스 말이라 한다. 그 시대에도 부끄러운 줄 모르고 방방 뛰는 이들이 적잖았나 보다.

나만 해도 어릴 적에는 부끄러워서 앞으로 나서지 않았다. 나이 들수록 뻔뻔해진다. 윤오영 선생님의 「부끄러움」이란 수필을 다시 읽으며 분홍빛으로 뺨을 물들였던 시절을 떠올린다. 부끄러움은 여전히 미덕이다.

99_ 바뀌었다고 해도 바꿀 수 없다는 작은엄마

"형님, 저는 절대로 우리 영은이를 못 보내요."

작은어머니는 하얀 손수건으로 연신 흐르는 눈물을 닦아 내며 그 말만 반복했다. 어머니는 작은어머니의 손을 잡으며 영은이는 자네 딸인데 누가 데려가느냐고 위로를 했고, 옆에 있던 나도 덩달아 눈물을 흘렸지 싶다. 작은어머니가 눈물을 흘린 사연은 이랬다.

작은어머니에게는 딸이 셋 있는데 웬일로 막내딸이 두 언니와는 전혀 딴판이어서 지나가던 사람조차 막내딸은 어디서 주워 왔는가 보다고 말을 보태던 참이었다. 그런 차에 간간 우리 집과 작은집을 드나들며 집안일을 거들어 주던 아줌마가 하루는 호들갑을 떨며 한 소식을 전한바, 집안이 발칵 뒤집혔다. 그 아줌마는 J시 구석구석 안 다니는 데가 없어서 모르는 데도 없고 모르는 사람도 없는 데다 입도 행동도 재바르다 해서 난다니로 통했다.

난다니 아줌마 말인즉, 어떤 집 주소를 알려 주면서 가족들 모두 한번 가 보라는 것이었다. 그 집도 딸이 셋 있는데 위로 두 딸은 영은이와 판박이고 막내딸은 작은집 두 딸과 판박이라는 얘기였다. 그러니까 두 집 딸이 바뀌었다는 것. 난다니 아줌마 말을 아주 무시해 버릴 수 없는 것이 같은 날 같은 병원에서 태어났다는 사실이었다.

난다니 아줌마는 그쪽 집에서도 막내딸이 두 딸과 다르게 예뻐서 친척들이 의아해하고 있다는 말도 전했다. 작은어머니는 난다니 아줌마에게 입단속을 시켰다. 설령 아이가 바뀌었다고 해도 영은이는 자기 딸이니 당최 그런 소리를 퍼뜨리고 다니지 말라고 당부했다.

며칠 후, 둘째 오빠가 특사로 파견되었다. 비밀리에 임무를 마치고 돌아온 둘째 오빠가 영은이는 그 집 딸이 맞다고 공언했다. 작은어머니에게도 그 말이 전해졌다. 작은어머니는 그럴 리가 없다며 딸을 어미인 자기가 몰라보겠느냐며 꿋꿋한 태도를 보였다. 그런 작은어머니가 얼마 후 살짝 그 집에 다녀오더니 우리 집에 와서 통곡을 하신 것이다.

사건은 그렇게 작은어머니의 통곡으로 끝나는 듯싶었는데 죄 없고 순정하기 그지없는 내가 어인 일로 끌려들어가게 되었다. 사건이 거기서 끝났으면 나도 여기서 그만 글을 쓰고 커피라도 한 잔 마시련만.

식구들은 이 일을 영은이에게는 비밀에 부치기로 했다. 아울러 영은이가 '청해이씨' 핏줄임을 공고히 해 두기 위해서 집안 누군가와 닮은 사람을 만들어 내야 했다. 그 닮은 사람에 내가 선정되었다. 단지 영은이처럼 못생겼다는 이유로. 심히 억울했다. 내 보기에 영은이는 아주 못생겼고 나는 그저 못생긴 편에 속한 것 같은데 식구들은, "영은아, 너 닮은 명선이 언니 왔다"라거나, "명선아, 너와 판박이 영은이 왔다"라며 핏줄로 끈을 묶어 보려고 애를 썼다.

그 뒤 작은어머니의 눈물 바람은 다시 볼 수 없었다. 영은이는 결혼하여 자식을 둘이나 낳고 잘 살고 있다. 지금 나는 딸과 둘이서 제주도 올레길을 걷고 있다. 이 이야기 저 이야기를 하다가 작은어머니 이야기까지 나왔다. 작은어머니가 울자 나도 눈물이 나왔다고 하면서 그때를 생각하니 지금도 슬프다고 하자마자,

"확실하지도 않은 일인데 왜 슬퍼?"

딸이 세상 이상하다는 듯 물었다.

"얘는, 같은 병원에서 낳았고 영은이 얼굴이 딱 그 집 딸들과 똑같다잖아. 그럼 확실한 거지."

"유전자 검사 해 봤대?"

"드라마니? 그땐 유전자 검사 같은 게 있다는 것도 몰랐지."

딸은 그러니까 확실하지도 않은 일을 가지고 왜 슬퍼하느

냐고, '청해이씨' 유전자에 슬픔을 억지로 만드는 유전자가 있는 것 아니냐며 파안대소를 하는 게 아닌가. 모처럼 추억에 젖어 보려 했더니 '밀양박씨' 딸이 협조를 하지 않는다. 억지로 슬픔을 만드는 유전자가 딸에게까지는 전해지지 않은 모양이다. 대신 파안대소 유전자가 물길을 낸 듯하다.

100_ 산신령이 되었다는
내가 만난 최초의 여인

1.

산신령이 되었다는 어머니. 오늘따라 유난히 어머니가 보고 싶다. 힘든 날이면 어머니가 그립다. 하늘에 대고 "엄마!"를 불러본다. 전라도 땅에 살 때는 어머니 생각이 나면 몇 시간씩 운전을 해서라도 묘소를 찾았지만, 윗녘으로 온 뒤부터는 운전하고 갈 엄두가 나지 않는다. 아버지와 함께 묻히기 싫다는 어머니 뜻에 따라 작은오빠가 어디서 듣도 보도 못한 외진 곳에 터를 잡아 놓아 길눈 어둔 사람 더 찾아가기 어렵게 만들어 놓았다.

어머니 묘를 공원묘지 같은 곳으로 옮기자 했으나 풍수지리 운운하며 묘를 함부로 옮기면 큰일이 난다고 여기는 자식들이 있어서 어머니는 여전히 외딴 곳에 계신다. 하기는 뭐, 돌아가신 지 20년도 넘었으니 계신다는 표현에 어폐가 있다.

이장을 할지 말지를 두고 작은오빠가 점술가를 찾았더니 우리 어머니가 이미 묘가 있는 뒷산의 산신령으로 잘 살고 계시니 이장을 하지 말라고 하더란다. 그 말을 어머니가 들었으면 어머니도 어이없어 웃으셨을 것이다. 나처럼 자기 생일도 기억하지 못함은 물론 자식들 생일도 기억 못하는 분이 산신령 업무를 감당하기엔 무리지 싶다. 설령 산신령 임명장을 억지로 준들, (누가 주는지 모르지만) 하여튼 받았다 한들 민원이 빗발칠 게 분명타. 한 오백 년 묵은 산삼을 놀부 같은 녀석의 눈에 보이게 하거나 아파트를 지어서는 안 되는 산자락에 허가가 나게 산의 기운을 퇴색시키는 등, 가지가지 실수를 저지르고도 태연히 '그러게 말이다' 하실 분이다.

어떤 분은 1일 1실언을 했다는데 어머니는 1일 1실수를 꾸준히 하고 가셨고, 지금은 내가 그러하니 그 어머니에 그 딸이다. 가만! 이러다 나도 산신령이 될지 모르겠다.

아, 실없는 이야기를 하나 더 해야겠다. 만일 어머니가 산신령이 되었다면 그럴듯한 이유가 하나 있긴 하다. 어머니가 이미 이 세상을 떠난 뒤에도 한 말 때문일 것이다. 그 말에 대해서는 이 글의 맨 뒤에 쓰기로 한다.

어머니는 초년에 복을 다 써버린 격으로 결혼 후에는 시집살이 고생에, 풍족하지 않은 살림에 여덟이나 되는 자식들 키우느라 기운 빠진 터에, 나이 들어서는 남편 병 수발도 모자라 그 와중에 손주 셋을 키우다가 덜컥 뇌출혈로 쓰러져, 그러잖아도 기억력 없으신 분이 아예 기억력 송출장치를 닫은 채 10년을 고생하다 돌아가셨다. 돌아가신 몸을 보니 매미 껍질처럼 가벼웠다. 이 세상 살며 겪은 한을 죄다 버리고 가신 듯했다. 제발 그러셨기를.

2.

여자는 인격이라면 어머니는 신격이라고, 누가 한 말인지 기억에 없지만 머릿속에 남아 있다. 신격이 아니라도 어머니를 한 번만 쓰고는 100명의 여인들 고개를 넘어갈 수 없다. 어머니는 언문 해독도 더듬더듬 수준이었다. 여자는 가르칠 필요가 없고, 그저 남편 잘 만나면 그만이라는 시대에 태어난 분이었으니 남편만 잘 만나면 되었다.

그것처럼 난제가 있으랴만, 그 시대에는 남편뿐 아니라 시어머니도 잘 만나야 했다. 아니, 시대를 불문하고 시어머니는 잘 만나야 정답이겠다. 여하튼 우리 어머니는 혹독한 시집살이를 당하며 살아야 했다. 뒤주에서 쌀 꺼내 주는 할머니 손이 발발 떨렸다고 어머니가 가끔 흉내를 내서서 웃었지만 배고픈 서러움을 어떻게 견디셨을까.

어머니는 인색한 시어머니 못잖게 고약한 시누이 덕에 곱절로 고생을 했다. 이런 어머니를 보고 옆집 아낙이 콩나물을 길러 주면 팔아 주겠다고 제안을 하더란다. 어머니는 자식들 군입정거리며 옷이라도 반듯이 해 입히고 싶은 마음에 허락을 하였다. 수시로 들여다보며 콩나물에 정성을 들인 끝에 콩나물순이 노랗게 올라와 한껏 기대에 부풀어 있었는데, 다음 날 보니 콩나물이 전부 고개를 꺾고 죽어 있었다 한다. 시뉘가 소금을 뿌려서 못쓰게 만들었다는 것을 알고 이유를 물었더니, 장사짓거리 해서 집안 망신을 시키니 그걸막기 위해서 그랬다는 거룩한 변명을 들었다나 어쨌다나.

두 모녀는 어머니가 한순간도 두 다리 뻗고 쉬는 꼴을 보지 못해서 고단한 몸을 뉠 틈이 없었다 한다. 그 와중에도 도시에 살아서 베 짜는 일을 하지 않고 살았으니 다행이었다고 말한다. 그 일까지 했으면 살아남지 못했을 거라고 말하는 어지간한 성품을 지녔던 어머니. 어머니는 천성이 순하고 물러서 순종하고 살았다. 그러던 분이 할머니 돌아가시고 나이 들면서 좀 억세지셨다. 사회생활이라고는 없던 분이 계모임을 하면서 세상 물정을 알아갔다. 그런데 그 물정이란 것이 어머니에게 상처를 주기도 하였다.

곗날 나들이 나갔다 오시면 나갈 때와 달리 기분이 나빠서 돌아오셨다. 계꾼들은 자랑이 많았던가 보다. 남편, 돈, 옷, 보석, 살림…. 어머니도 곗날마다 다른 옷을 입고 가고 싶어 했고 손에 눈알만 한 보석도 끼고 통영 가서 삐까삐쩍한 자개농도 맞추고 일제 냉장고도 가졌으면 하셨다. 한때 그런 욕심을 내더니 어느 날부터 계모임에 나가지 않으셨다. 여자들이 모여서 남의 얘기만 한다고 했지만 5남3녀 키우기가 벅차셨을 것이다.

어머니가 시장에 가거나 길을 가면 거지들이 '약방 사모님' 하고 반갑게 알은체한다는 것이 큰 자랑이었다. 나도 그분들 밥 심부름깨나 했다. 그들은 아침이면 밥을 원했고, 오후에는 곡식을 주기를 원했다. 간혹 김치를 달라는 이도 있었다. 그들을 우리 집뿐 아니라 다른 집에서도 모른 체하지 않았다. 환갑이나 결혼잔치, 장례식에 그들이 오면 다른 때와 달리 따로 한 상 거하게 차려 대접했다. 좋은 날이든 궂은 날이든 그들의 허한 뱃속을 몰라라하지 않고 더불어 살았다.

욕심이 있었으나 욕심 근처에도 못 갔고, 시기 질투도 남 못지않았으나 펼칠 틈이 없었고, 자기 역할에 충실했으나 보답받지 못했으며, 시집살이에 뼛골 빠지고, 자식 키우느라 또 한 번, 큰아들 자식 삼 남매 키우느라 또다시 한 번. 종내 영혼까지 빠져 껍데기로 남아 있다 어느 날 홀연히 몸 버리고 간 어머니. 가신 뒤 효도한답시고 좋아하시는 소머리찰 떡 놓아 드렸더니 둘째 언니가 미신 짓거리 한다고 치워 버렸다. 그놈의 짓거리 좀 하면 안 되나. 고모도 짓거리 한다고 상관하더니, 어머니는 상관하는 사람은 많았으나 인정하고 보태 주는 이는 드문 삶을 살고 갔다.

어인 일로 이 세상에 어둡게 오셨을까. 압력밥솥 사용을 두려워하고, 엘리베이터 타기 무서워 노인정도 못 가신 숙맥 같은 분이 이곳에 잠시 들른 이유가 있으려나. 어머니가 돌아가시던 날, 도우미 아줌마 꿈에 나타나 그동안 고마웠다고 했다는 말을 썼는지 모르겠다. 자식들 꿈에는 나타나지 않으셨다.

천도재를 지낸 날, 그제야 어머니가 꿈에 보였다. 벚꽃이 나문나문 하얗게 떨어지는 나무 밑에서 분홍보자기에 무언가를 싸서 봇짐을 꾸리더니 "나 이제 갈란다" 하셨다. 어쩌다 마음에 안 드는 일 있을 때 짓던 새초롬한 표정으로 그리 말씀하셨다. 입에 달고 살던 '고맙습니다'란 말은 하지 않고 떠나셨다. 작은어머니는 장례식에서 "어머니 가시니 낮꽃들이 피었구나." 언짢아하셨다. 치매 걸린 어머니 돌아가시자 자기 코가 석 자라고 짐도 지지 않은 자식놈들이 한 짐 벗었다고 후련해했다.

3.

어머니는 남동생과 나를 차별했다. 이를테면 달걀 프라이를 남동생 도시락에만 넣어 주는 식으로. 이유를 달긴 했다.

"갸는 입이 짧자녀."

아하! 이제 비로소 어머니께 했던 일련의 불효를 정당화할 확실한 이유가 생겼다. 불효를 떳떳하게 드러낼 수 있게 되었다.

그럼에도 어머니께 제일 빚을 많이 진 사람이 나여서 여전히 나는 불효녀 딱지를 벗어던질 수 없다. 어머니는 아버지 반대를 무릅쓰고 내가 대학을 마치게 도와주었다. 아버지가 뇌출혈로 쓰러져 생계가 막막한 상황에서 내가 대학에 다닌다는 것은 말이 안 되는 일이었다. 아버지는 여자는 고등학교만 나와도 최고의 고등교육을 받은 셈이니 당장 5급 공무원 시험을 치라고 성화였다.

대신 아들들은 자신이 아픈 가운데서도 어떻게든 등록금을 마련해 주었다. 아버지한테 등록금을 한 번도 받아본 적 없이 어머니가 용케 마련해 준 돈으로 어찌어찌 대학을 졸업했고 타 지역으로 발령을 받아갔다. 아버지 얼굴을 보고 싶지 않은 이유도 들어 있었다. 아이를 낳고 어디에도 아이를 맡길 데가 없어서 학교를 그만두었을 때,

"니가 돈 좀 더 벌어서 날 조금만 도와주면 좋을 텐데….."

어머니가 아쉽다는 듯 말했을 때도 그 양반 어려움을 심각하게 받아들이지 못했다. 어머니가 겪는 어려움을 하나도 해결해 드리지 못한 채 '내 코가 석 자'라고 징징대기만 했다. 눈이 침침하다고, 틀니가 안 맞아 덜그럭거린다고, 무릎이 아프다고 했어도 무심히 흘려들었다. 이 못된 것이, 어머니만 그런 게 아니라 나이 들었으니 당연한 것을 유독 엄살을 부린다고 당연시했을까?

이제야 어머니가 느꼈을 외로움, 서운함, 고통이 마디마디 만져진다. 어머니는 그런 감정이나 고통과 무관한 그냥

엄마라고만 여겼다. 나이 들고 보니 나이가 좀체 먹어지지 않는다. 모든 감성은 오히려 퍼렇게 살아나고 외로움과 아픔은 더 까맣게 깊이 파고든다. 외할아버지가 서울서 사다 주었다는 금박댕기 두르고 설레던 열여덟 살 소녀가 죽을 때까지 어머니 가슴 한켠에 그대로 있었을 텐데. 누구도 당신 안을 들여다볼 생각은 하지 못했다. 아니, 안 했다.

어머니는 혼자 떠났다. 어머니가 이 세상에 올 때는 엄마 나오면 씻길 물을 끓이고, 탯줄 자를 가위를 소독하고, 한편에서는 대문에 달 금줄을 엮는 등 사람들로 부산했을 텐데, 언제 가셨는지도 모르게 혼자 떠났다.

어머니는 종종 점을 보러 가셨다. 점 보러 갈 때마다 물어보았던 말─"종신할 자식은 있나요?" 점쟁이가 "자식이 그렇게 많은데 종신할 자식이 없겠어요?" 했다. 쪽집게 점쟁이는 아니었다. 기특한 딸 노릇을 엄두도 내지 못하고 망설이는 새 어머니는 그만 저세상으로 가 버렸다.

어머니는 칠십이 가까워지면서 밥을 그만하고 싶어 했다. 평생 밥하며 살았으니 그럴 만했다. 그래도 교사인 며느리를 대신해 밥을 지어야 했다. 신이 있다면 신의 해결책이란 게 참 기가 막힌데 신은 어머니 소원을 들어는 주었다. 그 말씀을 내게 한 얼마 후 어머니는 중풍으로 쓰러지게 되고 치매까지 겹쳐서 밥을 하지 못하게 되었다. 얄궂은 성취였다.

어머니가 하루는 목욕탕에 다녀와서는 혼자서 비식비식 웃으셨다. 왜 웃느냐 물으니 "어떤 여자가 때를 미는데 아주 결사적으로 밀더라" 하셨다. 나는 어머니의 표현이 재미있어서 웃었다. 어머니가 사용하는 어머니만의 표현법이 있었는데 그것을 기록해 놓지 않은 것이 좀 아쉽다. 하여튼 '결사적'이란 말을 그 후로 어머니처럼 그렇게 재미있게 쓰는 경우를 보지 못했다.

어머니는,

"나는 우스갯소리도 못하는데 사방서 나를 부른다. 아마 내가 잘 웃으니까 그런 것 같더라."

언젠가 어머니가 스스로 평한 말이다.

그러게나, 어머니는 잘 웃는 양반이셨다. 그런 양반이 큰 며느리와 관계가 틀어져서 대들보같이 의지하던 큰자식과도 서먹해지면서 말년에는 웃음을 잃고 살다 가셨다.

어머니의 화양연화는 언제였을까? 화양연화 시절이 있기나 했을까? 어머니가 외출하는 날은 한 달에 한 번 계모임이 있는 날이었다. 어머니가 외출하는 날에는 기특한 점이라고는 눈 씻고 볼 래야 없었던 내가 하얀 고무신을 깨끗이 닦아 섬돌 위에 올려놓았다. 하얀 고무신을 신고 옥색 한복을 입고 나가시는 어머니의 뒤태가 고왔다. 여름이면 모래찜질하러 계꾼들과 같이 먼 바다에 다녀오고 가을 단풍 구경하러 다니신 시절이 그나마 편안한 시기였을 것 같다.

하루는 건넌방에서 들으니 작은어머니께 어머니가 자랑하는 소리가 들렸다.

"우리 집 양반은 한의사니 정년이 없잖아. 나는 노후가 걱정 없네."

이 말을 하고 일 년이 채 되지 않아 아버지가 중풍으로 쓰러지셨다. 자랑 한 번 했다가 호되게 당한 어머니. 어머니에게는 그 어떤 자랑도 하면 안 된다는 운명이 정해져 있었는데 그것을 모르고 명을 어긴 것이었을까? 아니면 하나밖에 없는 동서 흉을 보아서였을까? 제삿날이면 제사상에 놓을 게 닭 한 마리밖에 없는지 고거 하나 달랑 들고 온다고, 분명 어머니가 하나밖에 없는 동서 흉을 보긴 보았다. 그렇다 해도 늘 새초롬한 표정 짓던 동서에게 자랑 한 번 했다고 단번에 밥줄을 끊어 버리다니. 운명이란 게 있다면 어머니에게는 운은 없고 명만 가혹하게 남은 셈이었다. 어느 팔자 편한 심리학자가 그랬던가? 운명은 선택이라고. 설마 선택일까?

그나저나 이 양반은 왜 이 지구에 왔을까? 5남3녀나 되는 자식들을 이 세상에 내보내려고? 하나같이 민달팽이 기어가듯 흔적 없이 살고 있는데 말이다. 아전인수 격으로 억지로 내 논에 물대기를 하며 내 식으로 어머니가 오신 큰 이유를 써 보면 이렇다. 어머니는 내가 낳은 딸 다함이를 통해 손녀

여물다   453

지안이를 세상에 나오게 하려고 모진 세월을 사셨다 하자. 그래, 그렇다 하자.

네 살 된 손녀 지안이가 이렇게 말했다 한다.

"우리 가족 중 한 명이 나는 얼굴은 흰데 몸이 까맣다고 했어요."

"가족 중 한 명이 누군데?"

"엄마요."

이런 얘기를 딸에게 전해 들으며 엄마를 떠올렸다. 어머니는 어머니만의 별난 표현으로 웃음을 안겨 주었는데 손녀 역시 별난 표현으로 웃음 짓게 만든다. 어머니란 튼튼한 고리가 있어 내가 있고, 나란 고리가 딸에게 이어지고 다시 고리를 엮은 손녀를 보며 흐뭇한 한때를 보낼 수 있으니,

"어머니! 당신이 이 세상에 온 은혜가 차고 넘칩니다."

4.

어머니가 마지막 숨을 거둔 새벽. 어머니를 돌봐준 간병인 아주머니께 전화를 드렸다.

"알고 있어요. 어머니께서 이제 막 꿈에 나타나 그동안 고마웠다고 인사하고 가셨어요."

시간을 헤어 보니 어머니가 돌아가신 몇 시간 후 아주머니 꿈에 나타나 작별인사를 하신 것이다. 치매를 앓고 있던 분이 꿈에서는 정정한 모습이었다고 한다.

"뉘신지 모르지만 고맙습니다."

그 많은 자식들을 하나도 알아보지 못하고 죽이라도 떠먹여 드리거나 이불이라도 반듯이 펴드리면 **빼놓지** 않고 인사를 차렸다. 다른 의사 표현은 아무것도 못하는 양반이 어디에 이 말을 간직하셨는지 줄곧 '고맙습니다'를 달고 사셨다. 하기는 주위에 고마운 것투성이인데 우리가 무심히 지나칠 뿐이고 보면, 어머니는 치매에 걸렸을지라도 정신 멀쩡한 사람보다 경우가 바른 분이었다.

어머니는 일일이 고마움을 표하는 참한 의식을 무려 10년이나 치르고 가셨다. 믿지 못할 일이지만 죽은 뒤에도 '고맙습니다'라는 말을 남기고 간 것을 보면 어머니 오신 자취는 진하게 찍혀 있다.

'고맙습니다'란 말 횟수로 산신령을 뽑는다면 어머니가 한번 응모를 해 볼 만하다. 이미 응모하셨는지도 모를 일이니만. 오늘은 '고맙습니다'란 말을 소환해 당신을 그리워합니다.

"어머니!"

하
여
튼 100명의 여자 이야기입니다